物质生活是重的
精神生活是飘的
白天的感觉是涩的
无边的夜晚是可以自由飞翔的

百花里的物质生活

海天出版社
HAITIAN PUBLISHING HOUSE
·深圳·

金敏华 晓昱 著

图书在版编目（CIP）数据

百花里的物质生活 / 金敏华, 晓昱著. —深圳：
海天出版社, 2022.6
ISBN 978-7-5507-3382-4

Ⅰ.①百... Ⅱ.①金... ②晓... Ⅲ.①随笔－作品集
－中国－当代 Ⅳ.①I267.1

中国版本图书馆CIP数据核字(2022)第042440号

百花里的物质生活
BAIHUA LI DE WUZHI SHENGHUO

出 品 人：聂雄前
责任编辑：李轩然　刘婷
责任校对：万妮霞
责任技编：梁立新
封面设计：黑一烊　郝凯政　邓志杰

出版发行：海天出版社
地　　址：深圳市彩田南路海天综合大厦（518033）
网　　址：www.htph.com.cn
订购电话：0755-83460239（邮购、团购）
设计制作：SenseTeam感观体
印　　刷：深圳市华信图文印务有限公司
开　　本：889mm×1194mm　1/32
印　　张：14.25
字　　数：350千
版　　次：2022年6月第1版
印　　次：2022年6月第1次
定　　价：88.00元

书吧女主人晓昱

肖全摄影，拍摄于 2020 年 12 月

写给爱过、爱着和将要爱上物质生活的人。

源于笔迹

笔迹反映人的心理变化和性格，

象征着过去所经历的生活。

书籍的视觉叙事灵感源于书吧20年来的留言本，

上面记录着无数读者或大段或只言片语的内心独白。

透过层层叠叠的评论，

我们看到通信欠发达的年代，

人们对交流的渴望。

文字打败时间，手写给人温暖。

移动互联网时代下，

键盘打字、屏幕显示再难有这种亲近感。

手书更多的是与自己的对话。

观者阅读时，

也在心底与作者产生一段无言的对话。

物质生活书吧留言本

阅读的乐趣在于，创造了生活的可能性

2000

角色带给人都市人自由的世界

2001

我的情思，一如薄暮流浪的风

2002

天气晴朗，温度刚刚好

2003

陪一个猪头，赶作业

2004

时间是一个过程

2005

我把杯子挪过来，我又把它拿回去

2006

让好心情，和我们一起回家

2007

物质生活富裕，精神乐趣！

2008

坐下来，呼吸，体会心跳

2009

I ♥ 全世界！尤其是我们深圳人！

2010

既然我已经选择了风雨兼程，
留给世界的只能是背影。

2011

有心灵的拘质才能飞到久远

2012

深圳最美的存在
最温暖的驻足之地！

2013

生活是生存的延伸
生命是生活的情保

2014

我们在同一个城市共同生活的时光

2015

读书不分地方 深圳也是天堂

2016

听说这里每天都有浪漫的故事发生

2017

从黄昏到入夜

2018

美，不分东西；美，引领人性向上。

2019

我总在出发

2020

……

2000年物质生活书吧外景（室内设计 钟兵）

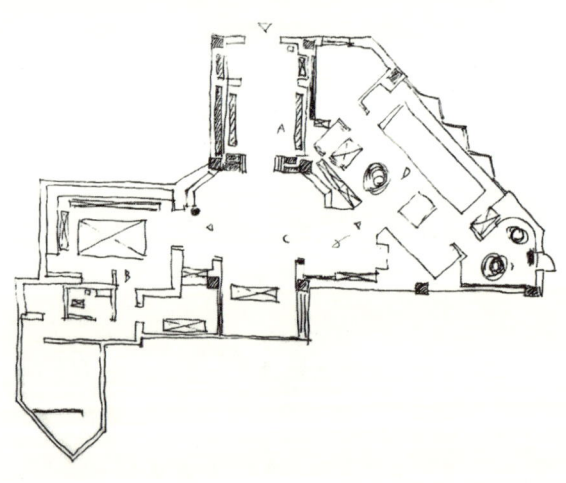

书吧平面还原图 钟兵手稿

2020 年物质生活书吧外景（室内设计 琚宾）

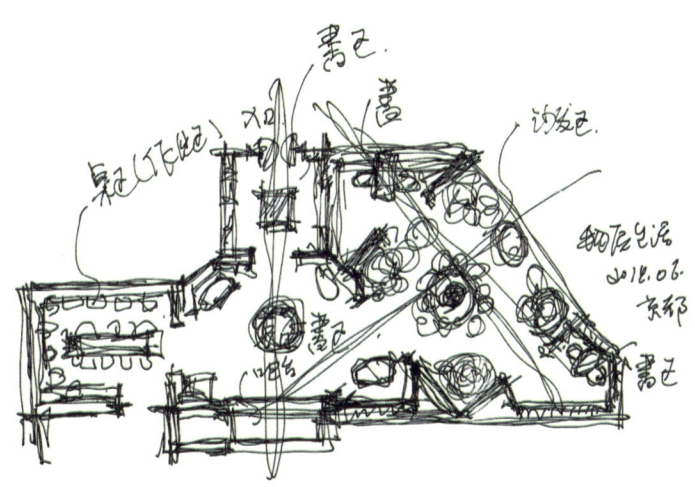

书吧平面图 琚宾手稿

百花路口的物质生活书吧外景（2010 年）

百花路口的物质生活书吧外景（2020 年）

物质生活书吧内部陈列（2000年）

物质生活书吧内部陈列（2020年）

物质生活书吧书区（2000 年）

物质生活书吧书区（2020 年）

物质生活书吧字墙（2000年）

物质生活书吧字墙（2020年）

目 录

附录

物质生活书吧二十年大事记　　　　　　　　　　4 2 1

本页字迹来源于书吧 2001-2012留言本

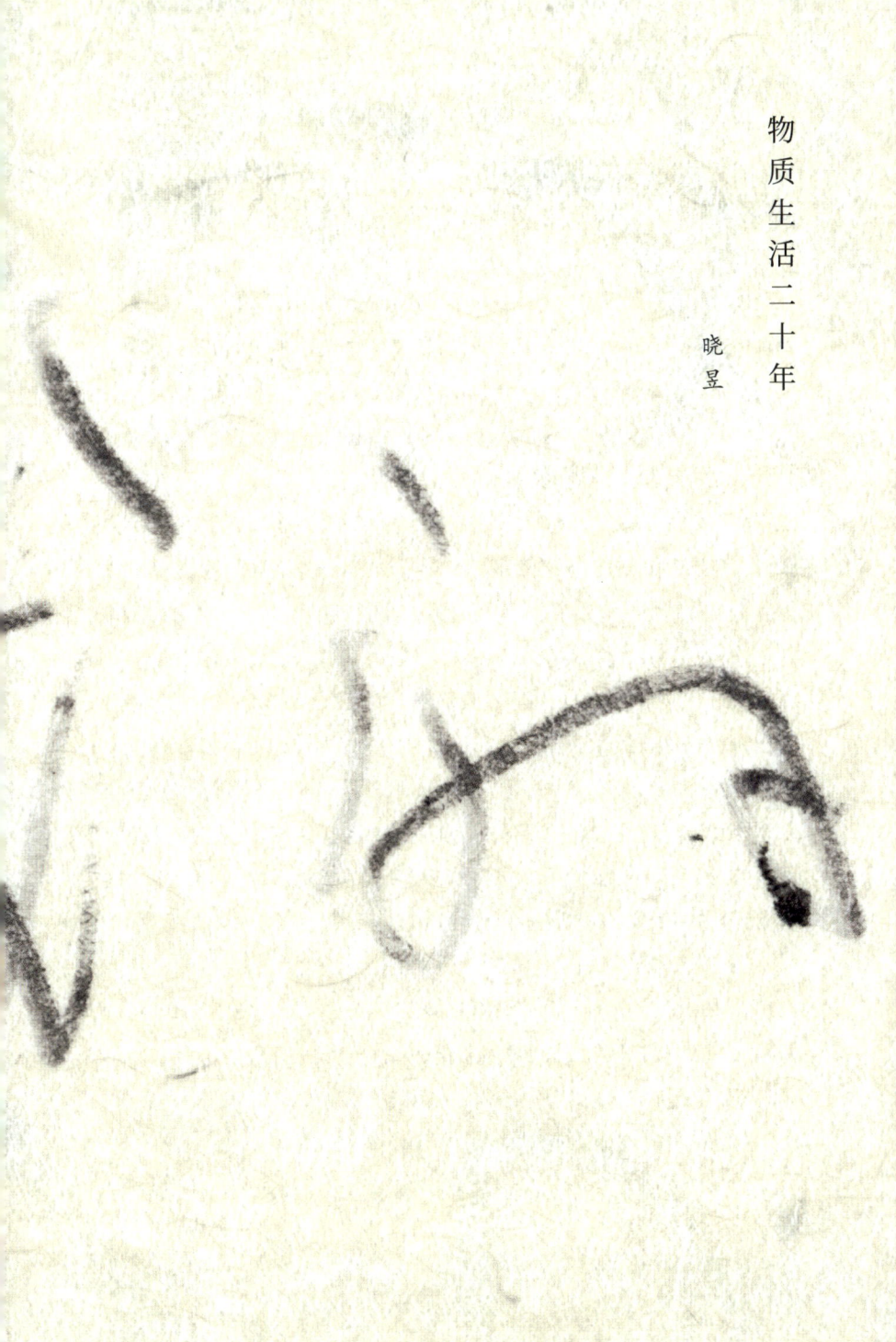

物质生活二十年

晓昱

2000年8月28日下午时分，在百花二路和百花五路这个三岔路口还散发着淡淡油漆味儿的新空间里，我把最后一本新书摆上椭圆书台，替服务小妹把黑色滚橙边的围裙系好，然后对他们说，开门吧。没想到，这一开，就是20年。

　　那时的我，刚刚结束一段轰轰烈烈却无疾而终的北京爱情故事，回到深圳，也刚刚写完一本讲述深圳人的口述实录，无所事事。在新世纪的阳光下，游荡在深圳的街头，一个念头就在那个时候产生了：开一间书吧，卖一些喜欢的书，认识一些有趣的人，做一些有意思的沙龙，然后写下一些文字。这几乎也是我当时能想到的，唯一喜欢也适合去做的事了。

　　那时候在振兴路上一间名典咖啡厅，我打动了我的合伙人。这些天使投资人其实都是我多年的"狐朋狗友"：Linda，一个港资公司的行政女文青；胡宁，国企里的经济学硕士，正蠢蠢欲动准备远渡重洋；胡宜，正准备告别精打细算的银行行长职位，走入律师行业；赖灿辉，曾经的老记一名，时任律师。那也是他们人生第一次投资吧，都不是什么有钱人，完全没有风险意识，也纯粹是一腔文艺梦以及帮助一个创业女青年的善意，我就这样成了一个私营小业主。每人几万块，我多出一份，成为大股东和实际经营者。店名拜我电台前同事陈溶冰所赐，取自法国女作家杜拉斯的随笔集《物质生活》。这座年轻的城市，似乎人人都是来这里追求物质生活的，而我想做的却是在这个物质的城市里构建一个精神的空间。

　　在这个人均购书量号称全国第一的城市里，除了浩浩荡荡的书城，几乎没有一间有态度的人文书店。我们没有北京的万圣书园，也没有上海的季风书园，甚至也没有寸土寸金的香港二楼书店，更不要谈那些文化沙龙了。我觉得书店不只是卖书的地方，还是一个联结爱书的人的客厅。他们说，这里是文化的沙漠。好吧，那就让我做一个沙漠里的绿洲吧，哪怕很小。

筹备

决定了开店之后的第一件事就是选址。那时候南山还很遥远，前海更不知在哪里，罗湖逐渐成为过去，福田正在兴起，所以我圈定了福田。可商业旺地不仅铺租贵，也没有我想要的安静的气息。一次偶然的机会，朋友介绍白沙岭附近有铺位出租。几乎是第一眼，我就看中了这个位于百花二路和五路三岔路口的铺位，也许是这条路上浓密的树荫，也许是这车水马龙的 Y 字路口，也许是这里众多的学校，成片的公寓，长城、南天、核电……一间连一间的小店，一个可以步行的社区，有着一种深圳少有的生活气息。嗯，就是它了。

然后就是设计。对于资金不充裕的我们，还好有的是人脉和厚厚的脸皮。区区一间不到200平方米的小店那也是高举高打（两年后我们的书店才扩展到现在的300平方米），股东们各施其才。室内设计，我邀请了朋友、清华建筑系毕业的钟兵操刀。至今还很怀念他的设计，原来冲着路口的大门按风水先生的说法改在了侧面，正面则设计成一大片凹凸有致的玻璃窗，书区和吧区以另一块弧形玻璃隔开。这样即使只是偶尔路过书店的玻璃窗也能望穿一切，让你对明亮的书区和朦胧的吧区心生一种一探究竟的冲动。进门往左是书，往右是酒，所谓诗酒人生，皆我所欲，好不快意。其实是因为那时候我就想明白了，光卖书，别说赚钱，甚至连支出也不可能维系。书吧里最经典的一处，则是一进门就映入眼帘的一处字墙，由友人陶艺家陈子光烧制，内容完全是碎片化、意识流，各种混搭，由当年最流行的和文艺青年们最喜欢的字眼和短句组成。什么千禧、WTO、酒精、摇滚、高潮、杜尚、杜拉斯、村上春树，还有那句著名的"请别，克林顿，我"。最后大约觉得有点太发散，以"执子之手、与子偕老"回归了。吧区尽头靠墙也由四块弧形玻璃组成背景，自然就成了歌手唱歌时的小小舞台及背景。吧台幽蓝的灯光后面，墙上是一壁印有从古至今各种跟酒、酒具有关的词语贴纸，对面就是一组定制的印有草书图案的沙发，沙发上方的镜框里是我们搜集到的旧书，也算极尽"文化形式"之能事了。

物质生活整套VI则厚着脸皮请了老朋友、当时已经大名鼎鼎的平面设计大师韩家英帮忙，跟他说，钱是付不起的，以后管酒，你得支持我创业。书吧的招牌选用黑底橙色图案，这么出格的设计老韩敢设计，我也敢用。他为《天涯》设计的一组海报也很长时间被征用为舞台弧形玻璃的背景。

装修则是股东Linda把当时的男友派遣上阵，绝对又是毫不留情的一顿压榨。钟兵这个建筑出身的设计师只注重空间，细节还得我们自己完善，书吧里的一砖一瓦、一杯一盘、一灯一椅都是我们从材料市场、香港宜家、东门等各处采办。为了省钱，还直接把朋友夜总会多出来的桌子搬过来，铺上我们从东门买回来的蓝布和黄布，居然有种凡·高的既视感。

除了工地几个月的包工头工作，我还得跑工商、税务、卫生、防疫、文化局等部门，获得各种证照审批。那年头每一分钱都是珍贵的，哪里舍得浪费在请代办上，全是自己跑，不知跑了多少路，赔了多少笑脸，也不知受了多少冷眼，总算都搞定了。那会儿老大哥邓康延就职《凤凰周刊》，还专门派了一组人马跟拍我跑建材市场、图书批发市场和各种职能部门。一个昔日光鲜的主持人整日灰头土脸，这种反差多有戏剧效果呀。

开业

紧张的设计、装修、办证、采买、招聘、培训之后，终于开业了。开业那天高朋满座，深圳文化圈、电台老同事，各路老乡老友老同学纷纷捧场，好像一个新的时代就此开始。而我的身份从"包工头"摇身一变，成为集图书管理员、店长、企划、公关、老板于一身的多面人。

如果20年前，你路过物质生活的玻璃窗，看到一个衣着光鲜的女子坐在那里冲你微笑，你千万别会错意，她只是在想，这人怎么还不进来？当你坐进来，拿着菜单，她紧张地盯着你，只是在想：拜托，别只喝一杯咖啡坐一下午。好吧，我承认，未开店时曾经以为的文青梦，什么听着美妙的音乐在咖啡香中随意翻本书的浪漫生活完全是子虚乌有，每晚关店之后猛敲计算器锱铢必较俗不可耐的"市头婆"才是真实的，还有偶尔的滋事顾客和不靠谱的员工让你怒火中烧。相当长的一段时间，我都没有静静喝一杯咖啡的心境，我每周要去几趟八卦岭批发市场选书。为了挑好的书，我还和万圣书园、学而优合作，从他们那儿拿深圳批发市场没有的书，哪怕利润微薄得可怜，但一定要保证是我想要的书，这样书店的书终于吸引了大量的文化人。而我每天坐镇店中，抓出品、培训员工、建立工作规范、策划各种活动，更重要的是，管你喜欢不喜欢的客人，你都得热情服务。晚上朋友来了，陪吃陪喝到深夜更是常态。麻雀虽小，五脏俱全，阿庆嫂迅速附体。多年后，我才知道这一段经历对我有多么宝贵，它让我从一个媒体观察者成为一个真正的实体经营者，让一个靠直觉生存的理想主义者逐渐洞察商业的本质，更让一个崇尚自由的个人主义者明白什么叫责任，尤其是到了交房租、发工资的时候。

先锋实验

　　也许是双子座的骨子里一直流淌着不安分的血液，也一直希望做跟别人不一样的东西。当年大学毕业，我选择深圳这个年轻的城市，也因此年纪轻轻就获得了主持夜间倾谈节目《心夜航班》的机会并很快得到听众的认可，在1996年还获得电台十佳主持人称号。几年之后，虽说爱情原因是导火索，但最深层次的原因还是害怕过可以预知的生活，几乎可以看到我在电台终老的结局。我离开电台，游走在北京和深圳期间刚好完成了一部深圳的纪实作品。所以我重新开始创业的时候，选择书与吧结合的载体，不仅考虑到商业的需要，也同样基于想做别人没做过的事。回首往事，我几乎在人生的每一个十字路口都选择了"不确定性"。今天这样以书为载体的文化复合空间已经成为一种商业潮流，并广为商业地产青睐，但20年前物质生活也算在深圳开此先河。不仅如此，我还尝试了很多就算在今天也不过时的实验，比如由深圳大学表演系即兴表演的酒吧剧，你正喝着咖啡品着小酒呢，旁边突然两个姑娘就演上了，内容还是相当前卫的同性恋题材。物质生活虽小，但却满足了我对文艺的全部梦想：书籍、沙龙、展览、表演……在书吧创办不久，在艺术家杨勇的触进社的促进下，版画家刘庆元人生的第一个个展就在物质生活开办，艺术家徐坦、陈侗也带来了关于前卫艺术和文学的系列讲座。我和艺术家蒋志的联合力量更是开展了一系列影像的推广活动，举办了DV下午茶的系列讲座，2003年我们还举办了深圳短片及录像艺术节，吴文光这样的纪录片大拿也来助阵，杨福东、曹斐、郭熙志、曾凡、马勇峰等都带来了自己的作品，这也是深圳纪录片历史上重要的一页。

文艺青年当然还离不开电影，成立之初我们经常在周末做电影欣赏，后来也陆续邀约了很多的导演。许鞍华导演在这里分享了"新浪潮和香港电影的今生后世"；王小帅也曾携高圆圆、秦昊来宣传他的《青红》；彭浩翔分享了"我是怎么走上了导演之路的"，库布里克是他的激发者，而《霸王别姬》《活着》的编剧芦苇则燃起了很多年轻人的编剧梦。小型艺术展览一度在应天齐、刘子建、沈平等艺术家系列展览几年后达到一个高潮。不过，文艺青年与日常的消费者是完全不同的群体，他们不带来任何消费，但他们对文艺的热情和梦想却可以点燃世界，足以激励着我坚持下去。

物质生活在一年多以后就把旁边的面包店"收编"扩展到300平方米。但因为这样的运营模式，始终不能帮股东们赚到钱，而我又太不商业地支持这么多文艺活动，理想和现实之间总有差距，于是我陆续买下了股东们的股份，不再给他们增加经济负担。但在我的心里，一直感谢他们曾经对我最重要的支持。

一代文化人的集体记忆

20年前，总有人喜欢说深圳是文化的沙漠，其实，深圳并不缺文化和文化人，只是他们星星点点地散落了。物质生活的出现，就成了他们另一个家。于是那句"不在物质生活，就在去物质生活的路上"就成了那个时期他们真实的写照，也成为一代深圳文化人的集体记忆。这大约是沾了自己曾经是电台主持人的光，也因为书店的选书确实对爱书人的胃口。另一个更重要的原因是这里持续不断地发起的文化、艺术活动吸引了众多的文艺青年。物质生活刚开不久，就主办了一次深圳文化人的新书发布会，胡洪侠、尹昌龙、王绍培、黄啸、杨宏海等都带着自己的新书来了。后来很长一段时间，我们还和《深圳商报》合作了一个沙龙空间，专门邀请各界人士讨论热门话题，几乎就是我电台主持生涯的继续。

那段时间我白天在书店给各大媒体写专栏，关于书，关于生活，夜晚在书吧和各路朋友欢聚，周末举办各种文化沙龙。各大媒体也毫不吝啬对物质生活的赞美和喜爱，物质生活逐渐声名鹊起，不仅成为城中文化聚点，也成为内地很多作家首选的新书分享地，而很多外地文化人也会被本地朋友带来书吧做客。对他们来说，还有什么比物质生活更好的接待文化空间呢？这里就是深圳民间的文化会客厅。余秋雨来了，贾平凹、周国平来了，20年来过物质生活做客的作家、文化人天南地北，毕飞宇、沙叶新、沈昌文、吴思、洁尘、许知远……一场又一场的文化盛宴让读者流连忘返，小小的空间挤满了听讲的人。有一年，我们甚至还专门为西南联大做了一个整整四期的专题策划，谢泳、张曼菱、余世存、闻黎明都很认真地做了准备。

也因为深圳特殊的地缘优势，物质生活从一开始就呈现出链接香港、台湾、海外文化人的势头，并逐步形成自己独特的定位，最终成为文化的摆渡人。庙小和尚大，这里迎来送往了无数在华语圈甚至世界范围内有影响力的学者、文化人、艺术家、经济学家，这份名单可以拉得很长，从《亚洲周刊》总编辑邱立本开始，白先勇、李欧梵、蒙代尔、张五常、麦克法兰、朱德庸、舒国治、西西、骆以军……我们系列文化沙龙的第一讲，就是《亚洲周刊》的邱立本先生带来的。记不得我们是哪一次在书吧闲聊中聊出了做系列文化沙龙的念头，偶得，这也许恰好就是书吧的魅力所在，但我清楚地记得2003年的10月18日，邱立本先生以"匆忙的文学"为第一讲开启了物质生活文化沙龙的序幕。接下来，他的一众好友，哈佛学者李欧梵、香江才子马家辉等陆续登场，明确了这样的方向，也利用深圳先天的地缘优势，再加上一众朋友的推波助澜，沙龙就这样一棒一棒地接力下去。有多少个下午，我们因为物质生活文化沙龙里那些精彩的思想和专注的聆听而感动，有多少个夜晚，我们因为邂逅某个喜爱的偶像而欣喜。哈佛学者李欧梵教授在流连书吧后写过一篇《深圳，发现文化动力》，称书吧让他想起台北的书店和咖啡店。正是因为物质生活的独特性，物质生活在2010年被南方阅读盛典评为"华语世界最具影响力人文书店"。

BBS里的物质生活

这个世纪初的时候，深圳的文化人中间流行的句式是"不在物质生活，就在去物质生活的路上"，其实这句话只说了一半，还有一半应该是"不在线下的物质生活，就在线上的物质生活"。那是一个互联网刚刚兴起的时代，因为线下物质生活的火热，《万科周刊》的主编王永飚很有眼光地邀约我在周刊的BBS上主持一个叫"物质生活"的论坛，就是版主。因为一直喜欢用三宅一生的香水"一生之水"，我给自己起了个网名"一生之水"，当然，那个时候的我绝然想不到几年之后，我的人生真的与水结下了深厚而漫长的缘分。自然我的搭档、文艺青年Linda也成了版主之一，她给自己起了个特别的名字"温暖的骨头"。而如今因为公号"孤独的大脑"和得到APP上的《人生算法》声名远扬的喻颖正是另外一个版主，那时候老喻还是小喻，留着一头长发，虽然做着接地气的地产生意，但其实很文艺很腼腆。我们都叫他"小心拔你牙"。混在线下物质生活里最不缺的就是舞文弄墨的文化人，可以想象，那时候的物质生活论坛是多么的火爆。对于今天混在抖音、小红书的年轻人来说，BBS这种东西像化石一样古老，可在我看来，也不过就是工具变了，那时的我们用文字，现在的他们用视频和照片。如果当时有直播，天天在物质生活架个摄像机，那应该是有趣的情景剧。

　　虽然那时我们的手机还不够智能，但我们也早已痴迷于用DV来拍摄我们的嬉笑怒骂，到了年底我们也做过自己的娱乐版年度大片和颁奖仪式，多才多艺的朋友们当个今天的网红也是绰绰有余。当然还是不同了，中古时代的我们属于纯粹的自娱自乐，不知道在今天原来生活就是表演，流量就可以变现。那个BBS的时代，天涯、西祠胡同、万科周刊可谓藏龙卧虎。仅以万科为例，不仅王石亲自坐镇经济人俱乐部，巴曙松、赵晓等经济学家也非常活跃，还有今天的网红经济学家薛兆丰。而另一批佳人才子、各种兴趣小组也让论坛风生水起，有北大、清华才子王怜花、沈浪起舞的"武林外史"，有登山家十一郎带队的"游山玩水"，还有橙子小雨点儿浪漫的"风花月夜"，胡洪侠、姜威弄墨的"书情书色"，数风流人物中还有一位后来叱咤江湖的木子美，那时她的网名还叫酱子。但最活色生香的当属物质生活吧，用今天的话说，我们天然占据了线上线下无缝对接的优势，以及线上线下的流量转换。我们不仅是各地网友的接待站、根据地，还成功地举办过几次广深网友的聚会。BBS时代的我们拼的不是颜值和滤镜，而是写字和斗嘴的功夫，不正经的打情骂俏和正经的激昂慷慨齐飞，才子的惺惺相惜和佳人的爱恨情仇共舞，想来真是一个网络的黄金年代。

这个黄金年代终结于哪一天，我竟然不记得了。《万科周刊》论坛关闭的个中原因我不得而知，但从时代的角度来看，这终将是一种趋势。移动智能手机取代PC，去中心化、碎片化、商业化，一切都在变。当年魅力人格体的论坛在今天的社群运营里用来带货。物质生活论坛早已灰飞烟灭了，而线下的物质生活居然还在；当年那些论坛上的风云人物已经天各一方，有的更声名远扬，而有的已退守一隅。所幸，有些文字还在，某个周日的早晨，我找出自己的旧作《深圳不说爱——跟自己玩的游戏》打开，那些论坛上的清醒、那些书吧里的迷离就又重现在眼前。其中一句映入我的眼帘：往事是什么呢？是你仿佛充满留恋但其实却不想回到的从前。

奇妙的"红线"

书吧是文化人聚集之地，有时也是人与人之间联结的一条奇妙的"红线"。当年书吧的收银员阿琴就是在这里遇见了书吧的经理，相恋结婚生子，而他们后来也跟随我做了更多的事。物质生活十八年我们做"壹拾捌展"的时候，我请她提供代表十八年前和今天的两件展品，她提供了当年在这里喝水的水杯和孩子现在喜欢的蒙奇奇，我把它们放在最显眼的地方，望见它们，我就心生欢喜，因为书吧产生了一个新家庭。如今声名远扬的经济学家向松祚曾经是早期物质生活的常客，他是蒙代尔的学生，因为《卖桔者言》，他曾经在年轻时给张五常教授写过信，张教授还给他回过信，但一直无缘相见。早在2002年移居深圳的张教授也因书吧各种因缘际会成了我的忘年交，他的好几个圣诞、新年派对就是在书吧跟我们一起度过的。某一个夜晚，我终于完成了向博士和张教授的引见。他们一见如故，不仅开启了学术的友谊，也促成了蒙代尔和张五常这对老朋友在中国的多次相会。有趣的是这个故事到此还没有结束。十几年前的夜晚，你若到物质生活书吧，一定会见到一个身材高挑、长发蓬松、颇具异域风情的姑娘在弹着吉他唱歌，歌声空灵而忧伤。她的长相和歌声都不是那种让人惊艳的，却有着说不清道不明的魔力。她给自己起了个名字叫墨菲，白天在外企上班，晚上则在酒吧唱歌。我们在她的歌声里笑与哭，她唱着唱着就成了我们的好朋友，唱着唱着就在这里认识了大名鼎鼎的诺贝尔经济学奖得主蒙代尔教授，然后有一天就背着吉他去了哥伦比亚大学，成为蒙代尔教授的学生和助手，毕业后在华尔街工作。在她的婚礼上，正是蒙代尔教授代替她已故的父亲，牵着她的手把她交给了新郎。这就是书吧的奇妙之缘。

有一天在香港某影院的门口，友人金敏华排在许鞍华导演的身后，他无知无畏地跟许导说，深圳有一家物质生活书吧。许导温和地说：好啊，你发些资料给我。几个月后的一天，许鞍华导演真的站在了物质生活的门口，她甚至拒绝了我们的接送。那天她带来的演讲话题是"新浪潮和香港电影的今生后世"。十几年前在深圳漂泊成长，2020年以《回南天》拿了韩国电影大奖的导演高鸣，也曾受我邀请到物质生活分享。他回忆起当年就是在这里听了彭浩翔的分享"我是怎么走上了导演之路的"，突然找到了自己一生的追求，开始走上导演之路。

于我，物质生活又何尝不是一个礼物，承前启后串起我的人生，让我遇到了这么多有趣的人、有爱的人、有才的人。还记得当年那个艺名还叫"小弟"的歌手陈楚生，安静地坐在书吧角落里唱歌，忧郁的歌声总是击中游子的心房。还有那个默默坐在窗边的男子，原来他是在构思《天堂向左，深圳往右》。而另一个青年则在书店拿起一本关于西藏的书，如获至宝，若干年后他说，这本书改变了他的下半生。那个喜欢穿花衣，买一大摞书，永远都点一壶茉莉花茶的女子，店员口中的茉莉花小姐原来是地产大鳄。而那位每次喝完一支喜力，服务员问您再来一支吗，他总说OK的著名文化人，在物质生活获得了一个新的名字"OK先生"。而总在人声鼎沸时，有一人儿背着手，踢踏着拖鞋晃了进来，原来是住在楼上的大设计师老贫头陈绍华。

我们总会不约而同在这里相会，在这里分享新书、电影，吟诗讲段子；我们在这里为政治、文化、理想、爱情而争论不休；我们在这里唱歌、跳舞、饮酒、作乐。桌子总是越坐越大，有时夜深了，或许我们就坐在物质生活门口的台阶上吃一串烤串，才舍得各自散去。那真的是一段"无所事事""无牵无挂"、纵情欢乐的时光。我们在这里相遇，也在这里送别。有人去往天堂，有人散落在天涯。

我想念那个总是在夜晚斜挂着小包，摇摇晃晃走进书吧，迷迷瞪瞪被人扶出书吧，才华横溢、快意江湖的"登徒子"。亲爱的威哥，你在天堂还会喝我教你喝的龙舌兰吗？洒一圈盐在虎口，再挤几滴柠檬汁。我想念笑意盈盈、白衣飘飘的女孩娃娃，你和蒋志在这里开启了物质生活的影像之旅，你知道爱你的人在你走后是在物质生活送你最后一程吗？青春总要散场，爱人总有离别，但回忆一直在。

社区温度

白沙岭是一个集结优秀教育资源的社区，这里有全深圳最好的公立实验小学以及著名的外国语学校，还有培养出许多优秀音乐人才的艺术学校，更不用说周边林林总总的各种补习机构。所以，物质生活天然地成为孩子们的避风港和课外自习室。

中午时分，书吧里涌入一帮急需填饱肚子的孩子。下午四点，书吧里挤满写作业的学生，他们在这里等待父母下班。周末的日子，书吧里则坐着家长们，他们在等待补课的孩子放学。假期的时候，孩子们会在这里耗上一整天。物质生活书吧就这样陪伴他们度过春夏秋冬的等待和成长。二十年后，他们长大了，偶然相遇，说起物质生活，他们告诉我，曾经在这里谈过恋爱，曾经在这里写过作业，我才已然觉得自己有点老了。但我又突然觉得，和这个城市的年轻力量保持了这样一种割舍不掉的连接，是不是一种特别的赐福呢？

物质生活得天独厚地坐落在这个全深圳最著名的学区，可也因为这些昂贵的学区房，房租从开始到现在翻了四五倍，即使书吧每天人头攒动，可这样的商业模式在这里注定也是一个生意上的错误选择。随着租金和物价飞涨，物质生活的盈利几乎无法实现，只是亏损的多少而已。那是一种什么力量让我坚持呢？除了那些一本又一本的好书、那些一场又一场的精彩沙龙，我认真地想了想，那些都可以在别的地方重来，也许最割舍不下的就是这些孩子和街坊邻居吧。重新装修时，我们还专门为孩子设计了一个自习的空间。曾经有个妈妈拉着我说，我跟孩子讲，如果你有什么事，就跑到物质生活去，那里是最安全的地方。曾经深夜收到一个街坊的留言，因为装修，她以为我们要搬走了，她写道：我无法想象没有物质生活的白沙岭。还有一个妈妈因为女儿读书搬到白沙岭，可女儿如今已经出国读书，她却因为喜欢上了书吧，不愿搬走了，希望可以在店里做义工。曾经无数次在饭桌上碰见陌生人，兜兜转转最后总会聊到，原来多年前他们要么是物质生活里那个文艺青年，要么都在书吧等过自己的孩子。物质生活20年系列征文，收到过一个14岁孩子的来稿，称物质生活是她放学路上的武陵桃花源。另一个与物质生活同龄、已远渡重洋的孩子写道，无论她走多远，只要穿过红荔路，拐进这个林荫道，看到路尽头的书吧灯火通明，就告诉自己，回家了。

2018年，物质生活重新装修开业那天，来了一个五六岁的小男孩。走入焕然一新的书吧，小男孩不习惯地左顾右盼、指指点点：不一样了，以前这里是这个，那里是那个。一个五六岁的男孩俨然已经有了自己关于书吧的记忆和历史。而我则继续坐在窗前等待，又一个20年后的某一天，有一个小伙子跑进来，说：噢，我小时候经常来的这家书吧还在呀。

遇见航海

物质生活改变了一些人的命运，包括我，也改写了一些历史。2001年左右，常聚在物质生活玩的一帮朋友，第一次接触到帆船。那时候的中国，唯一一家游艇会，就是深圳的浪骑游艇会。我们的第一次航行是从浪骑到大甲岛，十几个人分坐在几条只能容纳三四个人的小帆船上，几乎只能扮演沙包的角色，很多人晕船还吐了。但随后不久一艘三体帆船的到来让我们彻底感受到了帆船的魅力，没有了发动机的轰鸣，帆船像一只水鸟一般在水面滑行，你可以感受到风从哪里来，感受到水的冷暖。有了船，我们开始了一发不可收的海上生活。2004年，因为在法国船厂定制的一艘双体帆船的下水，就在物质生活里，一帮帆船爱好者开始策划中国首个民间洲际远航活动"纵横四海"。我因为曾经的媒体人经历和媒体资源，和另外两位《南方都市报》和《深圳晚报》的媒体人自然承担了策划工作，还组建了"万物文化传播"，从此与帆船结下了不解之缘。

2005年2月21日，我们一行深圳人站在拉罗榭尔的港口，为这条定制的40尺（1英尺=0.3048米）的NAUTITECH双体帆船远航送行。船上这6个来自深圳的企业家和水手，他们刚刚学会玩船没多久，最远的航程还没有离开过广东，现在却要在香港船长的带领下把船开回深圳。我们给这条船取名为"骑士号"，也许正意味着这群新航海人堂吉诃德式的古典浪漫主义和英雄主义情结。明知不可为而为之，"骑士号"历经26个国家、45个港口、1.2万海里的行程，终于在半年后回到中国。这是国内民间首次洲际远航，也是中国杯帆船赛的前身。骑士们纵横四海，感受到了大海的宽广、自由、挑战、激情，当然也有孤独、凶险和恐惧。更多的时候，他们感受到黄土文明与蓝色文明之间巨大的鸿沟。

2005年8月20日，"骑士号"缓缓驶进深圳浪骑游艇会，岸上举行了盛大的归航仪式。我们邀请了来自全国的数十家媒体前来报道，我反复跟记者们启蒙的一个问题，竟然是帆船和游艇有什么区别。对，那就是当年中国航海的状况，寥寥几家游艇会，孤零零几条游艇，根本看不到桅杆，没人搞得清帆船是怎么一回事。而我们几个"纵横四海"的始作俑者已经开始在思考，环球只是一次事件，总有终点，我们应该搭建一个永不落幕的航海舞台，让中国拥有更多的帆船爱好者，让世界的帆船爱好者驶向中国，创办属于中国人自己的帆船赛。

2007年，我和朋友们开始策划创办中国首个大帆船赛事，物质生活无疑成了临时办公地点。而那之后，我的工作重心有相当一部分转移到"中国杯"国际帆船赛，物质生活不再是我生活的唯一，推广航海文化和滨海生活方式也成为我继书吧之后最主要的事业。十三年后，中国杯帆船赛已经成为亚洲规模最大的帆船赛事，创造了中国航海新的历史，并培养了两代帆船爱好者。物质生活也接待过无数航海家，做过众多航海文化推广活动，它的血液里流淌着自由与探索，当之无愧地成为中国航海文化的摇篮。

重装返场

物质生活20年除了开业的那次，还经历过两次装修，一次是2002年的扩建，一次是2010年由张达利主导的翻修。2018年，书吧已经陈旧不堪，我邀请合作过好几个项目的好友琚宾进行了重新设计。仿佛是觉得物质生活已经不是我这一代人的物质生活，而应当是新一代年轻人的平台，我跟琚宾说，少花钱，可以做得更年轻化一些，可以有大改变，但唯一要保留的是物质生活的字墙和落地凸窗，那是书吧的标志性记忆。他用我们都喜欢的艺术家徐累的画中色彩和构图关系构思了新的物质生活。而物质生活的老朋友金敏华也正式成为书吧文化内容的主理人。我也邀请了老同事吴虹来管理整个书店，开启了物质生活新的时代——以设计、艺术、生活美学、社区活动为重点方向。2.0版的物质生活装修前最后一场活动是由学者金丝燕主讲的为期一周的"诗学六讲"。

2018年12月23日，物质生活迎来了她新的一轮生命周期，我、黑一烊、金敏华、琚宾的黄金组合"晓黑金琚"策划了"壹拾捌展"，邀请多位与书吧有过交集的朋友提供代表18年前和今天的作品参展，这是物质生活的回忆，这是光阴的故事，也是个人的微缩生活史。这让我想起有一年在土耳其造访过的帕慕克的纯真博物馆，虚构的小说和真实生活的交织。伴随这个展览的开幕，我邀请了很多老朋友来庆祝物质生活的18年，那天我们公众号的推文起了个标题《全深圳的文化人都来为她庆生》，有点夸张，但的确城中老中青文化人来了不少，毕竟这是我们共同的集体回忆啊！我们以物质生活的字墙为原型做了个大蛋糕，把文化与回忆都吃进了肚子。那几天也是诚品书店在深圳开业的日子。作为书店人一直仰慕的灯塔，诚品终于开到深圳，确是一件值得期待的事情。记得还是2008年，我带着公司的小伙伴去台湾旅行时还专门拜访过诚品的创始人吴清友，他问了我不少关于大陆开书店的情况，我则问他是如何在亏损十几年的情况下坚持下来的，他的回答我至今记得："大家喜欢诚品，说明我们有价值，有价值的事就要坚持，既然有价值，仍有亏损，说明我还没做好，那也要继续努力。"朋友参加了物质生活2018年的展览和派对后对我说，物质生活和诚品对于深圳最不一样的地方在于记忆。诚品陪伴深圳两年后黯然离场，让人伤感，个中原因难以尽述，但也许其中有一条跟这个城市的记忆有关。

转眼新年之夜的时候，3.0版的物质生活迎来了第一场活动——王寅、黄灿然等多位诗人参加的"海的光阴"跨年诗歌之夜，这也恰好与"诗学六讲"结束书吧2.0时代相呼应，也许算是一个诗意的祝福。诗意解决不了生存的问题，却可以让我们真正在生活。

新出发的物质生活因为琚宾的装修，也因为我们持续生产以设计和生活美学为导向的内容，再次被激活。年轻的设计师们和新一拨的文艺青年们又开始了与物质生活的相会。社区的居民和孩子们也更爱待在这个更加舒适的空间里。我们的生意更好了，但亏损却也更多了，因为房租、人工都大幅增加。时间就这样来到了2020年，开年没多久，就碰上了疫情。书店被迫关闭了近三个月，可房东却一分钱房租未减，还在7月份的时候继续调高了租金。新租约续签的时候，我对自己说，怎么也要在这里度过20岁的生日啊。2020年是深圳特区建立40年，而物质生活也已经20岁了。在疫情前，我已经和金敏华商量好了为物质生活的20年出一本书，记录下这一代文化人的青春记忆，记录下这个社区的温度与周边学校孩子成长的印迹，记录下这个城市的一段历史。我坚信，每一个深圳人都是一部微缩的深圳史、社会史，这部书的出发点在物质生活，时间与空间的距离是它无限延伸的半径，而终点会去向哪里，我不得而知。因为疫情，敏华困在香港，书店关门，不仅书的采访和写作无法正常进行，许多线下纪念活动也搁浅了，但也激发了我们很多新的创意。

我策划了三个系列活动，其中重要的一项就是邀约老朋友小朋友写稿，持续在公众号上发出；一项是邀约20多位设计师为我们设计纪念海报并最终举办展览；第三项是朗读者系列，邀约老友小友朗读者接力，每人在视频号上任选诗歌、散文、小说等朗读一分钟。许多大咖都参与了我们的活动：周国平、贾樟柯、王石……更让我感动的是，我还发掘了很多在物质生活不同阶段走过的陌生的老朋友，勾起往事，也打开新世界。完全没有想到这些事件累积起来，经过20年的时间沉淀，不仅获得大家的支持，更引发了巨大的反响。

特别是很多稿件陆续从世界各地收回时，我忽然觉得自己成了一个时间的搜集者，每个人的时光碎片就这样捧在了我的手心，我一下子成了世界上最富有最奢侈的人。在图像、视频充斥的时代，文字是如此珍贵，有一刻我觉得自己有点像他们与记忆的第三者。记忆是多么神奇，一旦被唤醒，汹涌而至。可记忆又是多么不可靠，每个人的记忆如此不同，每个人在自己的版本中重塑历史。在物质生活这个空间里，有的交集，有的平行，有的人的生命因书吧多了一抹色彩，而有的人甚至因这里走向了另一个路口，而我终将把这些碎片拼成一个相对完整的图画。在这里你将看到的绝不仅仅是物质生活的20年，而是深圳的20年、人生的20年。这只是他们生命中的一部分，但当把它书写下来，变成文字，对于社会而言，部分或许就大于全体。而百花二路将不再只是百花二路，物质生活也将不只是物质生活。它不仅是历史，也是当下，更活在了未来。无论你在场不在场，它将和你连为一体。

也许人生最幸运和最珍贵的事情，是因为物质生活遇见了你们，因为遇见你们，我的人生变得丰盈、温暖、精彩。20年好长，长到一个婴儿可以长大成人，长到一个青年可以结婚生子，长到怀揣梦想的人已梦想成真，长到豪情万丈已成惘然四顾。20年又好短，短到所有的事情就好像发生在昨天，书正香，酒正酣，欢笑中，你还在。

几年前我在纽约的华尔道夫酒店床头看到一本摄影集，摄影师们捕捉了一百年前和今天的纽约街道。我惊讶地发现，几乎没有任何变化，那些高楼大厦自不用说，就连街边的那一间面包店、洗衣店也依然和一百年前一样。在我们所生活的这个追逐速度和变化的城市和时代里，历史尚未成为历史就已经被推倒和淹没，而20年的坚守虽然孤独艰难，却也因此活成一个城市的独特样本，给人们某种相信和慰藉的理由。物质生活得以成为一代深圳文化人的集体记忆，也成为我们个人青春的美好注脚。

聂鲁达写过，爱情太短，遗忘太长。而我们却是，心灵相逢，一瞬也是永恒。物质生活是时间的收集者，也是我们的接头暗号，在我最美的年华，我们因她一起走过，这杯20年的美酒，已经够我享用一生。

20年来，有很多人建议我多开几家店，也有很多商场和地产商想找我合作，但我都拒绝了。把她当成一门生意不是我的追求，而没有了社区温度的书店也不是我的初衷，我也不知道这家街角的小店可以坚持多久。随着岁月的流逝，我越发相信，无论有意无意，她的存在已经成为一种证明。而时间的力量可以穿破庸常，穿透黯淡，除却光芒与温暖，还带来想象。

2020年也许是本世纪以来最多变数与灾难的一年，我却等到了对的人、对的时机，把小小的物质生活期待已久却未能实现的梦想在蛇口G&G社区实现。5000平方米的超大厂房改造的新空间，将实现书店、展览、演讲、表演、集市、美食的综合功能，成为新一代年轻人展示、社交、学习的平台。

20年前，我想以精神对抗物质，所以起了这个调侃的名字"物质生活"，而今天，以美好对抗平庸，我们恰恰可以在一个更高的维度上大胆地追求高品质、高价值的物质生活。

物质才恰恰是不灭的。这些年，我在全世界旅行，书店当然也是我重要的一站。从旧金山的城市之光，到巴黎的莎士比亚，再到伦敦的查令十字街旧书店，我像一个朝圣者一样走进这些书店，久久不肯离去，贪婪地打量每一个角落，抚过旧书架上的书，仿佛这里的空气也有故事。斯人已逝，但传奇永留。人们出出入入，这也许就是他们日常生活之一景，没人留意这个中国女子，而她心中早已翻江倒海。

2001 年，媒体人胡洪侠（左一）在物质生活书吧会友

2019 年 11 月 23 日，媒体人胡洪侠携其新书《夜书房 二集》重返书吧

2002 年 4 月 26 日，张五常做客物质生活书吧

2018 年，物质生活书吧重装返场，张五常重返书吧

2002 年 11 月 18 日，诺贝尔经济学奖得主罗伯特·A·蒙代尔、经济学家向松祚做客物质生活书吧

2005 年 5 月 28 日，英国作家加文·孟席斯携作品《1421：中国发现世界》来到物质生活书吧，"文化沙龙"系列迎来首位外国学者

2003 年 10 月 18 日，物质生活书吧"文化沙龙"第一讲，《亚洲周刊》总编辑
邱立本以"匆忙的文学"为题做讲座

2003 年 11 月 15 日，李欧梵以"寻找城市失落的灵魂"为题做讲座

2003 年 12 月 20 日，著名剧作家沙叶新作为书吧"文化沙龙"第六讲嘉宾，举行"一派戏言"的演讲，并与戏剧爱好者进行对话交流

2005 年 12 月 29 日，白先勇以"一座现代城市的昆曲情结"为题做讲座

2004 年 5 月，漫画家朱德庸在物质生活书吧

2019 年 7 月 14 日，姚峥华《书人陆离》新书沙龙，图为嘉宾马家辉（左一）

2004 年 6 月 27 日，贾平凹（右一）做客物质生活书吧

2005 年 10 月 26 日，毕飞宇在物质生活书吧以
"家在哪里——兼谈中国文学的现状"为题做讲座

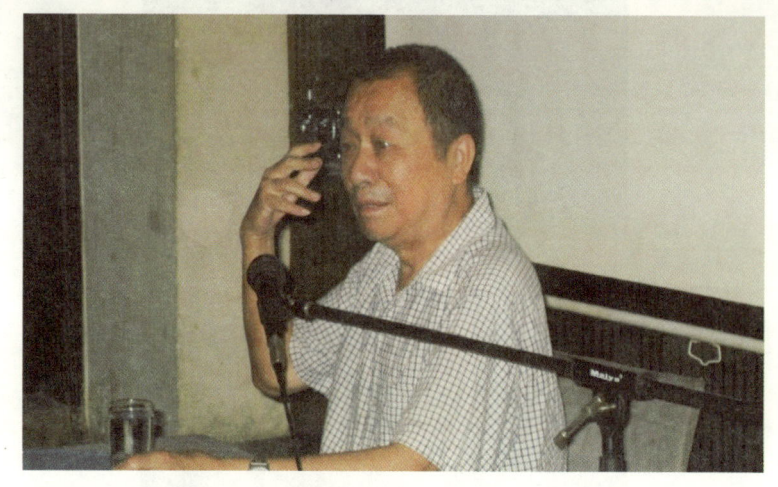

2008 年 9 月 29 日，沈昌文以"知道分子为知道"为题做讲座

2014 年 6 月 7 日，骆以军《脸之书》
新书沙龙海报

2016 年 12 月 3 日，舒国治《生活中的浪途》
新书沙龙海报

2019 年 2 月 23 日，柳红（左一）携其新书《八〇年代：中国经济学人的光荣与梦想》来到物质生活书吧

2019 年 6 月 22 日，封新城（二排左五）《微隐 　隐于凤羽》新书沙龙后到场嘉宾读者大合影

2019 年 11 月 30 日，许知远《青年变革者》新书沙龙现场

本页字迹来源于书吧 2001-2012留言本

百花里的物质生活

金敏华

序章　「三岔路口」的城市故事

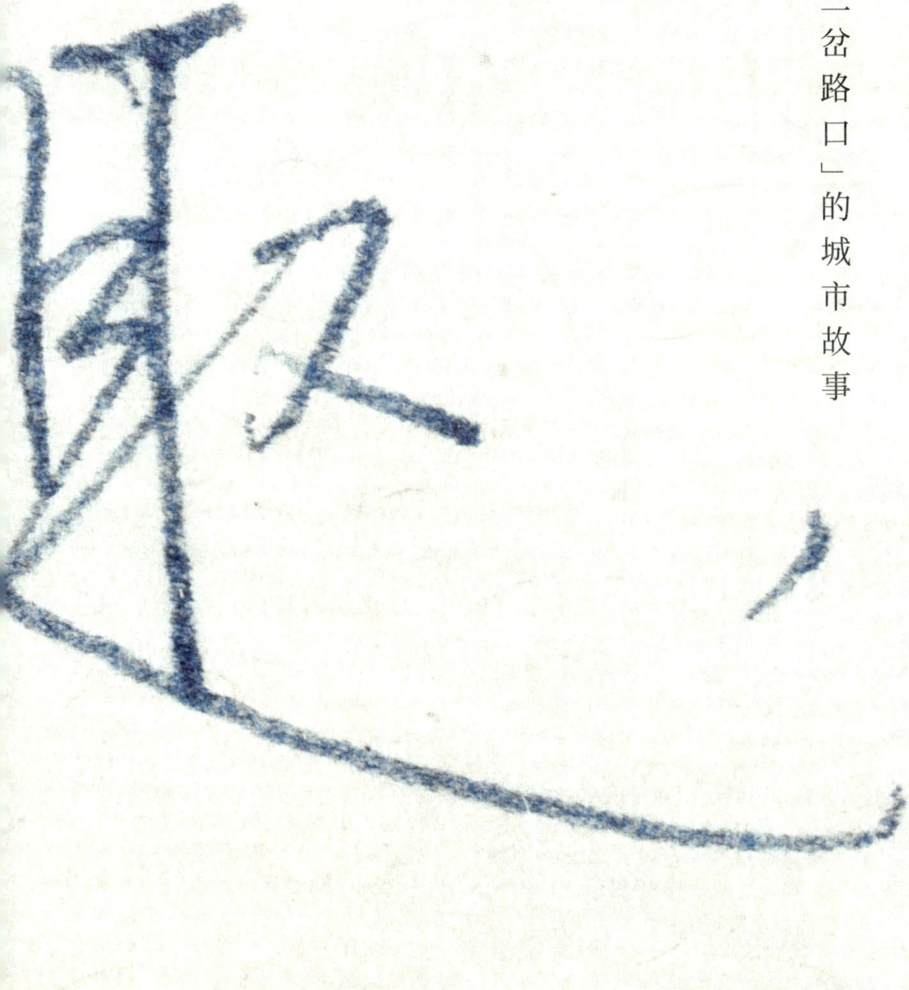

写一部类似物质生活书吧这样的小书店的20年简史，正是我所热衷的城市考现学（Modernology）的重要内容。

但是与通常所见的切片般的城市文化史案例研究尤有不同，"物质生活"于我辈非严格意义上的深圳第一代文化人来说，有着太多的情感牵连。某种程度上，它是我们的集体记忆。

所以，两年前当胡洪侠参加物质生活18周年暨重装返场仪式时突然说出自己是"物质生活书吧大学"的第一期毕业生，虽在意料之外，却也是情理之中。想想看，书界江湖闻名遐迩的"OK先生"大名即得之于书吧——据说当年每当书吧服务小妹趋前相询正手持"喜力"高谈阔论的胡洪侠是否再来一支啤酒，这位长得颇有几分像演员刘威的帅哥总是大手一挥，带几分酒意，用他特有的中英混杂句式大喝一声："OK! 再来一支！！"小妹遂在背后称呼这位虽日日相见却不知其名的大哥"OK先生"。好个老胡，干脆拿来做了《万科周刊》BBS上"书情书色"论坛的坛主名。一时间，人多以"OK先生"名之。这样的例子很多，集合每个人记忆中的物质生活或许才能拼贴出一个接近完整的书吧形象、书吧故事。原本是计划在书吧八月生辰来临之前，遍访过去不同阶段与物质生活来往密切、甚或虽仅有数面之缘却印象深刻的各色人等，以口述历史的形式，记录下书吧20年生存、发展历史的同时，也从一个侧面描画一座曾经被视为"文化沙漠"的城市如何培植文化生态的轨迹和过程。

一场世纪大疫改变了一切。由于担任主要采写工作的笔者居住在与深圳一河之隔的香港，而两地自2020年2月7日之后处在实际上的"封关"状态，人员往来极其困难。

难处当然不仅仅于此。即便在深圳，目下也远没到劫后余生的欢庆时分。因为疫情的关系，在经过年后不可思议的长达两个月的临时关闭之后，书吧今年的线下活动一直到7月仍未完全恢复。甚至城中众多群体性聚集活动，包括7月的深圳书展已不得不延期到11月，加上2021年年中物质生活将会在蛇口G&G创意社区构建一个新的文化生活平台——这是20年间，书吧唯一的一次跨地域扩张，最终我们决定将20年的纪念和新平台的开放合二为一，一起庆祝。本书的结构和编撰方向不得不随之大变。4月间，我们决定将原先准备采访的一部分对象，扩为更大范围内的公开约稿。我们在征集推文中这样写道：

> 集气取暖抗疫，物质生活不灭。或吉光片羽，或娓娓道来……书吧20周年，征集你的珍贵回忆、动人故事。郑重邀请无论是书吧朝夕相处、形影不离的老友，或是书吧人生驿站的短暂同行者，甚至只是惊鸿一瞥的偶遇和邂逅，都可以拿起笔来，加入到书吧20年庆的行列中来。

之所以在这样的艰难时刻，仍然愿意着手重启20周年庆的筹备工作，很大程度上跟书吧的信仰有关。

> 书店往往被视为城市最美的风景。但在我们眼里，读者才是书店最美的风景。因为一家书店，爱上一座城市的例子不胜枚举。这样的读者不仅是城市之福，更是书店之幸。

> 过去的20年，物质生活挺过了"03SARS""08金融危机"，以及近年电商冲击、房租猛涨等正面挑战，这次我们不愿也不会就此放弃。

> 20年，有书为伴的日常生活，温润而细腻，亲切而温暖。书吧的员工，来了又走了，有的相爱了，有的结婚了，有的还有了孩子，于是我

们有了书吧孕育的第二代；三岔路口玻璃窗前独坐的看书女子，习惯性放学后到书吧写作业、聚会的孩子们，挤满人群的沙龙后排站着听完讲座的读者朋友……多年后，是否仍记得这里曾经有一间书吧陪伴他们走过成长岁月？

在物质生活书吧十八周年庆的时候，我们曾经检视过读者留下的层层叠叠的留言本，大段大段地直抒胸臆，或仅是只言片语的内心独白，即可让我们看到一个时代的喜怒哀乐。

今天，我们在此发布"寻人"启事，寻找这些当年在书吧留言本上率真传递内心感受的热心读者，续写你和书吧的故事，分享和物质生活的点点滴滴。

我们也寻找20年间那些白沙岭片区学校与书吧有过交集的孩子——过去的一年，其实在书吧举办的各种活动中，经常会有听众在提问前讲述一段他/她和书吧的交往故事，其中不少就是不同时期在书吧附近学校就读的学生，令人感慨一代人的迅速成长。我们好奇，在深二代的眼里，物质生活究竟是个什么模样？又在你们成长的过程中扮演了怎样的角色？

我们同样寻找这些孩子的父母，你们很多是附近社区的街坊，有的曾经为了孩子在这里短暂居住过几年，有的则因为接送孩子上学补习把书吧作为等待的驿站，书吧在你们曾经的岁月或日常生活中又有着怎样的位置？

我们还会寻找那些物质生活的老朋友，你们曾经在这里欢笑，在这里争论，在这里沉思，在这里聆听，在这里歌唱，在这里沉醉。你们或许已经离开深圳，去国还乡、征战他方，除了问候一句"你在他乡还好吗"，我们还想知道，物质生活是否曾经出现在你的梦境之中？还记得我们一代人在这里的青春岁月吗？

......

这篇由我起草、晓昱定稿并以其名义发出的征集令推文最后这样写道：

20年前，物质生活书吧开业那天，有位陌生的朋友在留言本上写下了这样一句："先坚持五年！"

那个时候，我们完全不知道这样一份探寻可以坚持多久，一个五年过去了，又一个五年，现在，我们已经坚持了四个五年！

时代在变，人们对知识的渴求、对交流的渴望始终未曾改变。不变的，还有我们对于真挚、美好、有趣日常生活的追求。

征集记忆的过程，其实也是征集友情，征集个人生命轨迹、书吧发展历史和城市沧海桑田的过程。正是一访再访、乐此不疲的热心读者如你，与这家不懈发出文化之光的书店，共同书写了这座进步的城市的动人故事。

物质生活书吧不仅见证了无数朋友的个人成长史，见证了这座城市的发展史，更因这20年的光与影，成为这座迈入后青春阶段的城市一段值得书写的历史。

文字打败时间，书写给人力量，当不同的记忆和故事，穿越时空汇集于此，就汇聚成了书吧20年历史的百样表情。

曾经，因为书籍、知识、友情乃至爱情、个人梦想，或者仅仅只是为了物质生活本身……我们相聚于此，邂逅于此，然后，各奔东西，继续各自的人生。

今天，我们只说一句：欢迎回家。

有人说，预祝物质生活书吧100岁生日愉快。

有人说，物质生活万岁。

我们说，Hooray(万岁)，20！Hooray(万岁)，生活中的可能性。

是的，书吧20年，其实就是展示了一家独立书店的可能性。

它连接起各种各样的人，保存他们的记忆与情感，可能只是一段对话、一个活动、一次等待、一个笑容，或者是一张照片、一则留言、一本书、一句诗、一段背景音乐、一件参展作品，甚至是一位故人、一种心情、一段感情……种种的传说、故事、记忆，最终让它成为百花社区不可或缺的有机组成部分，周边居民没事就会来转一转的生活空间，各种文化力量的集散地，各种创想的实现地、展示地，从而使得它成为城市文化的涵育之处。

20年前出没于物质生活的一大群本地文化人，20年后大多成为这座城市的文化中坚力量，成为城市文化政策的制定者、影响者，或许是书吧和城市文化氛围、城市文化生态的养成过程中，那种相互推动、相互促进关系的一个简单粗暴的脚注？

最初提议由我来采写、梳理这本讲述物质生活20年故事的书的想法是在2018年的7月下旬，由斯德哥尔摩飞返香港的国泰航班上确定的。

当时一行七人刚结束了一次为期两周、蓄谋已久的北欧设计、艺术定制旅行。如果说，那趟旅行对大多数的同行者来说是一次标准的鉴赏、学习之旅的话，那么对我来说则多少有些像是放空之旅。旅行前十天，我刚刚向供职了差半年就满30年的报社递交了辞职报告并即时生效，虽然去意已久，但真的"裸辞"离开自己热爱的行当，变身为一个自由撰稿人，用香港的说法，就是成了一个自雇人士，没有压力是不可能的。因为前途未卜，我既未跟老父交代，也没向朋友透露，只是独自品尝着其中的不甘、苦涩和怅惘。没想到旅行才没几天，记不清是在哥本哈根还是在马尔默的早餐桌上，这消息已然传开。原来其中一位同行人与报社某高层相识。晓昱当时笑着问我，怎么连她都没告诉？忘了在尴尬中怎么回答她的，只记得众人纷纷恭喜我脱离"苦海"，不知谁说了一句：那你现在不是有时间做喜欢做的事了吗？在航程的最后，晓昱向我发出邀请：既然你现在是自由身了，那就多花点心思在这本20年的书上吧！

这是物质生活第二次在我"有难"时出手相助。

书吧成立的2000年8月，我正在美利坚如火如荼地游学。希望自己的人生中有一个海外求学的阶段，是我人生规划中的重要一环，那是大学毕业10年——当然也是在深圳生活、工作10年之后，正好也到了知识、理念需要更新、补充的时候。我先后在本地最大的两家报纸做了7年政务／机动记者、财经记者／编辑后，被拔擢至一家新锐财经周报担任新闻部主任，不过一年有余，又被选调到报社的自办发行公司任副总经理。所谓自办发行，其实就是报社的营销部门，以扩大报纸发行量为目的，自然也会兼做一部分物流配送、分类广告代理等。传统上国内报纸的发行是通过邮局征订、配送，不过邮局统一征订的报刊众多，很难为某一家开小灶，加上体制因素，配送效率、质量不尽如人意，费率逐年提升，而相关服务如读者阅报意见的及时反馈则完全阙如，使得当年竞争陷入白热化的报界一时间自办发行蔚为大观。传统报社内部采编人才济济，而经营管理人员稀缺，做采编的向来不乐于改行去卖广告、做发行，更不要说搞印刷了。据说老板解释为什么将我从编辑部调去发行公司的理由居然是——他不是财经报道做得不错吗？看看他能不能做实际的经营管理。这当然是完全不同的两个领域，确也有人在中间转换裕如、无缝衔接，不过在我则更多的是抱着希望了解报纸生产的一个重要环节的想法前去赴任的。时间一长，管理一支1500多人的发行队伍的琐碎和每年发行大战的沉重压力不免让人心生去意。在暂时不可能回到编辑部的情况下，我决定放弃六位数的年薪、停薪留职去美国"自我放逐"。

既然是游学，当然得有个主题。我选了一个当年国内报界绝对的冷门——编辑部管理，开始了一年多以愿意接受我为访问学者的伊利诺伊大学香槟分校新闻系为基地，以结合灰狗旅行与拜访沿途报社为线路，以愿意接纳我作为常驻观察、研究者的当年美国第二大报业集团奈特里德旗下位于明尼苏达州州府的重要报纸《圣保罗先驱报》为定点的游学生涯。这当然是我迄今为止的人生中最为酣畅淋漓、自由无羁的一段时光。问题是，回国以后因此遭遇了一段我称之为"低原反应"的不适应期。

现在回想起来，刚回深圳的我还是有"时差"的。原先发行的同事变得疏离，如愿以偿地重返编辑部，却是一家语境非常特殊的所谓境外报纸，老板器重但做事难度超乎想象，各种掣肘，加上超强度工作带来的身心俱疲，使得这座城市突然变得陌生起来。若重新对回曾经在广袤玉米地包围的静谧校园反思的那种晨昏颠倒的日子又让人充满困惑。

也就在这种纠结的状况下，我与开业不久的物质生活相遇。

这当然是早晚的事，因为当年的书吧常客中不少不是故友就是新知。尤其几个来往密切的新同事，"不是在书吧，就是在去书吧的路上"。经常是，过了午夜快到下班时间，网名"老太爷"的首席记者就打来电话：走，去书吧喝酒。而到了书吧，会接二连三地遇见一连串共同的熟人：OK先生、登徒子、温暖的骨头、鱼儿……当然还有老板一生之水（晓昱），最后不管认识不认识，大家都在拼起来的长桌前坐下，酒酣耳热地在那里轻笑大叫、讨论甚至争吵。而我脑子里出现的却是在《圣保罗先驱报》逗留期间相处两个多月的同龄房东10点前铁定睡觉的镜头；独自在香槟夜路骑车去Orchardown义工家补英语的路上，咬牙切齿地后悔当初泡卡拉OK房浪费时间；甚至看着手里28块一支的"喜力"，还会习惯性地换算成 3 美元（当年汇率）……

终于在一种格格不入的陌生感中，决定离开这座城市，以"遁去"，类似逃跑一样的方式消失了三个月。那个时候书吧还能找到一两本卖剩的女主人的口述历史《用声音抚摸深圳》，我觉得书的序是全书写得最出彩的部分。这个勇敢的女子因为爱离开这座城市，又因为爱的消失回到这座城市。我呢，离开或者回来都与狭义的爱无关，却是因为在这座城市找不到自己和自己想要的东西。

"9·11"事件之后，和"老太爷"一起从上海的APEC采访现场回到深圳。那天晚上，在疲困交加中被他拉到书吧，熙熙攘攘的人群中，喧嚣就像被隔绝在窗外，心不知怎么的一下就静了下来，突然之间仿佛重新回到了城市内心深处。你和城市不再互为陌生人，于是恨恨地想，回了，回吧。

一切都结束了，一切又不得不重新开始。

幸运地从先前那张令人沮丧的报纸撤出来，去做一本城市周刊。在正式接手周刊的第一期手记中，我说，"梦想是未来的最好向导"。书吧越来越频繁地成为我跟朋友们的聚会、碰面、谈事据点，往往是周三，那是周刊刚刚出版，一周之中最轻松的一天，晚上我们会不约而同地到书吧聊天喝酒、认识人、被人认识……晓昱成了周刊的专栏作者，在一个叫《浮世绘》的栏目中，她像《欲望都市》里的作家凯莉，用充满调侃和自嘲的口吻观察并记录下在书吧见识的各色人等，记录下城里三十上下的白领女性，她们怎么看待金钱和幸福、艳遇和出轨，想嫁什么样的人，为何一个人生活，对深圳男人有哪些抱怨，城市生活的快乐和烦恼……那个阶段她在一些报章杂志上的专栏文字后来大多被收入了一本叫《深圳不说爱》的集子中。我在为她这本书写的序里，曾这么描述：

> 连贯起来读，这些情绪碎片正是城市发展某个阶段的社会文化史片段。谁能说这不是一个人对一座裂变城市的心理分析？在我看来，她的

专栏仿如本城第一代移民共同的心灵成长史，书中充满了他们与这座城市并非与生俱来的情感的因缘来由和种种细节，从中不但能清晰察觉出老板娘几乎所有的内心秘密：那些嬉笑、喧闹、逢迎和八面玲珑背后的心事和心思，更会让我觉得我们就是这样共同长大，这样慢慢地一起走过来的。

如果我跟书吧的关系仅止于此，大概也就是一个熟客而已。

一年多以后，我在周刊主编任上被下课。一下子从一周一刊这样一种高速运转的状态变为赋闲，本身就不易过渡，何况又处在一种待处理的状态中，心情自是郁闷。差不多有半年时间，平时经常聚拢在书吧的一帮朋友常约我周末去东部海滨散心，徒步、露营、烧烤……而且还会挖空心思找出各种理由，让情绪不高的我很难推辞。慢慢地，书吧有点像我的半个家。有一次，天下着雨，很晚了，却没有人提出离开，大家好像都舍不得走似的，聊得开心又尽兴……看着窗外氤氲开来的光晕，突然想起儿时的一种感觉。每次在新开河边和同学或者弄堂里的小伙伴打完乌烂泥仗，一身泥巴地往家走的时候，一边嘻嘻哈哈寻开心，一边却觉得好像有什么在吞噬着自己似的，那种感觉难以描述。有对群体生活的深深依恋，有眼看要回到家的樊笼的惆怅和失落，还有些许恍惚的漂移感。

不久，我被分配去筹备报社计划中兴建的所谓亚洲最大报纸印刷厂，打卡上下班，晚上再不用加班写稿，开始了平生最为清闲的一段日子。书吧这时开张近三年，成了深圳媒体圈、文化圈聚会的主要场所，但经营状况并不好。晓昱也想把现有资源整合一番，把书吧搞得更旺。天时地利人和下，日后被视为深圳民间自发营造公共人文空间滥觞之举的"物质生活书吧系列沙龙"悄然问世。

沙龙的横空出世有它的机缘巧合。做杂志时认识了不少朋友，不乏同行，其中就有《亚洲周刊》总编辑邱立本。当年老邱不过五十六七，他出生在香港，毕业于台湾政治大学经济系，在美国的中文大报担任过总编，返港后做过《明报月刊》总编辑，出任《亚洲周刊》总编辑多年。那一段时间，他常来深圳购书、聊天、喝茶，而且慢慢开始把他在香港的一些文化人朋友比如李欧梵夫妇也带了过来——记得有一年是大年初二，他们一起来到书吧和我们喝酒聊天，彼此都有意犹未尽之感。

于是那年盛夏的某个晚上——从时间上推算，应该在2003年的七八月间，四个人避开大群熟人，转移到字墙下的一张四人小桌，边喝边聊，讨论可以一起做点什么。谈起深圳城市文化生活和人文空间的贫乏、单调，以及速食文化、功利主义的流行，彼此"心有戚戚焉"，遂有心做些什么改变现状。发轫于当年秋天的书吧沙龙所有的思路和细节都是在这个晚上的两个多小时里敲定，讨论进行得非常顺利。根据有钱出钱、有力出力的原则，大家各自承担了自己的任务：当时说好由老邱、W君和我负责物色讲者。为了强调活动的公益色彩，也为了减轻主人压力，所有来沙龙主讲的人，无论名气多大，均为义务讲授，书吧负责接待。同时约定经营者不得强行要求听众消费，须提供白水一杯。再就是听众的组织，不能来了讲者却没听众啊，这就涉及宣传推广。书吧请阿东、设计师曾军等朋友义务设计海报，再找人帮忙满世界地张贴——即便在那个年代，这海报也不是随便可以贴的。

每次讲座结束，书吧会邀请听众留下联系方式，以便之后发短信或邮件通知参加类似活动。当然，媒体推广更少不了，向各家媒体提供新闻稿及活动背景资料的工作由我兼顾。还有很多杂事，讲者来了要接待，有时接待起来需要一两天，全天候的。来的都是客，人家不计报酬地来演讲，你总不能连个陪的人都没有吧？晓昱、Linda、端端和我是接待主体，当然这些都是很好玩的经历，比如陪李欧梵夫妇逛街买盗版碟，就学了不少电影和古典音乐知识，几乎是他买一张，我们跟着买一张。开讲之前，还得有个主持，正是晓昱的本行，就由她兼任了。

那天晚上定了由老邱打头炮——做第一讲的主讲人，他很爽快地答应了，而且不久就告诉我们一个很有个人风格的题目，叫"匆忙的文学"，讲他痴迷、热爱、寄托无限情怀的行当，亦即"昨日的历史，今天的新闻"的传媒业。至于接下来的人选，我们想到了"师奶杀手"马家辉等几个，但也不着急，考虑到大家都有别的工作，计划每两三个礼拜举行一次，并不硬性规定，宁缺毋滥。因为出发点是为了丰富市民的周末文化生活，时间就选在周六下午……

第一讲的时间变更了几次，终在当年"十一"长假之后成行。邱立本果然讲的是"匆忙的文学"，他提醒听众，在八卦新闻大行其道之时，尤需警惕商业力量对表达自由的钳制和侵蚀。听众不少为媒体从业人员，也有学生、公司白领，出人意料的，不少是附近社区居民。第一讲大概来了听众七八十人，来去自由，有的站着听了一会就走了。这种讲座的好处是交流起来方便，形式上也不是正襟危坐的授课，发问、讨论的时间倒占了一半多，讲毕还有不少听众围着讲者……基本上按着我们最初设计的样式走下来了。

接下来是当时在香港城市大学中国文化中心担任主任助理，同时兼编《明报》"世纪"副刊的马家辉，他讲"香港报纸的副刊文化"。小马哥挟当年"锵锵三人行"的声势，书吧为之爆棚，我们的信心也一下来了。第三位讲者是本土摄影家王琛，这是我有意为之。他介绍了自己长达数年的一个拍摄项目，也是一本新书《发现"转场"》，用大量精彩的图片展示了新疆哈萨克族牧民每年的转场经历，是有趣的话题。

再就是当时从哈佛大学退休回港不久的著名学者、作家李欧梵。李教授那时经常带着新婚太太来深圳，那次讲的是库哈斯"通属城市"的理论和概念——可能是深圳的公众场合第一次介绍这位建筑大师。不知道别人怎么样，对我的影响很大。讲到兴起之时，喜爱音乐的李教授居然表示，可以考虑将来把自己收藏的部分唱片放到书吧。不久，李欧梵介绍库哈斯的哈佛学生、当时在香港中文大学执教的台湾建筑师刘宇扬专程来书吧介绍库哈斯团队20世纪90年代中期在珠三角进行的以深圳为核心的粤港澳城市群落"大跃进"研究项目，又介绍好友、芝加哥大学政治学博士、香港通识教育机构禧文社创办人邓文正介绍香港的"两文三语"运动——邓既是李的至交，也是李妻的前夫和表哥……当然还有他的台大外文系同学白先勇。彼时白先生正好要来深圳推广青春版《牡丹亭》，通过李欧梵的介绍，书吧顺利邀得他来到书吧现场与读者互动，专题介绍昆曲《牡丹亭》。白先生到书吧的第一句话就是："一进来看到门口非常亮丽的书吧，我觉得很有创意，我可以在这里面看书、买书，喝东西，和朋友聚会……"

这样一个城市公共文化空间的形塑得益于方方面面的支持和帮助。朋友的相互介绍，是资源捉襟见肘的"书吧沙龙"能滚雪球般进行下去的主要原因。比如当时已经很少公开亮相的沙叶新的讲座就是由书吧老友邓康延联系的；当年的青年导演彭浩翔之前从香港到内地基本上是"跳过"深圳，后经我的朋友、经常往来深港两地的前媒体人、创业人士徐心华介绍，他欣然来到深圳讲述他的电影梦。

跟很多讲者是通过朋友联络的不同，许鞍华完全是我在香港街头撞上的，向她自我介绍并发出到深圳做讲座的邀请的时候，她并不认识我。那是在2004年4月初的香港电影节上，记得在今天已结业的湾仔影艺戏院门口，我们都在排队等候入场，看上午的第一部片子阿富汗电影《奥萨玛》。那次，我排在第二位，前头是一个个子不高、打扮中性、有些严肃的老太太。进场的人中有的认识她，惊讶地和她打招呼，问她为什么不去领票呢？她似乎全无机巧，茫然以对，直到人家说可以去哪里哪里取票，她才恍然大悟似的告诉对方，她要一套票！电光石火之际，我一下子想起一个名字，于是装着不经意地瞥了一眼她的嘉宾证，隐约看到上面的英文名：Ann Hui。恰巧这时轮到我们进场，我当机立断趋前做了自我介绍，邀请她到我们这个新生的沙龙主讲。有几分错愕的她认真地听着，并不表态，只是问：你们为什么要请我？场子黑了下来，匆匆之间我只说会通过电邮联络她。

多年后，我从邮箱中"打捞"出了这封当年贸贸然发给许鞍华的邮件：

你好，许导演。

我是深圳报业集团的金敏华，四月香港国际电影节期间在湾仔的影艺戏院向你做过自我介绍，当时也邀请你得闲时过来深圳办讲座。之后我因为到欧洲公干，不久前才回到深圳，和朋友们在筹划近期书吧的活动时，大家都希望得到您的支持，能来深圳讲讲您的电影世界和导演风格。

先简单地介绍下我自己。我是1989年初来到深圳的，一直在深圳的报界工作，之前是《深圳周刊》的总编辑，现在深圳报业集团筹备一个新的印务中心。深圳报业集团旗下目前拥有十张报纸、六本杂志，基本垄断了深圳纸媒市场。

因为感觉深圳作为一个城市，公共文化空间匮乏，于是从去年十月起和几个朋友筹划在一个叫物质生活书吧的地方（气氛有些类似香港百老汇电影中心旁的Kubrick书店），基本上每两周邀请一位港台文化界人士来深圳与本地青年做交流。内容涵盖城市文化、建筑、文学、戏剧、摄影、电视电影，前后请过邱立本、马家辉、李欧梵、沙叶新、刘宇扬、彭浩翔等十余人。基本上每次都有近百听众，多的时候书吧爆满，大概能容纳150人。但其实听众再多，也不过百来人。我们的想法是通过书吧这个原点，尽可能把讲者的声音传播开去。所以每次讲座我们都会和媒体联系，邀请本地及广州的报纸、电视媒体记者前来采访。由于这个活动是纯民间的自发公益性活动，所以听众到书吧是免费入场。而讲者也是不取分文，但我们会负责到香港接讲者，也希望讲者能在讲座之后和组织者一起吃个晚饭，如果有可能最好可以在深圳住一晚（我们会负责住宿，以往的大部分讲者都在深圳住了一晚）。

我记得上次您问过我，为什么想要请您做讲座。原因其实很简单，这里有您的很多热心观众，他们喜欢您的电影作品和电影语言，也欣赏您对电影的痴迷。从我个人的观点看，香港和深圳越来越像一座双子城，但是两地的文化纽带似有还无。我觉得民间的自发交流或能增加双方的了解。而您的到来兴许能进一步激发此地观众对港产电影的关注。事实上，从我在这里联络的情况看，听说您有可能来深圳和本地青年做交流，深圳媒体反应极为热烈，比如刚刚上星的深圳卫视《人物》栏目已经提出希望能允许他们做专访。请原谅我非常冒昧地提出这个要求。如果您能安排出时间来深圳做讲座，只需告诉我们具体日期（我们的活动一般在周六的下午进行，从二点半到四点半，讲45分钟到一个小时，交流时间一个小时到75分钟），方便的话再给我们发一张照片或者您的有代表性的电影海报，以便我们制作讲座海报。此外由我们来安排别的一切。

再一次感谢。

与许鞍华不过一面之交——而且这一面短得只有几分钟——我发出电邮不久，她就来了电话，表示愿意在深圳讲讲当年的香港电影新浪潮运动。翻查资料，才发现当时我其实提供了三个演讲主题："新浪潮和香港电影的今生后世""'许鞍华电影'元素/许鞍华的电影世界""女性角色和香港电影"，结果许导演选择了第一个。她特别表明，自己经常来深圳，到时候会自己一个人悄悄走到会场；不用安排住宿，不用酬酢往来……

多么的不可思议！

那个周六下午，在物质生活书吧，今天贵为威尼斯国际电影节终身成就奖得主，昔日的香港新浪潮电影运动大将，一头短发的导演许鞍华就这样突然空降，和当地影迷细述自己和电影以及这座年轻城市的缘分。

"1988年拍《今夜星光灿烂》的时候，1/3的镜头本来是放深圳拍的，后来因为林青霞过不来，只好转移到了澳门，"到底是导演，留在她脑子里的场景都是电影镜头一般，"记得自己一次走在(深圳的)一条小街上，路过一间酒吧，里面传出喧闹的摇滚乐声，一位军人正好骑着单车经过……反差很大。"

"我很喜欢深圳这座城市，看街上人走路的样子就感觉到这里非常的'Energy'，好像回到了六七十年代动力十足的香港。前几年我常常陪母亲到罗湖商业城买东西、吃饭……"但其实这次北上，许鞍华既不是为了消遣更不是偶遇，而是她正在深圳和编剧"磨"一个剧本。换言之，她是从自己的工作时间中拿出一块来"贡献"给深圳的影迷。她也不是一个高调博宣传的人，却极为配合地接受了本地媒体的多个约访。

从这件事情上，完全可以看出我对沙龙的投入程度。这种投入跟你在整个过程中感受到的能量是成正比的，不在其中经历、体会过，很难想象。我这种无条件的付出曾经被人很自然地质疑，甚至有人直截了当地问：听说你在书吧有股份？我听了，心平气和地告诉他，有啊，精神股份。

就像以前我只知道许鞍华是个影痴，平生唯爱电影，甚至为了拍成电影不惜减薪。这次之后才感受到其实电影就是她的生命。只要与电影有关的事情，她不做二想，只管去做。

许鞍华是物质生活书吧邀请的第十一位讲者。有时也会惊讶于这些讲者的理想主义色彩和那种淡淡的却挥之不去的"赤子情怀"。那次讲座中，有听众问，钱在电影制作过程中起的作用是决定性的吗？许鞍华以她一贯的实在风格回答说：我觉得想象和感情是更重要的因素。至于是否能让观众引起共鸣则是导演的功力和水平问题。

许导后来还专程请我在尖沙咀半岛酒店喝了一次下午茶，理由是为她筹拍的一部新作确认、了解一些内地生活的细节。她讲过一句话，大意是走在香港街头，看到一对恋人走过，她完全能想象得出两人之间会说什么话、有什么动作，但如果是上海街头的一对恋人走过，她就完全没感觉。当时已经在内地开始"合拍片"的导演多少有些面对新挑战的无奈和无力。

现在已经想不起来她将电影《天水围的夜与雾》的编剧张经纬介绍给我的缘由。经纬兄后来跟我交往颇多，我们曾经在"圆筒"捣鼓出一个"深港影像纪录双城志"的活动，那又是另外一个故事。当时他和翁子光等人都在一个青年录像导演会担任技术监督，实则是为香港的中学生短片做监制，他们希望"借此创造出一个新的风潮"。有一次，经纬兄带了一位香港中学生来深圳，间中到书吧找我聊天。说起拍东西已不再为"专业人士"所垄断，随着DV和电脑剪接器材价格的平民化，高中生也可拍出他们自己的声音，而且年轻人的作品往往比很多所谓"专业人士"更大胆、更有创意。那次其实是他带了学生去中山，拍一个追访了一周的布吉中学女排队员。这是他们正在拍摄的"深圳青年过暑假"系列纪录片之一，希望通过香港中学生拍摄深圳中学生，看出两地文化和思想的异同。球员本人和老师同意拍摄，但到了中山，组织者反对，只好放弃拍摄计划，虽然他有不解，我却爱莫能助。不过他似乎未受那次"事件"影响，告诉我说已在深圳物色、接触了一些可供拍摄的人物，包括中学生党员、准备第一次来港作自由行的18岁青年、因祖业而家境富裕的土生土长高中生和一些刚刚从乡下来到深圳的青少年，"拍摄他们初到贵境的艰苦"。这个祖籍深圳湖贝村的年轻导演后来以纪录片《音乐人生》脱颖而出，成为香港电影金像奖最佳新晋导演奖得主，而我当时好奇的是，他为什么愿意去做这些事？是什么东西在支撑他这样做？

答案在另一位导演的一次演讲中部分地得到了。34岁的贾樟柯讲述VCD，DVD和DV的出现，流行对20世纪90年代之后亚洲新电影运动的革命性影响。有人问他，拍电影的热情来自哪里？贾樟柯用一口山西普通话说：如果我不是拍电影，现在可能就是汾阳卖熟食的小摊贩，或者是那里的邮差、小学老师……那时候县城里来了一个走穴的歌舞团，现在想起来，他们的歌声都是走调的，舞跳得也是不堪。但我现在仍然记得他们打的广告是表演"沙滩柔姿霹雳舞"，向往得不得了，山西没有沙滩啊！我拍电影，就是为自己曾经遭遇过的封闭而拍。说到这里，全场静得可以听见掉针。而在导演彭浩翔的心目中，电影就像"失物认领处"。他相信，一部好的电影一定能勾起埋在我们心灵深处久已失却、似乎再难唤醒的情感，就像"失物认领处"里蒙尘已久、无人认领的失物。在岁月的长河中，在成长的过程中，我们不经意间扔掉的东西，比如为理想而牺牲，比如对事物的执着，有多少人记得要把它们捡回来？可是进了戏院，当灯光熄灭，通过别人的故事，那些属于自己的往事、自己的情怀居然重新浮现，那种久违的东西慢慢地回到心灵，这就是一部好电影带给我们的情感共鸣……

当年彭浩翔正筹拍一部反映黄花岗烈士的动作片，那天中午时分才从香港赶过来的靓仔导演开讲时一脸严肃，一反私下的"鬼马"性格。他用粤语说，晓昱用普通话"翻译"。城中一众影痴聚拢在这个三十出头的青年导演身边问他，第一部剧情长片锐气十足，何以票房惨败？第二部票房不俗，可是似乎生气不再？是否导演越有钱就越拍不出好的电影？如何平衡商业与艺术的冲突？……对于这个从12岁开始就自演自拍，26岁时肯拿出12万港币积蓄拍一部12分钟短片，会为自己没有机会拍电影而失声痛哭的人来说，这次在书吧的讲座，也许只是无数影迷会面的其中一幕，但它实实在在地构成了书吧历史的一部分。还记得跟彭浩翔在香港街头"接头"的一幕。也是电影节期间，我正好在香港"赶场"看电影。那天是周末晚上，经过多次联络，互凑时间，我们终于约好了在两部电影的间隙，在湾仔地铁站轩尼诗道出口处见面。他给了三张海报：电影《买凶拍人》《大丈夫》和舞台剧《再生缘》。我当晚拿回深圳以便让阿东制作周六的沙龙海报。然后他匆匆去中环看前一年获圣丹斯电影节评审团大奖的电影《父子MJ真人SHOW》，我则在影艺就近看阿根廷电影《众里寻他》。

彭浩翔对电影的看法，其实也启发了我们。对于像书吧沙龙这样的文化活动，虽然在当年的深圳并不多见，但不管是官方还是民间发起、主办，某种程度上不也是"失物认领处"？

跟建筑师刘宇扬的交往一直持续到今天，但其中并非没有波澜。最初，李欧梵教授推荐宇扬到书吧讲述库哈斯1996年两次带学生"潜入"珠三角进行田野调查的经过，库哈斯和他的研究团队后来出版了720页的珠三角城市发展报告《大跃进》（*Great Leap Forward*）。宇扬既是库哈斯的哈佛弟子，又是参与研究项目的小组成员，当他在书吧播放八年前的"秘密旅行"幻灯片时，似乎给所有人呈现了一个全新的深圳，一个面熟却陌生的城市。在红岭路口鸟瞰，你惊讶地发现原来林立的高楼咫尺之外就是新界的格子水田……当年库哈斯的足迹遍布珠三角的港、深、莞、穗、珠、澳，而深圳成为他"杜撰"的所谓"通属城市"的典范。"在那里城市现象爆炸的情况使得所有的都市规划史、所有约定俗成的观念变得完全无用、脱节甚至荒谬。"你觉得挑衅也好，故作惊人之语也好，库哈斯珠三角之行产生了75条术语，他甚至把每一条术语都打上了注册商标©，意即他有独特的诠释和理解，从某种程度上说，不妨认为老库是深圳的辩护人或者发现者。

很长一段时期，我的生活与物质生活书吧有相当大的重叠。真正的夜晚往往是十一点以后才开始。常常是，我在办公室写累了，这时召唤的电话也来了，于是放下工作在报社后门打个车就去了书吧。到书吧后第一件事，我喜欢先在前面的展书区看一会书，经常是看不了几分钟就被人拽走了，有时聊着聊着又溜出来翻书。到了夜半时分，有几分醉意地出门，指挥出租车司机从百花二路到华强北，绕过复杂的立交桥，经过车管所拐上北环大道，回到梅林的家……这段路可能是我在深圳最熟的线路，或者仅次于上班路线。有时我们开玩笑，如果要寻朋友中的某个人，不用打电话，直接去书吧，十之八九他会在那里。那也是物质生活书吧的文化沙龙开展得最为如火如荼、轰轰烈烈的一段时光。

在近五年的时间里，周国平、林奕华、吴思、毕飞宇、吴文光、史建、谢泳、余世存、张曼菱、舒国治、洁尘、祝勇、闻黎明、孟席斯、王天兵、刘元举等知名文化人、艺术家、生活家都曾在物质生活书吧举办讲座，张五常、贾平凹、朱德庸、王小帅、吴小莉、窦文涛、许戈辉、陈晓楠、应天齐以及"欧元之父"蒙代尔等名人也是书吧常客。这家偏居白沙岭一隅，集书店、酒吧、咖啡馆于一体的书吧，靠先后举办的上百场活动，成为深圳文化活动的标志性场所，同时也是深圳的一个文化据点或枢纽。来来往往于书吧的不少文化名人有感于主人的情怀，往往自告奋勇提出来书吧做文化义工，他们在深圳与那些年轻、充满热忱的听众分享的或许是一个小小的概念，或许是自己参与的一个项目、一本著述、一场文化运动、一个电视栏目，但实际上他们给这个城市的何尝不是一种信念、一个观念的启蒙，是一个建设中的人文空间和一腔知识分子情怀？

天下没有不散的筵席。十年前我离开生活了21年的深圳远赴帝都，离物质生活书吧远了，每年只能在回深圳公干时才会抽时间去一趟书吧。有一年秋天，等车去东部大鹏半岛杨梅坑附近的中国杯帆船赛赛场，我特意把上车地点定在书吧门口，提前半天在中午时分就去那里编写我专为帆船赛创办的一年四期的《中国杯快报》。之前少有白天独坐书吧的经历，那一整个下午的体验至今难忘，安静、自在，仿佛回家：熟悉的环境，熟悉的店长。其实离开深圳前，有相当长的一段时间，已经不是三天两头往书吧跑了，只是毕竟那里是我在深圳最常去的地方之一，有时去附近办事，也会特地绕到那里，见见熟人，打个招呼，看看有些什么新书来了，这样子回家好像比较安心。那时我的床头书中有一套购自物质生活的江苏教育版"布鲁姆斯伯里文化圈"丛书，包括《隐秘的火焰：布鲁姆斯伯里文化圈》《岁月与海浪：布鲁姆斯伯里文化圈人物群像》《回荡的沉默：布鲁姆斯伯里文化圈侧影》等四本。布鲁姆斯伯里（Bloomsbury）是伦敦大英博物馆附近的一处地名，也有人把它翻译成百花里。1907年至1930年间，一批当时最有思想的作家、画家、哲学家、诗人及经济学家经常聚集在布鲁姆斯伯里地区，这一家庭沙龙式聚会逐渐形成所谓的"布鲁姆斯伯里团体"，对当时的英国文化有着很大的影响力，像小说家福斯特、亨利·詹姆斯、赫胥黎、弗吉尼亚·伍尔夫，诗人托·斯·艾略特，经济学家凯恩斯和夫人，哲学家罗素，画家邓·格兰特，音乐家西·特纳，艺术评论家罗·弗雷，雕塑家亨利·摩尔等都是这个沙龙的座上客。有人评价："布鲁姆斯伯里的这些人是由于才能的血缘关系结合在一起的。"凑巧的是，物质生活书吧，这家深圳历史最为悠久的独立书店所在的社区也叫百花社区，书吧的位置正好在百花二路和百花五路的交叉口。20年，虽先后经三次重装，风格有所微调，但所在地从未有变。只不过，创办之初，并没想到，20年间，进进出出物质生活的本地或者外地文化人能积聚起如斯的文化能量。这家老牌社区独立书店能在深圳社会、文化生活中扮演一个如此独特的城市创意力量推进器角色，而且完全是民间主导。

更为无巧不成书的是，四年多前我因家人工作调动，再度南下，来到我称之为"世界最大双子城南区"的香港。之前我在美国生活过的香槟－厄拜纳、明尼阿波利斯－圣保罗其实都是双子城，但一是人口不过十来万的大学城，一个宁静的美国中西部小镇；一虽然是明州最大城市与首府的组合，但都会区人口不到400万，位列美国第14大都市区。再看港深组合（Hong Kong-

Shenzhen），绝对是总人口远超2000万的所谓Mega-City（巨型城市）。而我此时入职的报馆正好是差不多20年前决然离开的那家"境外报纸"！仿佛宿命一般，但这或许多少可以理解为什么时隔多年我还是选择在那里终结自己的职业生涯。

从北欧回来没几个月，晓昱请我到深圳商谈物质生活的下一步运营。事出突然，原本她计划在深圳体育中心的御风者俱乐部隔壁新办一家2.0版的物质生活，面积将是老书吧的3倍多，差不多有1000平方米，连设计图都做好了。讨论新书吧的设计时我还专程从香港赶到设计师在华侨城东方花园的工作室参与，也因此认识了新书吧运营团队的一帮年轻人，他们来自北京，有着一堆酷酷的、充满锐气的想法，已经在深圳租房常驻。没想到为了主办国际女子网球协会（WTA）年终总决赛，政府决定将包括深圳体育馆在内的整个体育中心推倒重建，一时舆论哗然，工程暂时停顿，从投资者的角度，既然有如斯风险，自然不敢轻举妄动。不得已之下，心有不甘的晓昱之后联手设计师干脆先将老物质生活重新设计，但遭遇打击的年轻运营团队不可能在深圳干等，班师回京后又有了新的工作，花100天时间重装的书吧一下子面临无合适运营团队的窘境。此时晓昱想到了正赋闲的我，但毕竟我身在香港，不可能天天过来深圳，她又找了中国杯运营团队的吴小姐过来书吧担任日常运营，而我则负责重装后书吧的讲座、活动、展览等一揽子内容筹划，也包括书籍的选择和进货，后来又兼顾起店内文创产品的运营。我自命为书吧首席内容官——CCO，城里著名设计师黑一烊山河水团队则帮忙扮演书吧创意总监的角色，一台戏就这样匆匆忙忙又热热闹闹地唱将起来。这时距离商定的2018年12月23日下午举行书吧重装返场仪式的日子不到一个月，装修虽已接近收尾，但店内一片狼藉，待进场的新书还不知在哪，新的开幕展的筹划更是千头万绪……

当时的忙乱不堪焦头烂额，现在能回想起来的，只剩两点：重张的日子很不幸地跟之前规划的两家人同游台湾计划撞车，因为不能退票，最后只能我独自改签，这当然使得我改期到春节前的台北之行后来变成纯粹的独立书店考察之旅；再就是最后的冲刺期，连着几天都没回家，在新书吧的绒面沙发上躺一会儿挣扎着起来继续干活。尽管书吧展示、售卖的书籍量并不算大，但要在短时间内完成采购、运输、归类、上架……不得不说这不光是一个脑力活，更是重体力活。

从那时开始一直到2020年初的一年多时间里，我在书吧的角色彻底转换，从一个支援的义工，变为直接策划、落实、推动运营的新书吧共同发起人，这中间经历的种种将是这本书接下来要讲述内容的主要灵感来源。

事实上这一年多的深港两地穿梭生活，大大拉阔了我的生活空间。差不多每个周末都会赶到深圳的频率，使得这一年往来两地的次数超过了之前三年的总和。从晓昱找我询问运营书吧意愿、一起参与多位专家对新书吧定位的脑力激荡开始，阔别多年重新回到物质生活，这时的我已过知天命之年，对城市公共文化空间的物理形态、核心要素、可能性、运营之道的认识和体会，较诸20年前有了不小的变化，而书店的生存环境、社区人口结构、城市发展带来的城区盛衰、地位变迁，尤其是书吧的服务对象也都有了极大变化，加上整体社会的阅读习惯、形态、风尚迅速衍变，这种种都给书吧的运营带来新的挑战和契机。

重新看回物质生活书吧所在的白沙岭，你会发现这里不但是深圳开发最早的城区之一，而且光幼儿园、小学和中学等大小学校就超过10家，且大多是所谓的名校，更有数不清的教育、培训机构扎堆于此。一方面是学霸养成地，另一方面随着城市建设的一日千里，整个城市中心不断西移的现实和趋势，这一教育资源密集的名校聚集地已经面临着承担老城区活化、振兴、复苏的重任。作为白沙岭片区居民的集体回忆之一，也是社区人文面貌的重要塑造者，位于三岔路口的物质生活书吧在推动旧城复兴上能够做些什么？

三岔路口始终是物质生活的一个重要意念或意象。

日本代表性的平面设计大师、艺术家横尾忠则曾有"Y字路系列"作品，以故乡的Y字路风景为主题，并混杂过去、现在、未来，幻想与现实。他创造出的"Y字路"概念，就是通常所谓的"三岔路"，也是"三角窗"店面所在地。在台北生活10年之后的栖来光（Sumiki Hikari）受此启发，曾撰写《在台湾寻找Y字路》一书，致力于挖掘都市丛林中常被遗忘的Y字路风景，带领读者认识城市角落之美以及隐藏在台北大街小巷中的"消逝时光"。其实城市发展同样面临着"Y字路"抉择：拆除还是保留？向右走抑或向左走？但多样性的路口，或许已经给了我们"新旧并存"的启示。

在老物质生活，靠"三角窗"的位置向来是最受欢迎的。这是街边店的优势，随着白沙岭片区社区感的不断强化，这家虽处社区深处，却又距离华强北仅一箭之遥的路边小书店更添了几分后巷魅力。

小店的挽歌近年不断在国内城市响起，某种程度上是陷入了求大求洋求一律城市发展观的误区。很多城市不好逛，没有生活气息，没有烟火味，就是因为城市管理者忘记了街边小店是城市生气不可缺少的一部分，城市的活力就在弄堂里、胡同中，就在转角的街边；忘记了生活气息才是一座城市的精髓、温度和底蕴，而未必是那些千人一面的购物中心里的潮店。城市的魅力不仅仅在于地标建筑多么雄伟壮观，也在后街——繁华主街的背后，它们往往更是城市的宝藏：有年头的独立书店，不属于常规连锁店的咖啡店、特色服装店、买手屋，老字号小吃店和慰藉夜归人的深夜食堂、酒吧……这些路边小店的温馨记忆和光影，实际构成了世界级都市的人文精神，历史文化由此积淀而成。纽约、伦敦、巴黎与东京等城莫不如是。

建筑师出身的香港著名实验演艺团体"进念·二十面体"联合艺术总监及行政总裁胡恩威曾在他连印4刷的《香港风格》一书前言中这么写道：

纽约、伦敦、巴黎、东京等国际大都会，都非常重视街道的保育，以及中小型业主业权的保护……香港现在最需要保育的，是旧区的小街架构以及多元的小商户文化，纽约、伦敦的政府近年均大力推动街道保育，并进行系统性的街道生态研究，街道作为公共空间和社区空间的各种可能，街道与步行和骑单车等环保交通观念的系统发展……我们今天要保卫的，是香港的街道，是香港的小业主业权，是香港人的多元生活空间：小贩、排档、小店、民居。香港人不需要豪华会所，香港人需要更有人情味的生活空间、居住空间。可以漫步的街道空间、可以让大家呼吸的生活休闲空间，小小的茶室、咖啡书店、士多。大型发展和小商户是可以共荣共存的，东京就是好例子。香港旧区最宝贵的就是那些小街，把小街拿走，就是把香港的精神消灭。[1]

　　他颇为尖锐地指出，香港目前面对的困局是，空间只是一种投资的资产，而不是作为生活和创新的空间。不仅是香港，被公认为国内城市肌理最为宜人方便的上海同样面临类似挑战。

　　几年前，一篇《抢救上海小店》的文章传遍朋友圈，甚至引起了正在参加上海"两会"的不少代表委员的关注。里面讲到上海马路上的每一家实体店近年经受的三波冲击：电商、房租以及爆米花一样开业的购物中心。面对这个不停响起小店挽歌的时代，作者毫不犹豫地回怼，马路上的"10年＋"小店，才是上海未来的百年老店。"不要小看10年，这是以95%的小店丢盔弃甲打底的。"何况还是一家20年的独立书店。

　　书店不仅让时光慢下来，有时更给读者带来整个世界。书店帮助市民提

---

① 胡恩威.《香港风格》自序. E+E 出版社.17-18 .

升人文素质的同时，也参与塑造城市气质和人文风貌。一座进步的城市，无一例外有传奇的书店和动人的故事，无论是伦敦查令十字街84号的温婉传说，还是Foyle兄弟创办于1903年、至今仍属家族所有，并已发展成为欧洲最大也是伦敦最为人所喜爱的独立书店的福也尔书店，或是巴黎左岸的百年老店莎士比亚书店，在旧金山湾区不懈地发出文化之光的城市之光书店(City Lights Booksellers &Publishers)……在华人社会中，有人说，台北之所以迷人，是因为隐身各处的阅读空间与读书风景，是台北人文品位厚度的无形文化财富。阅读的城市，必然温润而细腻，亲切而温暖。不需在硬件上争胜，不必在造型装扮上斗艳，却透出一股深厚的文化底蕴，吸引人一访再访，乐此不疲。

至于独立书店，并无明确定义：规模小、运作不跟随市场大势、另类而小众……都是她的特点，却不是必要条件。有人认为，或许独立书店根本不是一种分类，只是一种抗衡主流书店逻辑的姿态，填补流行读物和实用书籍之外的空白，独立书店销售的出版物往往钟情视觉艺术及绘本、本土文学、社会议题、独立杂志等大类。

台北樱桃园文化的丘光认为，"它的特色必须要很鲜明，能够在大众市场中脱颖而出"。国外对出版的小众市场接受程度比较高，虽然占的市场份额不大，总量却不小。因此那里的独立书店大多比较专业化，全然卖诗集、全然卖食谱等。相较之下深圳的独立书店概念比较广义，只要拥有个人特色及理念，都可以被视为独立书店。

事实上，今天的物质生活书吧更像是一个文化实验室、一个媒介、一个平台，它联结着许多面向，不光只是卖书（在书籍的选择上，她更多着眼于小众中的大众）这件事，而是串连起书、阅读、文化与人之间的活动，串连起想要彼此交流的人们。有趣的是，当年居住在深圳的作家慕容雪村正是在书吧一边喝着咖啡，一边完成了他的《天堂向左，深圳往右》。今天，虽然作家已经移居他城，但书吧却成为网上精选的120个全球最美书店之一[①]，并在2010年获封南方阅读盛典“华语世界最具影响力人文书店”及全国民营书业评选——阅读推广奖。

2014年，《南方都市报》为书吧女主人晓昱颁发“深港生活大奖——年度人文奖”；2017年后院读书会年会则授予晓昱“最美读书人”奖。

都市文化空间是城市创造力建构的有力生长点，其发展一方面反映人们对城市文化业已存在的认知，另一方面也不断协助人们对城市形成新的想象。都市文化空间的良性发展一旦与城市的整体发展有效结合，将使都市文化空间成为筑构城市创造力的良好契机。在深圳，类似独立书店这样的都市多元文化空间，较之20年前，甚至10年前已经有了长足发展，但街头不时响起的挽歌仍然在提醒我们，如何在政策和资源上对这样的城市文化空间进行扶持、导流和加强，已是迫在眉睫。作为城市的老牌文化地标，物质生活书吧重装返场引起了不少企业、机构、读书会的关注，书吧也开始应邀为一些读书会策划读书分享活动或筹备读书会，不少文创机构、园区、场所有意邀请书吧前往复制运营模式。这种种，似乎在印证这么一种说法：好的文化空间是培育和承载城市文化生态多样性的重要场域。文化空间提供的并不只是商业化的消费活动，还有独特的创作环境、生活方式。足够成熟、足够文明的城市，才能诞生出形态丰富的城市文化生活美学。

①“一网打尽”！120 个全球最美书店了解一下，https://weibo.com/ttarticle/p/show?id=2309351001054228227466976801&infeed=1&sudaref。来源：寰视书社。

第一章　摆渡人

香港海事博物馆是我有事没事喜欢去转转的地方之一，很大一个原因是可以坐天星小轮渡海前往，十分钟的航程是难得的冥想之旅。

这次去海事博物馆是为了一个筹措了四年之久、刚刚开幕的年度大展"花旗飘洋——1784至1900年远航来华的美国商人"。海事博物馆副总监、策展人陈丽碧希望通过这个展引领参观者"重新考究早期中美贸易和文化的故事，从中领略到两国在共同历史中的双边利益关系，从而启发后世"。

参观过后，我邀请陈博士选一个空闲的周末，到物质生活向深圳的观众推荐这个难得一见的大展。两个多星期后的一个周六上午，我已在约定地点接上她和男友，一个小时后，我们已到达书吧。看到门口张贴的以19世纪70年代一幅母子画像外销画为设计元素的海报，陈丽碧不禁莞尔：这幅图像最具玩味的地方，是画中的室内究竟是在房屋内，抑或是江滨的花艇内景？而左上角的广州口岸景观，是珠江岸旁建筑物窗外的实景呢，还是挂在墙上带框的"画中画"？这幅由专绘外销画的广州画室"河南关汉记"所绘制的油画正是她下午将重点介绍的展品之一。

冬日的暖阳洒在物质生活的蓝色大厅，显得格外静谧、舒适。20来个听众在物质生活组织的讲座中人数当然不算多，不过除了附近社区住户，不少是本地热衷海洋文化的业余研究者，又或者是喜欢历史的一般听众。陈博士认真地用一口不甚熟练的普通话讲述起展览背后的故事：

> 为何一众美国富商及总统华盛顿皆纷纷渴望购买"中国制造"的货品？中国历史上首位百万富翁在国际贸易中的致富之道又是什么？
> ……

尽管大部分不是专业听众，但陈博士讲完之后，还是有很多人围上去就展览内容进一步讨论，活动大受好评。据说一个星期后，会场上的两位航海迷直接去了香港海事博物馆看展，还找了陈博士进一步交流。

那天晚上，当我把陈博士送回家，已过十点。在回家的路上，我不由得想起了当年接送李欧梵夫妇来往深港间的往事。

与李欧梵夫妇的初识，是在 2002 年的大年初二晚，接到邱立本电话，说是教授正在物质生活书吧。跟到深圳来过年的父母解释了一下后我匆匆赶去。当时在港大担任杰出访问教授的哈佛学人李欧梵刻意选择在新春期间携新婚夫人到深圳触摸"人文空间"。一行人先到书城体验"精神生活"，接着到华发路一带领略"深圳铜锣湾"的别样风情，晚上则在物质生活说出一番有关城市间"他者"的妙喻。早在 1998 年，李欧梵就在《读书》杂志发表《双城记》，点明香港和上海互为"他者"，而台北则被他戏称为"双城的婚外情"。而当晚教授则将广州列为深圳、香港"双城记"的"第三者"。

聊天时他提到香港找不到一处像物质生活书吧这样书香气息浓郁的沙龙式聚会场所，当时的我们说实话有些将信将疑。看到书吧前不久举行的"DV下午茶"海报，一生钟情电影和音乐的教授更是赞不绝口。他对同场的深圳文化研究者建议，深圳书城应该到香港开分号，认为未来的福田中心区音乐厅接纳来香港演出的境外艺术团体的效果恐怕要好过荃湾、沙田——说这话不过五年多后，我居然真的在深圳接待了到深圳音乐厅欣赏祖宾·梅塔指挥的开业演出的李欧梵夫妇。

返港后李欧梵写过一篇题为"深圳，发现文化动力"的文章，这位写出《上海摩登》这样的经典著作的都市文化研究者在文中写道：

> 我对"人文空间"的定义很广，也很随意，举凡咖啡馆、书店、演艺场所、唱片行，甚至专供行人用的过道都不放过……
>
> 他们带我到深圳福田区有名的书吧"物质生活"，颇使我想到台北，

非但店主晓昱小姐也是一个出身广州中山大学中文系的作家和文化人，而且店内的装饰——摆满了精选的书——甚至店名的反讽意味也使我想到台北的书店和咖啡店。

在文章的最后，李教授为深圳文化建设打气：

> 诚然，深圳的都市文化还不够成熟，有"硬件"而"软件"仍嫌不足……我反而觉得深圳可以把香港自我标榜的口号据为己有——"动感之都"。

要知道，那是深圳经济实力仅为香港六分之一、七分之一的时代。

李欧梵夫妇再次到深圳，是 2003 年 11 月 15 日。一个周六的下午。那次是应物质生活之邀专程而来，他以"寻找城市失落的灵魂"为题做了一次公开演讲。回过头看，这次演讲其实是深圳城市文化史上一次非常重要的不自觉状态下的思想宣示，而对李教授来说，则是有意识地在进行思想"点火"。虽然他手中并无半页讲稿，只带了一本在澳门一家小书店里淘来的小书——好像是由法语转译的台版中文书，叫《库哈斯两场对谈暨其他》，他侃侃而谈四十分钟，之后又花半个多小时跟读者交流。全场活动结束后，一班本地媒体记者正在书吧的一个房间里等着跟他继续研讨当天的主题。这其实很"李欧梵"，他一贯的态度就是：不喜欢在那些唬人的大场面拿着稿子公开演讲的方式，反而更愿意在这样的场合闲谈。虽然他认为邱立本代拟的演讲题目很文艺腔，但仍然信手拈来就"深圳这样的新兴城市是否有灵魂"的话题展开论述：

像北京、上海、维也纳这样的老城市是有灵魂的，所谓的灵魂是指它的文化内核和特色，但像深圳这样的城市，灵魂怎么找？

李欧梵提出了一个很有意思的视角：

我认为当代文化的范畴就是都市。在我看来，任何一种新的都市设计、都市规划都应该要有四个立足点：政府、地产商、建筑师以及包括批评家、媒体等在内的知识分子。但目前知识分子都在过程之外。比如上海新天地建成之后，一些知识分子很反感，认为那是伪造的都市灵魂，但盖之前他们干吗去了？其实，不管你喜不喜欢，新天地已经创造了一种新的文化想象，抓住了上海弄堂世界的文化灵魂，并把它改变成一种完全新的消费文化。我希望上海人要占领新天地，避免让它变成一个白领阶层或者只有外地人的地方，要靠上海人自己的文化冲刺力给新天地带来一种实质性的文化。这涉及都市知识分子的功能问题。当代社会已经不能再容忍那些高高在上、坐而论道、封闭的知识分子，学者应该关心公共生活，与其被动地发生关系，不如主动地投入当下的生活，密切关注城市的发展、介入其过程，这类人在意大利马克思主义哲学家葛兰西的作品《狱中札记》中被称为"机动知识分子"。

当年的深圳曾因一篇担心被人"抛弃"的网文闹得沸沸扬扬，当天网文作者也来到现场。李欧梵却认为，如果深圳有声音的话，就绝对不会被其他城市遗忘；即使他们忘记，人家库哈斯还在注意着呢。

他扬起手中的小书，介绍起库哈斯 1997 年在维也纳一次关于深圳的演讲的主要内容。刚刚带学生完成珠三角田野调查的库哈斯认为，深圳代表了 21 世纪新的都市模式，他将这种都市模式命名并注册为"Generic City"，

"通属城市"或者"普通城市"。他的通属城市含义包括：这个城市是崭新的，无所谓历史，无所谓本土文化，无所谓灵魂，突然间很多人聚集过来，因而快速生成，基本的生活方式是消费，城市建筑最大的特色是飞机场和商场、酒店。

"他以这种半反讽的方式告诉人们，将来的城市就是这个样子。"李欧梵教授继而表达了对本地知识分子介入城市设计的种种期许，"我非常希望有人把深圳的都市文化特质提出来。作为都市设计的第四轴，本地文化人要有足够的文化敏感，身体力行做一个机动知识分子，以自己的作为，打破库哈斯关于未来城市宿命的定论。"

他指出，面对城市的诸多问题，"本地知识分子应当利用自己'身在此山中'的优势——虽然说'旁观者清，当局者迷'，但本地知识分子对城市的复杂感情与认知、审视交错在一起所构成的优势，是旁观者无法比拟的。希望深圳的朋友能发出自己的声音：深圳的灵魂是这样的，如果有异议，欢迎你来深入调查，但在此之前不要乱说大话！"

李欧梵提醒，21 世纪初在香港、深圳这样的城市做个文化人或者学者。"我们扮演的角色已经和以前不一样了。扮演着双重、三重甚至是四重的角色，除非你做的是象牙塔式的研究。如果你关心当代生活，你所研究的和你生活上接触的东西都是混在一起的，我们的生活已经整个地被消费文化吸进去了。"他认为在随波逐流或不停批判之外，还可以采取一种"旁敲侧击、游击式的战术""唱一些反调激起争论"，故而他提出，希望深圳的一些有心人能够多开一些研讨会，多将这些问题提出来讨论——比如，在所有的通属城市里，有什么办法可以让不同的城市有自己小小的不同风格。如何寻找甚至是制造出这些区别，就是对生活在当代的文化人提出的一个具有挑战性的命题——将来也许会有一种新的深圳文化模式被提出来，"对深圳来讲，最重要的恰恰是建筑和都市规划"。

在他自己对深圳的种种"妄想"中，李欧梵大胆预言："将来深圳能够提供一种新的挑战，恐怕就在设计上，这个设计是多义的，包括都市设计、建筑设计、时装设计、摄影、广告，乃至一个茶杯的设计，它是从生活的土壤里面焕发出来的。这些从头开始创造出来的东西，使得深圳本地文化可能向世界潮流发起挑战，至少可以跟它进行对话。"他认为，一个城市要有一些有创意的矛盾，就是不按牌理出牌的可能性。"深圳要做北京、上海、香港没有做过的事，创出一套理念、一套模式，行之于南方而皆准。物质生活书吧就是创造出来的，香港没有书吧，我在香港拼命鼓动大家做（书吧）。我还想推动的一件事情，是专门播古典音乐的咖啡店。你们要有这样的咖啡店，我愿意把我一半的CD送给这家咖啡店，而且每个月我可以来一次，讲古典音乐。可是我的先决条件是你们要把咖啡店盖出来，要盖得雅致，有书香、有咖啡香，加上一点音乐。"

仅仅五六年之后，"由于参与深圳水晶岛和深圳证券交易所的设计工作，我每个月都要来一次深圳。"库哈斯甚至在深圳做了一场题为"摩天楼的前世今生"的演讲。"深圳没有太多的过去，却有很长的现在。"这位20世纪的伟大建筑师这么说道，"深圳目前已经向不同的资金、不同的规则开放，并且走在中国城市的前列，但它还没有开放到可以和外来的文化一起思考、共同合作的程度。把握住这个方向，或许将是深圳城市未来一次具备深远意义的突破。当深圳学会与世界一起思考一同合作时，它才能实现从'富裕'（Rich）走向'富有'（Enriching）的涅槃。富裕是单纯的财富累积，而富有则是比富裕更高阶的段位，它不仅指向巨量的财富，还意喻文化、闲暇、多样性和创造力的富足。人们不再仅仅沉迷于金钱，还会沉醉于音乐、时尚以及其他富有创造力的事物，城市多样性异常发达。"

那时库哈斯已经因为在北京设计了"大裤衩"而暴得大名，而"都市漫游者"李欧梵颇有预见性的想法至今仍熠熠闪光。他所期许的作为都市设计第四轴的本地知识分子角色，之后于城中村在深圳发展历程中的作用与角色、申请成为联合国教科文组织设计之都成员、上海世博会深圳馆的策展思路、湖贝古村旧改的文化传承与城市更新、深圳体育馆重建、福田新校园计划等城市演进的每一微小进程中得以体现，但是否仍有提升空间，读者诸君不妨各自得出结论。

那些年的物质生活迎来送往的各地文化人，当然不止一个李欧梵。在我的印象中，一年后的 2004 年 12 月 4 日下午，李欧梵夫妇还陪同邓文正来到物质生活，做了一次"三言两语说'两文三语'"的专题讲座，围绕"从作为知识之匙的语文教育到通识教育"的主题，详细介绍了邓文正创办的人文教育机构禧文学舍以英语小班讨论的方式，为香港中小学生提供另类通识教育，以弥补一般学校填鸭式教育的不足。这应该是深圳最早关于通识教育的公开专题讨论。

联系白先勇先生来深圳前后花了近一年的时间。

2005 年 3 月，接李玉莹"密报"，她的"干哥哥"白先勇将率苏州昆剧院小兰花班在香港城市大学惠卿剧院演出折子戏，因是小剧院演出，演员不用麦克风，可以听到真正的原声。而且每出折子戏前后，古兆申教授都会用市井语言交代剧情，顺便介绍一些常识，比如青衣通常代表什么意思，鞋底的厚薄又说明什么，衣服外罩一件白衫作何解等。

那个晚上令人难忘，我曾在专栏里这么写道：

……就像周星星被通了百年经脉，老金的昆曲经脉也在那夜"打通"。夜幕下，跟着白先勇一行走在城大校园，恍然想起正好是五年前在厄巴纳——香槟小镇伊大的 ALLEN HALL 听昆曲讲座。那次是某基金会出资请了散落在纽约和 LA 的原上海昆剧团一些名角到美国各高校传播作为世界性艺术的昆曲，记得有俞振飞老先生等传字辈的得意门生、当年闺门旦的中国第一人华文漪等。至今还记得华文漪施展一招一式,详解昆曲之美的风采,当年日记叹道:"令人愉快的一个半小时。"

本城每逢十一月即是书香溢城,"读书月"也。组委会其实早有心邀请白先生上讲坛。老金此番受托,盛邀白携青春版《牡丹亭》来深,白先生欣然应允。如果今年本城市民有福听到白先生的《牡丹亭》讲解,实是拜昆曲之赐。

5月去台北,不料白先生去了加州圣芭芭拉。在他的助手协助下,最终还是通上了电话。年底,"班主"白先勇终于要带着青春版《牡丹亭》来深圳了。启程前夕他特意接受了我作为《深圳商报》记者的独家访问,很自信地表示青春版《牡丹亭》将勾动深圳人的传统文化 DNA。兹摘录部分白先勇答记者问如下:

> 据我了解,深圳是一座新兴城市,经济成长速度令人瞩目。人们的经济条件也不错,这时候应开始在文化上有所追求。一座城市在文化上的建树很重要,在城市性格形成过程中,文化扮演着极其重要的角色。
>
> 如你所言,青春版《牡丹亭》在深圳周边地区都演过了,反响很大。比如在佛山的第7届亚洲艺术节上,《牡丹亭》是所有节目中的票房之王,在1300多人的剧场连演三天,一票难求。香港那次你去了,也是满的;澳门也几乎爆满。演出之前,很多人是有疑惑的,觉得在粤语区,在以广东大戏为主要观赏对象的观众群里,昆曲会否有其市场。事实证明《牡丹亭》完全超越了地域、语言、文化差异。文化和旅游部部长孙家正在观看演出后也认为,青春版《牡丹亭》结合了传统和现代,又被观众接受的事实对我们文化政策的制定,对借鉴《大长今》、迪斯尼版《花木兰》的经验,进一步推广中国文化遗产是个很大的启发。

......

随着全球化进程的加快、西方强势商业文化的入侵，地球上不少曾经辉煌的古老文明今天都已奄奄一息甚至消失了。对于中华文明来说，能否复兴就看这个世纪。处于危机状态中的古老文明如果再不去抢救，只能自生自灭。昆曲是联合国宣布的人类文化遗产，如果我们这个民族自己不去保护、发扬，实在说不过去。昆曲集中了古典文学、音乐、舞蹈、服饰等之美，你从北、中、南不同剧场观众的热烈反应上可以看出，它能引发人们的共鸣，唤醒人人心中潜伏着的那一首诗，我相信在深圳的演出，一定会勾动潜藏在深圳人身上的中华民族传统文化的DNA。

那个冬日晚上的物质生活，一袭唐装的白先勇与深圳人相遇。"彼此都有些激动，"《深圳商报》记者刘悠扬在次日的报纸上这么描述道，"以至于白先生原本要演讲的'一座现代城市的昆曲情结'，在开讲后不久便演化为一场轻松、互动的文化沙龙。"

在这篇名为《当深圳人遭遇白先勇：天涯处处有知音》的特写中，记者写道：

而白先勇的第一个惊喜，来自深圳画家厉家恩。与以往不同，当晚的书吧多了一些亮眼的陈设，那是厉家恩带来的10余幅以昆曲《牡丹亭》和苏州园林为主题的油画。厉家恩是上海人，自小听昆曲，长大听评弹，对苏州感情极深。这两个月，为了《牡丹亭》，他笑称自己也"死去活来了一回"，画出了二十几幅《牡丹亭》油画作为应和。对这些充满中国山水画意境，却又几可乱真的油画，白先生端详许久，也赞它们惟妙惟肖。

......

　　白先勇的到来，吸引了更多真正的"昆曲迷"。中国汤显祖实验剧团客座导演、60多岁的石慧娟激动地说，白先生的《牡丹亭》燃起了她心中湮灭已久的梦想。深圳"硕果仅存"的曲友阎菲，更把昆曲称作"一生中最大的追求"，并现场演绎了经典曲牌《惊梦·步步娇》。当她将"袅晴丝吹来闲庭院，摇漾春如线"曼声道来时，白先勇也沉浸其中。

　　从这段文字中，大致可以感受到现场水乳交融的情景。沙龙结束，听众一拥而上，把个白先勇围得水泄不通，求签名的签名，合影的合影，抢票的抢票……当晚书吧卖出了两万多块钱的《牡丹亭》门票，其中也有我的两套票1800元。

　　那段时间很奇妙的是，我去香港经常会与李欧梵教授伉俪等偶遇。记得2005年夏天的一个夜晚，我们先是在星光行不期而遇，他们作为一本书的20年纪念版发行仪式嘉宾而来，而我这个报纸经济部主任则为自己青春期的阅读回忆而来。活动结束后李玉莹悄悄问我，一会他们还要去另一个"20年纪念"活动——大师级的导演杜鲁福逝世20周年纪念集新书发布会，问我想不想一起去。我一看天色尚早，也不急着回深圳，就搭他们的顺风车一同去了油麻地警署斜对过的KUBRICK书店。还有潘国灵、林奕华、潘诗韵等当时在商报均设有专栏的香港文化人。

　　2018年夏天，由金丝燕主讲，诗人陈东东担任主持人的"何为诗？何为诗学？——金丝燕'诗与诗学'六讲"在物质生活举行，每天下午一个半小时，一连六天风雨无阻。彼时书吧正准备重新装修，店内陈设未必是最佳状况，不过诗人们仍对书吧氛围称赞有加。

　　陈丽碧博士来书吧开讲之后不到三个月，物质生活携手深圳市城市设计促进中心做了一场规模更大、主题为"城市寻宝"的"酷茶会"。

酷茶会是城市设计促进中心借鉴国际流行的"Pecha Kucha"交流会并予以本土化而形成的一种思想分享和讨论机制。最初我将香港"文化葫芦"创办人吴文正每年为"港文化 港创意"项目所做的出版物拿来书吧，引起深圳一些朋友的浓厚兴趣，强烈建议邀请吴文正来深交流。于是我先请文正一家来深圳看了正在举办的中国设计大展，再到物质生活踏勘现场。其时他已多年未来深圳，对深圳的巨变自是吃惊，爽快答应了邀请。文正原本是香港一家报纸的摄影记者，闲时喜爱收集、研究民间旧物，并在 13 年间（2004 － 2017）拍摄了香港大约 300 家不同社区、不同行业的街角老店，记录下店铺故事之外，也对老店的设计美学，包括招牌的前世今生、字体流变，店铺的装潢、布局等作出深入分析，甚至对其营商策略及所面对的社会问题作出认真思考。他的另一项壮举是香港赛马会资助的"heritage × arts × design walk 港文化 港创意"计划。这一项目每年对香港的一两个区进行研究，了解当地不同的社区文化及传统习俗，将之与年轻人的创意融合，进而创作出一系列的作品。同时，带领公众走入保存历史与传统的社区，帮助大家找寻民间历史及人文风情，发掘当地历史文化及社区小故事。当时项目已持续进行到第九年，到 2020 年，他对香港各区的"十年寻城"就将完成一个循环。理工大学设计专业毕业的吴文正还出版过多本与香港文化有关的书籍，如《香港葫芦卖乜药》《街坊老店》《牛下开饭》《情迷照相馆》《乜乜物物 老香港的庶民风情》《街坊老店 2: 金漆招牌》等，皆为高质素"叫好"之作。

邀请吴文正到物质生活分享他和团队多年操办"港文化 港创意"的经验之时，当年的活动已近结束。这一年项目走进香港离岛区，以"百宝图"为活动主题，除了在中环摩天轮下设置中心展场外，还在大屿山、长洲、南丫岛和坪洲四大离岛另设分展场，以张保仔传奇故事串连起四大离岛上的建筑、节庆风俗、小店及在展场分布的艺术品等逾 100 个点，包括昂坪一带的佛寺和大澳的水乡文化、长洲的渔港风情、南丫岛的异国情调，还有坪洲的早期工业遗址，当然还有颇受欢迎的太平清醮等非物质文化遗产。文正视这些"都是香港难得的瑰宝，是我们理应珍而重之的宝藏"。而观众的观展过程不仅是别开生面的寻宝历程，更是乘搭渡轮到各离岛游历的难得体验。这些"比金银更迂回丰厚的建筑、风俗和人文事迹"，无疑将激励下一代摸索新的愿景。离岛的传说，既是香港故事的原点，又与整个珠三角——如今流行的说法是湾区，尤其是深圳关系密切，难以分离。

在我看来，文正无论是多角度呈现香港老店鲜为人知的面向，还是策划以本地文化为主的展览，推动及延续本地传统手工艺，其实无不是在城中寻宝。有趣的是，作为"他者"的深圳，近年来也不断有人在这座所谓的"新城"开始艰辛的觅宝历程。我们选取了老马、廖虹雷和蒋荣耀作为深圳代表与吴文正对话，各自分享对所在城市历史、文化、生活体验的感悟、寻找或创新传承。

这中间，被朋友们称为"老马"的马立安（Mary Ann O'Donnell）是深圳人的媳妇。这位美国布朗大学博士后学者、莱斯大学文化人类学系博士自1995 年就开始在深圳开展人类学研究，近年来不仅做过龙华大浪一所百年女校虔贞学堂的"堂主"，还由此展开对客家地区中西文化交流史和社会史的研究，更从对城中村的研究转为身体力行地加入旧村的保护行列之中。她和朋友一起策划的"握手302"研究项目从2013 年10 月开始至今，已举行了近百场活动、25 期不同主题的展览和沙龙，曾获首届深圳创意设计七彩奖之"深圳创意设计大奖"。2017 年芝加哥大学出版社出版了老马等编著的《向深圳学习》一书，回顾1980 — 2010 年间的城市文化变迁。在这次酷茶会上，马立安从她担任项目主管的地铁（7 号线、9 号线、11 号线）小百科项目说起，分享多年来以一位来自深圳"姐妹城市"的人类学者视角阅读这座今天的全球"模范城市"的心得和启示。

而73 岁的廖虹雷30 多年前即以中篇小说《老街》负有文名，他曾将自己从事文化工作和业余写作的半个世纪历程概括为：前 30 年是"乡土文学"创作阶段，后 20 年则进入"乡愁文化"研究领域。土生土长的廖虹雷毫不谦虚地表示，自己从事深圳民俗文化研究有"先天优势"，"我的祖先在清康熙年间就定居深圳，是'宝安佬'，对当地风土人情了然于胸。我 1968 年开始到宝安县文艺宣传队工作，在全县的农村、渔港、工厂、部队和学校进行文化宣传演出，东从大鹏半天云村、南澳东西涌，西到茅洲河的塘下涌、楼村、光明农场碧眼村，北至龙岗诸鼓石村、平湖山厦村，南到蛇口渔港和南头南山村及大铲岛、内伶仃岛等，一步一步地行走完宝安两个镇、19 个公社、190 多个大队的数百个村庄。从文艺创作转向民俗研究之后，我又重新走访原来熟悉的村庄，采风问俗，寻踪访古，见到古迹、听到传说、遇到正在举办的民俗风情活动，都坚持'心到、口到、手到'，记录了大量田野资料，这些是我研究民俗的基础。"

通过多年实地行走、考察，廖虹雷对深圳民间的生产习俗、生活习俗、节日习俗、语言习俗、饮食和风土人情进行了系统的研究梳理，陆续出版了《深圳民俗寻踪》《深圳民间熟语》《深圳民间节俗》《深圳风物志·民间美味卷》《深圳风物志·风土人情卷》等专著，当下正撰写《深圳民歌民谣》。"书中共分山歌、咸水歌、采茶歌、皆歌、馨曲（地水南音）五章，其中山歌中又分劳动、生活、情歌、哭嫁等，都是我积累了数十年搜集到的土得掉渣的一些民歌。我觉得越是乡土的民俗就越有文化价值。"分享中，他介绍了这些"土得掉渣"的东西身上特有的文化价值，他在行走过程中的有趣见闻和遭遇，他又是如何着手研究、最终成为"收藏深圳民俗记忆的人"的……

与本地人廖虹雷不同，蒋荣耀是深圳典型的新移民。虽然来深圳也有 20 年了，但很长一段时间他一直对这里"无感"，觉得随时可以离开，因为他和这个地方找不到"连接"点。这个本科学历史、研究生读新闻的媒体人于是开始研究深圳近代史，希望透过对深圳过去的了解，与深圳建立一种"连接"，清楚自己生活在一个什么地方、为什么要生活在这个地方，以便"对自己有一个交代"。在这个过程中，他发现原来深圳地区很多的历史资料可以从香港了解到，他找到了一个跟之前想象中完全不同的深圳，发现了一种深圳历史文化的独特性。

那晚的分享精彩纷呈，唯一的遗憾可能是大大超时，本来每人20分钟的分享，可是文正光PPT就做了108页，一个人讲了大约一小时……以致我跟文正踏上返程时已赶不及当天的最后一班高铁，只能打车到罗湖坐火车返港。令人惊讶的是，没有一个人提前离席，大家似乎怕惊扰了这么富信息量而又如此视角不同的"交锋"。这些城市历史深处的宝藏，跟生活在这座城市的人之间到底存在着什么样的关系……听众在四位讲者的讲述中悉心寻找答案并思索着。

细心的读者或许能多少看出一些端倪：相对于十几年前物质生活更多的"摆渡"邻城文化名人到书吧交流信息，研讨或指点深圳城市文化发展急需解决的问题，十几年后，交流的内容、层次已向下沉淀了不少，更接地气，讨论的议题也更具体，更重要的是，本城已有不少可与之对话、讨论的实践者。

在北京的时候曾经认识过一位住在团结湖附近、自称"京港人"的香港文化人，她喜欢把自己说成是港京两地间的Teleporter（传输者）。或许物质生活也是深港之间的Teleporter，通俗地说，就是文化、观念、生活方式的摆渡人。

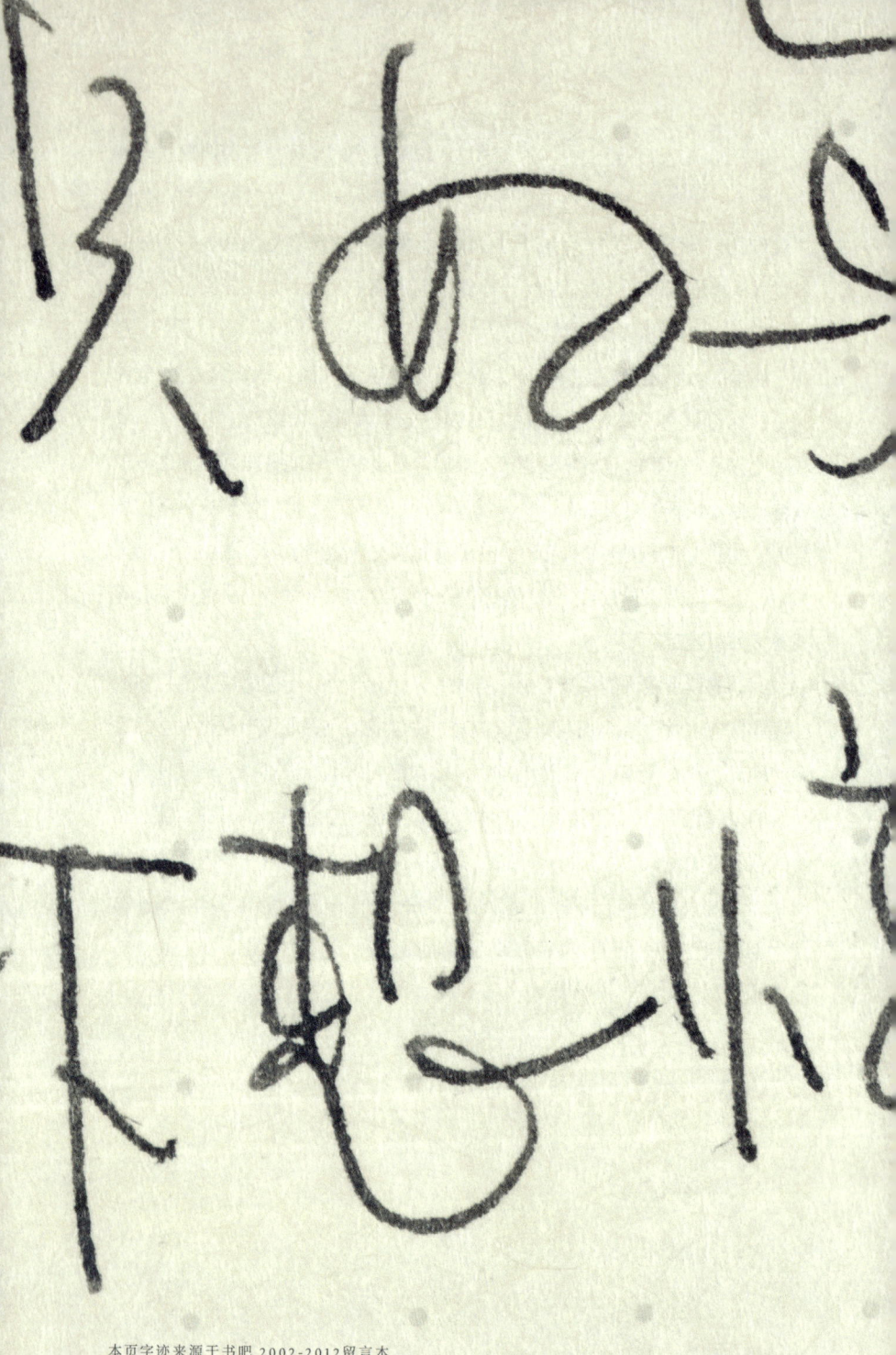

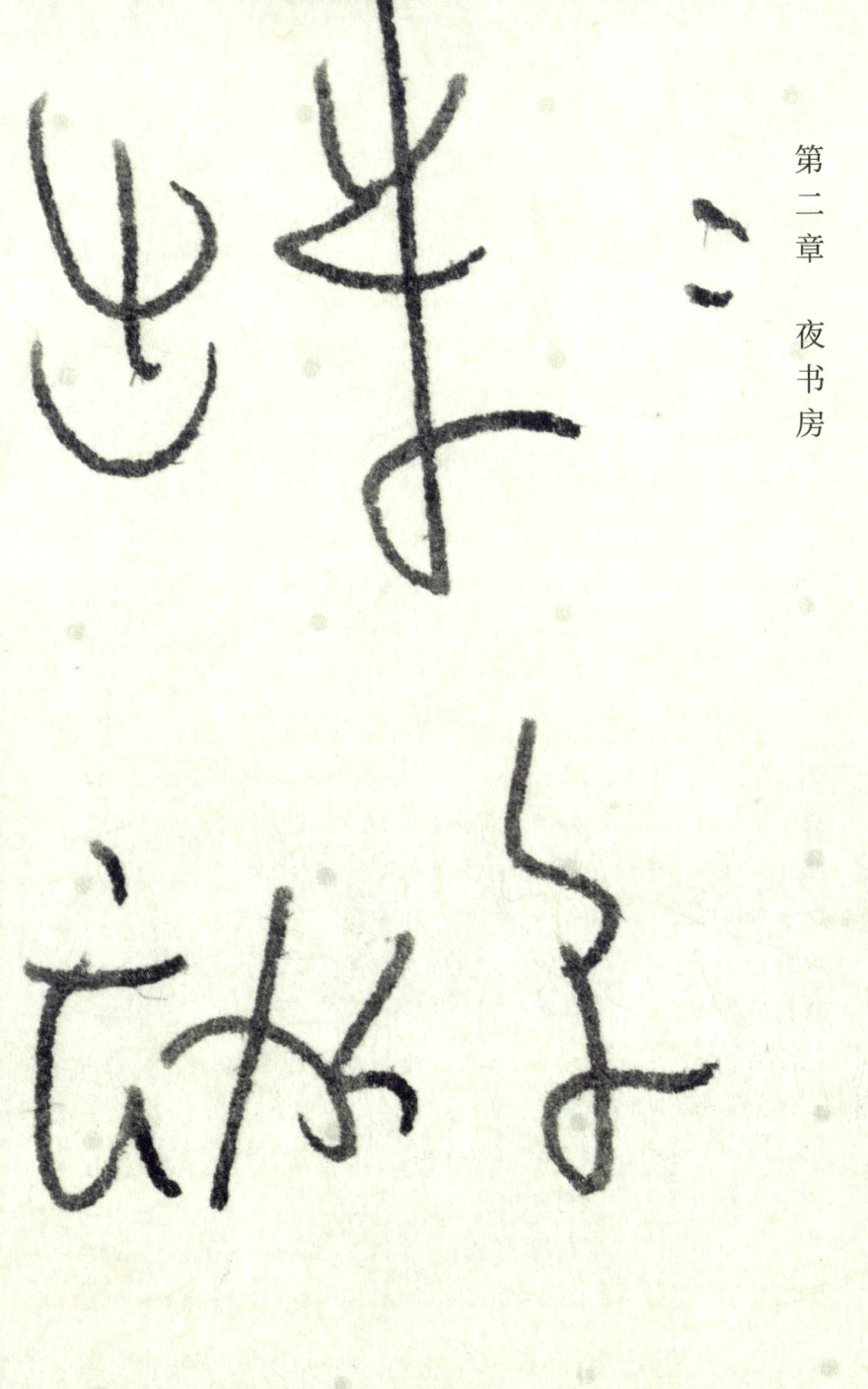

被作家张抗抗称之为"一听便知他是个'专业'读书人"的胡洪侠这天来到物质生活做他的《夜书房 二集》新书分享活动。在书吧做新书分享会的多如过江之鲫，并不出奇，不过如果说这是江湖人称"大侠"的 OK 先生时隔 19 年又一次在物质生活做新书分享，可能会令很多人大跌眼镜。

我为这场分享会撰写的公众号推文就叫《夜书吧与夜书房》。

> 胡洪侠的新书《夜书房 二集》让人想起那个遥远的 SARS 年代。书中不少的言谈场景、不少的友朋相聚都脱不了与物质生活书吧的干系。这也许是胡洪侠将其新作一拨四场的深圳分享会首站放在作为其某一阶段书人生活重要歇脚地的物质生活书吧的重要原因。当然，胡洪侠的书吧是夜书吧，正如他的书房是夜书房一样。

那天的分享会比较特别，除了知名出版人、浙江大学出版社启真馆总编辑王志毅专程从杭州赶来之外，还有一位终生以爱书、编书、写书、藏书为职志的编辑人，人称"华人藏书票收藏第一人"的吴兴文亦翩翩而至。但重点不在嘉宾，而在前来参加新书分享会的一群《深圳商报·文化广场》的新老编辑、记者。他们有的已经离开报界投身商海，更多的仍在坚守，用他们自己的话说叫作"负隅顽抗"。他们与当年的部门"领头人"出的这本新书乃至与物质生活书吧都有着特殊而又密切的交集。对离开《文化广场》多年的我来说，这更像是一次蓄谋已久的编辑部外的选题会。而这次的新书分享会上，除了这十几个新老职业"报纸佬"之外，还有近半的听众是社区居民、书友、藏书票爱好者或者干脆就是"大侠"粉丝，围绕"从前的日子，从前的书"这个主题，又会撞击出什么样的火花呢？

我的开场白很简单，除例行介绍外，主要讲了几层意思：这本新书在深圳的四场推广活动，分别是在物质生活、本来书店、觅书店以及坪山图书馆，为什么体量最小的物质生活会被作者选为第一站？为什么在我的脑子里，这个活动应该是物质生活书吧 20 年系列纪念沙龙的第一讲？我是去过胡洪侠的夜书房的，那次经历也跟物质生活有关。记得一天深夜，在书吧喝罢酒准备尽兴而归，最后不知怎么地去了他家。在他的引领下，参观了称得上浩瀚无边的、堆满书的书架列阵，而且当晚就睡在了夜书房的沙发上。其实我家离他的书房相隔不远，走路大约二十分钟，打车不到五分钟。是因为迷恋那种卧拥书城的感觉还是就是喝多了，原因已经想不起来，但却是那个年代我们生活的一个缩影。到底夜书房和夜书吧有着怎样的关系？为什么无论是当年刊载《夜书房》那些文字的一份地方报纸文化版，还是小小的街角书吧，都那么凑巧地跟这座城市的文化发展、文化建设产生了这么紧密的关系，发生了那么多的文化事件？

接下来就是胡洪侠"唱戏"了。

"为什么这本书（的新书分享）要到物质生活呢？因为这里实际上是一个非常值得说一说的地方。"自称著名非专业主持人的胡洪侠口才了得，滔滔不绝地说起他跟物质生活的渊源：

> 从它开张第一天起，我和我的朋友、同事都是这个店的常客。当时这家店就在这个位置，但不是这个风格。这个风格是重新装修以后的，当初不是这么现代，就是一个颜色看起来比较重，原木颜色为主的书店，那面字墙非常有名……这本书里面有些文字确实和物质生活有关系，物质生活是深圳比较早的一个书吧，那时候深圳叫书吧的不多，或者是第一家？他们说物质生活当年凝聚了一些精神和一帮精神病。我就属于那伙说不清是精神还是精神病的人。那个时候说要找胡洪侠，他不是在物质生活，就是在去物质生活的路上。当年我们上的是中夜班，中夜班是晚上十点下班，下班之后就直奔这里。今天特别来了一些当年《文化广

场》的老同事，是当初我们三十号人的一部分。你们的到来，真的让我觉得适合谈起"从前的日子，从前的书"，很高兴深圳有这么一个地方，让你想起很多人、很多事……

胡洪侠说起了"OK先生"来历的另一个版本。

我在这个地方不叫胡洪侠，叫作OK先生，这是店里的服务员给我起的名字，因为我经常在这喝酒，接电话就一直OKOKOKOK，后来我有一次要买书，要打折，服务员就说我得去问老板，就去找晓昱。老板说这谁要打折啊，服务员就说，就是整天OKOK的那个人，OK先生。我从此就有了这个名字，后来在天涯闲闲书话里出现了，叫了很多年。另外在这还有一个人给我起了个名字，叫黑衣佬，那时我老穿一件小立领的黑衬衫，张五常就从来没记得我叫什么，就叫我黑衣佬。我们在这度过了很多愉快的时光，非常好玩。物质生活书吧开吧不久，发生了"9·11"事件，书吧里的朋友从此就分成了两派，势不两立，喝着喝着酒就开始干仗、摔酒瓶子、骂人。姜威就说听美国的，我说你为什么听美国的？他就说你不知道吗，爱美之心人皆有之，"爱美"成了爱美国。邓（康延）哥开始抢酒瓶搬凳子，就是因为讨论美国该不该炸。从美国讨论到日本，又讨论到抗日，谁也不知道话题是怎么转过来的，也不知道怎么结束的，最后没办法，干仗吧。

就是这么一段日子，那时候觉得有点荒唐，现在想起来才觉得是黄金岁月。那时书吧里面也卖书，书比现在也多不到哪里去，不过他们的选书非常厉害，《文化广场》有一段时间每一周推荐的新书榜，就是物质生活书吧提供的，每周推荐那么十几本新书。所以说在很长一段时间里，物质生活书吧是发声的地方，是往外发出声音的地方。我在这里认识了很多人，包括凤凰卫视那一帮人……我们在这一直待到2006年，2006年后就比较少来了，就开始"从良"了。因为有很多工作要做，越来越忙……那段岁月很辉煌，那个时候的《文化广场》也很厉害，一张报纸每周拿出七八个版面来做文化做副刊，在深圳乃至全国都是没有过的。我们《文化广场》这帮兄弟姐妹在一起创意无限，做了很多事，现在一想不可思议，那些事情也不该我们去做，可是我们就是去做了。比如说，深圳读书月年度十大好书评选是我们这帮人在2006年创办的；联合国教科文组织创意城市网络的设计之都，我们从2006年年底开始申请，到2008年11月成功当选；还有《深圳十大观念》的编撰出版，还搞了很多活动，诸如"画梦"、寻找潜藏在深圳的藏书家等，讨论什么是深圳城市文化……以至《文化广场》被当时的深圳市委宣传部部长称之为"深圳文化自觉的标志"。这本书记录的是《文化广场》那几年的风云——《文化广场》曾经为这座城市的文化养成和气氛营造，做了一些事情，这本书里都有点痕迹。我所说的"从前的日子，从前的书"，也都在书里头。我收了很多那个年代谈论的书，可以作为深圳城市文化的文献或者史料，大家翻一翻就知道深圳人在21世纪初在读什么书。

老胡言及的姜威，即其一生挚友"登徒子"，《深圳晚报》副总编辑，2011年因疾早逝。翻出2001年4月7日的《深圳晚报》，姜威以男性版"版主"的身份写过一篇妙文，题曰："版主赤膊上阵抛块砖"，内有两段文字与物质生活严重有关，第一段小标题为"有玉的尽管砸过来吧"，文中说：

> 《因为有爱》电影里提到的那个物质生活书吧就开在百花二路，书吧里有一面稀奇古怪的字墙，上面写满了乔伊斯式的词句：如果你听如果你看如果你沉静心中悄然WTO高潮锐舞执子之手与子偕老……这些

莫名其妙的玩意儿被报业老侠胡河北用一首流行歌的曲子唱了出来，竟然有了一种妙不可言的味道，看上去零散而干巴巴的句子被一条粗鲁的音道赋予了血肉和意义。俺听着老侠那一嗓子强暴式的唱腔，心思凸凹一动：每个人的人生体验都是感性的、个人的、不可重复的，其中任何一个在别人看来是各不相干的断面都能折射出人性的深度。于是想到，应请一些有想法的男人到男性版的讲台上来一次真情告白。无论是高大威猛抑或萎靡不振，在这里都有同样的发表权。唯一的要求就是要真诚坦白，不编瞎话。语云，从现在做起，从自己做起，是以本版主赤膊上阵，先抛一块砖，你要是有玉，就尽管砸过来吧！

文章首句绝非诳语，书吧开业不久的 2000 年 10 月确曾在物质生活拍摄过电影《因为有爱》。接下去的第四段，小标题"不是在物质生活书吧，就是在去往物质生活书吧的路上"连带整段文字都跟"老侠胡河北"有关，不光是胡河北，绘声绘色之下，当时常去书吧的人群多被"点指兵兵"，作为一则何以当年深圳媒体、文化界人士"泡吧成了日课"的难得文献或者掌故，兹援引于下：

　　且说这泡吧习惯的养成还应归功于报业老侠胡河北。此公最初是泡一家名为米兰的酒吧，后来就改成在物质生活书吧了。如今谁要找胡老侠可容易多了，不是在物质生活书吧，就是在去往物质生活书吧的路上，或者，正在从物质生活回家的路上。

　　这物质生活书吧究竟为何物，直叫人死磨硬泡？先看光顾之人，除了报业"老侠胡河北"，还有百万打工妹的偶像——大名鼎鼎的深圳青年"邓长安"、两栖于地产和登山界的巨子"王大侠"、杰出的二流子文豪"凉二皮"、体育名记"那么丹"、娱乐名记"那么杰"、电视节目主持人"阿梅"、IT业英雄"周阿洋"和她的说一口流利"钧文"的"海伦"……再看吧里风光:明亮处书香氤氲于烂架,咖啡芬芳于破桌;朦胧处红烛摇曳于鬓影,酒香浮动于翠袖。在书香酒香的汇合处,女主人悄然登场了。据二流子文豪凉二皮考证,该女吧主用声音抚摸深圳有功,曾荣膺电台杯铁话筒奖。大奖既得,功成名就,脱去职业衣,换上必挤你(或译比基尼),下海洗小澡,欲追阿庆嫂。

诗云:"美酒成都堪送老,当垆仍是卓文君。"文人骚客麋集于此的用意,至此昭然若揭矣。

在"胡河北"这场新书分享会的三个多月前,他曾找我为他所编辑的姜威新书《色香味居梦影录》策划做一场活动,借此"再和姜威聚聚"。那时姜威离世近八年,他的第二本副刊文字集《色香味居梦影录》终于加盟李辉主编之"副刊文丛",虽姗姗来迟,毕竟新鲜出炉。

姜威跟物质生活书吧的渊源极深,他斜拎装满现金的小包、凌晨蹒跚着脚步离开书吧的场景几乎是刀刻一样地留在那个年代的书吧朋友圈中。这当然不是他的全部。姜威是谁?在黟丰给他的这本新书写的序言中这么概括:

> 有人说他爱书,堪称书痴;有人说他爱酒,实属酒仙;有人记得他的才子气质,出口成诵;有人喜爱他的江湖豪情,仗义疏财;有人欣赏他的铁汉柔情,风流倜傥……

姜威很看重自己的副刊文字。有人说,他的文字辨识度很高,乍看玩世意味,其实功力很深。姜威2000年之前所作诸文,已编入《一枕书声》,之后文字却未及在生前编集公开出版。现在由胡洪侠爬梳经年,将姜威痴恋书人情事之梦影呈于人前，编出这本《色香味居梦影录》，"我们重读重温，则又在姜威梦影中复见挚友亲朋相与相知之梦影"。我在为这场拟议中的没有作者在场的新书分享会撰写的推文中这么说道：

> 黟丰尝言，我们悼念姜威，其实是在悼念我们自己：悼念那些曾经燃烧却无端消退的青春激情，悼念那些未曾实践已在骨感的现实面前夭折的理想，悼念那些在蝇营狗苟的名利场中难觅踪迹的不以物喜不以己悲的情怀，悼念那些"精致的利己主义者"从来不屑的不为五斗米折腰的风骨，悼念那些不骄不淫无可名状的纯粹的浪漫。他将《色香味居梦影录》的出版，视为"仿佛是给我们郁结于胸的情绪开了一个出口"，秀才人情书一卷，除此之外，我们还能做些什么呢？
>
> 对一个书痴来说，这难道不是最好的纪念方式？
>
> 这个周六的下午，不管认不认识姜威，欢迎来到物质生活书吧，与胡洪侠一起，共读这本传说中的"登徒子"的遗作，就此翻开深圳文化圈生猛、有趣、意味深长的一页秘史。

当时我正因台风捎来的八号风球高悬坐困澳门，在老虎机的哗哗声中酝酿此文，想起姜威的种种行止不胜惆怅。未料因技术原因，这场新书分享会最终不得不临时终止，未免怅然若失。当然这不单是参与此事诸君的憾事，也是物质生活的憾事。不过，在老侠自己的新书分享会上，他终于能在物质生活将《色香味居梦影录》人手一册赠与现场听众，多少也算"世事果然有因缘"吧。

胡洪侠的开场仿佛打开了大家记忆的闸门。1999 年来深圳的于冰想起了做《你说我说》的时候："那是领导的创意，我从 2001 年的 1 月 1 日开始做，做了 6 年。当时的谈话现场就设在物质生活书吧，第一期是尹昌龙做嘉宾，整理稿子的是湘阳，那时他还是记者，还没有成为副主任。当年的报纸我至今还留着。一晃来深圳已经 20 年，这 20 年里，有 18 年都是在《文化广场》度过的，是我职业生涯中非常难忘的一段经历。"

　　于冰说的《你说我说》其实是《深圳商报》在那年元旦创立的一个新版面"谈话空间"上的主打栏目。出现频率非常之高：每天半个版，一周七期，均以近期发生的新闻事件或大众关注的热点为话题，先是每天选择 6 至 7 名读者来稿作为发言参与讨论。开版 3 个月后，为避免给人单调、呆板的印象，每周增设了一次谈话现场版——很多次现场就设在了物质生活书吧，由编辑担任主持人，请两位教授、律师、作家、社会学家等专业人士担任嘉宾现场主谈，再由记者整理成 3000 字左右的文字配照片在谈话版见报。栏目当时颇受欢迎，运行一年下来就在深圳商报社进行的"读者最喜爱版面"评选中，名列读者最喜爱非新闻版面的第一名。这年的广东省新闻奖评选，"谈话空间"版《你说我说》栏目获好专栏奖，之后更在 2003 年跻身第三届中国新闻名专栏之列。

　　不过，我在当年的报纸上，发现晓昱其实在这个"谈话空间周末现场版"扮演了相当吃重的角色，尤其是在初期。比如周末谈话现场第二场就是晓昱担纲的主持，那场的嘉宾是原中国足球队总教练曾雪麟老爷子和深圳足球俱乐部球迷会理事郭晓明，现场听众包括深圳龙之风球迷会的球迷以及部分书吧顾客。话题更为有趣，叫"中国队引进马科斯，行吗"，说的是当年甲 A 联赛中的一名外籍球员，有意加入中国籍，为中国国家队效力，不料引起轩然大波，有人认为这是中国足球的福音，也有人觉得这会让中国人的尊严受损……在已有归化球员上场"为国"效力的今天，这个 20 年前的话题显出了时光的停滞和世事的变迁。第三场周末谈话现场，依然是晓昱披挂上阵做了主持人，这回的嘉宾是深圳市社科院副院长、城市文化研究专家乐正，以及广东圣方律师事务所的合伙人赵阳，谈论的话题"在结婚离婚中穿行"也是当年深圳热门，或者说直到今天也仍令不少人纠结，说的是每年结婚的人越来越少，离婚人数则稳步上升的现象。第四、五场活动总算换成晓昱原来的电台同事吴军，但到了第七、八、九、十场，又是晓昱重操旧业，担负起这个谈话空间周末现场版的主持人。或许这也可以看出当年物质生活与媒体之间交往的频密程度，以及相互倚重之深。

最初的实习生、后来的主力记者之一的钟华生回忆自己"第一次来物质生活书吧就是大侠带我来的"，做了爸爸后体形膨胀了不少的小钟笑着对老胡说："那天你不用上夜班，所以傍晚就过来了。"这个喜爱音乐的年轻人现场爆料，自己其实还在物质生活唱过两个月歌，"每周唱一次"。至于在物质生活采访的经历就更多了，"曾经来书吧采访祝勇的新书分享会。也在昏暗的灯光下，见过姜威老师，后来发现他是一个特别热衷买单的人。"大家哄堂大笑，"然后有一次，我跟金敏华老师来这采访一位年轻的版画家宋威，到后发现深大艺术学院的教授应天齐也在这，原来他在书吧策了一个版画展。"

其实《文化广场》有不少这样的由实习生转为记者的例子。刘悠扬颇带感情地说："有的人可能塑造了《文化广场》，譬如说胡洪侠，而我是被《文化广场》塑造的。2004年我还没有毕业就到商报实习，待了快一年的时间，在毕业前夕被大侠留下了。对我个人来说，《文化广场》塑造了我的整个精神世界，现在我们的纸质读书版已经没有了，时代都已经变成这样了，我还在我们的 App 上继续做（读书版）。也不知道当年踩的这个坑儿到底……"众笑，复沉思。

钟华生是 2007 年开始在《文化广场》实习，"实习了一年半后，非常幸运地留在广场工作"。他仍记得大约 10 年前采访哲学家周国平的经历，"离叔本华诞辰纪念日还有一周，我跟大侠提出希望能做这个题目，大侠就让我去找周国平，结果周国平一听到我是大侠推荐来的，就说那好吧，马上接受了采访。我就想说我很幸运……这些经历在我离开了《文化广场》之后，都是非常宝贵的记忆。我今天仍然保持着阅读的习惯，经常买书囤书，勉励自己在夜深人静的时候多看书，写一些东西。但我再也没有机会去采访那些大家，很严肃地谈论一些话题。我觉得大侠今天介绍的《夜书房》，其实是在践行一个理念，就是输出是最好的输入。读书的时候，应该把很多想法、种种有趣的事情都记录下来，这才是最好的吸收方法。"

钟华生在物质生活有过多次采访经历，他撰写的一篇关于物质生活书吧的文稿也一直被保存在书吧的档案夹里。在这篇题为"物质生活书吧：不是生意，而是生活"的稿件中，钟华生这么写道：

> 如果要用一句话来描述物质生活书吧，似乎并不容易，因为它的内涵是多元的，让人无法简单概括。比如，它的诞生最初源于主人想选择一种快乐自由的生活方式；它独辟蹊径地把书、咖啡和酒加到一起；它的书架偏重人文艺术，每一本都经过精心挑选；它成为文化人、设计师聚集的"城市后书房"，经常举办名家文化沙龙……

后面他专门提及"晓昱花了不少心思"的"图书采购"：

> 因为进书量少，书吧不能直接从出版社拿书，除了外地同类书店调书之外，就只能到图书批发市场精挑细选，这就等于先帮读者过滤了很多他们不需要甚至不喜欢的书，这个过程繁杂而漫长。事实上，店里大部分的书拿货价格很高，退货又麻烦，还要给书吧会员折扣，如果单纯靠卖书，根本无法坚持。不过，能够在读者中逐渐积攒起好口碑，已是最大的收获。

这完全就是我那一年辛苦选购图书的写照，甚至更难，事实上现在连图书批发市场的经营面积都已经缩水一半卖文具去了。

话筒继续在听众手里不停传递，一位穿红色上衣的女士落落大方地站了起来。"我2006年起就住在这里，书吧是我生活中不可分割的一部分，所以一直没舍得搬走。"在南山上班的Jessy，每天上下班因此不得不花上一个多小时，"最初搬来这里是为了女儿上学方便，但现在女儿早已毕业。其实从女儿去美国上高中后我就开始纠结，因为搬到南山就会离上班的地方近一点。一直不舍得搬走，书吧是一个很重要的因素。我女儿从小就是在书吧泡大的，今年暑假回来还说要去书吧打工。我也是商报的长期订户，打开报纸一般先看文化版。很多人都说深圳是文化沙漠，我是不认同的。你看深圳的书店其实比国内任何一座城市的书店都要来得火爆。"

Jessy的女儿是美国马里兰艺术大学插画专业的学生，我于是建议，等她女儿第二年放暑假回国时，可以来物质生活做一段时间的驻地艺术家，围绕书吧众生相和自己的想象，画一批插画，返美开始新学期之前，将这批作品在书吧办一个展。Jessy一听就说："这主意不错！正好她近期有一本书《绿洲狂想》要出版，是去年申请大学的时候创作的一本画册。"

"那更好了，可以结合插画展，在这里做一场新书分享，这会是百花社区居民中第一个在物质生活举办展览和新书发布会的。咱俩做联合策展人，好吧？"我干脆进一步提议。没想到Jessy说，其实女儿小学二年级就画了一幅油画，"画的就是现在这个场景，之前有一个圆桌儿在这，这幅画后面在我们家墙上挂了很久。"

"看到没有，喜欢《文化广场》的，和喜欢物质生活书吧的，是一批人。这是多好的故事。"胡洪侠插话道。

"从良"以后的胡洪侠，一路从记者、编辑，走到深圳报业的中流砥柱，身兼报业集团副总编辑、《晶报》总编辑、报业集团出版社社长。办报之外，著述甚勤：既有《夜书房 二集》，自有《夜书房 初集》；之前则有《书情书色》《非日记》《书中日月长》等多种书话小品，又有与台湾杨照、香港马家辉合著之《对照记＠1963》系列，更编有《旧时月色》《董桥七十》等，蔚为大观。

　　不过，在物质生活"为自己的书"做活动，大侠确乎是第一次。"我夫人姚老师的书在这里做过一次活动，大家都跑来捧场，这次我觉得马（家辉）老师比较忙，就没敢叫他。我是第一次在这里搞活动。"他顺口说起一段不知从哪里听来的江湖传言：这个地方原来做什么什么赔本，原来的门是这么开的，前面正好直冲马路，后来被提醒说，这个门怎么能这么开呢，这么开财气不就跑了吗？后来物质生活就把这封住，从旁边开门，从此以后生意兴隆，"就成了深圳的一个文化客厅"。

　　大侠口中的"姚老师"的新书发布会，是在七月。

　　不知不觉间，自 2013 年开始"书人系列"的书写，姚峥华以近乎每年一本的速度，一路写来，到《书人陆离》出版，其"书人系列"已出到第六本（其他五本为《书人·书事》《书人小记》《书人依旧》《书人肆记》《书人为伍》），算上李辉在大象出版社主编的副刊文丛收录的《书犹如此》（属专栏文章结集，虽不在书人系列之中，也跟书与书人相关），则有七本，可谓蔚然大观。

　　一个系列写到七本，难道不该到了回顾一下的时候吗？所以物质生活邀请姚老师进行新书发布的同时，亦特意举办了一个她的"书人系列微型展"，借此机会，隆重推介这一本土重量级书话作者之余，也感谢她经年不懈在这一领域的努力，使得深圳在国内书话写作和书圈版图不曾缺席，并使得作为全球全民阅读典范城市的深圳更加名实相符。

　　书话写作在中国是有传统的。书话大家唐弢曾在《晦庵书话》序中说："我写《书话》，继承了中国传统藏书家题跋一类的文体。"这种不同于书评文章的特殊书介文字，写来门槛不低。除前述《晦庵书话》外，郑振铎的《西谛书话》、曹聚仁的《书林新话》、叶灵凤的《读书随笔》、冯亦代的《书人书事》均是脍炙人口的书话经典。姚峥华的"书人系列"并非典型的书话写作，却独辟蹊径。尤其是，她几乎从零开始的成长经历本身对读者是一种借鉴，用她的话来说："大家都可以参照做起来，甚至比我做得更好。"

那天下午的新书发布会，除了广西师大出版社人文分社社长、新民说品牌总经理刘春荣率编辑团队前来出席之外，作家马家辉专程从香港赶来为小姚站台。闻讯前来报名的人数在活动前夜已经超过了70人，书吧的容量大致在50人到60人之间，再多就需要有人在前排席地而坐或者在两边"罚站"了。"我当然很开心。但是我知道，其实大家都是冲着马老师来的，跟我一点关系没有。"姚峥华坦然地笑道，她甚至建议听众，"大家有什么问题，一定要抓紧问他，因为我平时就在深圳，我们随时可以交流，但马老师已经有16年没有回到这里，今天的（交流）机会非常难得。"

马家辉确实是暌违书吧16载，当然这指的是公开场合。之前他肯定来过，据可考资料显示他第一次到书吧就因为喝了无数种鸡尾酒晕倒了。2003年11月1日下午，马家辉应邀来书吧接力物质生活系列沙龙第二讲，这位专栏写作的好手，当时的香港城市大学中国文化中心助理主任以"专栏文化与副刊策划——如何阅读香港报纸副刊"为题，跟深圳听众交流了香港报纸副刊的专栏文化，当时的他也给《文化广场》专栏写文章。

凑巧的是，那天刚好是第四届深圳读书月的第一天，主持人晓昱却话锋一转，说："当然我们这个活动和读书月没什么关系，主要是一帮爱好读书、热衷文化交流的朋友希望在深圳建立一个公共文化空间和交流平台。"

据说来深圳之前，马博士颇有些担心没人捧场。"他说了好几次，说到底有没有人来呀，还说他在香港最惨的一次是只给两个人开讲座。"晓昱笑道。"小马哥"急忙纠正，晓昱的描述"大体上准确，因为香港整体文化氛围并不太浓郁，所以只有两个三个听众不是不寻常的情况，可是我觉得那没有什么惨不惨，因为我主要在学校里教书、工作，从教育工作的角度来说，只要有一个学生都要教的，再怎么说大学都是给薪水的，我问大概有多少人是想要估算一下讲什么样的题目、讲多长，希望尽量不会浪费各位宝贵的礼拜六下午"。

挟《锵锵三人行》气势而来的家辉当然毫无悬念地令书吧爆满。晓昱居然不知从哪里找来了马家辉所著的《李敖研究》放在门口。这本书是马家辉平生出的第一本书。"我读大学二年级时出的，"他顺势讲了一段古，还爆了一个料，"我本来是在香港读电影的，有个导演叫徐克，我以前很迷他，看到他拿香港电影金像奖最佳导演，我就对正在打麻将的妈妈说，十年后我一定要拿这个奖，然后我就跑去大学读电影了。读电影迷上了台湾作家李敖，我又跑去对我那个正在赌马的爸爸说，我一定要写一本研究李敖的书。为了这个小小心愿，就放弃了香港的电影学业改去台湾读书，蛮幸运有机会写了这本书，也在台湾出版，还蛮好卖的，排行榜列第三名这样子，这是差不多20年前的事情，1985年。"他接着猝不及防地预告："我现在说一个题外话，一个月前我去了一趟台北，和李敖先生碰面聊天，我们每隔一阵子会见面。我最近说服了徐克导演去拍《李敖传》，把李敖的传记拍成电影，徐克本来想拍《宋美龄传》，我花了很大的力气说服他，不要拍那个阿婆，拍李敖，他有这么多的风流韵事，还有政治上的好玩的事情。他接受了，这两个月正在策划这件事，希望片子出来之后，大家捧场一下。"有趣的是，物质生活十八周年庆祝酒会上播放的书吧回顾视频中，剪片小姐姐居然把这段话剪进去了，不知道这部片子的夭折背后是不是又有一个好玩的故事？

翻阅原始记录，发现当年好多媒体圈精英纷纷捷足先登，而"小马哥"则多少因为过关的阻滞显得狼狈，很快他就照例不正经起来：礼拜六这么好的天气，感觉关卡像一个子宫，几千万条精虫堵在子宫口，精虫太多，子宫太小，挤得我在关口花了一个钟头，非常痛苦。当天早上，家辉在学校有课，赶到物质生活已经两点多了还没吃饭，匆匆扒了几口，他就开讲。照例地妙语连珠，满场笑声不断，虽然他聊的是一个颇为小众的话题。

那次，家辉罕见地聊起他的家庭、他的经历。马家辉的父亲曾经担任过长达 15 年的《东方日报》总编辑。

我是从小看着报纸长大的，到了中学后期，因为父亲有这种特权，他给我开了一个小专栏，我还记得刚开始写的时候是七块钱港币一段，一段大概 30 个字，对学生来说是不错的收入。

本来是想当心理学家，跟新闻界永远脱离关系，后来我的心理医生告诉我：家辉，你的性格太紧张，有些神经衰弱的感觉，当心理学家可能就不及格。不能当心理学家，我就跑去（芝加哥大学）读社会学，研究阶级理论，讨论怎么推动阶级革命。现在听起来不能说过时但有点怪怪的。读完博士学位以后，回来当老师好像没有什么用途，还是回到新闻界工作。1997 年我在香港《明报》担任副总编辑，做的一件事情就是重新规划报纸副刊。那一年正好是香港回归，我策划的副刊引起了一些争议，有了一些蛮好玩、蛮悲哀的经验，有了这些经验我才敢把今天的演讲题目定为"专栏文化与副刊策划"。而且刚才我说我从中学开始写专栏，后来到了大学，读研究生，一直到目前在城市大学任教，还是继续在香港的报纸进行专栏写作，也还负责《明报》世纪副刊的策划……

看了这些记录，你会不由自主地感慨：差不多 20 年前，物质生活居然会专程邀请"小马哥"过来专门介绍香港报纸的副刊文化，这些民间自发举办的双城文化交流今天更是弥足珍贵。那天的马家辉从 20 世纪 50、60 年代香港报纸副刊的"（南来）文人副刊、文人专栏年代"讲起，讲到 70、80

年代很多土生土长的香港本地精英开始在报纸副刊专栏呈现本土声音、本土经验。接着到90年代，随着本土精英的外流，那些留在香港的专业人士尝试提笔，"他们受过高等教育，但不是文化人，可能是保险经纪、律师行的初级律师、医生、媒体管理者"，从各自不同的专业角度观察香港的文化，香港的政治、社会、经济甚至吃喝玩乐。90年代后，香港报纸的副刊开始跟日益兴旺的电子媒体结合，进行所谓的跨媒体运作，"当然还有公关公司的介入"。

马家辉谈到因此产生的"很多的后遗症"：

> 很多议题不能深入，因为你不仅要满足报纸的读者，同时还要满足电视电台的观众听众，所以说在话题的深度上面有很多牺牲，甚至很多话题你就不太能去讲。不是因为种种政治的考虑——那个当然有，可是主要是市场的问题，因为不能让读者觉得沉闷；再来就是整个香港生活的改变，比方说比较认真读报的精英越来越少生活在香港，像我身边的朋友，很多从事设计等工作的，基本上都是礼拜一在上海、礼拜三在北京、礼拜五回香港，然后礼拜天在伦敦、礼拜一在深圳这样的状况，所以他们对香港报纸的感情越来越远；他们还会把报纸作为一个资料来源来翻，可是主要是想知道发生了什么事情，而不是说像我们住在一个地方看报纸是有一个感情的依附。媒体是一个有感情的东西，它不仅是把资讯传给我们的中介。从这个角度来看，香港做版面是越来越难，特别是我负责的《明报》，它是香港所谓的中上阶层、专业阶层看的报纸，读者经常不在香港，他们对香港以外的兴趣甚至比对香港的兴趣还浓，所以我也不断希望邀约深圳、上海、北京的作者写稿子，希望把大中华的概念，引进来香港这个小小的特区。很多点点滴滴有趣的后遗症出现，使得报纸越来越困难，当然也因为文字

越来越不吃香，稿费越来越低。

有马家辉在，场面永远不会冷清。他很快把一个严肃甚至乏味的专业问题转化为八卦话题，台下的听众也饶有兴致地跟他交流起两地的稿费标准：

> 一般来说，假如每天写一篇五六百字的专栏，每个月的稿费收入会是 8000 到 1 万 5 不等。差不多就是一篇的稿费从 200 多到 500 多不等。严格来说，在香港真正靠写作吃饭的人不多，不觉会超过 5 个，就是说你靠写专栏，每个月能拿个 2 万到 3 万。

当晓昱请他用一个自己的人生信条作为当天讲座的结语时，小马哥想了想，说出"量才适性"四个字："'量才'是自己要知道这个才能有多少，'适性'就是适合自己的个性，选择最适合自己才能和个性的事去做，这是我觉得最适合的做法。"

十六年后，小马哥以马叔的姿态再度来到物质生活。对于物质生活，他说："我还记得我们一起在书吧里面聊天……我跟这个书吧的缘分很深，即使很久没来，但记忆中的场景仍是非常生动。"

他所面对的听众已经是全新的一代人。一位白领丽人站起来对马叔说："说到家辉老师，我看的第一本书是《暧昧的瞬间》，除了里面的句式非常新颖之外，那种思维方式给了我很大启发，甚至影响到我之后看待事物的方法、思路。"

接着站起来一位男生："老师，我是看您节目长大的，无论在节目中还是在社交平台上，您分享的照片，给人很强的少年感。但我们这一代却活得暮气沉沉，我想问的是，为什么当下的年轻人，会如此这般的暮气沉沉？您又是怎么保持这种少年感的？"

马家辉稍一思索，回答道：

少年其实是一个跟中年、老年一样的，想象出来的概念。当你说少年感的时候，等于在说有一些非少年的、应该的、期待的框框。我比较少去想什么是应该的、必然的。你说少年感，难道像我这样的50多岁的老头不能穿匡威吗？因为我对内地了解不深，不确定是否有你所说的这种暮气沉沉的情况。但我到内地很多地方演讲，几乎每一次都有年轻朋友问我："马老师，香港年轻人跟内地年轻人比较，有什么不一样的地方？"我的回应通常是这样的："不一样的地方太多了，外形、打扮、吃东西、讲的语言等，很难回答。"假如一定要回答，我会说，很多内地的年轻朋友在提问的时候，他们用的句子往往是：马老师，什么事情应该是怎么怎么样，或者必然是怎么怎么样，现在有些事情不是这个样子，为什么会这样呢？怎么办呢？他们会不断地重复"必须""一定""肯定""应该""当然"，这是我在内地做演讲做分享时，常听到的用词。但在香港我很少听到这些。也许正相反，香港年轻人一般会说"why not？为什么不呢"。香港电影中我们经常听到的一句对白是"我又没有犯法"！这句对白反映出整个社会的思考逻辑：除非是法律不准许我做的，不然你没资格抓我，我要做什么就做什么。why not？假如说你看事情，或者思考的角度是"为什么不"，那很多事情空间就大了。什么叫少年感、什么叫老年感，就不重要了。我的经验是，假如太习惯于从"必然""应该""肯定""当然"这些角度去想问题，可能就会对世界比较多焦虑、比较多惶恐，也对自己比较多嫌弃，因为你觉得跟自己预期的不一样。对不起，这是你预期错了，你的框框太多了，当然就被绑住了。

回到胡洪侠那天的新书分享会，几乎每个在现场的人都发了言，这可能是书吧历史上少有的一次全程一半以上时间是在交流、对话的分享会。这正是我希望在书吧发生的场景，就是每次的分享都是有来有回、相互交锋。只有当这一幕成为现实，你才会发现：啊，原来坐在底下听的人中间有那么多的故事！

时隔半年多，在深圳经济特区建立 40 周年的大喜日子前夕，另一位早年经常混迹于书吧的深圳文化人，刚刚完成《深圳传：未来的世界之城》一书的作家、文化学者胡野秋决定在物质生活为新书办一场分享会。在分享时，他解释何以在书中专门为物质生活辟出一节："标题就是'我们的物质生活'，实际上说的是我们的精神生活。深圳未来能否成为伟大城市取决于有没有跟它匹配的文化和精神，这样一来我们就知道物质生活书吧的价值在哪里。很高兴，深圳的读书氛围一天比一天浓，某种程度上，阅读在过去的 20 年间改变了这座城市的气质。这不是某一个人的功劳，但毫无疑问，物质生活是其中的一面重要旗帜。这就是为什么我在书中没有写中心书城，却写了物质生活的缘故，晓昱的物质生活承载了我们的很多梦想，回看过去的 20 年，在这一点上，还真的足以让我们自豪一下。"

2001 年 2 月 14 日，深圳大学艺术学院表演系学生在物质生活书吧上演咖啡剧
Anything for you

2001 年 8 月 12 日，青年木刻家刘庆元首次个展在物质生活
书吧举办

2004 年 6 月 26 日，许鞍华（右一）以"新浪潮和香港电影的今生后世"为题做讲座

2005 年 6 月 5 日，王小帅携《青红》剧组高圆圆、秦昊来书吧举办"王小帅的电影之旅"分享会

2018 年 12 月 31 日，王寅、黄灿然、梁晓明、蓝蓝、黑一烊以"海的光阴"为
题开展新年诗歌分享会（图中为王寅）

2019 年 4 月 9 日，作者王天兵（左）与编剧芦苇（右）在物质生活书吧上演
"招牌对谈"

2019 年 8 月 9 日，食物摄影师江慧在物质生活书吧举办
"蔬食"食物肖像摄影展

2019 年 11 月，学者艾伦·麦克法兰在物质生活书吧
与读者共同探讨现代世界诞生缘起

2019 年 12 月 20 日，物质生活书吧与艺术家"五十法郎"联合举办
"过家家五十法郎个人画展"

"壹拾捌"展 Exhibition "Eighteen"
策展人:小黑金刚 Curators: XHJJ Team

创作人:白小刺,蔡清伟,陈楚生,戴坛,邓康延,童超媚,杜应红,Freya,高少康,高小龙,韩家英,洪海,胡丁丁,胡洪侠,胡晓,黄扬,蒋志,梁丰,刘琥珀,刘琼雄,刘阳,陆亚明,罗峥,墨菲,慕容雪村,南岛,宁炜东,欧宁,欧阳应霁,邱立本,沈不基,沈文蛟,十一郎,滕斐,王绍培,王粤飞,王苗豪,夏冰,薛志丰,鸦姑娘,杨榕格,姚志燕,曾怡菁,张博,张达利,张廷辉,赵孝萱,钟二毛,朱琴,朱维特, ... 按拼音首字母排序 >

Guests: Bai Xiaoci, Cai Qingwei, Chen Chusheng, Dai Yun, Deng Kangyan, Dong Chaomei, Du Yinghong, Freya, Gao Shaokang, Gao Xiaolong, Han Jiaying, Hong Hai, Hu Dingding, Hu Hongxia, Hu Xiao, Huang Yang, Jiang Zhi, Liang Feng, Liu Hupo, Liu Qiongxiong, Liu Yang, Lu Yaming, Luo Zheng, Mo Fei, Murong Xuecun, Nan Dao, Ning Weidong, Ou Ning, Ouyang Yingji, Qiu Liben, Shen Piji, Shen Wenjiao, Shi Yilang, Teng Fei, Wang Shaopei, Wang Yuefei, Wang Zhuohao, Xiaoxing, Xue Zhaofeng, Ya Guniang, Yang Rongge, Yao Zhiyan, Zeng Yijing, Zhang Bo, Zhang Dali, Zhang Tinghui, Zhao Xiaoxuan, Zhong Ermao, Zhu Qin, Zhu Weite, ... < Sorted By Pinyin >

展场一:物质生活书 / 酒吧   展览地址:深圳市福田区百花二路与百花五路交汇处
展览时间:2018/12/23 — 2019/06/17
展场二:G&G创意社区   展览地址:蛇口荔园路九号风火 G&G创意社区南区二楼展厅
展览时间:2019/05/17 — 2019/07/28 < 因闭馆空间限制,两个相同程不定期更换展品 >
Location One: 8, First Floor, Building 1, Baihua Apartment, Baihua 2nd Road, Futian District, Shenzhen   Duration: 2018/12/23-2019/06/17
Location Two: Exhibition Hall, 2nd Floor, South Zone, G&G Creative Community, No.9 Liyuan Road, Shekou, Shenzhen   Duration: 2019/05/17-2019/07/28

《壹拾捌》 海报

"壹拾捌"展览策展人——"晓黑金琚"四人组

"壹拾捌"展览中物质生活书吧前出纳朱琴展品：公仔 + 杯子

"壹拾捌"展览中陈楚生展品：《七分之一的理想》专辑

"壹拾捌"展览现场

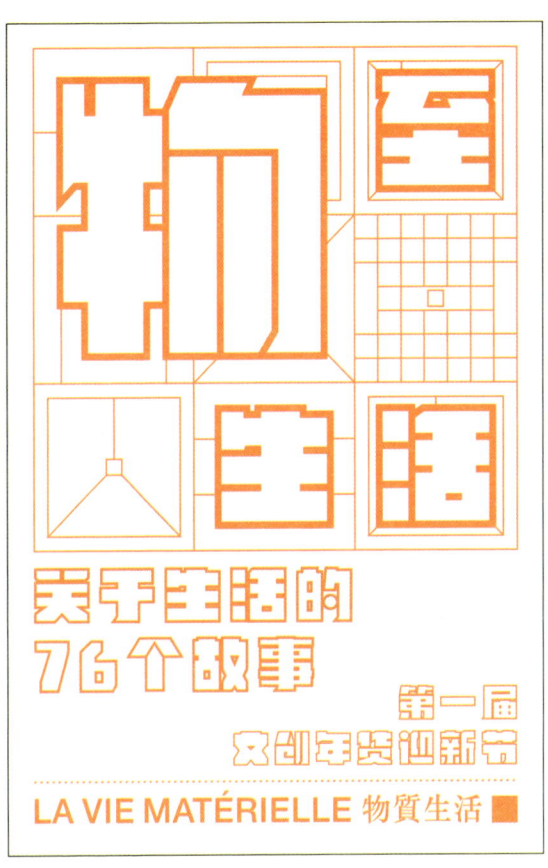

"物至生活——关于生活的 76 个故事"第一届文创年货
迎新节主题海报

物质生活书吧 20 年生日会暨创意海报展开幕式上，
设计师潘虎分享自己的创作灵感

为物质生活书吧 20 周年创作的作品《二十年 二十人 二十个故事》获 2021 年
第 100 届纽约 ADC：DESIGN/PUBLICATION DESIGN 类别银方块奖、
BRAND / COMMUNICATION 类别铜方块奖

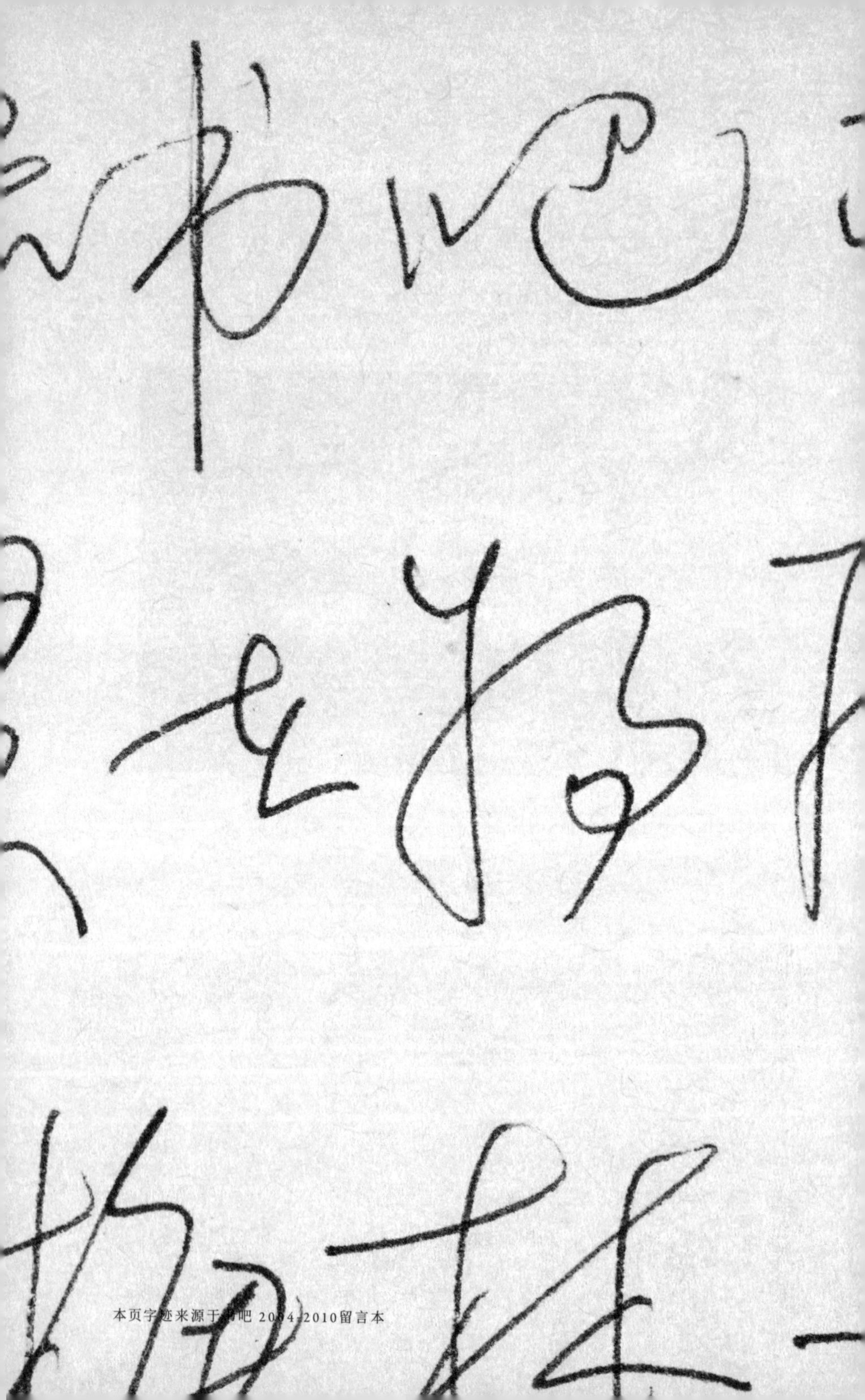

本页字迹来源于书吧 2004-2010留言本

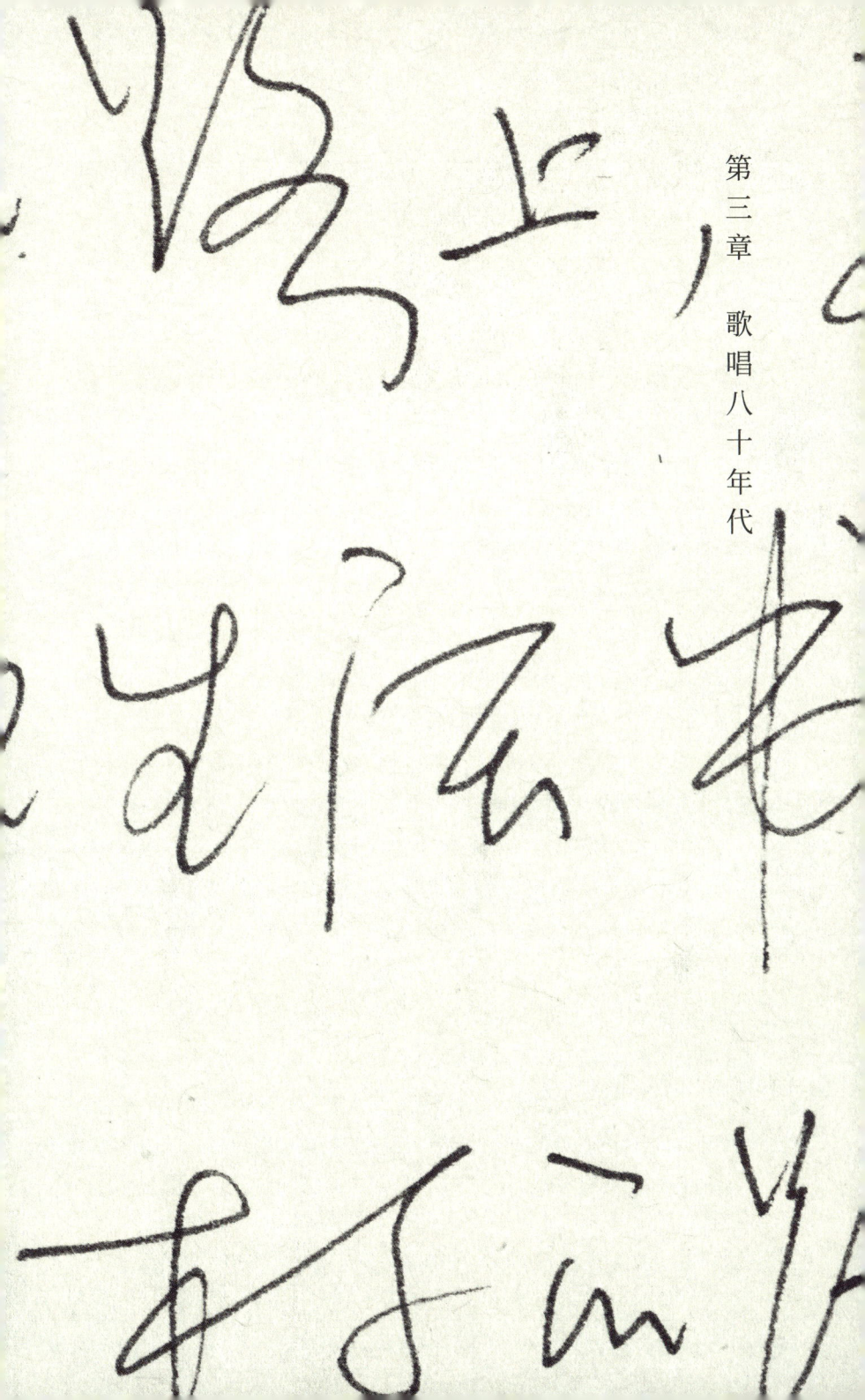

趁年前相对清闲一点，赶紧把之前耽误了的台北行完成了。这不做上书店了吗，干脆就把本来陪女儿的行程改成了独立书店专题考察。

也是巧了，在 Airbnb 上选的民宿正好位于公馆区，一两平方公里见方的温罗汀一带就有四十多家书店。十年不见，台北的独立书店愈发兴旺，不但有了自己的组织，还有了自己的刊物，更有不同的定位、客群。这些小书店给台北的街巷里弄增添了多少书卷气，真是一个值得深入研究的课题。有些小书店给人留下了非常深刻的印象，也予人很多启发，像朋丁、田园城市、读字、唐山，当然最亲也最让人感慨的还是汉声，盖因可边听黄永松老师讲故事边饮酒也。转眼就是《汉声》英文版 *ECHO Magazine of Things Chinese* 创刊五十周年的大日子，汉声巷里车马稀的景象令人唏嘘，上门者十之八九不是大陆友就是东瀛客。

年很快过完了，临近元宵的一天，晓昱转来出版社朋友的一条微信，说是《八〇年代：中国经济学人的光荣与梦想》的作者柳红老师不日到深，问是否方便哪个周六的晚上在物质生活书吧做一场读书沙龙。柳红老师的这一厚册《八〇年代》我并不陌生，十年前初版时正好在报社的驻京办事处，犹记当年京城多场活动竞相谈论此书。

这次的增订本新收作者前一年新撰之《历史之棱镜——莫干山会议三十周年再记》《杜润生：好大一棵树》等篇目，并有经济学家朱嘉明新序《1980年代的"民族记忆"》，既是一本新书也是一本旧书。

一查书吧月历，那天晚上物质生活已经有了一场早就预定了的活动，也就是"物至生活——关于生活的 76 个故事"系列分享的第二场"顺其自然"，而且活动的消息也已经早早就通过多个渠道公之于众，显然更改是不现实的。

紧急与出版社联系，建议这场读书沙龙在周六下午举行。一般来说，出版社邀请作者到某座城市进行新书推广活动，往往会根据不同书店的属性、读者群、所在区域等安排一系列活动，类似两天四场沙龙这样的行程完全算不上"魔鬼"，这就带来一个问题，牵一发而动全身。好在这次柳红老师在深圳的行程，除了在物质生活安排了一场读书沙龙外，另一场分享会是在深圳甚具影响的民间阅读团体后院读书会，一则彼此都非常熟悉，二来牵涉面不算太广，协调起来很顺当。

日程安排解决之后，尚剩下四大问题亟待解决。

首先是书源。民营小书店的不易体现在运营的每一个方面、每一个领域、每一个细节。以书店进书为例，深圳最大的书刊批发市场就在离物质生活书吧不远的八卦岭工业区，其中最大的一家经营面积日益萎缩，已经由以前的一千多平方米缩减到不到五百平方米，而原先偏居一隅的文具售卖区域则扩张至一半面积有多。随着经营面积的缩减，他们所进书籍的品种和数量自然大大减少，以前畅销书籍可能会进六七件，以每件二十四本计算，尚属可观，但现在可能只进一两件，甚至都进不到一件，所以如果我们去得不勤，很可能就进不到足够的货。以我一年多做活动的经验，基本上批发市场的新书来货速度跟不上出版社的推广脚步，也就是说一旦定下来在书吧做活动，只能跟出版社联系进书。这又涉及书价折扣、快递费用、到货时间等不少细节，而不少出版社还有发货数量或者最低书款的要求，对于像物质生活这样的独立小书店来说，每次活动坐满大约是五六十人，以行业已经算是颇高的 50%左右的转化率而论，也就是一场活动能卖出三十本左右，这也是我在为沙龙、讲座之类活动专门进书时的其中一个标准——会略高一些，因为考虑到活动之后的销售，但在不少出版社眼里，这个数量不值一哂。有时在微信聊着聊着，就再没回音了，有的干脆直接告诉我，没有 100 本的量不会考虑发货（这一次活动当然不存在这个问题，我需要做出判断的就是进货的数量）。再就是折扣，物质生活除了会员，一般对书价是不打折的，即便如此，一本书的利润也是少得可怜，尤其是对只进几十本的小书店而言，压根就没什么议价权。打听了一下，后院读书会第二天的活动，柳红老师这本新书卖 70 元一本，差不多就是八八折，据说是因为他们没有人手收零钱。但书吧因为沉重的租金压力、店员工资等很难跟进。

其次是听众或活动参与者的招徕。人多了怕挤不下，人少了当然更担心冷场。听众的多少除了讲者的知名度，跟主题的设置、推广的点是否到位、渠道是否畅通，甚至当天的天气状况、同城当日活动的频密度乃至书店会员体系是否健全、社区关系是否良好都有或多或少的关系。书吧的听众除了多年累积的会员、社区街坊、周边学校的学生以及慕名而来的读者之外，还有一些本地大企业内部读书会主动与物质生活联系，将书吧开展的读书沙龙作为企业读书会的重点活动，每次物质生活也会给他们留出一些特定席位。以柳红老师的这次新书分享为例，当时书吧给了某银行读书会十个名额，结果在银行内部发布消息后，五分钟就报满了。

既然听众多少跟推广力度、渠道有关，活动前的第三件大事当然就是推广文字的撰写和发布。物质生活的推广渠道一般包括店面海报、微信公众号推文、活动行上发布资讯以及微博推广，这些是自己可以掌控的渠道。至于媒体的报道，其他本地文化资讯类公众号的推介、转发，出版社或嘉宾大号的转发推文亦时而有之。因为心知行前事多，所以日程一旦敲定，连夜就将海报、活动行上的文案以及微信公众号推文整理了出来，只等出版社发来相关图片，就可排版发文。

从文件夹里翻出当时的推文原稿摘录如下，可以一窥物质生活微信公众号的文章风格：

让我们歌唱八〇年代

关于八〇年代，其实已经被反复记录、描述过。经济学家朱嘉明认为，各阶层人士近年来表现出一种对1980年代的怀念情感，而且呈现出愈来愈浓厚的趋势，其实是一种"民族性"历史记忆的表现。

在人们的记忆中，1980年代不仅有星星画展、朦胧诗、意识流、校园歌曲、沙龙、聚会、交谊舞、各类包含新思想的丛书等，还有充满浪漫主义色彩的广告、烫发、时装、商业……在这个过程中，一个特殊群体突然出现：他们为农民疾苦呼喊，为工人争取奖金，为企业扩权发声，为证明和结束短缺经济而思想、活动、写作、建言……著名经济学家刘国光这么说："那是中国经济学家的智慧经过长时间积聚之后的爆发，经过长久压抑之后的显现，经过长期封闭之后的开放，其力度和精彩非同一般。熟悉中国历史的人，会羡慕春秋战国时期的百家争鸣；1980年代的经济学界，就有百家争鸣之态。每天有新思想涌现，有新名字涌现。老当益壮，后生可畏，打破论资排辈，没有功名利禄。"

在柳红看来，那是一个经济学家群体作业、团队作业、发挥组合影响的时代。王小波说过：让我们歌唱80年代。在所有讲述80年代故事的书中，像《八〇年代：中国经济学人的光荣与梦想》这样集中地讲经济学家的故事大概是第一次。

……

柳红希望，通过这本书、这个讲座让今天的年轻人知道中国的二十世纪曾经有过一个八十年代，"1980年代是一切从头开始、英雄不问来路的时代，是思想启蒙的时代，是求贤若渴的时代，是充满激情畅想的时代，是物质匮乏、精神饱满的时代，是经济学家没有和商人结合的时代，是穿军大衣、骑自行车、吃食堂、住陋室的时代，是老年人、中年人、青年人一起创造历史的时代"。

在她看来，1980年代承上启下，其重要性也许还需要更长时间，甚至两三代人才会得以全面评估。而了解和认识八十年代，对于理解整个中国改革和中国道路都有重要的意义。"从大历史的角度看，1980年代的改革，其实孕育了中国后来多种走向的基因。中国在21世纪的演变的各种可能性，都可以从 1980 年代的改革中找到原因，发现征兆。虽然时间并不久远，虽然很多当事人健在，但是，历史被有意无意地遮蔽、遗忘、误解了。我总是想，把那些被埋没的，发掘出来；让那些走向模糊的，清晰起来；把那些被歪曲的，纠正过来。"

　　万事俱备，还差一位主持。平时的读书沙龙，一般都是我自己客串主持，比较重要的嘉宾，晓昱往往会重操旧业、披挂上阵。但这次正好碰上我跟晓昱均不在深圳，只好抓紧时间物色一位合适的主持。先联系了柳红和朱嘉明老师的老朋友、老熟人，也是我以前报社的同事邹蓝，他是社科院研究生院的 78 级学生，毕业后先后在社科院拉美所、西欧所以及国家体改委中国经济体制改革研究所、中信国际研究所、国家体改委经济体制改革研究院等从事过近 20 年的国际经济和西部经济发展研究，而且还合译过科尔奈的《走向自由经济之路》。他原本是这场读书沙龙非常合适的主持，可惜这位大我一轮的老哥已经退休，此刻正在无锡老家逍遥，让他为这场新书分享特意飞回深圳，有点不太现实。又联系了自觉比较合适的几位嘉宾主持，均对这场读书活动，尤其是与柳红老师同场大感兴趣，但不是当日已有其他安排就是出差在外。最后有位朋友推荐了资深媒体人、青年学者贾葭，这位曾供职于光明日报、新华社、凤凰卫视，GQ 中文版的创刊人之一，腾讯《大家》创刊主编，多年来对港台问题、民国史、城市史、移民史等领域多有研究。急电之，贾兄爽快应允。因是初识，为慎重起见，特约贾兄提前书吧见面，一来熟悉一下物质生活书吧环境，二来商量一下当天读书沙龙的流程与细节。最后将其微信推送柳红老师，让他们彼此接上了头，才放心地东渡看展去也。
　　那天的活动异常火爆。尤其是莫干山会议的四个创始发起人之一，也是1980 年代"改革四君子"之一的朱嘉明老师以神秘嘉宾身份亮相读书沙龙并做分享更是难得。柳红老师快人快语，面对年轻的主持贾葭，她笑言，听一个 1980 年出生的年轻朋友讲 80 年代，"感觉很奇妙"。虽然最终沙龙在下午举行，但她鼓动大家一起在书店里制造一种冬日"围炉夜话"的氛围、一个"座谈的、流动的"场面。然后她超越书的内容提出三个问题作为沙龙的切入口：为什么要研究 80 年代？为什么要研究 80 年代的经济学家？为什么要以跨越三代人的方式来研究这个问题？

柳红的"八〇年代"是一个"长八〇年代"，"它并不是公元纪年上的 1980 年或者 1981 年开始的这样一个 80 年代，而是把 1976 年作为时间节点，直到 1989 年，或者说从 1977 年到 1989 年"。

在她看来，80 年代，是从阶级斗争转向经济建设，从封闭到开放，从计划到市场，从旧时代旧制度转向现代国家的这样一个时代，"这是一个敌人最少的时期，大家不再折腾，虽然人们的物质生活还是非常的贫困，但整个社会充满了希望、憧憬，觉得未来一切都会好的，这是 80 年代一个很重要的特征"。

她承认，其实关于 80 年代已经有了不少的研究，最早成书的有查建英的《八十年代访谈录》，之后对于当年的文化热，包括朦胧诗思潮等。"有不少这样的回忆，"但她认为，80 年代最主要的一个领域和战场是经济改革，"当然它不是一场单纯的经济改革，而是以经济改革为主的全面改革。而我笔下的经济学家是一个相对宽泛的定义，不是说你是学经济学的或者是经济学教授，是指他们从事的研究和实践领域与经济改革相关。这些经济学家不但为改革提出了合法性解释，而且大规模参与到整个社会转型这样的历史事件当中，这在 20 世纪的历史上，在世界范围内都是非常罕见的。"她道出自己秉笔直书这段历史的用心——"要写出那些被埋没的、边缘的人，或者是沉默的、死去的人"，回到可能被遮蔽、被扭曲、被遗忘或者被误解的历史现场。从 2007 年开始，柳红启动了一项长达 12 年的独立研究。她先是在《经济观察报》开设了一个叫"那些人与事"的专栏，以一周一篇的频率，写了至少有 50 篇，到 2010 年结集成书。始料未及的是，这项研究甚至影响了她的职业生涯或者是志向，从此开始进入 80 年代研究。现在她在维也纳大学东亚研究所"专门做这个领域的研究"，"研究方法是利用当年的历史文献，以及大量的私人收藏资料，包括（那些经济学家）当年的日记、工作笔记等所谓'无意的史料'，完全按照规范的史学研究方法来做。另外就是采访，大概做了数百人次的采访"，试图以一个群体、网络的视角，让读者回到历史的现场。

《八〇年代》一书涉及 625 人，柳红试图说明当年那场波澜壮阔的改革"它是自下而上与自上而下结合进行的，投入改革理论和政策研究的经济学家，与主张改革、支持改革的政治精英良性互动，密切配合，在开放状态下，很多改革政策经过充分酝酿、论证，先试点再推广，整个决策体系发生了变化，尤其是一代青年经济学人以小组、团队或者群体合作的方式，而不是以个人的名义开展调查研究，提供政策咨询。老青对话，甚至国务院总理直接跟青年人见面，成为当时非常重要的一个特征。既有的体系不能适应改革要求，致使非正式制度发挥了超常作用，甚至绕开旧的官僚系统起用新人。那些对中国社会有非常深认知的青年经济学人在经历了理想的幻灭之后，重新思考中国的道路和未来，并且务实地提出各种政策主张"。

在柳红看来，当年青年经济学人的网络之所以能够发挥功效，"实是因为它镶嵌在 1980 年代那个改革时期的体制之上"，"它们之间的互动，创造了一个我称之为绝响的不同凡响的局面"。对于这一代雄心勃勃希望构建经济学的中国学派青年经济学家来说，遗憾的是他们的理想、使命终究壮志未酬，留下未竟之改革。但柳红坚持认为，这一代具有强烈问题意识和责任感的经济学人，从实际出发，理论和实际相结合，坚持独立调研，直抒己见，百家争鸣，于解构中建构的精神依然值得今人学习。而他们当年之所以能为自己争取到足够空间和话语权，实缘于其"愣是在石头缝里一点点地挤、一点点地扩张"，"那时候的起步条件比今天要差很多很多，但他们努力争取到了让自己登上舞台，发挥作用的机会。这些年轻人的改革视野不光是经济视角，他们有社会的视角，所以会关注发展的问题，连机构名称都叫中国农村发展研究中心，或者发展研究所"……

那是一场热气腾腾的读书沙龙。那天现场还来了好几位当年亲历历史现场、如今落户深圳的"西部组研究中心的兄长们"。年轻的听众们则是第一次听说原来北大招收第一届西方经济学研究生，招生名录上这个专业居然叫资产阶级经济学批判，因为西方经济学当年仍属糟粕。但时间就这样开始了：1978 年，邓力群、马洪等访日归来，在一本叫《访日归来的思索》的书中大谈访日观感；1979 年在颐和园举办的一个数量经济学讲习班，邀请诺贝尔经济学奖获得者克莱因教授主讲，国家计量局直纳闷，这个怎么是你们（中国社会科学院经济研究所）办呢，这属于我们计量局的事啊；1983 年，托夫勒的《第三次浪潮》、奈斯比特的《大趋势》在国内出版发行，当时的国务院总理提出要跟上这一波新技术革命浪潮，并举办多次上千人的大型研讨会寻求应对之策，在开放早期的那个时点做了一次面向未来的科学普及……场上互动热烈，一个花絮是沙龙结束，书吧进的三十本《八〇年代》被一扫而空，救急电话打到身在东京观展的我，灵机一动之下，我直接求助后院老王，能否匀出十本书救场……事后出版社转达柳红老师的谢意："连说了两次活动'非常好'。"

物质生活既然自诩为连接内地（大陆）及港澳台地区文化交流的摆渡人，自然少不得邀请内地学人、作家、文化人来书吧分享见解。印象中第一位在书吧沙龙开讲的内地文化名人是曾任上海人民艺术剧院院长、上海戏剧家协会副主席的剧作家沙叶新。当年躲在深圳写书，离开的前一天，戴着蓝白相间蜡染围巾的沙叶新以"一派戏言"为题，在书吧侃侃而谈，赢得满堂喝彩。但他却明言："不敢谈启蒙，谈启蒙就把我变成一个灵光普照的人物。启蒙也不是我的任务，是大师的任务。""也不敢谈散播火种，我不是这个角色。"他只是"想跟你聊聊天，交换思想"。自称非常爱聊天的沙叶新说："我的原则是一定要说真话，如果你们也说真话，就是对我最大的安慰。万一不能说真话，能不能保持沉默？连沉默都不行，硬逼着你说假话，至少在说假话时不伤害别人可不可以？……"

这天是 2003 年 12 月 20 日，也是一个周六的下午。

这位曾以《陈毅市长》一剧震撼了无数心灵，亦曾以《耶稣·孔子·披头士列侬》《假如我是真的》《幸遇先生蔡》令人拍案叫绝的剧作家，那天不知怎么的谈起 80 年代，他称之为中国知识分子"开始有自己生命的时代"，经过"文革"，经过 80 年代人文精神的讨论，"开始把脑袋长在自己头上"。话锋一转，他照例愤世嫉俗起来，批评道："当撒谎成为风尚，不守信誉成为习惯，这将使一个民族精神沦丧。"有人问他想对这座城市的年轻知识分子说些什么，他直截了当回答：对人对己要真诚、要真实，不要急功近利。又有人问对深圳是文化沙漠的说法怎么看，他直言不讳：深圳的文化缺乏深厚的根基，先天不足，但只要后天有术，锲而不舍地努力建设，定有所成。目前深圳文化正在发展中，现在就妄自定论，说深圳是文化沙漠就如同说深圳是文化绿洲一样，都是胡说；说深圳是文化沙漠是吓人，说深圳是文化绿洲是骗人，都不要相信。

沙叶新提供了一个有趣的观察角度："我常去书店，我也观察别人买什么书，虽然在深圳，买书买的品种最多的还是那些励志的、商业经营的、休闲的、美容的……但重点在于，有没有人买严肃的书、买文学的书，如果有而且为数不少，这就是正常的。在深圳有物质生活这样的书吧，这就是一个火种。要营造一座城市的文化，不是靠一代人可以完成的，但必须从今天做起，从自己做起，才能真正形成城市的文化积淀。"

如今，斯人已去。

在物质生活举办的一系列文化沙龙中，比较异想天开的是 2007 年 11 月至 12 月间举办的"追忆逝水年华——西南联大七十周年纪念系列讲座"。

最开始，这一活动的名称叫"她为苦难中国输送人杰——西南联大七十周年纪念系列讲座"。起因当然是那年正好是西南联大创办七十周年，当时的书吧主理人 Linda 找我商议沙龙主题时，大家突发奇想做这么一个至少在深圳甚显冷门却无疑是一座宝山的专题，而且商定一做就是四讲。当时的设计是，四位讲者的人选大致界定为：两位具有公共知识分子情怀的西南联大研究者、记录者、推广者，初定谢泳、张曼菱；一位云南当地长期从事西南联大田野调查的研究者；一位亲历者或亲历者的亲属。

跟以往书吧举办的比较"顺其自然"的诸多讲座、沙龙相比，这次的策划有一个明显的不同，就是主题先行，定下题目再找嘉宾。因为本地没有这方面长期且卓有成果的研究者，只能在全国范围物色人选，于是一个很现实的问题浮上台面:谁来承担这笔费用？粗粗算了一下，以不失礼又最节省的预算标准计，也在三万元以上。一个大胆的想法就这样冒了出来：向企业求援。

没几天，Linda 就告诉我，赞助的事有了眉目。一家本地建筑设计公司清华苑有意支持这次活动，叫人兴奋的是这家富有文化情怀的企业还是曾任清华大学副校长、深圳大学校长的罗征启先生创办的，而西南联大与清华大学的血缘关系人所共知，这真是天作之合，也是物质生活书吧历史上第一次在本地企业资助下举办公益性的城市公共文化活动。后来，在活动开幕仪式上，Linda 特意感谢了都市实践设计公司的刘晓都先生牵线搭桥——那个时候，清华建筑系毕业、自美归国就在深圳华强北创业的晓都也是书吧常客。也感谢设计师张辰专门为系列讲座义务设计了一系列风格现代、内涵丰富的海报。还有康戴里深圳分公司的海报纸品提供——你就知道，一个讲座的举办，涉及面有多广了。

资金既已落实，我首先联系了厦门大学人文学院教授，长期研究西南联大和中国现代知识分子问题，尤其对三四十年代中国知识分子研究有独到之处的谢泳。虽素未谋面，但在电话沟通之后，我很快发出了一封详细介绍这次系列讲座构想的邮件。在邮件中，我将这次由物质生活主办的西南联大创立七十周年纪念系列讲座，称之为国内一系列纪念活动中少有的由民间发起并主导的挖掘、推广、普及西南联大精神的行动，邀请他11月拨冗来深参加活动之余，更希望他推荐部分讲者。谢泳很快回信，在答应参加系列讲座的同时，透露他不久将参加一个关于西南联大七十周年的学术会议，而这样的会议往往会集中一批研究西南联大的专才。事实上，后来的几位讲者多多少少都跟谢泳的引荐、居中联系有关，有的甚至就是谢泳代为邀请的。

接下来，很快敲定了谢泳为这次系列讲座打头炮，时间定在11月24日下午，题目是：西南联大给我们留下了什么——从陈寅恪、钱锺书、杨振宁等说起。

接下来的周末则是作家、电视制作人张曼菱。这位北京大学78级中文系毕业生在校期间发表的处女作《有一个美丽的地方》，后改编为电影《青春祭》，被视为知青电影的巅峰之作。由她撰稿、编导、制片的《西南联大启示录》2000年开拍，历经三年艰苦发掘，采访数百名海内外西南联大著名校友及其亲属而成，集中展现了闻一多、邓稼先、费孝通等一批学者和知识分子在抗战时期中华民族生死关头留下的生命印迹。张曼菱的讲座主题是"寻觅西南联大魂"，着重介绍她拍摄《西南联大启示录》的来由、目的、过程及感想等。

第三位讲者是难得抛头露面参加公共活动的余世存。如果不是谢泳力劝，很难想象这位同样也是北大中文系毕业的诗人、思想家会出现在深圳物质生活书吧这样的场合，独辟蹊径地以"战火中的诗世界"为题，探讨"联大文化的世界性——以诗歌为例"。据说那一年他参加的公众活动，唯年初举行的北大李零教授《丧家狗》出版座谈会而已。但那次他在物质生活缜密、深情而又多思的演讲实在是技惊四座。

最后一位演讲嘉宾闻黎明既是闻一多的长孙，也是中国社科院近代史所的学者，从事中国思想史研究多年，也花了很大力气对闻一多的遗著进行整理和研究。他的演说"日军空袭下的联大战时生活"用幻灯片的形式生动地揭示了民族精神。这个报告原是三年前应台湾"中央研究院"召开的战时生活研讨会之邀而做，再就是这次深圳演讲的两个月前，闻黎明先生在他做访问研究的日本大学也讲了一次。同样的内容，但让他惊讶的是，在座的日本大学教授居然不知道抗日战争时期，北大、清华、南开曾经长途跋涉迁徙到了昆明。"在日本人的印象中，他们看到的都是广岛、长崎遭受原子弹袭击以及东京被炸的一些情况。在日本的每一个角落，凡是被美军轰炸过的地方，他们都有照片在那儿展示，让人民记住。但讲到西南联大空袭下的昆明战时生活，他们很吃惊，没有想到这么著名的学校居然会遭受如此猛烈的轰炸，也没有想到日本空军居然会跨越广西、贵州，一直飞到昆明去轰炸。"

11月正是一年一度的深圳读书月，连着四个周六的下午，来自深圳不同地方的听众对物质生活"好像产生了一种特别的期待，又似乎在庸常生活里面有了一个小小的、新的希望"，时隔多年，Linda回忆说："我至今觉得这真的是一件奇妙的事，连着四周，这么多学者从厦门、昆明、北京来到深圳，因为一段共同的历史记忆聚到了一起。"

很多听众一连四个星期，都会准时出现在物质生活的讲座现场。香港天地图书公司时任副总编辑孙立川专程赶来，这位出版过谢泳的《一代自由知识分子》、编辑了余世存的《非常道》的资深出版人不无自豪地说：你们四位讲者，有两位是我的作者。最后一讲的现场，居然来了两位真正的西南联大人：85岁的谢鹏飞教授，和他联大毕业的太太蔡小同。巧的是，谢的舅舅正好是李公朴先生，而他太太又是闻一多先生的学生。两位亲历者当场贡献了不少当年校里校外笑中带泪的逸事、花絮，填补了研究者从文献学、史料学角度搜集、整理的材料之外的内容空缺。

为什么物质生活要如此这般大动干戈地关注、纪念一个 70 年前就已经不存在的大学？在第一讲中，谢泳就开宗明义地说道，他想所有人的感觉还是立足于当代："观察过去的大学，实际上有一个参照系，就是今天中国大学的情况。"从 1937 年到 1946 年，西南联合大学存在了九年时间，抗战结束不久解散。这所由当时中国北方三所著名大学联合组成的临时大学没有校长，只有三位常委。"为什么这样一所大学会引起研究现代史、研究中国大学史或者中国教育史的学者的兴趣？我觉得主要是西南联大在创办过程当中的精神，它在这九年当中留下的精神遗产，对今天的大学乃至思想文化界会有一些启示。"

谢泳在 1993 年前后开始做西南联大研究。"那时我已做完储安平和《观察》周刊的研究，在《观察》中了解到西南联合大学的一些情况，当时的主要思路，是想从左翼文化传统以外，梳理中国自由主义知识分子的传统。"当时学界对西南联大的兴趣并不太大；谢泳最早的论文还是在香港出版的《二十一世纪》杂志发表的。1998 年，他把关于西南联大的文章汇成一本大约十万字的专著《西南联大与中国现代知识分子》，由湖南文艺出版社出版。据说当时出版社对这一题材意兴阑珊，兴趣不大，好在责编、文学批评家余开伟对这个领域较有兴趣，希望出版这本书。最后开出的条件是出版社不支付稿酬，但可提供 500 本书。谢泳没有犹豫就答应了。书印了 2000 册，拿了赠书的谢泳逢人就送，没想到后来"西南联大热"起来后，反而一册难求。从学术史的角度看，西南联大真正被关注被重视，是在 20 世纪 90 年代末。随着国内史料的大量发现、梳理，随着关于西南联大的电视节目的播放和相关书籍的出版发行，西南联大的影响力慢慢开始扩大。2000 年以后，知识界普遍认同西南联大保存了中国自由主义知识分子的基本传统，主要是自由精神。"我们现在需要做的是对西南联合大学的深入研究。"这是谢泳的观点。回到西南联合大学为什么成功这一永恒话题，谢泳分析道，除了现代大学制度这个前提之外，昆明自然环境比较好，可能也是一个原因。"我们现在不大关注西南联合大学所在的自然环境，比较关注人文条件。当时西南联合大学确实集中了中国三代知识分子。从他们的出身和教育经历来判断是三种类型，这三种类型又分成教授和学生两个群体。"在谢泳看来，西南联大的教授群体包括两代人，像胡适、陈寅恪、梅贻琦、蒋梦麟这一代，出生在1890年前后。这代人基本上都接受过良好的中西方教育，国学基础好，同时大部分人到西方受过教育或者考察过西方的教育，他们当时的年龄在50岁左右。第二代教授群体，是1900年前后到1910年出生的这一代知识分子，包括费孝通、钱锺书、潘光旦、陈省身、华罗庚等。相对来说，传统教育在他们身上弱化了，他们的国学素养不能跟上一代相比，但这一代知识分子大部分留学欧美，他们的西学比前一代要好。当时有一个统计，西南联大179个教授中，留美的有80多个，留英的30多个，留日的比较少，也有三四个，没有留过学的很少。三个常委，蒋梦麟是留美博士，梅贻琦是留美硕士，张伯苓虽然没有留过学，但他考察过德国和日本的教育，也是有世界眼光的。此外，五院院长全部是留美的，各系系主任大部分是博士。"从这两个教授群体，可以大体判断出他们的文化背景，基本可以说是西方的自由主义传统，西南联合大学实际上是中国自由知识分子融合了中西文化两面，在中国土地上结出的一个硕果。"

　　而第三代就是西南联大的学生。一般在1920年前后出生，包括杨振宁、李政道、何炳棣、王浩、何兆武等，他们所受的教育基本上也是中西两面，不过传统教育自不能和前代相比。这一代知识分子中，部分人在西方受过教育。后杨振宁、李政道在物理学上成就出众，何炳棣、王浩、邹谠、殷海光在史学、逻辑学、政治学等方面地位很高，与他们在西南联大的基础分不开。像在台湾延续中国自由主义传统方面起了重要作用的殷海光，就说过自己的思想背景是在西南联大形成的。去了美国、成为世界著名数理逻辑学家的王浩回忆，在西南联合大学，开诚布公多于阴谋诡计，做人做事都暗合自由主义传统。联大学生中还出过很多作家、诗人，九叶诗派中有好几个是联大学生，此外还有汪曾祺、林蒲、吴纳荪等。1946年，当西南联大回到北方，国人对她共同的评价是：民主堡垒，宽容精神。

岔开一句，12年之后的2019年9月7日，因出版《新九叶集》而被称为"新九叶"诗人中的四位，与陈东东、孙文波等特邀嘉宾一起，继北京、上海、南京站之后相聚深圳物质生活书吧，举行了一场以"无端共鸣"为主题的"诗享会"，讨论、反思"新九叶"诗人、诗歌中的时代的同时，也向当年的"九叶诗派"致敬。有趣的是，这些像鲶鱼一样搅动起当今诗坛鱼塘里的活水、试图重建诗歌秩序与尊严的"新九叶"诗人除了和王佐良、袁可嘉之间确实存在师承关系，与"九叶诗人"有着一脉相承的诗学渊源外，他们的诗歌创作也的确受到过20世纪40年代"中国现代派"的影响。

谢泳的讲座一炮打响。他以三代知识分子的代表人物为线索，提纲挈领、点面结合地梳理了西南联大留给今世的精神遗产，大开大合之余也勾起了听众进一步了解西南联大世界的好奇心。

一周后，自昆明赶来的张曼菱以女性作家特有的细腻、感性，讲述她从1997年就开始做的联大历史纪录和发掘所积累的大量细节、感受中凝练出的"西南联大魂"，更使听众欲罢不能。

这位"西南联大的直接受益者、追随者和研究者"，在她的纪录片中，采访了大量的联大师生及其家属。"正式记录在案的、有片子的就有110多位老人"，这些人不管是什么政治派别，有一个特点是一样的，就是他们提到西南联大的时候，脸上那种由衷的笑容。"当时制片跟我说，（提到西南联大）他们的眼睛会放出那种光彩，就像酒鬼提到酒一样，看得出来他们内心对联大的那种深深的认同感。"

那么，究竟什么是"西南联大魂"？张曼菱告诉听众："最重要的就是教育精神、教育体制，还有气节如山，再有就是我所谓的陋室千秋——我的志向、情操、开阔思想哪里是简陋的环境可以局限的！为什么整个社会的人都对西南联大的精神财富感兴趣？它确实体现了中华民族的价值观和人格力量。西南联大告诉我们什么是大学，什么是校长，什么是教授夫人……今天的教育体制，能不能从先人的遗产里面吸取有益的内容进行真正的改变？因为没有体制，就会'魂'不附体，必须有体制的配套，就像西南联大对教授既有对人格的要求，也提供经济的保障，同时给予他在人才的发掘、使用上相应的话语权……"

到了张曼菱的北大师弟余世存，他灼人的思想令人沉思。比如他提到对联大的文明精神，对联大诗人们的成就，需要重新评估、重新认识时，特意提及当年联大诗人身上的贵族性："民国人的代表是哪批人呢？如果在抗战的时候，可以说就是西南联大人。当他们走进昆明的时候把当地的富人震住了，他们很穷、穿得也很破烂，但他们把昆明城震住了，这段历史张曼菱上周跟大家交流过，张曼菱说联大的人让昆明的有钱人家重新打量生活，我觉得这是很有意思的。这是近代中国以来少有的文明精神对世俗社会有所作用的时刻。"最初物质生活希望余世存讲讲西南联大精神在当代的传承。"我觉得不太好讲联大的精神传承，还是讲我喜欢的诗歌为好。这跟我对语言的理解有关，诗是语言的精粹，没有被自家的母语感动过、温暖过的人，心灵注定是荒凉、孤独的，但是一旦产生语感，被语言触动过，即使最孤独的心灵也是对全世界敞开的。为什么有些中国人被认为土得掉渣？就是心灵确实荒凉，一片空白。我们的启蒙搞了100多年，知识分子并没有能给平民大众提供伦理共识、文本共识，这使我们注定断裂、冲突。"

这位《战略与管理》前执行主编，同时主持着"当代汉语贡献奖"的思想者事实上有着非常明晰的论述脉络，分五大部分：

　　1.时代与个人的可能性。个人如何投身时代，又如何仰望星空，探讨如何具有正当有效的时代关怀。

　　2.联大文化形成的原因探寻。联大文化是1930年代中国社会文化发展水到渠成的结果，联大是前一阶段新文化发展成熟之后的收割机。

　　3.联大文化氛围。以南岳暂住时的师生状态为例，说明流亡文化中的师生们具有空前的从容、自信。

　　4.以老师冯至和学生穆旦诗歌中的时代性为例，说明时代性与世界性的平衡。

　　5.小结。总结个人与时代的关系，个人如何不为时代异化，而获得精神演进。

洋洋洒洒，层层递进。

　　他说，联大诗歌的重要性是被大大低估了。他诵吟自己喜爱的诗人穆旦的诗："这才知道我全部的努力，不过完成了普通的生活。"从查先生早期的《春》，到充满内在宗教感的长诗《隐现》《五月》，杰出的战争诗《防空洞的抒情诗》《森林之魅》，再到影响西南联大诗人至深的英国大诗人奥登在中国抗日前线写下的十四行诗，到冯至的十四行诗《我们的时代》……他一一诵来，听上去这就像一场诗歌朗诵会。

　　但他很快强调，其实西南联大人是知道自己的诗歌成就的。"冯至在1941年写了十四行诗，1942年，还是学生的袁可嘉就在西南联大的教室里读到了。非常破败的教室，泥巴垒墙，铁皮屋顶，然而袁先生回忆说，他在这样的教室里面读了冯至先生的诗集，深受震撼，仿佛看到了一颗彗星的升起。"当冯至的十四行诗写出来，被联大师生传诵的时候，朱自清先生就说冯先生的诗集是中国诗歌的中年。"到了中年，可以说我们的白话诗成熟了，有了它自己的高度。"而鲁迅在 1935 年就把冯至称作"中国最杰出的抒情诗人"，可惜他没有看到冯至的十四行诗，"否则评价会更高"。

而穆旦在学生时代写的诗，已经让联大的师生们惊讶不已。同学们把穆旦当作他们的一个代表、一面旗帜。20 世纪 50 年代初，纽约一家出版社出过一本《世界现代诗抄》，只选了两位中国诗人的诗，穆旦是其中之一。

余世存认为西南联大诗人身上存在着一种精神高度。"这种精神高度是现在的中国诗人所没有的，他们也不理解这些东西。这是一个断层，从西南联大到现在，这七十年间，传承断了。"他认为，这样的精神高度可以从它的贵族性来证实，"真正称得上精神贵族的，最重要的标准在于他们从道而不从君、问道而不问贫的人生意志。西南联大的师生最初被安置在长沙，钱穆、吴宓、闻一多住在一个屋子里面，生活条件、研究条件非常艰苦。但是他们把这种战时流亡生活当成了一种常态，平时该做什么，这个时候还做什么，气度雍容，从容自信。他们一辈子最重要的著作基本上都是在这个时候写出来的。"

当精神世界最高峰的一批人集中在了一起，西南联大现象自然而然就生成了。

西南联大的诗歌成就为什么这么大？余世存分析说，首先在于他们受西方现代派的影响很深。"虽然说我们今天的新闻、出版基本上跟西方世界同步，但很难说大学氛围、知识界的精神状态跟西方的大学、学术界是同步的。不过我们可以很骄傲地说，西南联大跟西方世界是同步的，西南联大的诗歌氛围跟西方现代派是同步的：艾略特、奥登、燕卜荪，这些西方世界一流的诗人、批评家对中国年轻诗人的影响是即时性的。联大的诗人生活在一个非常自由、贫穷而极现代的社会里面，他们本身就是现代性的一部分，是当时国际社会的一部分，这种状态我觉得需要我们重新认知。"

另一个重要的原因是，他们有时代关怀和个人自觉。"冯至的十四行诗集，从表面上看跟抗战关系不大，但他却表达了一种普遍的人类情绪。这种诗不属于任何党派，不属于任何意识形态，但让我们每个人都有那种似曾相识的感觉，有对人生、世界的热爱感，这就是冯至的高明所在。他让人更热爱生活，而不是召唤死神，因为抗战本来就是为了生而非为了死。他处理跟时代的关系，我觉得是在时代和个人之间获得了一种平衡。他保留了个性，但又大大回报了自己的时代。"余世存进而指出，联大诗人跟那个时代的关系"是我们学习的典范。他们没有被那个时代所吞没，他们的表达穿越时空，今天仍能给我们营养。他们提出的很多问题，到今天仍然是我们面临的问题"。他视冯至、穆旦 60 多年前写的诗为"非常了不起的汉语成就"，但是这些东西却不为很多人所知，所以，借物质生活举办西南联大专题讲座的机会，他愿意跟大家分享这些东西。

　　余世存坦承，他是在 1991 年大学毕业一年后才接触穆旦，"一下子打动了我。我不知道穆旦算不算我的偶像，我只是把他当成我的兄长。西南联大使我变成了一个诗人，一般人不知道这一点，物质生活书吧的朋友工作做得到家，他们查证到我是一个诗人。"这位曾经做过教师、编辑、志愿者的诗人思想者在讲座的最后说出一番掷地有声的话来："我之所以还算是一个诗人，应该是得益于西南联大的诗人，是他们让我觉得诗歌仍是人生的事业。我要跟大家说，西南联大的精神并没有流失，我可以当仁不让、毫不惭愧地说，西南联大的精神在我这儿。我觉得在座的诸位也应有这种勇气和自信，就像德国大文学家托马斯·曼所说的，我们在这儿，文化就在这个地方。我们个人成就的高低算是对西南联大所代表的现代中国文明精神的一个回答。"

　　某种意义上，谢泳分析、梳理西南联大三代知识分子的不同特征，余世存从母语的温度探寻中国人的文本共识，柳红寻访、研究同时出现在 20 世纪 80 年代舞台上的三代经济学人之间的互动和合作，沙叶新对特色政治文化的追问，还有在第 20 届深圳读书月来临前夕，物质生活书吧携手后院读书会，专程从广州邀请曾在哈佛大学担任访问学者的前广州市社科院院长李明华领读、讨论《当下的启蒙》……皆为一脉相承之行为。李明华博士对《当下的启蒙》一书的分享，是物质生活举办的后院读书会十周年特别场之"为什么我们应该阅读平克"内容的一部分。同样也是在一个周六的下午，李明华谈道："关于这本书，我想从两个方面讲：一是社会本能，社会进步是有机体本能，发展的潮流谁都挡不住。二是获得性遗传，一代又一代人获得了世界文明的基因，这种现象我们可以称之为代际遗传。"

《当下的启蒙》是一本厚约 500 页的皇皇巨著。当代著名认知科学家和公共知识分子、哈佛大学教授斯蒂芬·平克在他的新作中，对当前世界进行了全景式的评述。他用数据说话，通过 75 幅令人震撼的图表，论证人类的寿命、健康、食物、和平、知识、幸福等都呈向上趋势，并指出世界的真相：不是黑暗，而是光明；不是丧，而是燃。在他看来，这是启蒙运动的礼物——理性、科学和人文主义促进了人类的进步。换言之，当下的问题虽然令人生畏，但是解决之道恰是在于运用理性和科学这一启蒙思想。

李明华博士是 1984 年 11 月创刊的思想启蒙双月刊《青年论坛》①创始主编，这份仅存续四个年头、共出版 14 期的"一代年轻人指点江山、纵论国是"的刊物，因出色地展现了当年理论风云激荡、思想潮流奔涌的盛况，当年就获著名历史学家、时任华中师范学院院长的章开沅盛赞："要了解中国青年一代在思考什么，可以读读《青年论坛》杂志。"

一不小心又绕回 80 年代，那是一个冗长且复杂的话题，暂且打住。

---

① 创办两年后停刊。

我 一五

宁愿 流

译爱着

荡在们

离过年还有半个月，喜庆的气氛已经弥漫在空气中的每一个角落。店内焕然一新的颜色组合、别具匠心的空间处理、优势互补的团队合作，都让物质生活看上去既内涵丰富，又格外青春勃发。

借着举办"文创年货迎新节——2019 物质生活好物集"，门口的玻璃感应门终于贴上了与 LOGO 同色的迎新节及其活动预告贴纸——之前屡屡有人心急火燎往店里闯的时候不留神一头撞在玻璃门上，这下应该可以让"惨案"消失了。店长让我想几个关于好物集的关键词贴在门上，我说就"在地 原创 喜洋洋"吧："喜洋洋"不用解释，书吧刚在 18 周年的妙龄重装返场，又遇农历猪年即将到来，过肥年既是祝愿更是喜事。至于"在地"和"原创"，正是物质生活举办这一年货迎新节的主旨，希望本土原创设计力量通过对本地历史、地理、文化的发掘、观照、梳理、再认识，创造出带有自身文化基因和时代特征的"好物"。

1 月 20 日晚七点，配合年货节的揭幕，一场设计师"带货"分享会同时在物质生活拉开序幕。之所以说是序幕，是因为在这场由物质生活书吧和 SenseTeam 感观体联合策划的持续两个半月的文创年货节，计划举行四次分享会，依次为当晚的"皆大欢喜"，2 月 23 日的"顺其自然"、3 月 9 日下午的"锦上添花"，以及 3 月 30 日春分、清明之间那个周末下午的"心想事成"。

那是一个热气腾腾的"大寒"夜。大寒，是一年中最后一个节气，好物集的适时揭幕正符合人们"迎年""忙年"的需要。"明朝换新律，梅柳待阳春"，厚厚的压岁钱、漂亮的新衣服、诱人的美食之外，还有年货的采办、亲人的团聚。层层仪式带来的年味，予人在新的一年继续打拼的兴奋感。至于为什么将首个分享会的主题定为"皆大欢喜"，活动的推文是这样解释的：

皆大欢喜，语出《金刚经》，形容大家都非常高兴或非常满意。STalk 更倾向于将"皆大欢喜"诠释成一种人生状态：享受物所带来的愉悦和满足。

首批参与分享会的四位设计师是廖波峰、李冠霖、马深广以及活动的主要牵头人、SenseTeam 感观体创始人兼创意总监黑一烊。

率先上场的"廖工"廖波峰被称为"手工延及心灵的创意者"，盖因其作品多以手工方式完成。这位有料设计（LiaoDesign）创始人兼创作总监，曾在国内外专业赛事中获全场大奖、金银铜奖及评审奖、荣誉奖等奖项近百项。说起来他跟物质生活还颇有渊源。

"2009 年刚到深圳工作时，其实常来书吧。当时从博客上知道很多设计界大咖像陈绍华老师、黑一烊老师都在深圳，所以没想太多，一毕业就奔着一颗学习的心赶来深圳。当时公司就在物质生活附近，常常来这边看书。"

廖波峰的名片看上去很像俗称"牛皮癣"的街头招贴，上面印着"廖工"字样。这位深圳陈绍华设计公司的前设计主管参加年货节的文创产品是一沓生活便笺，它巧妙突破了便笺条设计的常规思路，乍看之下还以为是一沓纸币。波波介绍，这一产品的包装盒背面可以定制，如想送给一位姓王的朋友，就可以在背面写上"王总，今年请多多指教"。生活便笺可放进牛皮纸信封当礼品赠送，材质比较像纸币，握在手中让人会心一笑。

这是有料设计公司旗下品牌"无料"的第一个产品，"无料"在日语中是免费的意思。"这款产品之前是公司作为礼品送给客户的，有朋友、客户反馈说不舍得用，一是觉得有创意可收藏，二是拿着感觉很有钱的样子，不想把'钱'花掉。我就提醒他们：每天一张，用钱不慌。用得多，赚得就多。这回利用春节这个营销时间点，就把它当作产品做了出来以衬托新年氛围。也许以后我们还会做美元、日元系列。"

对旧物，尤其是旧书相当痴迷的廖工自称"喜捡垃圾"，"走在路上，两眼放光，双腿如飞、搜寻目标，快速判断，选择自己喜欢的带回家，清洁、整理、归类，每件垃圾都被时间浸染过，有温度，有故事。它们带给我创作灵感，遇到合适的主题，我会把它们融入我的设计作品中。希望可以给人带来从视觉延及心灵的新鲜、生猛、直线的触动。"

这次分享是廖工在书吧重新装修后第一次上门，"正好也很想看看书吧的变化。第一感觉就是太棒了，是很符合当代年轻人审美的设计，互动性很强，阅读的同时可以一起分享讨论"。

每人仅 15 分钟的分享使得设计师们语速飞快。曾获深圳十大创意人物提名、合作策划多个展览及活动，并获 50 余项国际国内设计奖项的草木和文化艺术有限公司创始人李冠霖，边讲边点燃了一款名唤"逸家山"的香器。在袅袅的青烟中，这位关注生活中的禅意的设计师道出了这款年货节参展产品背后的深意：以家乡山峦为创作灵感，山峰层叠为体，香烟云雾为衣，让背井离乡在外打拼的游子，透过缭绕的烟雾，唤起思乡的情感体验，在为心灵带来慰藉的同时"褪却浮华，感悟平凡""如似家山，存在但从不阻碍前行"。

马深广向来擅长在艺术和商业间转换裕如、无缝连接。这位深圳平面设计协会（SGDA）顾问，也是共同设计、无形工房、名物股份公司的艺术总监，他以创意人身份参与产品、品牌、包装、广告、空间、家具等多个领域的设计，曾获百余国际艺术与设计类奖项，作品被国内外众多艺术机构收藏。他参加年货节的文创产品是一款将山水盆景的意象融入香炉的极显工艺之美的铜制香器，方寸之间小中见大，宛如"活的盆景"。在马深广看来，设计与生活，原是活泼泼的。

他旗下的无形工房初创于 2014 年，尝试通过名家、大匠、良材，致力于香道、茶道、文房、家具等的产品研究与制作，将传统文化与现代生活复合交融。"通过那些深深感动我们的手造之物，领悟朴素、生动、自然的生活意趣，为新一代打开重新认识、亲近传统文化的方便法门，实现活的文化传承。"

分享人以视频、图片、现场演示等多个手段展示参展产品的趣味和巧思。最后一位演讲嘉宾是黑一烊，他兴致颇高地介绍起自己设计的《时间的碎片》台历。

这款台历在 2017 年推出后迅速斩获了包括德国红点奖在内的 15 个国际专业奖项。重要的是，这是一款让人脑洞大开、爱不释手的作品。很难想象一款台历能够给人带来这么多的视觉享受和把玩乐趣，某种程度上这款台历是小黑多年设计生涯独有密码和沉淀的一次释放和展现。

台历使用的 12 套字体源于 SenseTeam 感观体从 1999 年成立至今的 12 套作品，尽显设计才华的同时，又添诸多趣味：揉碎的字体，散落成台历的数字、花纹、文字，形成独有语言和个性；台历所采用的 17 种艺术纸张，搭配 17 种玄色或白色，以素面朝天的姿态刻画出时间的肌理；封面以立体三维烫印工艺，凸显纸张温润凹凸的手感；12 个月份，12 种烫印色彩，从春天的红，到夏天的绿，到秋天的黄，到冬天的银色，让随着日子的流逝而"坠落"的"时间碎片"幻化出季节的变化和自然的更替。这些闪烁的碎片恰似流淌在岁月长河中的一片片贝壳，亦是别致小巧的书签或便笺，记录当日心情、事项的同时将这份小小的案头艺术品与你的个人生活和工作融为一体。当这些撕页手感清脆、切口完整的碎片被收纳进台历背后的"回忆口袋"，又是岁末回顾、评点过去一年的有趣触媒……整款产品低调脱俗却存在感强大。我的一个朋友听说书吧有售后，当即打车到物质生活买了十份分赠朋友。我自己干脆买了两份，撕一份，珍藏一份。

分享结束，听众们簇拥着几位讲者来到各自文创产品展位前，听其现场讲解和演示，也有性急的顾客拿了产品就去收银台买单……书吧空间瞬间显得拥挤不堪，流动不畅。首次分享以皆大欢喜告终。

黑一烊这位赋予时间温度的感知者给物质生活带来的当然不仅仅是一款引人注目的产品，事实上他是将本土原创设计力量与物质生活进行有效衔接的灵魂。当然不止于此。书吧重装返场之初，因其清丽雅致的设计风格、开放和私密结合的周到，既有温度又具舒适感的新空间体验瞬间爆红。但2019年书吧所面对的深圳的城市面貌和内涵早已与当年迥异。深圳正在从代工城市、制造城市向知识城市、创意城市、智慧城市转型，书吧自然须随之朝艺术、设计、生活美学融合平台的方向过渡，这便有了书吧和SenseTeam感观体团队携手推出"年度六展"的想法：以两个月为一期，筹划并实施"壹拾捌""恋物""独立""臭美""地气""童趣"六个展览，分别从感知时间、玩味爱好、导入先锋观念、开放自我表达、开启本地研究、展示生活智慧等六个层面引领城市创意风潮。

很快，"壹拾捌"展率先落地，一炮打响。紧随其后的"恋物"展原本是要给"恋物癖"一个公开展示自己珍爱物品的机会——当然他们并非一般恋物癖，而是恋到一定程度，成为独立设计师、艺术家，把爱好发展成事业的那些插画师、时装设计师、陶瓷器皿设计和手作人等。而"独立"展则是给小众的独立杂志一个展示空间，除代表90后作家文艺理想的大湾区青年原创独立刊物《叁》外，还囊括探索摄影可能性的《假杂志》，表达大学生态度的行旅杂志《在路上》RICE，混合西安独特底色的《本地》等平常难得见到甚至没有听说过，但绝对值得关注的独立杂志。我们也设想这些杂志的创始人、主编能现身书吧跟大家分享他们的创办初衷、板块构思和文图特色。至于"臭美"，一望而知为女性专属，这是一群用创意创造童话世界的手作达人、手作首饰设计师、当红一线美食博主、室内设计师，以及主业设计、喜好在日常生活聚焦食物的摄影达人。"地气"展示、剖析了五个本土原创的乡村酒店案例。这也是小黑有心探索、一试身手的领域，他准备将中国人心灵深处的世外桃源梦变成现实，将分别位于谭家栖巷、野马岭、阳朔糖舍、碧山、旗山的五家乡村酒店"搬"到物质生活，通过展品、手稿、建筑模型和影集陈列分享各自不同的设计理念和发展规划。"童趣"则是我的"私心"，正好前一年是 20 世纪文化大家丰子恺诞生 120 周年，我很想举办一个丰氏充满拙趣、哲理、意境的字画和影像、出版物、衍生文创产品等内容的主题展，挖掘重新"出土"的丰子恺在今天的特别意义。尤其对社区的孩子来说这会是一场难得的审美教育。这六大展览，既有先锋前卫意味很浓的内容，也照顾到了身边社区居民的在地需求，有的甚至聚焦社区学子，丰富社区文化生活之余，也使书吧转型为灵活机动的课堂、微型博物馆、画廊、展厅……

当然，独立书店的尴尬在于其资源有限、人手不足，但好处是灵活。所以，当年关将近，小黑果断将拟议中的"恋物"展加"臭美"整合成规模更大、更贴地的文创年货迎新节，并在最后延展成为"物至生活——关于生活的 76 个故事"好物集。这与物质生活书吧立意成为深圳本土文创产品策源地、聚集地的想法不谋而合。在我的认识中，诚如日本民艺之父柳宗悦所言，美术越接近理想越美，工艺则越与现实交融越美。许多的创作灵感，源头来自对成长土地的自我认同。深圳这座加冕不久的中国"第三城"到了拥有自带深圳文化 DNA、接地气、带情感的文创产品的时候了。而对于当代设计语言的积极探索，本就是这座联合国教科文组织认定的"设计之都"中的几十万设计师将生活与设计进行有机融合从而形成特有的城市质感的题中应有之义，自然也是物质生活书吧这样的生活方式提案者的使命。

接下去三期分享会的举办已是农历年后，不管是周末的晚上还是下午，场场爆满，每场五六位分享嘉宾的密度使得四场系列分享会共有 21 位设计师走上讲台，吸引了数百名本地乃至广东省外、香港的听众前来参加，成为圈内话题性十足的一大事件。盖因这些分享并非坐而论道式的"斋讲"，而是打通不同创意领域、纯实战的经验交流和碰撞。

以第二期分享会暨 STalk VOL.4 "顺其自然"为例，即是召集五位嘉宾，以"如何看待设计创新"为切入点，探讨传统与现代、艺术与商业、设计与生活的关系。这些设计师既有赋予传统零食以新的潮流表达的，也有在衣食住行的日常生活里用科技重新定义行走者的；有不甘平庸的 90 后设计师，以"BC:BS"（Be crazy, be stupid）的精神，从一双"疯"袜子开始，做最大众又最小众的故事馆与疯物馆；还有寓中国传统美学于现代生活美学，在传承、复兴传统之上创新设计"桌案上的中国礼物"的；更有大隐于市的人，将茶禅一味的空间，演绎为人文荟萃的当代生活博物馆，同来的茶艺师现场演绎中式茶道的寻与真，更将气氛带至高潮。

第三期分享会暨 STalk VOL.5 "锦上添花"，同样是来自不同创意领域的五位嘉宾借由自身造物实践的经验分享，诠释"锦上添花"。插画师、海归设计师将有趣和反常规的视觉设计糅进日常，提炼成足以凝聚情感的礼品载体；新锐艺术家、玩过界的插画创作者用潮流的方式演绎传统，赋予产品新的生命力；开启"鹅厂"进化之路的魔术师，以充满想象力和趣味的产品风格，激起每个人的快乐；针对设计师奇葩想法的医治者则把工作中的不爽、愤怒、委屈、进击、暴走、亢奋等情绪转化为潮牌产品，创造出愉悦体验；最让人感兴趣的，是有人从民俗民艺的收集整理，聚焦到对传统红曲冬酒的解构、革新，进而以"感观酿制"法颠覆常态，并融合现场环境和空间状态，通过系统营造从酒体到器具、环境、空间的综合感观体验，"勾兑"出生活的多样可能。

最后一期分享会暨 STalk VOL.6 "心想事成"共有七位设计师参与分享，将目光投向"寻觅 & 创造"，探讨创意产品及背后输出的美好生活方式。无论是发掘文化真意的茶礼再设计，还是延续民间手艺，结合纤维材质让"受伤"器物长出蘑菇，在编织中洗涤自我，或是打造"学古"与"创新"的混合空间，抑或是将设计经验、兴趣融入手作……其对初心的坚守，无不让人感受到物品背后的实践精神，感受到他们的力量和独立思考的灵魂，看到生活的多种可能。

而这一切，最后都在书吧汇聚而成一个亦展亦售、持续大半年的独特平台：物至生活——关于生活的 76 个故事。在这个平台上，我们挑选了 76 家原创品牌，1000 多件创意产品，展开一场关于物的意义、生活方式、设计师身份的探讨。在策展前言中有如下宣示：

> 每个宏观的生态系统，都由无数个微观单元组成。这些正在成长的中国现代文创品牌，是造物文明的缩影。我们将深度挖掘品牌主理人及产品故事，了解他们如何建立及输出"美好生活方式"。

跨越曾经的短缺经济年代，凭借举世无双的巨大产能，我们来到了一个万物俱备、唾手可得的空前丰盛的时代。在经历了"缺物－有物－稀物－美物"的发展之后，物再难刺激人们的感官，如何从物质中探求精神的满足，在造物过程中体现个人价值，成为当下人们的诉求。

在这个万物复苏的年代，物的意义，已经从使用价值的单一判断维度，转向个人品位的标榜，折射出一个人的精神轨迹、人文素养和生活方式选择。而好物的背后，无一不凝聚着创业者与设计师的各种挣扎、纠结和寻求突破的努力，造物者们——这些游走于现代与传统、艺术与商业、理想与现实之间的产品设计师、平面设计师、创意人、艺术家、插画师、手工艺人等，在追寻设计价值的过程中，为物品注入生命和灵魂，并呈现原生的创意力量。所谓"物至生活"，即通过物摆渡到另一种生活的彼岸。策展前言最后发出这样的宣言：

> 我们从 76 个品牌洞见 11 种生活方式：玩物散志、概不出售、稀奇

古怪、BlingBling、我就爱躁、文化复潮、社会温度、萌物治愈、天天向上、酒足茶饱、皆大欢喜。我们希望，在书吧这个安静的空间，人们不仅能感受到知识对心灵的慰藉，还能了解每一件物品背后的故事，与物建立起更深层次的关联。

这场持续半年多的本土原创好物集，从销售业绩上看，并无任何惊喜，但极为符合新物质生活书吧的运营理念。在为书吧筹划 2020 年 8 月 28 日举行的"物质生活 20 年创意海报展"的同时，或许小黑对接下来的第二届"物至生活"好物集已经有了新的思考。

在一次电台直播中，回到久违了的话筒前的晓昱说起她对新书吧未来空间使用上的诸多想法时直言："新的物质生活就是一个等待大家去探索和发掘的空间。"她透露，书吧会做很多有意思的展览，包括给城市的设计师、年轻艺术家提供平台：

　　未来的经营思路，我更希望它能够成为一个共享平台，给更多的年轻人提供机会，让他们在这里展示自己的产品，展示思想，展示才艺。比如你是一个咖啡师，或者调酒师，你可以来我的书吧玩，我们尝试找到一种合作模式，你可以在这里演讲、发布新品、做展览，我可以做公益开放，不收取商业费用，希望大家共同来创造内容。过去的版本是我向你输出我的创意、我的选择，互联网时代则是要求共享，共享你的创意，共享你的资源。我提供的只是一个物理空间，鲜活的内容是由所有的年轻人来创立的，这是新的物质生活空间可能跟任何一个其他空间都不太一样的地方，我希望能吸纳所有有梦想、有想法、有创意的人都来这里玩。创意才是无价的，这么高昂的租金，靠卖书卖咖啡和简餐是不可能收回的，但是如果我有一个这样的平台，能够聚集起这么多年轻人的创意，而这种创意力量其实是可以输出在其他更大的空间和线上的。这会不会是我们未来的一个商业模式？而书吧只是我的一个线下体验店，一个感受场所。

物质生活是有设计基因的，从一出世，设计充盈于物质生活。回过头来看，20 年前晓昱在物质生活初开张之时已经懂得物色合适的优秀设计师为书吧打造有趣、舒适的空间并树立鲜明的形象。两次为书吧设计 LOGO 的设计师韩家英、2000 年为书吧打造空间格局的建筑师钟兵、2011 年为书吧进行第一次改造的设计师张达利，以及 2018 年为书吧进行重新装修的设计师琚宾，他们都是业内一等一的高手，每个人及所处的设计师圈层都与书吧有着千丝万缕的关系，留下种种故事和传说。家住附近的设计师陈绍华当年与粤飞等好友几乎以书吧为根据地，常常穿着拖鞋就来了。记得那时一到深夜，聊得兴起的老贫头不免开始饥肠辘辘，晓昱便遣店里小哥去对面烧烤摊买一大袋羊肉串回来。有次喝得已有醉意的陈绍华随手拿过一张 A4 纸就对着我画起来，寥寥几分钟一幅惟妙惟肖的漫画肖像已成。画时他时而拿起羊肉串，时而拿烟，纸面上遂留下油渍几滴、烟灰落下灼成的小洞一个，陈大师大笔一挥留下名字、日期，可惜十余年来几次南来北往地搬家大迁徙，这画已不记得打包放在哪处了。

韩家英就更不用说了，他曾感慨："物质生活书吧让我在设计创作上，与深圳的文化生活有了许多的交集。"目前留存的物质生活最初活动照片上，韩大师的数张《天涯》封面海报俨然是打眼的背景板。说起来，十年前物质生活遭遇的"招牌危机"，还得益于他的设计，最后得以幸免被拆除的厄运。

当年深圳为迎大运，以提升市容为名，强拆商家招牌，物质生活书吧也不幸中招。强拆行动引起轩然大波，不但本地报纸如《深圳商报》等公开报道加以质疑，甚至北京、香港的媒体也纷纷关注，直指强拆招牌"不但拆走了深圳人的文化记忆，也拆掉了深圳 30 年来树立的改革开放形象"。享誉国际广告界的深圳设计师、北京申奥标志设计者陈绍华甚至因此退出悬赏二十万元的深圳城市形象标识设计全球招标活动，因为"观念不改，城市永无形象可言"。

这正是深圳的可爱之处。当事件在微博上公开之后，马上有上万人转发了消息，媒体、文化界纷纷表示关注。深圳文化人胡野秋称："我不想讨论政府想替代的招牌是否比原来的好看，我只关心是谁拥有这种规定别人审美情趣的权力？这种权力审美的可怕，比拆几块招牌更甚。而且这种不经协商、不打招呼的粗暴行为，与'依法行政'距离有多远？糟糕的是，在我们的城市中，这种权力审美正以越来越强势的姿态，侵入我们的生活。"

在物质生活招牌被拆一周后，关于大运会与深圳城市形象的因特虎双周沙龙在书吧召开，社会各界人士赶来参加，探讨深圳推出的"菜刀实名制""将八万高危人群赶出深圳"以及"强拆招牌"等政策与城市形象的关系。

在现有资料中，找不到这一风波最后如何重归风平浪静的蛛丝马迹，但我们能看到的是，这块整体采用纯黑色、被业界视为经典之作，早已成为物质生活书吧一部分的招牌今天仍然向世人展示着她的鲜明个性和绰约风姿。

在当红设计师琚宾为物质生活换装之后，书吧再次在朋友圈刷屏。琚宾千余字的创作谈在"设计腕儿"公众号首发后阅读量迅速达到三万，自家的"水平线设计"微信公众号转发后很快又直冲两万阅读量，这还不算别的小号"自动"转发……很多是琚宾设计风格和美学体系粉丝，包括一拨一拨的网红小姐姐专程为他的新作来此膜拜，更多是不知琚宾为何方神圣的普通顾客则欣喜于书吧新空间的温度、舒适和雅致，而流连于此。

琚宾透露，设计灵感，其实源自好友徐累的一幅画作。他将新书吧分隔成不同的颜色空间：

右侧木色盒子空间是刻意为之——它是对过实验小学/初中、深外等学校的孩子们每天放学后埋首功课、逡巡书阵、等候家长放工来接的好去处，有点像驿站，有着让人安心的光线、舒适的座椅，即使在周末都能透出浓浓的自习氛围来。

保留了旧模样的分割玻璃飘窗——并非整块，而是凸凹起伏，规律而对称地被金色边框镶嵌的那个区域——使得书吧与外界完全相通。站在里面，读者能完完全全地看到窗外人来车往，行人经过，从头至脚，甚至衣服褶皱、面部表情尽收眼底。书吧的这面飘窗刚好驻于三岔路口中央，俨然守望者。三岔路的特别风景，不见得一定要做出什么选择，就是日常路径：上学、下班、买菜、归家。周边的路名都很好听，以"百花"打头，按序一路排开去。百花深处有人家，这一"百花"，使得这片成熟、炙手可热的名校学区房社区，刹那间芬芳多彩了起来。

窗内有仪式感。蓝色空间搭配阳光让人感觉像是在巴黎街边的咖啡馆，仿佛一伸手就能握到书香、艺术感带来的美好。其实，无论天气实际如何，这色调已然让人明媚了。更深处的绿色空间继续连接着外界，同时也连接着旧时空。当年的活字流行词装置墙像是在表达着什么，又好像什么都没说。一旁的柜子里摆放着多年积存的留言本，各式开本、各种纸张、不同封面，笔迹更是不一而足，不仅充当着空间内的装饰，成为景物的一部分，更流露出时间的印记。随手翻看，滚烫、真切、颓唐的话语，似内心独白，有诚挚祝愿，瞬间令人穿越般地回到当年……这些都给空间带来强烈的历史感，编织出书吧独特的肌理。

对面红色的那侧空间，则是装满绘本的欢快场景。隔着阳光望过去，处处都能成为取景框。

当其徜徉在这方天地，不禁想起多年间的草木生发、花开叶落，种种喜乐、沉浮、记忆，皆随书吧的翻新换颜脱胎换骨远去。"待好日，我会约上好友，借着故地老墙，一同来坐，共享此刻的烟火气息和美好时光。"端的是一篇美文。

事实上，琚宾在设计新物质生活空间时对自己提出了挑战，作为国内一线设计师，他的作品多数非常冷静，注重精神性，而且有中国古典美的基调。这是他最现代、最大胆的一个作品，空间由蓝、绿、红、黑、金等不同颜色区块组成，代表着不同的属性，在不同的地方拍照效果也不同。

晓昱曾聊起曾经去过的一家日本书店："只卖一本书，每个星期甚至这半个月他就推这一本书，围绕这本书做相关的作者访谈和展览，在这个海量信息的时代，这样的做法反而更容易让别人聚焦。很多时候，面对浩瀚书海，其实我们会无从下手。不如把一本书读好，把这一本书相关的文化活动做好。这是一个非常棒的创意，所以这家一本书书店在日本非常火，很多出版社都要把出版物的首发式放在这里。所以，小而美的空间，会有小而美的空间的做法。"

强调本土、原创设计，并不意味着书吧拒绝引进世界范围的文创品牌。在好物集摆开阵势的同时，物质生活也引进了一些国外有特色的文创产品，不过我们做文创并不是简单地把东西摆出来，而是希望能更多地让读者看到它背后的文化，这一点在引进号称法国"国民玩具"的 Moulin Roty 童玩产品时表现得最为明显。

来自法国西部乡村布列塔尼的 Moulin Roty 是法国妈妈心目中时尚、高品质、设计新颖和充满人文关怀的代名词。在一个周末的下午，我们邀请 Moulin Roty 公司执行董事兼亚太区总经理 Thierry Neveux 专程从香港赶到深圳，在物质生活书吧向一群社区的孩童和他们的父母介绍法国童玩文化，并讲述法国流行玩具背后的生活理念、价值观和设计信条。

面对那么多的孩子听众，他的"课堂"热闹而欢快：只见他拿出 Moulin

Roty 屡获殊荣的复古玩具"故事书手电筒"，好戏开场了！黑暗中，打在墙上的投影颜色鲜艳，风格复古，呈现出一个美丽的故事框框，每幅手绘插图的画风都充满童趣又带点法式浪漫。

那天下午，看着来听讲的大大小小的社区居民喜不自禁地拎着 Thierry 赠送的漂亮皮影离开物质生活，我就知道，这些有生命有性格的多彩玩偶形象和故事，一定会牵动孩子们的心，不仅会在未来陪伴和见证他们成长，更会让他们在法式浪漫中度过一个富有创造力、想象力和审美力的童年。

本页字迹来源于书吧 2002-2004留言本

第五章 艺术插花地

这是一场"口罩沙龙"。

2020 年 6 月 27 日晚上，一场久违了的现场讲座，久违了的与影像相关的群体活动，在疫情暂歇后的物质生活卷土重来。

主题是《回南天》创作背后的故事，这是深圳导演、设计师高鸣继2006 年的纪录片《排骨》之后，拍摄的第一部剧情长片。《回南天》2017年入选 FIRST 创投会年度电影计划，2020 年 1 月入围第 49 届鹿特丹国际电影节"光明未来"单元，讲座前刚刚摘取第 21 届韩国全州国际电影节国际竞赛单元最高奖，之后 7 月入围第 14 届 FIRST 青年电影展剧情长片竞赛，8 月入围延期继而取消的香港国际电影节火鸟大奖新秀电影竞赛（华语）。换言之，沙龙的当天，《回南天》正在赶赴电影节的路上，因为"暂时没有办法给大家看"，而高鸣又希望看过电影之后再做分享，所以他应承会在合适的时候到物质生活专门给大家放一场，"那个时候再讲《回南天》背后的故事可能更容易理解"。

于是，那个晚上就成为深圳电影人罕见的相互打气、抱团取暖的大派对。这是高鸣和深圳独立影展策展人、电影文化推广者冯宇共同策划的本地影人大事件，而冯宇恰是晓昱多年前电台的同事。

对高鸣来说，"深圳做电影的朋友特别少，而且都是业余的。我想借助这个机会把这帮朋友介绍给大家，希望今天到会的导演每一个人都可以讲讲自己和电影的关系，自己和深圳的关系，电影和深圳的关系。这是一个特别开阔和广泛的主题，在这样的交流中，也许你能接到一个'火种'，也许回去之后明天就开始创作了"。他提到多年前在物质生活书吧听香港导演彭浩翔讲他怎么走上导演这条路、讲关于电影的种种时带给他的触动——2004年 4 月的一个周六下午，刚刚获得香港电影金像奖最佳新晋导演的彭浩翔在书吧做了一场"从文字到胶片"的演讲——"所以我和冯宇商量说我们把这帮朋友聚在一起，感谢物质生活书吧给了我们这个机会。"

就这样，物质生活的老熟人，纪录片创作者同时也是电影的传播者郭熙志，以及近年来有志电影拍摄乃至电影推广的导演、创作人、制片林思新、张鹏、马琳、康家祥、余邵彬、牛牛、彭士刚、邓伯超等难得地在物质生活聚首，当晚的主题也改为"我在深圳搞电影"，分享各自在深圳做电影时五味杂陈的感受、他们对电影的理解，以及电影的故事……

　　我认识高鸣很早，当然是作为一个设计师的身份——他是深圳大运会会徽的设计者，很长一段时间里我甚至都不知道他在拍纪录片。2010年我北上京城后接触少了，但2011年底他和当时的深圳市平面设计协会主席毕学锋共同策展的GDC11外围展"回到中国"主题邀请展令人惊艳，记得我曾专门回深观展。再后来听说他在徽州乡村碧山买了房，和欧宁做了邻居，然后又卖了……高鸣的电影之路其实起点很高，2006年第一部电影作品《排骨》完成后称得上名动江湖，被2007年中国独立影像年度展评为年度十佳独立电影，还在两年内先后被邀请参加了国内外十几个颇有分量的电影节，这对一个新导演的激励当然可想而知。但之后除了2007年完成了一部剧情短片《阿松》外，很长一段时间他并无新作产生，而是继续做他驾轻就熟的平面设计。这天晚上在物质生活，高鸣难得地聊起他和电影之间的种种瓜葛。

　　本名刘高明的高鸣是非常典型的闯深圳的人。他是江西石城丰山人，大学学的美术。1996年大学毕业教了半年初中美术后，高鸣决定辞职到深圳闯荡。当时的他没有任何目标，也没有任何期望，带着800元就到了深圳。他甚至还记得那天下着雨，放下行李，他就出来找工作。说起在深圳做了那么多年的平面设计，却一直没有忘记电影，固然和小时候喜欢看电影有关，但有两件小事，无意中成为他人生的重要转折。

　　第一件事是当年他在缘影会看了一场贾樟柯导演的《小武》，这部电影彻底改变了他的电影观。"当时我把自己设计的那英演唱会海报送人后，得到一张星期六下午的缘影会门票。恰好那天深圳体育场有一场非常重要的足球赛，深圳队赢了可以提前拿冠军，我是深圳足球队的球迷。"站在马路边的公交车站，高鸣想，哪边的公交车先来，我就去哪边。"后来还是去看了《小武》，以前我看电影是看大量的好莱坞电影，对好莱坞明星如数家珍。看完《小武》才知道世界上还有这样的电影……没有一个南方小县城长大的孩子会认为自己可以拍电影，都觉得电影太遥远了。"

第二件事，是"非典"那年，买了新房的高鸣春节把父母从江西老家接来深圳。"我是家里最小的孩子，那个时候父母已经 70 多岁了，那年刚好因为'非典'出不去，我就天天在家陪父母，突然感觉他们老了很多，和我大学、高中时候的感觉不一样了。"恰巧有天晚上，他看了小津安二郎的《东京物语》，眼泪不自觉地流了下来。"想到父母的老去，时间对人的改变以及人在时间面前的无奈，对父母未能尽孝……种种感情瞬间涌了上来，坐在那一动不动，眼泪就像水龙头一样，止都止不住，流了半小时。"之后他就买了一部摄像机，"想把他们的余生记录下来。"几天后，他在看侯孝贤的《风柜来的人》时，突然想起刚到深圳时那个最好的朋友，竟然已经多年没有音讯。"我做了自己的设计公司后，一门心思都扑在工作上，他就这样在我的生活里消失了。"觉得自己有些不可理喻的高鸣，开始到处打听伙伴的下落。"所有人都说不知所终。直到有一天一个女孩告诉我，你不知道吗？他已经被通缉了。我说不可能，中间发生了什么？她说她也不知道，但是可以查到他被通缉的消息。"

从父母到朋友身上发生的种种变化，一下子让高鸣觉得应该提起笔来写些什么，花了 26 天，他一口气写下了人生中第一个剧本《白墙》，讲述一个闯荡深圳的歌手的故事。他把剧本给朋友们看，有朋友看完觉得不错，鼓励他拍出来。那年冬天，高鸣以一种他所谓的"荒唐的勇气"组织了一个班底开始拍摄，那个时候，他连看别人拍片的经验都没有。"拍了 28 天，第一天拍摄，有人问我，导演怎么走位？我说什么是走位？他就跟我解释了一下，我说你怎么舒服怎么走。第二天又有人问这个灯是正打还是反打，我说什么是打灯？这样又有人教我。片子拍完之后，心里一点底都没有，找了一些朋友看，看了之后，有人说了一句话我永远记得。他说，虽然你是第一次拍电影，虽然你还没有剪完，但是我觉得你比电影学院的学生拍得好。"

虽然片子拍完了，高鸣也剪辑出 2 个多小时的版本，但他不是特别满意。"拍完后，我一直在想，那么熟悉的生活为什么到了电影里就变得陌生？我就想中间出了什么问题。我写的剧本都是我的个人经历和感受，为什么拍出来会是这样？想不通，我就拿着摄像机。我喜欢每天拿着摄像机。有人说，既然你这么喜欢拍电影，应该去一个人那里买碟。我问那个人叫什么，他说叫排骨，他那卖的都是艺术电影。第二天我就去了，排骨在看《马大帅》，完全没理我，我挑了三十几张碟，他抬眼看了我一下说，你是看这个的？之后就起身帮我又挑了一圈，加了三十几张，他说这些你都合适。我就觉得这个人怎么这么懂电影，就坐下来和他聊。问他有没有女朋友，他说刚刚分手，因为他没钱，女朋友就跟着一个有钱的走了。突然排骨说，分手也好，情场失意，赌场得意，分手那天我赢了 1000 多块钱。

一个人居然可以把失恋看得这么风轻云淡，当时我就说我给你拍纪录片吧，他说有一万个导演这么说，没有一个人有动静。我就拿出摄像机，他没有反对。从第二天开始，我跟了他 8 个月。剪完片子，我放给蒋志看，当时的版本是 130 分钟。看到一半他说：停一下，我想抽根烟。到我家阳台抽了两口烟，他说：很好，我看到一半觉得很好。看完了你刻碟给我，我送到北京去。之后我剪到 106 分钟就把碟给了蒋志，后来我就参加了 4 月在合肥举行的中国纪录片交流周。我和郭熙志导演一起去的，郭老师那年是作者讲座的嘉宾，我是参展导演。"

合肥回来之后，高鸣觉得自己离电影近了，"突然觉得自己站在了摄影机面前。合肥放了两场，所有人的反馈对我其实都是极大的鼓励。包括吴文光老师，说打算请我去北京参加'五月艺术展示'，问我可以吗？我说当然可以，求之不得，他说没有机票和住宿，我说我不要这些，能展示就可以了。"

从知名设计师到独立电影导演，高鸣长话短说，讲述了他的电影之路"最初的开端"。"我想告诉大家的是，电影没有那么高的门槛，如果在座的年轻人想拍电影，不要有任何的负担，拿起摄影机去做，这是今晚聚会最大的意义，能带动一个就是胜利，如果今天晚上之后，有10个人开始创作、开始拿起摄像机，那就是深圳电影最大的胜利。"他进一步动员，在日本有条件的用胶片，没条件的用数码，甚至用手机，所有的人都在动，"我就是在动的那个人。我说这些的意思，就是希望大家尽可能都动起来。DV和摄影机就是手里的笔，你有想法，写，就是了。零成本也可以做电影，不要被钱吓住了，有太多没有什么钱也做出了好电影的例子，大家开干就可以。电影最有趣的一面实际上是让你不断地在镜头面前认识你自己，同时你可以让它飞起来，这个过程特别有意思。"至于做电影的艰辛，高鸣笑道，广东人讲"食得咸鱼抵得渴"，"可以的时候，我一定来物质生活书吧真正地放一场，欢迎大家都来，那个时候我们再聊《回南天》。"

高鸣所说的2006年4月他携《排骨》参加的在合肥举行的第三届中国纪录片交流周上，共有包括《流浪北京》《江湖》制作人吴文光，《渡口》《迁镇》导演郭熙志，《铁西区》导演王兵，《淹没》导演鄢雨，《好死不如赖活着》导演陈为军，《食指》《片刻》导演蒋志以及《喧嚣的尘土》《梦游》导演黄文海等纪录片作者就纪录片创作深入阐述个人体会，郭熙志乃以嘉宾身份参加此次盛会。而这七人中，除了老郭之外，吴文光、蒋志都在物质生活做过活动，由此可见当年的书吧颇为先锋、前卫的一面。这种气质其实一直贯穿了她二十年的发展史。

2000年底，开业没几个月的物质生活就开始上演周末酒吧剧，推出咖

啡剧 *Anything for you*（《什么都给你》）和名剧片段多场。《深圳商报》曾在报道中称："这种新鲜而时髦的话剧表演形式才在北京和上海出现，如今也成了深圳文艺圈里颇具实验及先锋性质的景观。"

这篇特写描述了深圳大学艺术学院表演系学生当晚在物质生活演出这部咖啡剧的情景：

> 一个风尘仆仆的长发女孩匆匆走进来，她在一张桌子旁坐下，和等候的同伴说着什么，她们俨然一对密友……

没有舞台，没有大幕，没有灯光，这场在真实环境里上演的咖啡剧讲述了一个发生在好友间的同性恋故事：一个女孩感到生活无味，渴望得到另一女孩的激情。朋友在愕然之余，拒绝了她。两人开始互相劝说，争论进行到高潮，人们才发现，原来另一女孩才是真正的同性恋，对女朋友怀有深深的爱……这部出自美国女作家凯西·西里西亚之手的十分钟短剧，反映了90年代初美国的女性解放运动，对话直白大胆。

当晚的演员哈达和贾蓓蓓是深大艺术学院表演系二年级学生，*Anything for you* 是她们的考试题目。从9月开始她们就计划在深圳的酒吧或咖啡店演出，最终选定物质生活"这间文化气氛浓郁的咖啡厅"。漂亮的东北女孩贾蓓蓓对记者说："我们就是要表演新鲜、没有条条框框、同现代社会贴近的东西，一种锐利的东西。"而时尚、聪明的深圳女孩哈达则表示，这种形式并不新鲜，"国外和上海早有了……在同观众这样近距离的接触里，我们才能明白自己的不足，这才是我们的目的。"

争议由此而起。媒体人梁二平在《深圳特区报》上以"泡吧的话剧"为题，将此事定性为"糟蹋艺术，连赶时髦"。不过，他的评论中倒是难得地留下了当时的片刻场景：

"我真的爱上你了。""这怎么可能。""那一天，你为什么吻了我的嘴……我要找一个人发泄我的爱。""可我们同是女人。"——这一场同性恋争吵，此刻的明确身份是美国话剧《两个女人的一天》的片段。

在一小片鼓励的掌声中，两个女孩离开了表演区。一个没喝多少酒的男孩跳到灯光下，对她俩的表演做了一番看似内行的评价，他提到了王家卫。我认出这小家伙，是个证券精英，叫韩大胆，就是莎士比亚在台上，他照样提着一瓶"喜力"上去切磋。

他的话很快被一个华裔美国律师中气十足的声音压下去。他说在旧金山有一半人是同性恋……他的话语优越的态势没保持上三分钟，报业老侠"胡河北"挤入灯光区，他很学术地说了半天，我只记住一句"什么什么好男风"，大约是西汉时的事。意思像是同性恋，中国古已有之。

后来，还是会中国话的金毛老外把这场讨论带入了话剧与酒吧的话题。他说，在美国酒吧本身就是与同性恋联系在一起的……每个咖啡店或酒吧都有一个灵魂，你们应为有这样的酒吧感到骄傲……20世纪70年代，美国的咖啡剧场也很流行……

第一桌的人小声说"买单"，走了。

曾得过什么电台杯铁话筒奖的酒吧老板娘，还在给热切讨论话剧的人上啤酒。我没好意思扫她的兴：如果这个刚满20岁的城市的小孩没见过真正的话剧，千万不要到这里来看泡吧的话剧。

当年的深圳没有话剧团，没有小剧场，甚至话剧观众也很少——深大艺术系上演《暗恋桃花源》，原本计划演几场的戏最后缩减为一场，观众手持赠票，即使如此，来的也不过几十人。《深圳商报》在报道中称："这种时髦的形式显然能让更多有消费能力的年轻人接近话剧。你可以握上一支啤酒，随便站着看，在别人眼里，你也就成了咖啡剧舞台的一个布景。这种自由的娱乐气氛是咖啡剧吸引人的地方。"报道考证出咖啡剧这一源于20世纪50年代法国的样式，当年是因为一些热爱戏剧艺术的年轻人没有机会进入大剧场演出，只好选择一些环境优雅的小咖啡厅演出，剧目往往带有实验性质，短小、先锋，远离经典，却贴近生活。在欧美、日本、俄罗斯的很多街头咖啡馆，都可以欣赏到咖啡剧，演员不少是业余表演爱好者，观众则多是来自中下层的普通人。与在国内被贴上时尚、昂贵的标签不同，咖啡剧在国外则相对普遍，"是话剧放下架子以一种更自由与随意的姿态贴近观众"。而时任深大艺术学院副院长的著名导演熊源伟则解释，咖啡剧是环境戏剧的一种，因为在咖啡厅这样的社交场所表演，一般以室内剧为主。"咖啡剧是戏剧贴近民众的办法，因其小型化、个人化，和观众能有更多交流。"表演系老师小辉只简单回应，"文化需要多元"。记者还找到上海真汉咖啡剧场总经理王景国，他从另一个角度谈了自己的看法：无论是剧情还是演出，咖啡剧都遵循一种模式——让观众享受生活。"长期以来，这个最基本的东西一直为我们所忽视。"

当然不仅仅是咖啡剧。艺术家杨勇回忆2000年初，他和朋友们发起的一个艺术沙龙"触进社"，曾在物质生活书吧举行过不少活动，"比如请陈侗来讲法国电影；请前卫艺术家徐坦给我们讲当代艺术的可能性，做了一次题为'是艺术还是不是艺术，是艺术还是艺术'的讲座；还策划过刘庆元的一个木刻艺术展'户外生活'，让艺术家跟观众现场互动、交流……"。"触进社"组织大家在书吧看《筋疲力尽》《雌雄大盗》，也看《小武》《牯岭街少年杀人事件》，还举办会员Party"JUNE TALK"。"到了物质生活书吧20岁生日的时候，才猛然发现，她就是这样一个伴随深圳那么多人，也点燃了那么多文艺青年梦想的驿站……她启发过、陪伴过，更见证过很多人的生活、创作。伴随着自身的生长，她跟这个城市一样变得更有包浆。这样一家书店，在我们不停地追逐新的梦想的时候，依然那么难得地在这坚守，我觉得价值非凡，希望她可以有一个持续的生长，跟上新的时代脚步，并与更广泛的文化领域有更多联系。"

也许是巧合，2020 年 6 月的一天，晓昱和刘庆元、徐坦在华侨城的一场活动上同框了。说起 19 年前在物质生活的展览，刘庆元记忆犹新。当时还是在阳江的广东艺术师范学校一名青年教师的刘庆元，喊出了"到地方去"这样一个"令人鼓舞的不合时宜"的口号，试图穿透现实表层的声浪，并对当代文化模糊轮廓进行擦拭和重新勾画。在物质生活，自称木刻工作者的刘庆元做了现场演示。他沉醉于被他称为手工劳作的木刻制作过程，吸引了很多观众，大家纷纷用手里的相机和 DV 对准他。现场展示的作品中，一幅叫《现场》的作品引起了不少人的注意，画面上崔健和他的乐队在临时搭建的露天舞台上狂吼，台下是密密麻麻的听众。这是欧宁为崔健巴黎演唱会设计的一款海报，由刘庆元以木刻的形式呈现。

不能不提 2002 年 1—3 月在书吧举办的"物质生活 DV 下午茶"系列。这是一个关于蒋志、娃娃和他们的朋友圈的故事。

第一次见蒋志应是 1998 年，在我发行公司的办公室，至于为什么见、谈了些什么全然忘了，只记得他那时应该在《凤凰周刊》工作。2002 年，有人介绍娃娃到《深圳周刊》上班，我一口答应，可惜同事不足一年我就下课，娃娃不久亦去职。2010 年 1 月我到北京找工作，她不知怎么听说了，在微博上私信我："亲爱的老金，在'围脖'上我没通过六个人就找到你啦！哈。代表望京欢迎你……"那时，我已经知道她的博客在艺术圈很火，当然更清楚蒋志已经是著名艺术家。只是，还没等到跟他们俩在北京见面，就听说了娃娃在深圳因突发心脏病去世——仅仅两个月前我们还在微博上聊天——那时她才 37 岁。"留下蒋志，留下两个可爱的娃娃，留下我们，还留下被众多人关注的微博。"吴文光在为这个"和草场地密切相关的好朋友"所写的追思文章中这么说道。

又是十年过去了，在我为这本物质生活编年史梳理脉络的时候，不可避免会涉及蒋志、娃娃和物质生活的交集。于是我在香港，通过晓昱给身在北京的蒋志发出一些问题，蒋志的回复花了很长时间，或许因为涉及娃娃，每一次的回忆都是一种痛苦和煎熬。事实上，他翔实、充满情感和细节的回应比任何转述都更能击中读者的内心，兹照录于下：

Q：从 1998 年底自（杂志社）北京记者站回到深圳，一直到 2006 年底跟娃娃和孩子一起离开深圳重返北京，在深圳的这 7 年多是你被很多人认为是深圳艺术家的一个主要因素。能否介绍你的深圳经历、深圳生活、深圳情感在整个艺术创作、艺术生涯中的意义、作用，包括回到深圳之初，如何融入当时文化生活极度匮乏（相对于北京）的城市生活环境，你当时的朋友圈状况，以及如何在这样的环境中保持创作热情、那一时期的主要创作作品等？希望通过你的回忆，看到那个年代关于深圳年轻艺术家创作土壤、城市创作生态以及艺术家朋友圈最原始和最真切的切片。

在你的深圳经历中，物质生活书吧扮演了一个怎样的角色？还能回想起第一次去书吧的情景吗？2002 年和 2003 年在物质生活书吧举办的 8 次活动，DV 下午茶、深圳短片及录像艺术节等，各自的缘起、策划及活动经过以及在你的艺术生涯中的意义又是什么？

A：1998 年底《街道》杂志被停刊之后，我回到深圳，杂志社的原班人马继续做另一本刊，不久之后又停了，我被重新分配到南山的有线电视还是电视中心，记不清了。但是我去了一次之后，就没去了，因为得知我的工作是每天拍领导们视察"世界之窗"，觉得好无聊，就主动失业了。我就继续写小说，1995 年美院毕业之后在北京的前两年也是这种状况，没有进行艺术创作的条件下，我就写作，因为这几乎不需要什么条件。还好，我一直有一间房子住着。找我的表哥借了 1 万元，撑了将近一年时间。基本上是上午 7 点多开始写作，休息时做点东西吃，主要是吃面条。午饭后就拿着 DV 机去街上游荡，拍一拍我感兴趣的各种人的状态，后来集成了一部纪录片叫《片刻》。当然没有什么收入，当时写完了《铁皮人的秘密情节》和另外几篇小说，发在《花城》和《大家》上，稿费是两千多吧。我不是那种会为经济上的事情紧张的人，但是太长时间没有收入还是让我焦虑了几天，直到有天我瞎逛进了一个菜市场，发现那儿有很多菜都会被当垃圾扔掉，我就一下子释然了，觉得自己的生活肯定有保障了。虽然后来也没有真的去捡过菜叶子吃，但是觉得这是我的最后生存保障，就踏实了。

肖全就住在我楼上，我经常去他那蹭饭，有时我也会做条鱼请他过来一起吃。通过肖全我认识了深圳、广州不少摄影师，比方说张新民、阿牛、杨延康……肖全带我去欧宁工作室的一个 Party，欧宁那时也在做《东方文化周刊》，差不多一年的封面都是用的我的摄影《木木》。更重要的是"缘影会"，欧宁组织的，这是我了解到的深圳最专业的影评小组，主要做独立电影的交流，我和其中的成员任丽、李孟夏、高鸣等都认识了，任丽后来还成为《凤凰周刊》的同事，高鸣之后拍了卓越的纪录片《排骨》，去年拍了电影《回南天》……当时做过一期曹斐作品的放映，所以我和她也是那时认识的。她后来说，她那时看过我的《食指》，觉得太像电视台的了，一点都不酷。不久，我俩和杨福东、陈晓云组建了一个影像创作"四人帮"——"天梯"小组。

"缘影会" 2000 年后因为欧宁移居到广州，活动也慢慢以在广州开展为主。在我的印象中，无论在深圳还是广州，欧宁都受到很大的压力。2001 年我和娃娃成为情侣，她也非常喜欢电影和写作，我们就开始筹备一个继续"缘影会"的主要活动的社团，同时也开始筹备一份与视觉艺术和写作有关的独立刊物，后来采纳了娃娃的建议，取名为"Paradox谬"。平面设计师冼刚加入进来，设计这块有了底，我就开始和陈晓云、杨福东讨论，然后开始找钱，正好物质生活的晓昱知道我在准备放映活动，我就把两个计划一起和晓昱提了，我的直觉认为晓昱是对文化很有理想的人，她也非常希望为丰富和促进深圳的文化氛围做些实事，后来证明这个直觉是对的。

晓昱帮我们介绍了深圳金域印刷有限公司的老板冯丹彤女士，她独家赞助了《Paradox谬》第一期的印刷。我们就在物质生活谈的。

在物质生活书吧的支持下，2002年和2003年我们合作举办了8次影像活动。具体的情况，参与的人员以及工作等，娃娃当时整理了一份详细的备忘录，可以附录在后。

当时我们做的这两件事，主要是基于娃娃和我的共同爱好：电影和文学。欧宁移居广州之后，"缘影会"的活动更多在广州了，我们都觉得"缘影会"给我们带来了很多益处和快乐，希望在深圳能继续有一个类似的社团和有共同爱好的朋友们一起玩。《Paradox谬》则能让我们和在别的城市的朋友们有一个联结。

在深圳的那几年其实比之前在北京穷多了，在北京我还可以经常接到一些设计活和商业版画活，而在深圳经常身无分文，娃娃那时愿意和我在一起，主要是她也不在乎物质上的条件。我们做社团工作、做独立刊物，虽然很辛苦，开支相对我们的收入来说也不小，但是一起做得非常有激情。

Q: 作为版画系毕业生，虽然在北京期间已经开始创作录像作品，到深圳后继续这一领域的创作，是否有着某种契机和机缘？

A：来深圳最早的录像工作，是四处去拍各种人的状态。我尤其对人的精神状态一直抱有浓厚兴趣，因为通过个人的精神状态可以映射出时代的精神状态。来深圳之前在北京拍了当时在精神病院的诗人食指，《食指》的后期是在深圳完成的。

除了拍摄《片刻》，2004 年我和娃娃一起采访了在深圳的"第三性"群体，当时他们是"三原色酒吧"的演员，我们跟拍了一年多，后来拍摄了一部记录和剧情结合的影像作品《香平丽》。

Q：深圳和你早期的重要作品《木木》之间的关系是怎样的？

A：早期的《木木》更多是在自然风景中拍摄的，比较唯美，个人的趣味比较重，可以说内心戏比较多。到深圳之后，娃娃对社会现实的关注影响了我，我开始把"木木"放到城市环境中来，也参与到一些社会事件中去。

Q：娃娃是在你深圳经历的哪个阶段进入你的生活，并开始书写你们两人的共同篇章？在你的创作乃至日常生活中，娃娃扮演的是一个怎样的角色？2006 年底为什么决定离开深圳重返北京？娃娃不幸去世后，为什么选择回到深圳，在书吧举行追思会？2018 年底，缘何愿意参加书吧"壹拾捌"展？今年在难以捉摸的疫情肆虐之下，书吧迎来成立20 周年的大日子，经历了长达 20 年的友情，想对书吧说些什么？

A：2001 年我们认识的，我们有相同的价值观，在物质上比较容易满足，生活的重点在精神追求上。娃娃对社会新闻很关注，忧国忧民，多思多虑，见解也比较深刻，这和一般的女孩不太一样，这是我很欣赏的一面。因为其实我自己是较少忧虑的，她的忧虑给我更加多元的视野，也丰富了我对人心理的认知。我们成为情侣和夫妻之后，经常一起去旅行，我拍摄的《木木在深圳和香港》《木木在芬兰》，都是和她合作的。不仅如此，和娃娃在一起之后，我的所有创作，都有她的参与。她要照顾家庭日常琐事，又要顾及自己的写作，又要协助我的创作，我的创作量比较大，也经常外出参加展览，可想而知让她承受了很大压力。到现在我还很自责，觉得自己侵吞了她最宝贵的青春岁月。她没有来得及享受儿女成长的天伦之乐和事业共进的成果。

辛劳是人生常态，也许每个人都差不多吧。我印象很深的几次创作，有时要连续拍摄几天，她都一直在我身边协助我。2007年重庆钉子户的社会新闻，也是娃娃强烈建议我去拍摄的。我当时还在观望，她看到钉子户第二天就要被强拆的新闻，就特意打电话给我，要我马上动身去重庆。

娃娃小时候跟父母来深圳，在深圳成长，我们在物质生活一起看书，买书，喝东西聊天，度过很多美好的时光，而且在这里一起筹备举办了多次活动，结交了很多朋友。现在看那段历史，我和娃娃2001年相识并相恋，和物质生活的诞生差不多同时期，可以说，物质生活也见证了我们的爱情。

和书吧想说的是：爱会随着时间愈久弥深。

2005年底我离开深圳到北京，其实我一直不想离开深圳的，《凤凰周刊》的编辑部当时要搬去北京，我不愿意去，就辞职了。后来老丁邀请我加入一个新的视频网站的团队，一开始是在深圳工作，几个月后也要搬到北京去，我想既然这样，就顺其自然吧。我是一个人先来的，2006年，作品的销售可以让我有条件做一个自由职业者了，2006年底就让娃娃和女儿一起搬到北京了。

Q: 离开深圳 15 年后，回过头看，如果没有深圳这 7 年的生活经历，你的创作之路会有怎样的不同？

A: 人如浮萍，很多时候并不是自己决定要去什么地方，我们也无法预测将来会发生什么，事后去推究因果关系，难免落入自圆其说的俗套。珍惜每一个和你相遇相知的人，去发现他们的美好，去学习他们的美好，改变是由自己的心决定的。

蒋志提及、娃娃整理的《联合力量备忘录》，则清晰地展示出深圳独立创作力量在世纪之初试图改变城市文化生态和文化面目的努力。

1998 年底，蒋志因工作原因从北京迁入深圳。2000 年后因欧宁创建的"缘影会"（1999 年初欧宁在深圳创建，致力于独立电影的交流和研讨活动，做了大量富有成效的工作）的活动中心移往广州，蒋志多次与朋友讨论，觉得有必要把独立电影的交流活动延续下去，希望以此刺激深圳文艺青年的创作。

在一段小引之后，娃娃以时间为序，列出联合力量的发展线：

2001 年 11 月，蒋志着手筹建团队并筹办一本民间出版物。

11 月 28 日，娃娃建议以"Paradox"为独立杂志名被采纳。中文名"谬"；11 月 30 日，蒋志与陈晓云、杨福东讨论；12 月初，蒋志应邀与物质生活书吧晓昱商议合作事宜；12 月份，蒋志与胡昉、吴文光、陈晓云、杨福东、娃娃、冼刚就《Paradox谬》的创刊事宜多次讨论。

2002年1月1日，蒋志就《Paradox谬》到广州向欧宁、陈侗征求意见。

1月10日，娃娃提出创作小组名"联合力量"。此前，杨福东提议"异志社"。同月，蒋志请赵恒波申请联合力量网域名：doxxx.org，并负责网站管理。

2002年1月19日，联合力量与物质生活成功举办了"物质生活之DV下午茶"首次活动，由此开启了一场民间影像运动。此次活动主题为"深圳采样"，娃娃主持，汇聚了众多活跃在深圳纪录片制作领域的DV人。这天烧开的"第一壶茶"，展示了郭熙志的《典型》、曾凡的《2000888》、马永峰的《爬行天使》，以及涂俏和陈远忠的《疼痛》拍摄花絮。

在当年的深圳DV圈，毕业于浙江美院版画系的蒋志是毋庸置疑的先行者。1997年，还在北京的蒋志已开始介入录像创作，他的早期作品《食指》《飞吧，飞吧》在圈内早已受到瞩目，而记录诗人食指生活的DV作品《食指》更为他赢得了2000年中国当代艺术奖。对他来说，DV是与外部世界对话的通道。"那种新鲜和刺激感，不拍DV的人是感受不到的。"当年的《深圳商报》报道直指，在深圳的DV领域，蒋志颇有些"教父"的味道。而所谓联合力量，就是希望联合深圳一切有原创力的创作力量，为深圳的艺术活动提供一个交流的平台，也为DV的兴起和发展提供一个契机。

《典型》是郭熙志的第一部DV作品，说的是一位16岁深圳女孩的故事，她独力照顾常年卧病在床的妈妈的光荣事迹被传开后，媒体报道，学校表扬，女孩却拂袖而去。"她拒绝成为典型，拒绝被塑造，这是新一代人的新型人格。"出手不凡的老郭，在冷眼旁观一个典型的"生产"过程中解构了典型，他的独特视角以及对新旧体制交替过程中出现的种种矛盾冲突的关注，在整个观影过程中很自然地引发了热议。当年的老郭热衷于DV创作，因为"DV

解放了生产力，没人能再垄断影像的表达权利"，而"物质生活之 DV 下午茶"正是"我们因个人电影时代的到来而相聚"的一个场所、一方舞台、一份事业，也是一种缘分。

曾凡的《2000888》拍的是一对残疾人的网恋故事，网上聊得热火朝天的两个人，在现实世界尴尬见面，最后不了了之。他感兴趣的是个体的渺小和压力，一心想拍一部好的 DV 作品。"我还没有看到过把深圳拍得很透彻的作品，希望有一天我的作品，能成为这个城市的档案或是编年史的一部分。"这个常去人才大市场、火车站，在那些涌向深圳的打工人潮中寻找拍摄对象的小伙子，平时沉默寡言，却在很长一段时间是在书吧出现最频繁的人之一。

在备忘录里，娃娃注明：首次活动"导演与观众的交流场面十分热烈，本地媒体《深圳晚报》《深圳特区报》《深圳商报》《南方都市报》《晶报》《深圳周刊》以及深圳电视台均做了相关报道，引起很大反响。不少人对 DV 由陌生到兴趣浓厚，并表示将会尝试拍摄"，她还细心地注上这次活动的海报设计（冼刚）和海报摄影（蒋志）。

一周后的 1 月 26 日，"物质生活之 DV 下午茶"第二次召集，这次活动的主题是"被注视的女性隐私"，放映了胡庶的《我不要你管》和英未未的《盒子》。"场间，观众通过电话在现场与导演交流，声音经麦克风放大，沟通效果良好。"娃娃写道。

2 月 2 日这个周六离过年不到十天，当年的深圳这个时间点差不多到了"胜利大逃亡"的时候了。不过这天下午两点，"物质生活之 DV 下午茶"第三次活动照常进行，主题是"与实验有观"，由旅德艺术家兼电影节策划人周飞主讲。出生于杭州的周飞，曾就读于中国美院和布朗施魏格艺术学院。作品有媒体、录像装置和实验电影，作为电影策划人曾为多个国际电影节策划过电影节目。当天的放映环节是一场德国短片盛宴：放映了包括《打开》（4分钟）、《红是红》（2分钟）、《没有阳光》（6分钟）、《家庭故事》（10

分钟）、《神秘之屋》（9 分钟）、《斗》（3 分钟）、《白盒子》（4 分钟）、《上下左右》（2 分钟）、《扔面》（3 分钟）、《魔幻镜》（6 分钟）、《发烧红》（4 分钟）、《美丽的脖子》（9 分钟）等一批短片。

3 月 2 日下午两点举行的"物质生活之 DV 下午茶"第四场应该是年后的第一次活动，放映了赵亮的《纸飞机》。不过很奇怪，在娃娃的备忘录里，第四次活动是空缺的，反而在物质生活的大事记能找到相关记录。

接下来隔了半个多月，"物质生活之 DV 下午茶"的第五场活动在 3 月 23 日下午两点举行。 这次是郭熙志纪录片的专场， 蒋志定的主题"负像之瞳"，寓意"事物的另外一面"，放映了老郭的《渡口》《迁镇》《回到原处》。其中《渡口》《迁镇》拍的是老郭安徽老家的故事，众生相中有人下岗、有人下海、有人升官发财、有人家里揭不开锅，纷繁复杂的社会转型期中，每个人的何去何从揪住了观众的心。《回到原处》拍的是老郭的一个朋友，他本来要去一家北京新创刊的杂志社任职，没想到刊号没批下来，最后只好灰溜溜地回到老家的原单位。"他向往北漂的自由生活，但面对市场化的新体制，却准备不足显得手足无措，留京还是回乡？朋友犹豫不决的那几天，我就在他身边，那种焦虑到极点的瞬间都被真实地记录下来。"总是捕捉到常态后面的非常态，让习以为常的事物在他的镜头语言里显得陌生，老郭的纪录片让观众大感兴趣。

同月，蒋志主编的《Paradox 谬》出版。胡昉参与了杂志的约稿和编辑。这一期杂志刊录了陈晓云、胡昉、曹斐、杨勇、凌云、高士名、马永峰等十几名艺术家的作品。皮力担任顾问，李松璋为出版人。晓昱介绍的深圳金域印刷有限公司冯丹彤独家赞助了出版物的印刷。

紧接着就是 3 月 27 日晚七点举行的"物质生活之 DV 下午茶"第六次活动，主题："熔岩之层"——杜海滨纪录片专场，放映了《铁路沿线》《宝宝》。

"物质生活之 DV 下午茶"的第七次活动，也是在书吧的最后一场，在 2002 年 4 月 10 日下午两点举行。主题为"影像狂想"的这场活动居然"疯狂"地放映了 20 部片子，包括杨福东的《城市之光》《后房，嘿，天亮了!》，曹斐的《手语》《滑动》《链》《起舞》，阚萱的《向前进》《青年男女》，杨振中的《我会死的》，陈晓云的《谁是天使》《不表态的冲动》《剪子，剪子》《海面体——水塔》，蒋志的《木木在汉城》《空笼》，孟军的 *Talk*，凌云的《枕中记》，侗飙的《一个人》，陆磊的《甲虫》，赵亮的《小子别说太操》，确实称得上是一场影像的狂欢。

这之后的"备忘"略显凌乱，但大致从五月份开始，活动移步离物质生活不远的上步工业区某工厂二楼无心快语酒吧，这些活动包括了曹斐短片专场，程裕苏的《我们害怕》、杨天乙的《老头》放映，听女人闺房谈性。导演黄真真来现场与深圳观众说话儿，以及 6 月 8 日又一轮的"影像狂想"全国短片精选。不过，到了 6 月 9 日的联合力量第 11 次活动，吴文光的《江湖》放映及导演见面谈又回到物质生活书吧，娃娃在备忘录中写道："策划：蒋志 主持：郭熙志 主办：联合力量 & 物质生活。"

在 6 月的蒋志作品专场及周弘湘的《红旗飘飘》放映、7 月 6 日白颖的三部记录短片 [《黑人》(10 分钟)，《黑夜》(10 分钟)，《黑画》(20 分钟)] 放映后，备忘录显示，联合力量没有继续举办活动, 转而开始了第 2 期 《Paradox 谬》的策划、约稿和编辑工作。半年后的 2003 年 2 月，第 2 期 《Paradox 谬》出版。依然由蒋志主编，胡昉（参与大部分编辑工作）、曹斐、娃娃共同策划，刊录了陈晓云、胡昉、曹斐、阚萱、杨振中、崔子恩、姜君、大拙、凌云、周维、王绍培、柯小刚、章清、李梦夏、蒋志等十几人的作品。由张达利设计有限公司负责全部的设计、印刷和发行工作。

但实际上，在 2003 年的 4 月 5 日、6 日，物质生活与联合力量还主办过一次"瞳距测量——深圳短片及录像艺术节"。连着两天，深圳本土单元、试验短片单元、纪录片单元、社会学的影像、独立电影单元、以色列影像双年展介绍、录像艺术和录像装置展示（小空间展示）等轮番上阵。当地媒体报道称："周六上午十点，还不到这个年轻的城市醒来的时分，物质生活书吧已经是人头攒动，等待一场本土的 DV 盛宴。这是继去年 DV 下午茶系列之后，深圳影像原创力量的又一次集体亮相，也是来自全国与国外最新的 DV 作品在深圳的一次小规模展示。"就在这场活动仅仅一个月前，蒋志的《空笼》在第八届香港短片与录像比赛中获得影评人大奖。

蒋志和娃娃再次回到物质生活这个他们曾经的相识之地，已是 2010 年 12 月 31 日下午两点娃娃的追思会上。来自北京、上海、杭州、广州、香港等地的数百位朋友聚集于此共同"回忆"娃娃。

那天的追思会，郭熙志担任了主持人，就像当年娃娃在 DV 下午茶的首次活动为他的纪录片放映担任主持一样。多年的朋友陈晓云承担起追思会的组织工作。阚萱抛掉忧伤，天真动人地说起与娃娃共度的美好时光，她觉得娃娃还在；杨福东觉得娃娃没有离开大家，就好像她出去买咖啡了；鲍栋和太太为娃娃作诗；邱志杰念了侯瀚如发给蒋志的邮件，说到娃娃去世让我们生的人结成某种共同体；皮力和巩剑让到场者珍爱彼此；陈文波勉励蒋志"兄弟加油，我们一起走"；张亚璇道出娃娃想成为自己的某种内在追求；胡昉说娃娃的文笔以及去世后所产生的某种价值可能要再过五年十年才被发觉；陈侗说和娃娃不熟悉，但和蒋志保持着十多年真挚的感情，几句后就泣不成声；曹斐叙述了与娃娃同为人母的感伤和昔日两家的互动，以及娃娃曾给予其家庭的帮助……娃娃的音乐家父亲为她作曲并以一首诗《关于南方的大海和雨》描绘父女感情，感人肺腑。

"这就是生活"，法语是 C'est la vie。命运弄人，C'est la vie。

2018 年 12 月，蒋志应邀参加物质生活重装返场纪念展"壹拾捌"，他提交的代表时间的两件物品是："木木系列"旧照片 和《情书》明信片。在旧照的背后，蒋志写道：

> 2002 年岁末，深圳风采福利彩券总奖金达到 2100 万。此时拍摄（和娃娃一起），木木系列。
>
> ——蒋志 2018 年记

在明信片的背后他则注上：

> 2018 年 11 月 17 日，个展在杭州良渚文化艺术中心大屋顶美术馆开幕，此为作品图做的明信片。
>
> ——蒋志 2018 寄予物质生活书吧 晓昱

旧照是蒋志的成名作"木木系列"之一。2002 年岁末，还是杂志摄影记者的蒋志，和女朋友娃娃一起，拍摄的深圳风采福利彩券总奖金达到 2100 万元时的盛况。而明信片则是蒋志用作品《情书》做成，画面是燃烧的花朵，是他为纪念娃娃创作的系列作品。寄出这张明信片的时候，蒋志个展"未形 Un-forming"正好在杭州良渚文化艺术中心大屋顶美术馆开幕。

那次，他没有等到"壹拾捌"展开幕就匆匆离去。我曾请深圳最好的短视频拍摄、制作平台"我在"采访了他，谈到物质生活书吧，蒋志这么说："能够坚持开这样一家书吧，一定是特别喜欢书的人，对文化特别有热情、有追求的人，才会做这样的事情，也才会吸引到这么多喜欢文化的人。"

顿了顿，他接着道："对于我个人来说，物质生活书吧给我留下了很多很深刻的回忆，我希望她能够持久地延续下去，我们都希望一个美好的东西留存的时间能够长一点。"

对了，娃娃的名字叫任兰。

"DV 下午茶"并非物质生活展现影像力量的绝响。2007 年春,娃娃在《深圳周刊》的前同事施坦丁曾经雄心勃勃地想在深圳做一个独立影展,计划每个月呈现一部具有批判现实主义精神的独立电影,并设想将活动持续至 2008 年底,可展映二十部优秀的独立电影。第一场活动就在物质生活,导演王笠人携入围鹿特丹电影节的首部剧情片《草芥》来到书吧与观众交流。

施坦丁原本和法籍男友、音乐家 Laurent Jeeanneau(劳弘·让诺)从东南亚来深圳是为了推广"KINK GONG"田野音乐,事实上他俩也确实在物质生活做过一场"穿过泥土的旋律——聆听东南亚原生态音乐"的讲座,一个偶然的机会使她起心动念做起独立影展,但想来难度应超出想象,由此也可反证联合力量在物质生活坚持举办 8 场活动的不易。据我所知,这个肇始于物质生活书吧的 2007 独立影展的第二部影片《王首先的夏天》移步到了人民南路的雨花西餐厅,之后似再无下文。倒是这年年底,物质生活书吧邀请了独立制片人、导演、新媒体艺术家,当时正好在深圳 OCT 当代艺术中心做驻站艺术家的盛海,携 5 部斯堪的纳维亚半岛国家最新拍摄的纪录片,一连两个下午在书吧举行"北欧纪录片电影节"展映。这应该是深圳第一次集中展示北欧国家在纪录片领域的最新探索。

1993 年起定居瑞典的知名视觉艺术项目策划人盛海主要从事以影视和多媒体为主的艺术创作。他给深圳观众带来了 2002—2005 年期间拍摄的,包括获奥斯卡最佳纪录片提名的拉斯·冯·提尔的《五道电影难题》、获荷兰 IDFA 国际纪录片大奖的《超消费》以及城市肖像纪录片《东京噪音》等五部新片,还带来了一个叫作"Dogumentary"的概念。"这是一种近年空前流行,游离于电影、视觉艺术和纪录片之间的影像模式,属于艺术片与纪录片之间的灰色地带。实际上是在寻找介于现实和虚构之间的一种东西。因为对故事片而言,我们的想象力是有限的;而对于纪实而言,我们的观察力也是有限的。这次电影节上,好几部影片都是以 Dogumentary 方式来加以叙述，大家不妨一探虚实。"

在 Linda 主理物质生活的那段时间，书吧一度有向小型艺廊转型的动向——当年她与版画家应天齐共同策展的"物质生活开始展"持续了一年有半，从 2006 年 7 月的开始展之一"应天齐：过去式"，到 10 月实验水墨画家刘子建的之二"小的更小的"，再到 12 月版画家李全民的之三"'出版'物"，2007 年 9 月水彩画家陈士修的之四"水与生活"，2008 年 1 月香港水彩画家沈平之五"原乡"，以 2008 年 6 月年轻版画家宋威以传统技法连接后现代的版画展"工业化了"告一段落。

这种对实验、先锋艺术实践的追求在 2019 年 10 月，物质生活邀请近年十分活跃的深圳雕塑家戴耘，分享其"走进公共空间的艺术"实践及在深圳大鹏新区官湖村发起的一场"街道 / 社区的生态艺术"活动中得以延续。

回到开头的那场"口罩沙龙"。20 年过去了，到底深圳的文化生态是否有了根本的变化？有了多大的变化？我们一起来看看跟高鸣同台的诸位深圳电影人。郭熙志，在物质生活书吧早期的"DV 下午茶"系列放映中，他当然是主角之一，"有一些放映是我主持的"。当年放映的纪录片《渡口》是他花两个月时间拍出来的，被视为"中国电视纪录片运动"的一个标志，不但入选了香港国际电影节，《东方时空》也给了金奖（第三届中国纪录短片大赛唯一金奖）。

此后他一直跟踪拍摄老家渡口的三个工人家庭，一拍就是二十年。《渡口》变成了《渡口编年》，预计共有四部，包括《贺家》《周家》《陶家》以及《我的渡口》。"现在完成了两部：《渡口编年·贺家》（2019）、《渡口编年·周家》（2020），一个四小时，还有一个两小时的。"他介绍说，"今天的主题是'我在深圳搞电影'，我有点对不住这个题目，我的核心还是'我在家乡搞电影'，但也在深圳搞。这三个家庭有点像《战争与和平》这样大的结构，这是 20 年积累起来的，20 年的拍摄，不仅仅要考虑感动和漂亮，理念还是非常重要——因为我本身在研究方法论，可以使你跳出某种系统。"

想起有一天深夜和朋友一起去老郭家啸聚共赏《喉舌》（2009），观后的那种兴奋和激动，这是关于他原先供职的媒体栏目《第一现场》的幕后故事——这个题材今天他也还在追拍，"本来准备拍 10 年的"，不知不觉又拍了 20 年。还有他入选香港国际电影节的《工厂青年》（2016）。所以，对他来说，"我在深圳搞电影"并无夸张。今天的郭熙志，已然是中国新纪录片运动的代表人物，《渡口编年·贺家》和《渡口编年·周家》被认为是"和《铁西区》一样厚重的作品"。

康家祥于 2010 年初和姚旭、余绍彬携手拍摄了 12 分钟的短片《夏爷的葬礼》，成为首部入围香港国际电影节国际短片竞赛单元的深圳电影短片。在拍摄《夏爷的葬礼》时，他们同时跟拍了 120 分钟的纪录片《桥下》，入围美国 PBS 电视节目收购计划。2013 年完成的电影《白床单》入选第二届法兰克福"动感中国"电影节闭幕电影，也是深圳湾艺穗节闭幕电影。2019年 10 月凭借执导的电影《野菊花》斩获号称"欧洲小奥斯卡"的荷兰新视野国际电影节 NVIFF"亚洲最佳长片"。另一部电影《七里香》则赢得波兰东欧国际电影节最佳摄影及最佳原创剧本两项提名，是"去年我们在法国的列车上，一天半就拍完了"。他还拍过《华强之北》等多部作品。说起最初拍电影要卖房子，他说："卖就卖吧，可是买的人一来、尺子一量，我心里真的难受了。"

30 岁的林思新 2019 年也为自己的电影梦卖了一套房子。她花 200 多万元在龙华租了一栋独立废弃厂房，整体打造了一个 1000 多平方米的国内最大独立电影放映室"蒲公英馆"。"选址、设计、装修，全部由我的两个搭档自己一手包办，包括水电、所有的门窗、外墙策划……为什么想在深圳做一个电影文化的交流场馆？之前我去美国学习电影导演，2018 年回深圳，我的同学很多毕业后都去了北京、上海，因为工作机会多嘛。有人说深圳是文化沙漠，我觉得作为深圳人要做点什么，如果没有人做，永远都是文化沙漠，我留下来做一点是一点。这里有很多喜欢电影的朋友，电影创作者也希望有一个能够分享创意、促成合作可能性的场所。所以蒲公英馆除了标准的小型放映厅，还有一个导演俱乐部，其实是一个酒吧。"

从 2018 年 12 月 31 日举办第一场映后分享会开始，"2019 年策划了 15 位嘉宾的分享，放映了 63 部影片，办了大大小小 20 多场活动。"不过，蒲公英馆现在已经倒闭，"过年邀请好的嘉宾一次又一次推迟，后来发现真的没有办法撑下去了，就关掉了。地址太重要了，我们选的地段太差，你有很好的想法，还要有充足的资金。我们的创业资金也就 200 多万，装修、购买设备花了很多钱，到开业已经花了 160 多万了。"这位酷爱电影的年轻人接下来"应该会重新回到创作的轨迹"。

导演张鹏和制片马琳只用 5.8 万、17 天就完成了电影《北方往事》的拍摄。"片子的出品是导演的太太，她支持导演拿钱来拍这个片子，我们基本上都是这样的，包括高鸣导演也是把自己做设计师多年的积蓄拿出来投资自己的电影，第一部电影往往都是这样。"马琳说，"我们的片子从筹备到拍摄不到 6 万块钱就做下来了，当然会有很多瑕疵甚至缺陷，但是迈出第一步我觉得是很重要的。"

这笔钱是张鹏在公司拍宣传片的提成。"当时我办了 5 张信用卡，准备不断地从里面借钱。"张鹏回忆大学老师给过的一个建议，他说：你一定要想办法拍低成本甚至无成本的电影。"我把这句话送给对电影有想法的朋友，我很喜欢电影史，基本上对每一个导演的第一部电影是怎么拍的了如指掌，印象最深的是拍《墨西哥往事》的导演罗伯特·罗德里格兹。当时墨西哥开发了一种新药，需要召集人做比对实验，这个导演就去报名了，拿了三千美元拍了这部电影。这个事情一直在我的脑海里激励我，给我勇气用低成本、无成本干这个事情，当然也是因为我没有成本。"

马琳其实从 2011 年起就在深圳做一个电影放映推广平台"声色场所"。"深圳做放映冯宇是前辈了，大概 2007 年他就开始在'圆筒'断断续续地做。我 2001 年到深圳，当时在科技园，他在梅林，去一趟要很久，看一部电影大半天就过去了。2011 年我也做了这样的一个平台，我没有固定场所，很多的场所是合作，包括百老汇电影中心，我们也在他们的电影厅做过活动。这次的疫情对整个电影行业是一个非常大的考验，虽然疫情带走了很多人的生命，让很多家庭陷入悲伤，但是今天我们坐在这里，总算挺过来了，我觉得无论是放映、创作、制作……都可以挺过'回南天'，都会越来越好。"

说起"圆筒"，可以简单回应一下之前提到的张经纬经我牵线与冯宇等一起主办的"深港影像纪录双城志"活动，我虽也忝列"始作俑者"之一，但因不久便北上，其实只参与了最初的两三期活动。

这夜，在物质生活，耳听得这些电影人的肺腑之言，冯宇感慨：在深圳，大家都是以各种很个体的状态、努力地往下挖，但是彼此之间，包括今天晚上发言的这些嘉宾，他们各自的故事也许在别人的耳朵里都是第一次听说。

窗外被物质生活书吧活动吸引的读者

物质生活书吧的守夜人

2019 年 5 月 26 日，Thierry Neveux 在书吧开办"法国孩子都在玩什么"亲子公开课

物质生活书吧承办"中华魂·青春杯"2020 深圳青少年演讲大赛

物质生活书吧公益讲堂里的孩子们

物质生活书吧公益讲堂中的小学生

2005 年，中国杯帆船赛在物质生活书吧萌芽并起航，图为法国拉罗谢尔——中国深圳洲际远航归航仪式

2008 年，中国杯帆船赛博纳多 40.7 统一设计组别环岛赛

2019 年 4 月 19 日—9 月 1 日，"BookLife 书展——你要知道的 80 本杂志"Mini 游击展主题海报

"BookLife 书展——你要知道的 80 本杂志"Mini 游击展现场

2019 年 6 月，物质生活书吧走出去，来到贵州支教助学

2019 年 11 月 22 日，邓康延应书吧之邀，在青少年活动中心举行讲座"一起来读书"

我把本

我又把

2018 年 12 月 23 日下午，深圳福田白沙岭，百花二路与百花五路交会处，有着 18 年历史的老牌深圳文化地标物质生活书吧重装返场。当地媒体迅速把这场"几乎集齐了深圳著名的文化人士，也搅动了他们有关深圳文化的青春记忆"的聚会，与虽然时间上前后脚开业迎客、但其实体量悬殊（经营面积分别百倍、十倍于她）的诚品生活和前檐书店相提并论，作为一个城市"事件"，视作纸质书黯淡时代的深圳似乎迎来书店业"狂欢"的注脚。

　　一个多月后，"物质生活书吧重装返场"被评为"深圳小书店十大新闻"之一。而介绍由著名设计师琚宾率领水平线团队创作物质生活书吧新空间的微信公众号推文，在短短几天内点击量就逼近 6 万，3.0 版的新书吧很快成为一众文青的城中新网红打卡地……

　　"一个书吧的重新装修返场为什么会在深圳搅起这么大的动静？"这既是媒体报道中的一个设问句，也是本书试图回答的问题。

　　作为书吧的女主人，这一天晓昱当然是衣香鬓影中的主角。一头利落、干练的短发，合身的束腰白裙上，一抹橘红色的手工刺绣正与书吧的 LOGO 呼应。在她招牌式的盈盈笑意中，著名经济学家张五常偕夫人现身现场；当年的沙龙发起人之一、物质生活书吧沙龙首位演讲嘉宾、今天仍然担任《亚洲周刊》总编辑的邱立本，自然不会缺席这场让人无限感慨的盛事；当红经济学家薛兆丰快递来了参展作品，还特意写了热情的贺词……

　　在十分钟的主旨发言中，说到 18 年前为什么选择在这里开店，晓昱颇为感性地解释："浓密的树荫、车水马龙的丁字路口、众多的学校，形成一种深圳少有的生活气息。"每天下午放学后，书吧就挤满写作业的学生，他们在这里等待父母下班；即使在周末，书吧也坐满了等待补习的孩子下课的家长……"书吧就这样陪伴他们度过春秋冬夏。孩子们长大后，碰到我，会告诉我，曾经在这里谈过恋爱、写过作业，我才已然觉得自己有点老了。"一向富有自嘲精神的晓昱这天说这话时显得无比真诚。

晓昱的第一份职业是深圳电台夜间节目主持人，主持的节目在珠三角小有名气，还曾被评为广电集团的十佳主持人。不过，渴望改变自己，害怕过预知生活的她，在四年后却因为一场轰轰烈烈的爱情离开了电台。之后，游走于北京和深圳两地的晓昱，花两年时间写了一本关于深圳的纪实访谈，还起了个很煽情的名字《用声音抚摸深圳》。书卖得不错，是深圳书城的畅销书，但爱情却走到了终点。重新回到深圳的她，在新租的单身公寓，坐在一堆重新购置的家具和从北京运回来的私人物品中感慨万千，兜兜转转之下，生活好像又回到了原点，开一间书吧的念头突然在这个时刻冒了出来。"里面有一些喜欢的书，一些喜欢的人，一些喜欢的沙龙，然后写一些喜欢的文字。"这几乎是她当时能想到的，"唯一喜欢也适合去做的事了"。

在她看来，在深圳这样一座连续多年人均购书金额全国第一的城市里，却找不到一家类似北京的风入松、万圣书园这样的人文书店，找不到像香港二楼书店那样的独立书店，也找不到不断有文化事件和思想碰撞发生的公共空间。"在这个人人追逐物质生活的城市里难道不应该有一个精神的驿站吗？"杜拉斯的随笔集《物质生活》就这样成了这间书吧的名字。

在她的文章中，可以"一窥全豹"当年的创业艰辛，而且她很快发现，未开店时曾经以为的文青浪漫生活原来是海市蜃楼，每晚关店之后猛敲计算器、锱铢必较、俗不可耐的"市头婆"才是真实的生活。

非常幸运，这个曾经的文艺女青年当年写过一篇《开店日记》刊登在好友邓康延担任主编的《凤凰周刊》，使得我们今天能够比较准确地捕捉、体会到当年作为初创人士的前名主播的真实心路历程。虽然交稿的时候她也叹气，开店的难处，哪能全都公开写出来，但那一个多月的书店筹备过程的跟拍与日记，仍然颇为原生态地呈现了 20 年前深圳的某些真实样貌，从而成为此次物质生活"考现"的珍贵样本。文章颇长，摘录若干：

2000 年 4 月 15 日　星期六

一直梦想开一间咖啡馆或者小酒吧，每天坐在靠窗的小桌前看窗外车水马龙，抑或躲在柜台里偷眼打量刚进门的英俊男人，在袅袅的咖啡雾里追忆往昔，墙角的老唱机里旧时的小调咿呀着。

……开酒吧的想法就是这时候冒出来的。除了那个小女人的布尔乔亚式的情结之外，更多的是想真正走入社会。我过去的工作经历，始终只是作为社会的旁观者。今天，几个朋友聚会，谈笑间又说起开店的事，他们都纷纷鼓动我。我那颗蠢蠢欲动的心再次被点燃。我第一次开始认真地考虑开店的事情。

2000 年 4 月 20 日　星期四

开一家什么样的店呢？……几乎是第一时间就想起上次去香港时曾不经意去过一间叫作"寻"的书店，它静静地躲在尖沙咀一条小街的二楼，店不大，但整洁雅致，只有三两个人。店里多为文学艺术类的图书，一些书上还贴着店主信笔涂抹的读书心得，屋角还为客人提供了舒适的座椅和免费的咖啡。在那里流连到打烊才不舍地离去。我买回一本台湾人写的《书店风景》，如获至宝地读了整整一天。那些世界各地的个性化书店彻底征服了我。莎士比亚书店、城市之光、橡树之家……隔着千山万水我都能闻得到那些飘散在旧书架上的书香，在神思的游走中，我仿佛也坐在一间自己的书店中。……有一天，书店做出品牌了，还可以帮人出书。哈哈！这个想法快要在我的心里爆炸了。

2000 年 4 月 24 日　星期一

开书店的想法一出炉就引来各种评论，有人附和，也有现实主义者当头一棒："开书店？现在有那么多人看书吗？""听说深圳的小书店都亏本啊！"我专门去拜访了开书店的朋友，他们都有一大堆的苦水。我发热的头脑逐渐冷静下来，虽说不指望挣大钱，但也不能天天赔钱啊。怎么办？我终于想到了可以另辟蹊径：咖啡为我所喜，酒为我所好，书也为我所爱，把这些加在一起，是不是能走出一条具有"晓昱特色"的道路呢？……

据说日本有间五月书坊，老板完全置资本主义的那套经营方式于不顾，一辈子坚持只卖自己喜爱的书，结果生意越来越好。可见，成功之路属于那些坚持自己理想的人。越是在深圳这种所谓的沙漠地带，绿洲越是珍贵。成不了绿洲，咱们做棵小草也是欢乐的。

2000年4月26日　星期三

今天是我们股东第一次召开大会的日子。……我认为股东最重要的是志趣相投，这样经营理念才会比较一致；而股东之间应该是好朋友，知根知底才能相互信任；每一个股东承担的经济压力不能太大，万一生意失败也不至于打击太大。我把股份分成了几份（当然是单数），风险就被分散了，而每个股东又会带来自己的客源。为了避免人多嘴杂，也为了我自己更好地经营管理，我多投入了一笔资金，做了大股东。……坐在名典咖啡厅的角落里，先由我畅谈了一番关于"书吧"的经营理念、美好前景，这是增强投资者信心的必须之举。当然，末了也要谈及风险之事，咱不能报喜不报忧啊……大家各抒己见了一番，定下了先成立文化公司再申请酒吧执照的原则，近期工作是找铺位，会议便在愉快的气氛中结束了。

2000年5月10日　星期三

大半个月过去了，铺位的选址依然没有着落。打了无数个电话，托了无数个朋友，还去看了无数个铺位。特区报那个我过去没有正眼瞧过的广告版现在是每天必读……我的客源应该是有点小钱、爱追求点小情调的小白领，他们多居住在福田一带。可在繁华的华强北、振兴路好像所有的铺位都被开发光了，其他铺位不是周边环境不好，就是大小不理想。一天，从报上看到振兴路上有一家铺位出租，立即飞奔而去。紧邻创景名店，临街，100多平方米，正是我理想的铺位。一位中年男子笑眯眯地接待了我，可他一开价我差点没晕过去，400多块钱一平方米，每个月光房租就得交掉五万块，一天得卖掉多少本书、多少杯咖啡才能把房租挣回来啊？……

　　无可奈何之下，我开始委托中介公司寻找，现在即使被他们盘剥一道我也认了。

　　2000年5月15日　星期一

　　久攻不下，我开始转变策略，商业旺地看来不适合我们店，那么大型住宅区呢？我突然想起一个月前朋友给我介绍的百花公寓裙楼商铺，那是福田最大最早的社区，消费能力和文化土壤都不错，人流量也很大……经过再三的权衡，我们咬着牙租下了这间近两百平方米的商铺。关上家门，按了一通计算器，粗略地算出每天保本的营业额，股东们一个个也都神色凝重起来。但是我们实在太看好这块地方了，舍不得孩子套不着狼！

　　2000年5月18日　星期四

　　我开始面临一项烦琐而艰巨的工作，那就是办理营业执照。……要找的部门太多，据我不完全统计，申请文化公司之后再获得书吧的营业资格，需经工商局、文化局、卫生防疫站、环保局、公安局特行处、消防局、税务、辖区内工商所等近 10 道关卡。咨询公司的要价太高，他们办理像我这样注册资本 50 万元的公司执照，全套需要两万多元，就算我们真实出资作验资报告，也要一万多……我们决定自己去办执照，不愿意被人盘剥了……迅速地在自己的关系网上画出了几个有用的名字，暗暗庆幸，这些年还没有跟他们疏远。写到这里，我突然为自己脸红了。记得以前在电台的时候，从来都是不屑于求人的，可现在我的脸皮也将随着开这间店变得日益厚起来。

2000 年 5 月 30 日　星期二

今天是我们店破土动工的日子。沉寂好久的铺面突然涌进了很多工人，工地上响起了一片叮当之声。

跑了好几家设计公司，一遍遍地跟设计师讲解设计意图，然后一次次地研究他们画出的草图……我理想的店应该是一个书店和酒吧的结合体。它的外围是一个书店，里面则是一个类似酒吧、咖啡厅的地方。你可以只是在这里买一两本书便匆匆离去，也可以静静地坐下来，喝一杯咖啡，翻几页书。整个风格应该是简洁、现代而又温馨的。

……站在工地的中央，听着四周叮当声一片，我的心里还是充满了喜悦，我想象着下个月的这个时候，这个乏味的工地将变成一个充满情调的地方。

从这组持续了一个半月的《开店日记》中可以发现，这个希望"在 30 岁之前重新找到自己在社会中的支点"的小姐姐真是十分了得：从起意、明确"利基"市场和书吧定位，找到"活跃在深圳各个领域，各有所长"的"几个志同道合的好友"股东，发布"施政纲领"到找好铺位，办理营业执照，确定设计方案并开始施工，"一条龙"下来，居然才花了短短 45 天。再经过不到三个月的装修，这家充满理想主义色彩，却又脚踏实地的新型书/酒/咖啡吧复合文化空间居然真的就在 2000 年 8 月 28 日这一日红红火火地开了张。那些天的晓昱，经常是正监工装修，办证那边又出了点小麻烦，不得不拿起电话到处搬救兵扑火。就算她对自己的选书品味充满自信，也仍会在采购书籍时提醒自己要多看两眼：一眼是个人眼光，一眼是市场眼光。

18 年之后，物质生活刚刚完成第三次"换装"。这天下午，面对济济一堂的八方来客，晓昱说出一番话来，不经意间揭开了内心情感世界的一角，更解开了一个坊间耳语多年却一直不得其解的秘密：一个房租从开始到现在翻了四倍，人工和物价也涨了几倍，但菜单价格却静止不变的书吧是靠什么坚守了 18 年？是那些穿梭往来的文人墨客带来的思想盛宴，还是精心挑选的人文书籍？是因为曾经有个妈妈拉着我说，我跟孩子讲，如果你有什么事，就跑到物质生活去，那里是最安全的地方；还是一个街坊前段时间因为店里装修以为我们要关门了给我发的留言：我无法想象没有物质生活的白沙岭？或是当年那个艺名还叫"小弟"的歌手陈楚生，安静地坐在书吧角落里唱歌，忧郁的歌声总是击中游子的心房？……

"有多少个下午，我们因为物质生活的沙龙里那些精彩的思想和专注的聆听而感动。有多少个晚上，我们因为政治、文化、理想、爱情而争论不休。我们甚至还在虚拟的网络上建立了对话，物质生活曾是著名的《万科周刊》BBS 里最活跃的论坛之一。我们在这里聊天、唱歌、饮酒、作乐。我们在这里相遇，也在这里送别。"话说至此，全场安静得能听见彼此的呼吸声，或追忆挥斥方遒的青春岁月，或陷入对早逝故友的追思之中。

这个经过 100 天装修重整的物质生活的返场活动，其实有个正式名称：物质生活书吧 18 周年纪念酒会暨"壹拾捌"展开幕仪式。作为物质生活书吧 18 周年之后动身出发的首个展览，"壹拾捌"既是物质生活 18 岁"成人礼"的时间刻度，象征着成长、出发、责任，更深藏全面解读物质生活的密码；

既契合物质生活在白沙岭片区服务社区多年的不间断历史，更通过向 60 多位包括社区居民在内的顾客、老友征集承载个人感情记忆的事或物，配上个人手书的一段话和人物故事，梳理了书吧与社区、城市文脉之间的关系，并尝试进一步强化社区居民的认同感。

四个召集人，晓黑金琚——其实就是晓昱、黑一烊、金敏华、琚宾，就此开始向朋友们发出邀请，希望透过各自迥异的笔迹和物品，穿越冰冷的时间维度，分享彼此的感受与经历，寻找在巨变的时代下依然留存在人们内心深处那个柔软角落的温情和梦想。

请每个参展人提供一份手书的"写给时间的话"，漫想式表达内心的灵感，源于书吧 18 年来的留言本，上面记录着无数读者或大段或只言片语或漫画的内心独白。透过层层叠叠的评论，我们看到了在那个前移动互联网时代人们对交流的渴望。今天的键盘打字、屏幕显示再难有这种亲近感。

我们看到 18 年前开业那天，晓昱的前同事、电台主持人月蝶写下的：

愿为书吧主持十周年酒会！

看到 2003 年 8 月 26 日——多么巧！这天正好是深圳特区的 23 岁生日，一个少年写给自己的一段话：

马上就要去英国了，一个人即将面对一切未知的生活。不管未来如何，我都会努力地走好没（每）一步，希望再看到这篇东西的时候，我能微笑地对自己说，我没后悔自己的路，我很充实！

好玩的是这段留言的周围写满了如弹幕一般的评语，诸如"祝你成功""加油！！！""学业有成"之类，还认真地用括号标出错别字。还有人写：

　　人要是没有梦想，那跟咸鱼有什么分别？

　　看到2004年农历新年前夕，一个痴情男孩在年廿九来到物质生活，用"三及第"文字写下：

　　我喺度看书，等佢嘅出现，虽然时间有点长，但我亦都好愿意继续等落去……

　　很多人的爱情是在这里慢慢长大的，有人这么写道：

　　虽然这里重新装修过，员工也换过，可我们的爱情没有变。

　　叫 Jenny 的小朋友则在有着一对长孖辫的女孩画像边注上：

　　我很 man yi 这个小书 dian。

　　叫 Ocean 的大朋友则留言：

　　深圳的变化很大，但你们还是那么的亲切……

　　还有很多很多的诗句，有人颇为朦胧地写道：

　　今晚大家都在奔跑的开水中沸腾！在物质之上，比生活更低！

当然也有名人留言。何怀宏写"书酒醉人"，言简意赅；贾平凹说"精神生活丰富的人才来'物质生活'"；建筑评论家史建在北京、深圳双城城中村故事讲座后留言"重视和保留深圳的都市多样性"；小说家西西画下一栋可爱的物质生活小屋，写道：有趣的书店；蒋一谈在做完《鲁迅的胡子》新书分享后写下"谈鲁迅、想未来"；林奕华说"希望能常来"；两次在书吧做过分享的洁尘称赞物质生活是"深圳最美的存在，最温暖的驻足之地"；居然还发现了前同事、后与法籍音乐人男友长期在柬埔寨等地从事民间音乐采集的施坦丁的留言，"让好的音乐，和我们一起团聚在物质生活"，于是想起那年她和男友在书吧做过的一次东南亚原生态音乐分享"穿过泥土的旋律"，而几年前她还在物质生活做过晓昱的专访，世事就这样奇妙地组合、拼贴在一起，令人晕眩；作曲家田艺苗在号召听众跟她一起"穿着 T 恤听古典音乐"后，表达了"言语尽头 音乐响起"的心愿；而骆以军留下"梦里寻梦"四个字，玄妙如佛家偈语。

这些读者或讲者的心声，令人动容之余，也是物质生活最有价值、最值得珍视的资产之一。尤其是，风格各异、五花八门的笔迹与绘画，不但映照书者与自己对话的心迹，也反映个人性格和心理变化，更留下过去所经历生活的痕迹和温度，展现出超越时间的力量。当我们邀请观者阅读时，亦在心底与作者产生一段无言的温柔对话。这大概是距离书吧重装返场的大日子还有十天的一个下午，大家聚在刚开始试营业的书吧绿房间脑力激荡的结果——在这个临街的小包间，透过窗户正好可以看见对面"百花二路"的路牌，窗前来来往往的附近散步老人、买菜的主妇、年轻的白领或是上学的孩子不时好奇地往里打量，屋里屋外互为活生生风景的同时，十天后即将开幕的"壹拾捌"正紧锣密鼓地筹划中。因为时间过于紧迫，加上不到三百平方米的书吧空间窄小，策展团队决定将展品梅花间竹般灵活插入到书吧的不同阅读区和书台，使客人随处可见、触手可及展品之余，也把展览变成一个活的、生长的流水席：除了展前各元素收集齐备、带有时间印记的物品和故事率先在开幕展亮相外，整个征集行动将持续进行，并定期更新展品。征集对象从书吧开始，不止于书吧。展览像是一位老友，唤醒每个人的记忆。这里不仅有你的物品，也有他的故事，每个人的感受。同时，书吧将每个参展人推荐的一本书，聚集成私人书柜。

　　每个参展人按要求提供两件物品，一件代表过去，一件代表现在。晓昱的前同事、"鹏城歌飞扬"创始人、电台主持人夏冰提供的两件物品是，一盒叫《小弟》的 Demo 磁带，一盒《成语 MO 讲堂》儿童有声读物。磁带讲述 18 年前的他所主持的飞扬 971 电台，成为歌手陈楚生走进的第一家媒体，而陈楚生的儿子后来就取名叫"Demo"。《成语 MO 讲堂》则代表他今天的状态——在做与孩子相关的公益事业中，找回生命的意义。在他以"墨叔叔"署名的《我这十八年》手书短文中，自叙因"一路好运，从一个普通主持人到飞扬 971 总监，一直到深圳文联副主席"，但"一直不快乐"，直到无意间做了"老墨家族"公众号，"开始给孩子讲故事，跟孩子说话"，才发现"这可能是我下半辈子活下去的全部意义"。当年曾在物质生活驻唱的"小弟"陈楚生，当然也是应邀参展的朋友之一。

　　2000 年，19 岁的陈楚生高中没念完就离开海南老家，来到深圳开始寻梦之旅。初抵深圳的陈楚生，在各个酒吧驻唱，像根据地、本色，还有物质生活。他人很安静，歌声干净，需要静下心来聆听，适合在书吧那样的环境中唱。那些年，大家在书吧听了他很多的忧郁歌声。2007 年，他凭借"快乐男声"年度冠军战绩出道。2018 年推出的全新 LIVE 专辑《七分之一的理想》，既是他十年音乐历程的总结，更是未来音乐道路的开始。他快递来物质生活的，是一张当年在书吧演出的旧照，和这张最新专辑。

　　墨菲是在书吧出道的另一位传奇歌手。2001 — 2007 年，这位喜爱音乐的湘西土家族妹子晚上会在物质生活驻唱，演唱完了她喜欢留下来跟大家一起聊天、喝酒，那时没有人会想到这个有几分野性的漂亮歌手，后来会成为汇丰全球资产管理董事，再后来甚至敢抛去这一令人艳羡的高薪厚职去做一个私人投资者（Private Investor）。她承认，"书吧真的改变我的一生"，"没有书吧，就没有我的今天"。一切或许是因为她在书吧遇见了诺贝尔经济学奖得主蒙代尔，得其推荐顺利入读纽约哥伦比亚大学，但似乎又没有那么简单。通过微信联系上她时，身处纽约的墨菲花了两天时间，远程"遥控"在湖南的哥哥和伦敦的阿姨，总算找出当年在书吧驻唱期间几首有代表性的手写歌谱参展：《那些花儿》《被遗忘的时光》《后来》……光看歌名就足以勾起当年回忆。"是谁在敲打我窗，是谁在撩动琴弦；记忆中那欢乐的情景，慢慢地浮现在我的脑海。"发完这些歌谱，她开始打包，准备下午飞回欧洲。对她来说，做这一切似乎是一种责任。她推荐的一本书居然是《政治秩序的起源》，"这本书是我这几年的最爱。那天我看任正非在公司内部的发言，一看就觉得他肯定看过福山的书……"小妮子士别三日已当刮目相看，这不正是深圳的魅力所在？

展览中，最多人驻足打量的是前物质生活书吧出纳朱琴送来的展品：公仔＋杯子＋手稿。当年的书吧收银员用一笔娟秀的字写下她因与物质生活交集而改变人生轨道的浪漫故事：2001 年，这位刚到深圳打拼的年轻人经朋友引荐，来到书吧工作，"新的业态、新的环境"对她来说充满了"各种新奇"。在物质生活，她"遇到了自己的另一半，相爱、结婚、生子，有了一个温馨的家庭"。展出的公仔正是她与当年书吧经理的孩子的玩具，而杯子是她工作时的常用物件。"书吧 18 岁了，就像个妙龄少女，婀娜多姿又深藏底蕴，在我的生活里扮演着不可磨灭的角色。"普通人的人生际遇和美好记忆，就这样被这家书店隆而重之地收纳。

作家、纪录片制作人邓康延的经历或可视为早年出没于书吧的本地文化人代表。他送来的展品包括载有晓昱《开店日记》的《凤凰周刊》杂志，以及由杂志主编转向纪录片创作者后的代表作《先生》《民间》等 DVD 和部分出版物。

"2000 年 6 月，《凤凰周刊》创刊。9 月，刊发了记者跟踪拍摄晓昱创业过程的《开店日记》。"这位煽情风格的文案高手早年甚至给晓昱的节目《心夜航班》写过版头：

当世界上所有的机场已经关闭

有一趟航班仍为你飞行

寒冷的星星不再忧伤

寂寞的往事期待黎明

在万古千秋不可重复的今夜里

心灵相逢

一瞬也是永恒

在他的一纸手书中，记录的其实是一代深圳文化人不断寻求自我突破的生命轨迹，背后何尝没有折射出一座城市文化追求的衍变过程。

2008 年，我辞去《凤凰周刊》主编之职，转赴深圳越众影视，专拍纪录片。从《寻找少校》《深圳民间记忆》开始，拍摄了 200 多集《深圳民间》《文武民国》《文化春秋》等类型纪录片，并衍生出相关书籍和展览。最近播放的有"名媛"系列，待出版的有《歌词独白》等书。18 年，一个姑娘已丰满，而我们老去，那就竭力留下点文字与影像。

邓康延坦言，在这样一个物质生活的时代做一种精神生活的坚守实际上有着我们每一个人未必知道的艰辛。但正是因为有了这样一家店,让我们许多的朋友在这里有了一个"心灵的齐聚之所"。

对于这位"见证我在深圳的成长"的大哥,晓昱有过一段贴切又抵死的描述:

> 他是那个恋旧的人,喜欢老诗老歌老照片老课本老酒老友;他是那个对这片土地饱含深情的赤子,汉字是他的祖国,唐诗宋词是他的故乡;他是那个三观不合就怒拍桌子,说到动情处潜然泪下,喝到酒酣处扯起秦腔,"常常感动"的侠骨柔情的男儿;他是那个热爱自由,不断失望又不断希望,一直在路上,永远热泪盈眶的少年……

而"老少年"在展览开幕那天又送上一副对联:

> 几杯物质千百卷,把盏流年似水
> 一种生活十八岁,蓦然众里逢伊

时年 68 岁的媒体人邱立本提交的展品是我专程赶到他在香港柴湾的杂志编辑部取后亲手送交到物质生活的。老邱最早到书吧的可考记录,为他 2001 年 7 月 7 日在留言本上的题辞:

> 只有好的物质生活,才有精彩的上层建筑。

自 2002 年开始,物质生活书吧销售榜长期刊于《亚洲周刊》,作为华人世界精神生活的指标性数据。老邱的展品包括《亚洲周刊》2011 年合订本,以及一张他的名片。背后的故事则是:2011 年深圳举办世界大学生运动会前夕，曾发生大量招牌清拆事件，殃及著名设计师韩家英设计的物质生活店招，时《亚洲周刊》仗义执言，直言应保护城市的多样性和丰富度。至于名片，老邱自 1993 年出任《亚洲周刊》总编辑至今，可能是华文世界任期最长的杂志主编。未免偶尔会自嘲三十年一贯制的波澜不惊，多年来他与在物质生活书吧结识的一批深圳文化人多有来往，屡屡谈起的一个感受是：每个人都有长足的进步、快速地成长！

他在《亚洲周刊》的信笺上写下：

永远忘不了在物质生活书吧的激情，对未来美好生活的追求。

物质生活不只是深圳的一个签名，也是全球华人的一个签名。"我觉得其实它是一个全球华人或者中华民族的精神家园，它不只是一个书店，也是一个解放思想、解放创意的地方。物质生活是见证创意焕发的地方，希望我们回首过去的同时，未来可以更多地发挥我们的力量。"

欧宁的参展作品更像是物质生活的前传。

20 世纪 90 年代初，刚刚从深圳大学毕业的欧宁，兴趣从诗歌转向摇滚乐。当时深圳开始出现涅槃等酒吧，他投身其中，组织各种音乐会并出版独立音乐杂志，从《荷里活通讯》《新群众》到 Q-Zine，都邀请当时的年轻平面设计师设计，成为深圳早期另类文化活动的重要推手。二十多年过去，他早与夜生活绝缘，更曾离开京城到皖南碧山村定居并从事乡村建设活动，没想到多年前这些小众活动被策展人和评论家陈伯康挖掘出来。2018 年德国维特拉设计博物馆出版的《夜晚的 —— 热度：1960 年代至今的俱乐部文化设计》一书收录了陈伯康对港深两地 1978 至 1997 年间非主流文化的"考古"报告。作为当事人之一的欧宁，除了 2009 年因出任第三届城市建筑双城双年展总策展人短暂回归深圳之外，早已离开深圳，也离开了音乐圈，成为纪录片作者、策展人和全球乌托邦运动研究者。

值得一提的是，2011 年 4 月 10 日，担任新锐文学刊物《天南》主编的欧宁曾在物质生活举办过一场主题为"亚细亚故乡：文学在行动"的讲座，不但接续起他与深圳的缘分，也是书吧多年推介先锋文学传统的一个重要节点。

还有中山大学法学院大三学生杨榕榕的展品，这是一家书店如何滋养一代人的青春与成长的故事。对于物质生活周边学校的那些学生来说，"书吧原来是这样的存在啊"！

在中山大学校园风光明信片的背面，杨榕榕这样写道：

从 2004 年到 2013 年，百花片区承载了我的一大段青春，实验学校承载了我的自信和理想，而物质生活代表的是我童年与少年最朴实的回忆。每天下午四点整，路过百花二路，舒适的白色镂空椅和香喷喷的咖啡对我而言，永远是新鲜的、令人着迷的。安静地听着小音箱的歌，读着最喜欢的小说，这间书屋将我热闹的青春寻了一块最安静的地方。是它告诉我，我也可以拥有更淳厚的生活。

他给书吧寄来中学、大学不同时期的照片各一张，彰显时光荏苒的同时，亦向生命中的成长驿站致敬。

我从"壹拾捌——时代下的物质生活"展中攫取的最后一个故事是关于独立艺术家、策展人沈丕基的。他的展品有趣且富启示：一把吉他，一把中阮。

在沈丕基的"故事新编"中，他用毛笔这样写道：

十八年前我用吉他玩摇滚朋克，十八年后我找到它一千八百年前的鼻祖，"竹林七贤"阮氏的"阮"，以及他们创造的精神。都很好玩！

生于闽南，1988 年毕业于厦门工艺美术学院漆画专业的沈丕基，是国内最早从摇滚乐与实验声音介入现代视觉的艺术家。他从 1993 年起在深圳生活与创作，是深圳 20 世纪 90 年代至今先锋音乐和当代艺术的代表人物之一。1997 年组建地下摇滚乐队"向日葵"任主唱与主音吉他，又为国内各知名娱乐场所空间做设计。后转入对纯粹声音乃至先锋视觉艺术的创作与实践，成为古琴广陵派第十三代传人。从创作初期深受西方思潮影响，到后来寻求与东方禅宗精神相融合，探寻自己的艺术语言。又试图通过理解道家思想和哲学，转入对人与社会、生命与自然的思考，以艺术行动的交互为介质，切换成当代艺术的表现。沈丕基的艺术实验之路一波三折，好在"都很好玩"。

展览开幕那天，以沈丕基的一席斫琴实验音乐开场，举座皆惊。

展览如同时代切片。每个人都是一个时代，每个人的物质和生活，就像一条条小溪流，汇合在一起，构成时代的大江大海。林林总总的物品和故事，刻录下匆匆而去的时间痕迹，讲述着拥有者的来和去，连接参展人真实生活空间和精神世界的同时，串联起个人与书吧的记忆。这些记忆穿越时空汇集于此，产生情感的大交汇，进而唤起一段城市的集体记忆……

2019 年 5 月 17 日，展览在物质生活书吧举办近五个月后，梅开二度，在蛇口 G&G 创意社区落地，展期两个月。逐渐增多到 100 多位的受邀参展人，以各自笔迹中蕴涵的记忆、故事以及饱含时间温度的物件，讲述了一个时代的悲欢离合，一代人的起起落落，并在福田和蛇口，开启两个社区的对话，一起向美好生活提案。

那天下午，以前的报社同事、创业后做了短视频制作平台"我在"的颜石泉派出了一支精干的拍摄团队一直在现场跟拍。他们制作的长达六分多钟的视频后来一直在物质生活循环播放，成为书吧内容的有机组成部分。年轻的编导姚鹏程带了两个摄像打仗一般地连续作战，给蒋志、明洁、钟二毛、梁二平、沈丕基、王绍培、邓康延等现场嘉宾忙中偷闲做了视频口述。

"很遗憾没有早点遇见它，但却庆幸在书吧 18 周年之际参与了一代人的集体回忆。关于那些人追逐梦想的故事，关于他们与书吧的故事，关于他们在这个城市成长的故事……说实话，作为旁观者我很感动。"姚鹏程甚至觉得，书吧之所以选择在 18 周年之际重装返场，"也许是在告诉像我这样的新深圳人：别怕，你在这座城市跌撞寻梦的过程中，我会见证你、陪伴你。"

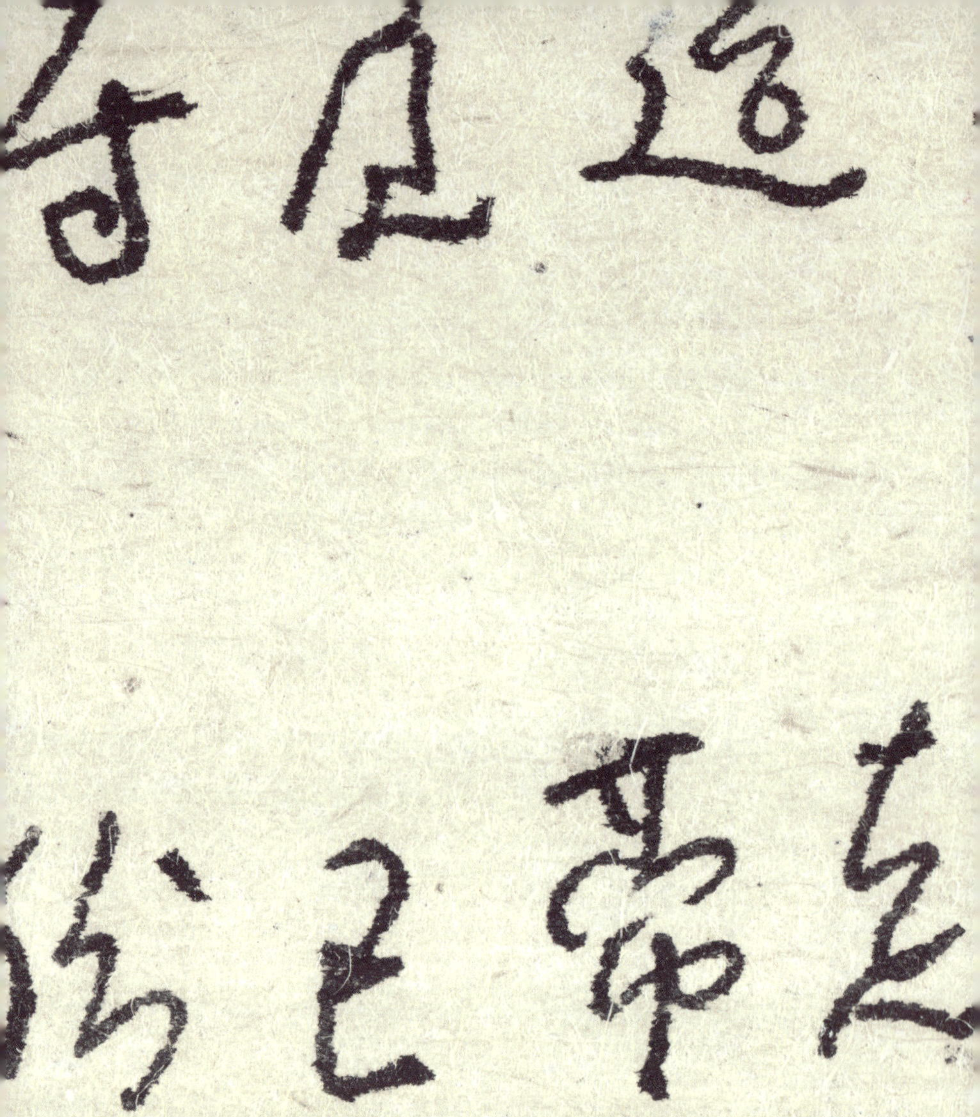

本页字迹来源于书吧 2004-2010留言本

第七章 海的光阴

这是一场以大海的名义举行的诗歌分享会。

在 2018 年的最后一夜，大约 80 位读者从四面八方赶到物质生活书吧，参加 2018 年书吧的最后一场，也是 2019 年的第一场活动。书吧蓝色大厅挤满了莫名兴奋的听众，还有数十人"外溢"在店内外围观，成为这个三岔路口当晚的独特景观。

在这个寒气逼人而又暖意融融的跨年夜，诗人王寅、黄灿然、梁晓明、蓝蓝，还有创作人黑一烊兴致勃勃地聊起个人的海洋体验、对大海的情感。

蓝蓝回忆起小时候全家从山东烟台迁徙到河南之后，有一年她回烟台看姥姥，"坐绿皮火车，火车过了蓝村，到龙口的时候，车窗外吹来潮湿的、带着海腥味的风，我就突然眼泪淹满了眼眶。那个时候我才觉得自己原来对海有那么深的感情。"

2018 年 9 月的雅典国际诗歌节之行，蓝蓝专门去了西方文学中著名的伊萨卡岛。"岛不大，满山遍野都是散养的羊，羊脖子上挂着大大的铜铃，晚上走过，到处都是当啷当啷羊铃铛的声音。镇上有三尊青铜塑像，分别是荷马、奥德修斯的妻子珀涅罗珀以及戴着帽子的奥德修斯。德国有个哲学家说：返乡就是双重的告别。读过荷马史诗的人都知道，奥德修斯的返乡之路走了 20 多年，回到故乡后，很快他就又离开了，真正守护他的故乡的其实是珀涅罗珀，一位女性。所以我觉得作为女性，我或许更应该守在海边的某个地方，我和海洋的关系可能就是海鸟和大海的关系，从哪里起飞，也可能在哪里着陆。"

说到跟大海之间的关系，生在上海、长在杭州的先锋诗歌代表诗人梁晓明却道："我觉得自己就是不断发现大海不同颜色的一个感动者或者说惊讶者。"

诗人、翻译家黄灿然有着非常日常化的海洋体验："除了在福建山村的 15 年，广州的 4 年，剩下差不多 35 年我都是生活工作在离海不远的地方，很多是离海不过 10~15 分钟步程的环境里。"黄灿然出生在泉州，15 岁移居香港，写过各种各样的关于海洋的诗歌。2014 年他搬到深圳，"住在（小梅沙）海边的一个山村里，叫洞背村，山下就是海滩，大概走半个小时，来回正好一个小时。我们经常下山买菜，刚好就完成了一天的运动量。有时候我们会先到海边逛一下，再去买菜。"

多年《大公报》国际新闻翻译的职业生涯，令其生活日夜颠倒。"我经常加班到凌晨一两点回家，然后继续工作到五六点，这时往往就爬山去。"他的住处附近有一个郊野公园，黄灿然经常爬到山顶看日出。"这个场面每天看到，一直想写，但要写成一首真正的诗是非常之困难的，最后写出来的时候，它经不是风景，（里面）谈到了理念、谈到了家庭的危机、父母的衰老、已经过世的朋友……背后都是很多的生活、很多的经历。"

这就是他的名篇《致大海》：

> ……
> 就像此刻我在这山上，解除了
> 重负和烦恼，忘记了忧虑，
> 灵魂与视点合一，眺望水平线上
> 一条孤独作业的渔船，一片波光，
> 和波光里先是浸染于你
> 继而冉冉脱离你的
> 一轮红日。

现场读者的反应令人感动。有喜欢诗歌的普通夫妻，一口气背完王勃《滕王阁序》的文艺青年，还有专程从香港赶来、学哲学的大学生……这位不知名的女生对在场诗人的作品熟悉程度令人惊讶，黄灿然的《静水深流》、梁晓明的《个人》、蓝蓝的《给姥姥》……都是她和朋友们的喜爱之作。她感性地说，其实今晚现场的诗人哪怕不说话，静静地坐在那里，都让人觉得非常感动。在她的加拿大留学岁月中，现场诗人的作品曾让身处异国他乡的她感受到"遥远的安慰"，让她"觉得中文依然是可以随时触碰的语言，而且这种语言在他们笔下变得那么美"。最后她朗诵起王寅的名作《朗诵》，不是因为偏爱，也不是因为这首诗在很多场合是诗人读给读者的作品，而是因为这位秀气娴静的女生想借此说一声：

　　谢谢你们
　　谢谢你们冬天仍然爱我们读者

当晚兼做活动主持的王寅不由得感叹：好的文学作品，为什么我们一直在读它？不是因为它有多么漂亮的辞藻，多么高深的技巧，而是因为里面有情感，才会有一代一代的读者相伴而行。

以"海的光阴"诗歌分享会拉开重装返场后的物质生活书吧系列活动大幕，冥冥之中说明了这家独立书店血液里的海洋基因，或许还有浪漫和文艺。巧的是，这场活动正好是由物质生活与中国杯帆船赛联合主办。

很多人不知道，物质生活书吧是亚太地区规模最大的统一级别大帆船赛事中国杯帆船赛的孕育地，而引发创办中国杯灵感的民间洲际远航壮举"纵横四海"也是从书吧开始酝酿、起步的。细心的读者从物质生活举办的一系列活动中或许已经发现若干端倪，仅在 2019 年一年，物质生活举办的跟航海或者海洋生活方式相关的活动之多，在深圳的公共文化空间或许也是凤毛麟角。要知道，深圳的城市发展目标之一就是建设全球海洋中心城市。

1 月中旬介绍"以精美陶瓷餐具、外销画、文献及早期航海用具交织成的历史画卷"的"花旗飘洋——1784 至 1900 年远航来华的美国商人"展，自不必说与航海史有关。5 月底，一场"斜杠爸爸们为何要带娃'下海'"的活动，则为当月举行的"物质小生活"系列收尾。书吧和协办的中国杯旗下"赛领"机构邀请两位斜杠爸爸——16 岁女娃的父亲吴家麒和 7 岁男孩的爸爸白小刺（沈晓鸣），为社区家长上了一堂生动而富启发的海洋通识课，分享他们带娃"下海"的渊源与趣事之余，也帮助有兴趣利用就近资源，希望让孩子的成长与海洋发生关系的家长们补上家庭教育中海上运动、海洋知识这一短板。

吴家麒曾有过十多年的国际船员经历，通过参加中国杯，他很快爱上了帆船运动。他从女儿和儿子的名字中各取一字命名自己拥有的"彤然号"。2018 年吴家麒率领"彤然号"参加了老牌的劳力士中国海帆船赛，成为首支参加该赛事的内地船籍赛队。

纪实摄影师白小刺则用艺术的形式、生态保护的理念，在孩子心中埋下亲近海洋的种子。作为深圳最早的民间珊瑚保育组织"潜爱大鹏"的发起人之一，白小刺与志愿者们致力于在海底种植珊瑚礁以修补被破坏的海洋平衡。他把海洋作为孩子通识教育的抓手、百科全书的天然入口，实践着其将海洋知识融入成长教育的理念。

在中国航海日（7 月 11 日）当晚，一场名为"帆随影动"，将持续半个月的航海影展在物质生活书吧正式拉开帷幕。在这一令书吧读者深深感受到航海运动带来的力与美、勇气与情谊的展览上，帆船摄影达人王波与好莱坞华人女导演管曦各自甄选了近四年所拍摄的国内外上百场赛事精华，从深圳到霍巴特，从中国海到南大西洋……他俩还向观众娓娓道来镜头背后那些扣人心弦的故事。而帆友们在互动区交流各自带来的珍贵帆船图册和书籍，并竞相与两位嘉宾探讨如何留住航海运动的刹那魅力。

两位参展嘉宾的影像作品风格迥异。管曦导演将更多电影元素融入作品，让每一幅画面呈现动态，好像下一秒就是电影开场。而赛领首席摄影师王波追求更多帆船细节，擅于捕捉赛事中的精彩瞬间和惊险画面。

管曦在叙利亚战区拍摄电影后遭受战后应激创伤，尝试通过帆船运动纾解压力的她，讲述了在 Sail GP 比赛中作为随船记者参加安全培训，在高强度运动后被突然扔下海等一系列意外测试。航海带给管曦的是全新的生活方式，让她找到记录生活的新灵感来源。

王波则介绍了第一次夜航的奇妙感受、与东风队的奇特缘分，以及随队参加克利伯环球帆船赛中穿越南大西洋的艰辛过程和媒体船员的船上日常生活。令他印象深刻，也让听众震撼的是，悉尼霍巴特帆船赛上因球帆缠绕前支索令船队陷入险境的可怕遭遇，一度考虑退赛的船员最终决定同舟共济、渡过难关的精神感动了在场每一个人。

海上的未知危险是帆船选手在每一个下一秒都可能面对的，王波的感悟是，遇见不可控的危险要学会后退。团结协作之外，冷静判断是每一位帆船选手必备的素质。经历过大大小小的风浪，航海带给王波最大的收获便是这群患难与共的朋友，"跟最好的朋友跑最艰苦的比赛，拍一辈子的照片"，这是每个航海人倍感共鸣的感受。

两位时代的航海记录者义无反顾地奔向海洋，既揭开了帆船运动不为人知的另一面，也令观众透过他们的镜头，看到激烈奇幻的航海世界。他们不同的经历和故事，展示出苦中有乐、勾人魂魄的航海生活独有的魅力。航海，不仅仅是一项运动，更是一种生活方式、生活宣言和生活主张。或许，在"帆随影动"展中，读者感受到的不只是近在咫尺的海洋气息，还有阳光、勇气、智慧和生死情谊！

8月下旬，"中国女子帆船环球第一人"宋坤带着她写了五年的新书《不为彼岸只为海》，来到物质生活书吧与帆船运动爱好者们分享她随"青岛号"，在克利伯环球帆船赛的 315 个日日夜夜中所经历的疲累、孤独甚至绝望，以及在这过程中收获的友谊和梦幻般美好的海上漂流经历。

克利伯环球帆船赛是世界范围内规模最大、距离最长的业余帆船赛，也是世上最艰苦、最考验耐力的航海赛事之一。2013年，刚结束了一段感情、似乎陷入了人生低谷的宋坤31岁，渴望改变自己的人生。那个时候，她玩船玩到第七年，被称为中国帆船赛现场主持第一人。这位英文流利、喜欢健身的青岛姑娘，下决心完成一场属于她的人生逆袭。近11个月之后的2014年7月12日，完成航程4万多海里绕地球一周壮举的宋坤带着一身黝黑的皮肤回到伦敦圣凯瑟琳码头，克利伯环球赛创始人罗宾·诺克斯·约翰斯顿爵士盛赞：

你可以在自己的人生中做出比你想象的多得多的事情。宋坤就是这么做的。我为她感到骄傲，并为成为她的朋友而感到自豪。

而宋坤在书中这么写道："在为热爱而追寻的路上，我们常常忘了初心，被人性里的骄傲、怀疑和挫折打败，但在无尽的大海里，每一英尺的距离都将提醒你，残酷会不期然地降临，唯有坚守初心，才能获得真实的你想要寻找的那个重生的自我。"

宋坤对中国杯并不陌生，可以说她是中国杯的常客，只不过以前是作为赛事现场解说，后来更多地作为中国女性航海史上的传奇来到赛事村参与推广帆船运动，她也会偷闲上船参赛解下馋，而这次则是以作者的身份，带着她特殊的航海故事来到物质生活书吧。正如她自己所说，虽然听起来很不可思议，但这就是一个关于成长、关于如何获得勇气的故事。"我只想做一个讲故事的人，如果我的故事能给你力量，那就更好不过了。"

在宋坤眼里，作为国内最早一批发展起来的国际大帆船赛，中国杯帆船赛的开拓精神功不可没。今天的中国杯帆船赛早已超越了一场赛事本身的价值，成为中国航海人与国际帆船界进行平等交流的一个大平台。"相信中国杯也会成为像悉尼－霍巴特和法斯特耐特一样具有影响力，令国人为之骄傲的百年赛事。"

有读者问这位曾经教过五年小帆船的美女教练，航海到底能带给孩子们什么？宋坤不假思索地回答："非常非常多的东西，学会勇敢、学会坚强、学会独立，还能极大提升专注力，最重要的是，学会思考。"她举例说，就像我们要驶向一个目标，可能需要走不同的 Z 字形路线，虽然最终都能抵达终点，但你必须尽快找出那条距离最短、用时最少的路线，"久而久之，孩子们就具备了在观察、收集情报、分析的基础上做出独立判断的能力"。而且，航海涉及的岂止技术细节，还有心理学、人际沟通学、哲学、地理学、历史学……"太博大精深了，你只有在航海过程中去感受、学习、掌握并熟练运用。"

说起来，物质生活书吧的气质从来不是只有文艺的一面。世纪之交，正是深圳户外运动开展得如火如荼的年代。王石、十一郎、张梁等一批著名山友当年都是书吧的常客。记得有一年的圣诞派对上，十一郎背着半人高的行囊直接从机场杀到书吧，加入狂欢的人群。大概从 2003 年开始，常来书吧的朋友中因为有的是浪骑游艇会的会员，便时常招呼大家去大鹏半岛穿越或者坐船到大甲岛烧烤、游泳、露营，有时大家也会挤在游艇会的几个房间——最多的一次我记得一个房间挤了八个人，玩自驾摩托艇、坐帆船出海或者就是登上渔船，包下那次出航的渔获作为晚餐……而每次出发去大鹏的集合点往往就是物质生活书吧。

在 2004 年 8 月的一份《周末画报》上，我找到了任丽写的一篇晓昱专访《最物质的生活，最自由的灵魂》，其中写道：

> 最近晓昱最热衷的则是跟朋友一起出海玩帆船，放眼天高海阔，或许那乘风破浪的感觉，正与她内心的自由意念相合。

那个年代，深圳玩帆船的人并不多，岂止不多，简直屈指可数。所以也许读到这个部分的人会觉得是不是太装了一点？殊不知，这个时候离传奇的诞生已经很近了。

玩船的一帮人中，有几个玩上了瘾的合资数百万港元在法国 Nautitech 船厂定制了一艘长 40 英尺（1 英尺 =0.3048 米）的双体帆船，命名为"骑士号"，又突发奇想要做环球航行把她开回来。那个时候，他们远洋驾驭帆船的经验几乎为零。但驾驶着自己的船，绕上半个地球，在无垠的大海上劈波斩浪，经过漫长的海上漂泊回家……这样的画面太浪漫太刺激，于是他们干脆给这个疯狂的想法冠以一个浪漫称号，叫作"纵横四海"。

交船的日子很快到了。

2005 年 1 月 31 日，洲际帆船航海活动首批人员从深圳出发，经由香港前往法国，于当地时间 2 月 1 日清晨抵达巴黎。

几乎没有多停留，2 月 2 日上午 10 点，队伍离开巴黎，沿 A10 号高速公路驶向法国西南部波尔多方向，前往交船地，当然也是远航活动的出发地——距巴黎 600 多公里的海滨城市拉罗谢尔（La Rochelle）。

拉罗谢尔就这样跟万里之遥的海滨城市深圳，跟中国首个国际大帆船赛事扯上了关系，那里是中国杯的灵感起点和精神源头。

濒临大西洋的小城拉罗谢尔仅约 8 万人口，自 13 世纪起，便是法国的知名港口，渔市、帆船运动及观光使它成为大西洋沿岸观光航线中的一站。拉罗谢尔四个港口中最大的 Les Minimes 港每年都会举办盛大的 Pavois 船舶展。Trawler 港则在 1998 年作为怀特布莱德杯环球帆船赛的中途停靠点，是该赛事在欧陆的首个停靠点。2002 年，这里再度承办了沃尔沃帆船赛（即之前的怀特布莱德杯帆船赛）。此外，拉罗谢尔还有欧洲最大的游船港口，两万余艘大小游船长期停泊于此，各种豪华帆船的桅杆竖立于蓝天碧海之间，煞是壮观。

拉罗谢尔向来自深圳的帆船爱好者们打开了一扇窗户，对于这些十多年前闯荡深圳，在各自的领域里打拼出骄人业绩的弄潮儿来说，他们不但看到了一种新的生活方式，还很快看到了商机。

一位因父病不得不退出的远航活动成员，在他的日记里留下了当时的现场记录：

终于，我们看到了谈论已久的"骑士号"！

船从造船厂出来还没有下过水，停在码头的空地上，龙骨被高高地架起，仿佛真的是个骑士。印象中，总觉得骑士号的样子似曾相识，仔细想来，它的照片已经被我们看过两三个月了……

将近四点，突然间接到通知，马上赶往码头。十分钟后，我们在码头看见，骑士号已经被一架龙门吊车高高吊起，准备试水了！！！

我们一行人和一名船厂负责人被闻讯赶来采访的德国女记者要求站在船头，记者特地拍了张照。也许，对她来说，中国人第一次在欧洲最大的游船制造地购买帆船是一个新闻，但我知道，在国内，玩帆船早已不是新闻了。一种新的生活方式正在中国悄然展开。

半个多月后，各项准备工作就绪。

2005 年 2 月 21 日，"骑士号"启航于拉罗谢尔港。"骑士号"的名字灵感来自《堂吉诃德》，代表着梦想和冒险。

骑士们跨越烟波浩渺的三大洋，穿过海盗出没的马六甲海峡，跨越惊涛骇浪的直布罗陀海峡，经历了地中海的警察盘查，领略了克利特岛的希腊风情，经受了红海的酷热和沙尘暴，体验了印度洋上一夜惊魂，历经六个多月的台风、暴雨、风浪、酷热考验，航行一万一千海里后，终于在 2005 年 8

月 20 日顺利抵达深圳南澳的浪骑游艇会，完成了中国民间首次帆船洲际远航，于不经意间在中国当代航海史上写下了光彩的一笔。

"骑士号"启航时船上是七位成员，包括途中轮换的水手，参与者不下十人，除了个别职业水手，这些"梦想家"大多是商人，也有记者、艺术家，他们用自己的壮举证明了一个平凡的真理：超越就在身边。

2005 年"骑士号"横跨大半个地球的远航被认为是深圳帆船运动的启蒙事件。中国帆船帆板协会资深顾问谢柏毅说："作为一次民间洲际航海旅行，同时也是中国首次洲际航海活动，'纵横四海'代表的意义已不仅仅是几个帆船发烧友的个人经历，而是中国再次把视线投向海洋的一个信号。"一直关注此事的现任世界帆联主席李全海说："我们更看重的是这些企业精英亲身参与到这样一种对中国人而言是全新的运动之中，这就把帆船运动带到了一个全新领域。""纵横四海"回到深圳后，"骑士们"对航海越来越高的热情直接"点燃"了中国杯的启动。无数次头脑风暴都是在物质生活书吧进行，从筹备报告的起草、宣传册的设计到组织架构的建立，终于在2006 年深秋经国家体育总局和国家体育总局水上运动管理中心批准，确定由中国帆船帆板运动协会及深圳第 26 届世界大学生夏季运动会组委会执行局联合举办中国杯帆船赛，深圳市体育局和深圳市纵横四海商务咨询有限公司承办。

中国杯帆船赛是一群深圳人异想天开的结果，这是超有个性的经济学者张五常的感叹。这位放荡不羁的新制度经济学代表人物放言，假若世界完全开放，一片混战，胜利者必定是中国人。"深圳一群年轻人要搞帆船赛的中国杯，与世界赌一把，精彩过瘾，算是我想法的一个注脚吧。"

时至今日，"纵横四海"的传奇与中国杯帆船赛之间的渊源，已经成了这个刚到不惑之年的移民城市里不少怀揣梦想的年轻人耳熟能详的故事。从浊浪滔天的洲际远航开始，到当年年底赶到普吉岛参加第 19 届泰王杯帆船赛，再到 2007 年集合数位民间投资人创办"国字号"的中国杯帆船赛，这个"三级跳"带着航海人特有的喜欢挑战、冒险的色彩，也与号称"冒险家乐园"的深圳城市气质有着天然的吻合。听上去像是天方夜谭的想法在 14 年之后的今天已经取得了超乎预料的成功。我在这本以物质生活书吧为主角的编年史中不想过多地渲染中国杯的意义和成功，只想说，物质生活书吧，正是梦开始的地方。她赋予了这场延续 14 年的大梦更多的文化气息、艺术氛围，反过来，中国杯也给物质生活注入了更多的传奇色彩、雄性激素。有时候我会想，对晓昱来说，中国杯或者说航海文化的推广，其实就是一个放大了很多很多倍的物质生活，所以赛场之外，你会看到中国杯丰富的余兴节目，包括蓝色盛典、赛后派对、颁奖晚会、航海论坛、旅游推广、公益活动、艺术空间、帆船摄影展、沙滩音乐节、时装秀、赛事村创意市集、青少年航海课堂等在内的诸多活动，力求吸引更多的潜在人群关注中国杯。

作为当年的物质生活如海绵般吸收并力推航海文化知识的明证，我必须在这里简要地回述 2005 年 5 月 28 日在书吧进行的一场少见的讲座——大名鼎鼎的英国作家孟席斯携中文简体版新书《1421：中国发现世界》来到物质生活与读者进行面对面交流。这既是物质生活书吧系列沙龙的第十五讲，也是这一系列讲座迎来的第一位外国学者和作家。

加文·孟席斯（Gavin Menzies）是世界最先提出"中国人发现美洲并率先环游世界"的人，他的作品《1421：中国发现世界》因揭示 600 年前一段中国人惊天动地的故事，一经问世就在世界引起轰动，也不乏争议。

1937 年生于伦敦的孟席斯，出生几个月后被父母带到中国威海卫，由一位中国"阿妈"（保姆）带大。几年后，战争迫使孟席斯全家迁回英国，阿妈也跟着到了伦敦，孟席斯小时候甚至会说普通话。1953 年孟席斯加入英国皇家海军，此后一直在海军服役，曾任战略核潜艇舰长，执行过战略核威慑任务。服役期间，他曾率舰沿着哥伦布、迪亚斯、达·伽马的航线行遍世界，退役后，曾多次走访中国等亚洲各国。从 1990 年起，他专注于明代航海家郑和的调查研究。

在书中，孟席斯这样写道："哥伦布当年（1492 年）说服西班牙国王支持他远航时，是拿着航海图去游说的，那么，这航海图从何而来？我想，当时唯一有条件绘制它的，就是中国的郑和了。"经过长达 15 年的研究考证，孟席斯大胆否定历史定论，提出郑和船队比哥伦布发现新大陆早 70 年，比麦哲伦环球航行早 100 年，比库克船长发现澳洲与南极洲早 350 年，并且比欧洲人解决测量经度问题早 300 年。

《1421：中国发现世界》一经面世，便引来大量恶评，不少书评人直接将之称为"历史小说"，不过孟席斯颇为淡定，他知道这一惊天结论会对西方学术界构成巨大打击，遭受攻击可想而知。让他高兴的是，作品推出两年多，已被译成 28 种语言，在 65 个国家和地区销售了上百万册。在这本书的网站上，每天有 1000 多名访问者，加起来已收到 10 多万封电邮。还有很多读者登门讨论。"他们对某些细节有不同看法，但他们中 99% 的人整体上接受我的观点。那些反对我的观点的历史学家，很多是档案学家，总在对照档案下判断，他们没有航海经验，也不太了解天文、地理等。"他不以为然道。

讲座后，有当地媒体采访了明史研究专家毛佩琦。毛佩琦坦承，国内学界对孟席斯的观点持非常谨慎的态度，基本不予认可，是因为孟席斯没有提供可靠的证据，更多的是推测，而且"虚骄自大"没有意义。但是他认为，这本书的意义在于让更多的人关注到郑和下西洋这段历史，进而萌发学习和进一步了解的兴趣，因为"就算郑和没有实现所谓的首次环球航海，也丝毫不能影响明朝在世界航海史上不可动摇的地位"，郑和船队远远伟大于哥伦布船队的地方在于，他们带给世界的是和平、和谐，而非侵略。

有意思的是，呼应孟席斯观点的是一位身在美国的华裔化学家李兆良，他在《坤舆万国全图解密：明代测绘世界》一书中明确表示，世界地理大发现始于郑和时代，明代中国人测绘的第一份世界地图《坤舆万国全图》，它的真正成图时代似乎在 1420—1440 年左右，不超过 1460 年。明代人能绘制世界地图，必然曾经环球航行……绝对有理由相信郑和船队有能力可以做环球航行。李兆良更针对中国人发现美洲"苦无证据"的说法表示，当时西方的世界地图均不同程度抄自郑和时代遗留在外的中国资料或地图蓝本……现在辩护席该换个位置了。西方应该提出文献证据解释为何西方地图的地理与地名先于地理发现，否则，现有的"经典"学说应该按照现有资料文献更正。

而内地学者刘钢则在《利玛窦世界地图中的秘密》中隐晦地提出，落后的并不是我们的祖先，而是我们对中国古代文明的理解和研究。

孟席斯此后的研究兴趣转向另一个重要的年份：1434。几年后他推出的另一本著作《1434：一支庞大的中国舰队抵达意大利并点燃文艺复兴之火》抛出了更具爆炸性的观点。孟席斯认为，在 1434 这一年，东方文明的代表在西方现代文明的发祥地佛罗伦萨与罗马教会进行了正式的外交接触。这些代表就是经开罗进入地中海的郑和船队（郑和已于 1433 年死于印度）。

"中国人的种子落在了一块非常肥沃的土壤。"他在书中写道，直到今天，西方人一直强调文艺复兴是传统欧洲的古希腊和古罗马文明的再生，中国人的影响一直被忽视了。古希腊和古罗马的确相当重要，但中国智识是点亮欧洲文艺复兴的火种。

在他的描述中，当时郑和船队中的一支来到意大利，携带的宝物包括《永乐大典》，中间有一本书特别重要，那就是集中国古代发明之大成的《农书》。说是农书，其实内容远不止于耕作、水利等农事，还包括印刷、机械、运输、航运、军事等诸多方面的发明创造。他的结论是：凭借（郑和）船队带来的地图，欧洲人最终"发现"了美洲新大陆；数学家保罗·达尔·波佐·托斯卡内利，后来的达·芬奇、伽利略等意大利文艺复兴巨子们大量模仿、甚至抄袭中国人，在 1434 年之后突然"创造"了大量影响世界文明进程的发明。这些发明迅速传遍整个欧洲，为第一次工业革命提供了坚实的基础。

你看，通过物质生活书吧，一项运动（帆船）、一个赛事（中国杯）和一种文化（航海）奇妙地结合在了一起。

本页字迹来源于书吧 2002-2012留言本

"什么是支教？支教的意义又在哪里？"

2019年8月8日晚七点，当13岁的深圳贝赛斯国际学校七年级学生Jefray在物质生活书吧，一本正经地以这样的问题展开他为期一周的支教心得分享时，在通常都是大人们分享、讨论的"地盘"，坐得满满当当的观众既忍俊不禁，又陷入沉思。

这是当年5月通过物质生活微信公众号发起招募、6月23—28日实施的"2019贵州遵义流渡镇保林完小亲子支教助学行动"的尾声，却又是一个颇具创新色彩的服务学习之旅的崭新开端。

在这个夏日的夜晚，经过一个多月的沉淀，参与支教的6位小老师及他们的家长在这家被名校包围的独立书店，分享各自在支教过程中的体会和收获。

同一时间，记录他们与村校孩子课堂上下各种互动，包括支教队不辞辛苦带回的当地学生美术作业的摄影和绘画展也举行了开幕式，并在9月1日新学期开学后面向社会持续展出一个月。

记录这趟有意义的旅程，由孩子们自己撰稿、画插图并参与编排的一本精美的小册子《山海相逢——乙亥仲夏，深圳六少年贵州支教行》当晚线上线下同时进行义卖，居然募得了上万款项。这6位小老师分别是担任这次支教英语老师的周艾琳和吴雅英，担任美术老师的黄天仪，担任篮球老师的张梓博和高翊豪，以及担任音乐老师的Jefray。年纪最小的Jefray仅13岁，最大的天仪和雅英也不过16岁。分享会不久，有三位即将赴美加高中继续学业，其中一个孩子的妈妈当晚肯定地说，这次的支教行动将成为"孩子一生中最重要的淬炼"。

为什么物质生活会参与组织实施这样的一次活动？

这就要说到晓昱的闺蜜，这次活动的主要发起人之一，睿语学院院长、资深家庭教育专家瑶丽。这位"哈佛妈妈"之前跟随狮子会的脚步，十余年来参与了从助学到助残，从社区服务到灾区赈灾，从广东到云贵川再到国际公益服务交流等几十种公益服务项目。她一直在思考：公益服务如果只是捐赠款项、参与捐赠仪式，没有后续的跟进和深度参与，服务目标是否能达成？对于施助者来说，在什么样的服务过程中才能获得个人成长、心灵联结与行动反思，在帮助他人的同时获得能量，并内化成自己的思考，从而更好地与社会连接？

"有没有一种助学项目，带去的不只是资金和物品的支持，更多的是情感的联结、精神的传递、理念的传承和方法的传播？"

这年 5 月，从美国飞回深圳的第二天，她和这次活动的另一位发起人晓昱来到贵州遵义，又经过两个多小时群山峻岭间蜿蜒山路的奔波，终于抵达云雾缭绕下的正安县流渡镇中心小学。在那里，她们遇到了管理着 900 人的镇中心小学和七所村小的总校长彭岗。这位校长的理念令她们感到惊讶。"他很骄傲地告诉我们，当地虽然贫穷，但政府重视教育，学校硬件建设包括馆藏图书等均已达标……最缺乏的是优秀的师资、先进的教育理念，以及让留守儿童从内心深处感受到社会的关爱。"

等到了大山深处彭校长管辖下的七所村校之一的保林完小，实地探访更是打破了她们对农村小学的想象——与固有的对乡村小学破旧、简陋的认知相比，现今的村小虽然无法和城市里的学校相提并论，却也设施齐备，有图书室、音乐室，甚至还有一架电钢琴，许多教室有电脑黑板，孩子们中午吃着国家配送的营养午餐。一切似乎还好，问题是，那架电钢琴和电脑黑板只是摆设，没有老师会用。学校只有 9 个老师，其中 7 个老大不小，什么都教，自然很难什么都教好。这也许是今天多数乡村小学的困境，有了硬件，却没有配套软件，包括最重要的人。唯一的一位大学毕业生老师因为没有编制，只能是临时工，工资全靠社会捐助。

回到深圳，睿语学院决定联手深圳狮子会皇岗服务队及物质生活书吧，推出公益服务项目"2019贵州遵义流渡镇保林完小亲子支教助学行动"。6月，在一年一度的睿语英语戏剧公益汇演活动中，睿语学员通过门票售卖及现场募捐，筹集了3万余元善款，加上深圳狮子会皇岗服务队、茗家善品服务队、八卦岭服务队及物质生活书吧的捐赠，共募集到8万元。之后睿语在深圳全市范围通过甄选，招募了六位教授英语、体育、绘画和音乐四门课程的六年级以上学生，让他们用所学所长服务山区孩子。

作为预热，5月12日，一门"搞搞新意思"的"小讲师的英文绘本课"由物质生活书吧携手睿语学院顺利推出。

现在的家长不少都热衷于亲子英语阅读实践，希望帮助孩子养成英文阅读习惯。毕竟，阅读习惯的养成让人终身受益，早期阅读更能促进孩子的大脑发育和成熟，尤其在5~8岁这一阶段，正是学习习惯、兴趣养成的重要阶段，也是语言学习的敏感期。这个阶段学习语言效率高，孩子学到的东西也不容易忘记。如果孩子能在这个阶段产生英文学习兴趣，掌握阅读技能和方法，无疑能为后续的多学科学习打下坚实的基础。

而由本地国际学校的一批"小讲师"为弟弟妹妹们进行英文读物讲解，又有着亲子阅读难以取代的乐趣和优势。由此带来的促进和刺激是双向的，既有对小讲师控场能力、讲授水平、临场发挥等方面的挑战，也对低龄学生迅速进入角色、学会专注于内容本身及如何与小讲师形成有趣、有效的互动提出了考验。

当然，这都是纸面上的理解，能否真正形成有效的互动，还得到现场看实际的操作和演练，随时做出适当调整，才能达致设计这门课程的初衷。周日上午十点，一群早早报了名的5~8岁孩子在父母的陪同下先后来到物质生活签到。这一带本就是教育培训机构林立之地，周日补习司空见惯，不过，连老师都是八九岁、十来岁的孩子的就不多见了。

这天是这门课的第一堂，两位来自国际学校、分别为13岁和12岁的"小讲师"Jefray 和 Steven 刚开始时还略显羞涩，但很快就有模有样、收放自如地给下面的"弟弟妹妹们"上起英语绘本阅读课。别看两位老师年纪不大，但课堂气氛调节能力杠杠的，不但用上了各种现代科技辅助手段，还会细心照顾到每一位学生；授课也不是单纯地讲和听，还有当场的绘画作业和讲评。课堂上则是各种欢声笑语、嘻嘻哈哈，举手抢答是必须的。面对小老师的循循善诱，个个一副专注表情。哪怕来了课堂作业，也是"现学现画难不到俺"抬手就画……一堂别开生面的英文绘本课下来，无论是讲师还是学生的家长都把心放了下来。

"跟着国际学校的小哥哥小姐姐，试试英文绘本这么读"，很快成为物质生活每个周日上午的传统节目。来听课的小弟弟小妹妹们几乎每个星期都会准时来书吧打卡。小讲师队伍则不断有新人加入，比如在第二堂课上，除了贝赛思国际学校的 Jefray 接着讲解上周 Stories of Dragon 的第二章外，来自明德实验学校香蜜校区的 11 岁小讲师姜艾林为大家带来了全新的绘本故事 A Sinking Feeling。这门英文绘本阅读课的目标，是让孩子们能在 8 岁左右实现英文自主阅读，同时希望"一期"受惠的这些孩子未来能成为二期、三期孩子的小讲师。在 6 月深圳学子贵州山区支教行中，这批小讲师中的 Jefray 就幸运地入选其中。

从保林完小考察回来，瑶丽和晓昱就着手贵州山区支教行"学生老师"的招募。交给我的任务是撰写一则招募支教亲子助学的 H5 文案。在瑶丽的描述中，我知道了这所大山环绕中的学校面对着梯田断崖，红旗每天在云雾里飘扬。看到有客人来，孩子们的眼睛里会透出深深的好奇与兴奋，特别愿意在镜头前无邪地笑、大方摆 Pose……学校有六个年级和一个学前班，总共七个班的孩子加起来不足百人，绝大部分的孩子是留守儿童，父母常年在外地打工，每年只回来一次，但他们在运动、唱歌、表演、绘画上的才华并不因身在山区而逊于任何城里孩子，尤其是在他们的脸上，会很自然地流露出渴望了解外部世界的神情……

再了解，发现这一当地村小"撤并潮"中的幸存者有一位对教育事业有清晰认识、有理念且能坚守教育梦想的当家人。在他任校长的镇中心小学，你会看到四处都放置着随手可取的书架，无需办理借阅手续，以培养学生自律；学校干净整洁，由孩子们自己打扫，据说还要取消垃圾桶，因为让学生学会保洁才是好环境的保证；学校门口设置"孝星"榜，榜上有名者众，以激励孩子；校工用废旧篮球、塑料桶、木架画框改装成的植物架颇具创意，而学校更有崇尚运动和品德教育的传统……瑶丽说，山里的孩子纯真、热情，相信深圳的学生在和他们交流碰撞的过程中，会获得启迪。

这就要说到招募的深圳学生要去这所村校做什么，又能学到什么。首先当然是学习如何将自己所学所长服务于山里的孩子，所以行动的参加者需要全天参与七个班级 94 个孩子的教学活动，担任英语、音乐、绘画和体育四门课的支教小老师。除上课外，他们也将深度参与学校日常劳动，并走访农户、乡野，以全方位感知大山生活。这让我想起一年前因跟随无止桥基金会与香港大学首次合办的"2018 香港大学无止桥体验式学习课程"而在甘肃马岔村驻足 14 天的一段难忘经历。

港大的整个体验学习课程实际上为期四周，有 6 个学分。参加计划的学生从香港抵达北京后，除了参观城市建设面貌外，也会考察慕田峪长城、故宫、天坛、颐和园等文化遗产项目，并邀请官员、学者、专家做有关国情、政策、城市历史以及乡土建筑、农村调研等不同主题的分享会。一周后全体成员一起坐十几个小时火车到西安。半天上课，半天参观游览，并邀请当地高校的无止桥团队介绍马岔村项目的由来、沿革、个中经验及思考点等，作为进入马岔村前的准备。真正的考验当然是在马岔村的 14 天。除了要经受因缺水而无法洗澡并只能配给制解决日常生活用水的小困扰外，还得参加半天的体力劳动，包括轮值清理厕所、学习夯土建造、修建太阳能灯设施、铺设引水道并参与民生改善活动等，下午则主要进行调研。组织方安排的四位导师提供了五个不同领域的课题，比如舞狮、皮影、垃圾分类、垃圾食品等供学生选择，希望通过调研，厘清当地在传统文化传承及村民生活中的一些突出问题，并提供解决方案。

这样的户外服务学习课程，在香港大学历史上也是第一次。不过，类似课程在美国已经开展了几十年。严格说来，服务学习跟志愿者服务虽然相似却不完全一样。作为一种主动性非常强的学习方式，服务学习肯定不是压迫式、制式的学习，它非常强调的一点是所谓的 Soft Skills，会比较专注地训练参与者的人际沟通能力与团队合作精神，有时候还要求参与者从学习的角度，站在组织管理人、领导者的角色去发现当地有些什么需求，自己要扮演什么角色等。

这与睿语和物质生活要做的事如出一辙，加上瑶丽她们的口号就是"We learn，We serve"，干脆就把服务学习、体验式学习的概念直接引入，于是我在文案中这么界定此次"贵州遵义流渡镇保林完小亲子支教助学行动"：

不是一次性的浮光掠影乡村旅行

不是流于形式的捐赠秀

不是单向的授与受

既是中国乡村生活深度体验

更是全球流行的服务学习课程

深入双向　全程自助　持续跟踪

坐言起行　一次离开舒适圈的勇敢尝试

关爱他人　公益意识和领导力承担的双重磨砺

在多维度了解社会中学习多元化思维

从山区同龄人身上汲取养分

因同理心懂得感恩

这个夏季

让孩子去到大自然中的人生课堂

经历一次心灵的成长之旅

在两个世界的交融中

发现新的未知自我

　　招募进行得顺畅，参与行动的家庭均十分认同活动理念，并铆足了劲各自做起了任教科目教案教具的准备。行前大家聚在瑶丽的睿语学院会议室开了行前动员会。虽然都明白这不是一次普通旅行，但当时没人想到路途的颠簸会给他们那么大的一个下马威。似乎老天都在考验他们的意志和耐心，因飞机晚点，由六个亲子家庭及深圳狮子会会员组成的睿语支教队通宵未眠，风尘仆仆抵达流渡镇已是清晨六点多，匆匆放下行李，在街边吃了一碗羊肉粉就直接赶到学校"破冰"……

　　15岁的周艾琳第一次参与这样的活动，这位从小在深圳长大，毕业于明德实验学校的女孩喜欢写作、骑马、弹钢琴。

　　"一开始很头大，我是中考完的第一天就过来，'破冰'的时候真的不知道怎么（跟这些村校学生）相处，就尬聊，好在大家很快就熟悉起来。"这位因此行不得不舍弃毕业典礼、行前一周还在犹豫不决甚至想过放弃的女孩后来写道："他们晒得黝黑，却出奇地不怕生。就算烈阳毒人，也极度配合着我们做破冰游戏。站在身边的六年级姑娘，红着脸回答着我的一个个问题。"这一周里，她观察到：他们总喜欢扒着临时教务室的窗户看着我们开会，总喜欢围在门口提前欢迎我们进教室，总喜欢肩并肩在走廊站成两排一口一个"老师"喊着，总喜欢做游戏时调皮捣蛋，却也常常为我们出谋划策，甚至照顾我们的情绪。尽管还是孩子，但他们的包容、善解人意，让人禁不住铭记于心。艾琳特别提到一个细节，有一次她跟村校的孩子开玩笑说自己也想吃雪饼，没想到被一个小女生记住了，塞给她一个还再三交代说："老师，我给你偷偷留了一个。你只能自己吃哦，不能分给别人。"她还边向食堂跑去边笑着回头。

艾琳妈妈回忆，当初报名时，"艾琳正面临中考，艾琳和她爸爸给我很大压力，质疑这个时间点参加这样的活动值得吗？"结果，艾琳不仅如愿拿到了深大附中的录取通知书，还在支教中获得成长，尤其是在执行力层面有了质的变化，也更懂得了老师、父母的辛苦。

艾琳也看到一个不同于往日的自己："我们不再专注于手机屏幕，空余时间用来精心备课，或者走访课堂，汲取其他老师的教学方法。我们学会了夸奖他人，虚心听取意见……"

与周艾琳同样在这次支教活动中担任英语老师的吴雅英16岁，她在深圳念完初二后就去了美国东部读书。这位一直坚持学习语言和书法、喜欢打高尔夫还有戏剧表演的"慢热型"女孩清楚地记得："第一节课是给三年级学生上英文课，他们对新知识充满好奇。我教了26个字母，还给每个人取了自己心仪的英文名字。学生们一笔一笔地记在本子上。"

这位信奉"择一事，终一生"的女生发现，其实知识的传授并非此行最重要的使命，或许精神和能量的相互感染、传递才是最有趣的。"在台上与同学们道别的时候，我与几位好伙伴聊到了这样的一句话：'欲戴其冠，必承其重。'希望他们可以通过学习的路径找到自己想做的事情。不一定要走出大山才算成功，成为自己想成为的人，就是实现了梦想。"

对喜欢编程、滑雪、玩帆船的Jefray来说，贵州之行最难忘的，是对保林完小四年级学生李红英的一次家访。

　　他很快发现红英的生活与深圳孩子间巨大的差异："相比深圳的孩子周末和上课日的空闲时间都排满各种补习班，这里的孩子既没有补习班，也没有家教，放学后就在屋子前后的院子里玩。她的衣服基本上都是自己洗，每天放学回家先煮上饭洗好菜，等妈妈回来炒后全家一起晚餐，吃完饭很少看电视，早早就睡下，因为第二天一大早就要起床。城里的孩子上学可以坐公交、打的，这里的孩子都是走路上学，晴天抄近路要花 40 分钟，雨天只能走大路要两个小时。一年看不了一次电影，大部分孩子甚至没有踏出过遵义市一步，他们不会'机不离手'，因为几乎都没手机，也没怎么玩过电子游戏。城市的孩子都会一两种乐器，可这里的孩子连歌都没听过几首……"

　　他观察到，虽然她穿着朴素，也没有零花钱，但"她家墙上贴满了奖状"。而且与保林完小学生大部分是留守儿童不同，红英的父母为了陪伴孩子留在了当地打工。"尽管如此，跟红英妈妈聊了一会后我发现，虽然他们知道陪伴的重要，却说不上来孩子最需要什么，也不清楚什么对孩子重要，当然也不会跟孩子去强调与众不同有多重要，并且把互联网这么好的学习工具视为洪水猛兽。"这位 13 岁的七年级生总结说，"我能感受到这里的孩子对知识的渴求……我们要珍惜眼前的一切，如有能力要去帮助更多的人。"

　　16 岁的美高 The Ethel Walker School 十年级生黄天仪多才多艺，有良好的美术、舞蹈功底。她很快发现，这里的女孩都喜欢画苹果树和漂亮公主，男孩则爱画坦克还有激烈的战场。"不可思议的是他们连画法都是一样的。孩子们一拿到纸，我几乎能猜到接下来他们会画什么。"而且，一年级和六年级的孩子绘画水平相差无几。"这意味着在六年时光中，他们没有得到提升。想象力没有随着时间的流逝张开翅膀，既没有层次上的延伸，也没有在岁月的变幻中增添色彩，只是停留在最初接触画画的那一刻。"

　　这让她一改初衷，"我的目标不应该仅仅是停留在如何让他们快乐，而是教会他们如何一笔一画勾勒出自己的想法，我想启发他们展开无限的想象力，去发现平凡事物不普通的一面。希望他们用好我给予的这份自由。"她也看到了问题所在：孩子们缺少一个可以带着他们从不同角度看问题的老师，"他们需要开阔视野。要改变这一切，一定是一个长期的过程。"

说到自己的收获，黄天仪认为："这是一次非常好的历练，帮助我换位思考，同时锻炼和提升了领导力。"天仪妈妈直言对女儿在支教中的表现非常满意："教学相长，因为角色的转换而生发出同理心、对意外状况的灵活处理能力、面对不同情况的协调能力，我相信她都有了很深的体会。"

一共 5 天，学校被暂时移交到这些少年教师手里。从生涩到娴熟，6 位城市孩子给乡村学子带去了从未有过的学习内容和授课方式。学生年龄不等，讲师们就要因材施教，前一天的经验教训又会提升第二天的表现。课堂上，孩子们听得认真，即使小老师卡壳，他们也只是安静地等着，没有嘲笑，更不会起哄；午饭时，孩子们排队轮流进餐，井然有序；午饭后，轮值洗碗、扫地；回到家，帮着做家务——生火做饭洗衣服更是常见。

"每天见到我们都热情地打招呼。有一天下雨，孩子们早早就站在校门口为我们撑伞。临走的那一天，几乎全校的孩子都拿着本子让我们留下电话、星座、生日。他们少的也许是知识、见识，却有着最好的教育成果：礼貌、善良、热情、纯朴、勤快。这难道不是对我们最好的教育吗？"晓昱在《埋下爱的种子，也种下希望》一文中这么写道。

她在去柏林的飞机上写下此行的思考。"就在一周前的这个时候，我正带着儿子在大山深处的遵义流渡镇保林完小支教。"晓昱写道，"写下'支教'这个词，我有些惶惑。五天的教学，可以算支教吗？或者只是体验？是去帮助了，还是打扰了？五天后，我们离开，回到深圳，儿子早早预订了《蜘蛛侠》的新片，看电影时我们不约而同地想起了村里的孩子一年也看不了一场电影。而我，现在飞往柏林开始艺术之旅，儿子则很快启程赴北美学习滑雪课程。可山里的孩子留在原地，一些人的日常于另一些人却是一种奢侈甚至不可想象。我们一阵风一样地来了，当然带给了这些留守儿童欢乐、新奇、温暖，甚至一些启蒙，又一阵风地走了，最终能留给他们什么？改变他们什么？"

　　她说起此行的初衷：想带孩子到乡村支教的愿望很朴素，就是希望生活在城市里的孩子去感受另一个真实的世界，感知和自己不一样的生活，为某些需要帮助的人提供力所能及的帮助。"有了这个念头之后找了许多机构和活动，发现太多的浮光掠影、到此一游，而不是真正的成长教育，直到和具有丰富公益教育经验的睿语创始人瑶丽交流后，我们一拍即合，她遂带领我们开始此次支教行动。"

　　晓昱想起那个雨天的家访，还有最后一天大家齐心合力操办的"一场孩子们自己的露天画展、一场汇报演出"。"从城市到乡村，从滨海到大山，从舒适到艰苦，经历了环境变化的小老师们，同样经历了角色转换，从学生到老师，从接受者到施予者、责任人。五天下来，他们付出了很多，但得到的更多。他们在传授知识、视野，却也从中学习。他们引领孩子去看外面的世界，自己也发现真实世界的另一面。就这样，在帮助别人的过程中慢慢成长。"

　　"支教结束了，却在城市孩子的心里埋下爱的种子，也在乡村孩子心里种下希望。"

　　重装返场后的物质生活除了继续充当莘莘学子每天放学后遮风挡雨做作业的驿站，还设置了专门空间供孩子们阅读绘本，至于精心设计、涵盖"小讲师的英文绘本课""孩子才是天生的视觉捕手"（摄影课）、"法国孩子流行玩什么""海洋总动员，孩子的人生通识课"等内容的"物质小生活"系列，则有意识地与通常的学校教育以及培训机构相关内容区别开来，体现出信手拈来、形式不拘的特点，既与名校云集的学区环境相互衬托，又与书吧理念衔接得天衣无缝。有时候，一场偶遇、一次邂逅也会衍生出一堂随机的亲子课，沙龙"秘境夏令营背后的教育观"就得来全不费功夫。

那时，学期已近结束。快放暑假了，家长们焦虑孩子去哪里才能获益最大是普遍现象。正好，一个朋友的同学一家自云南来，闲谈中发现这一家人的生活方式特别是教育孩子的观念和方法非常特别而有趣，而且他们还在有"秘境中的秘境"之称的香格里拉尼汝村经营着一条野驴级穿越线路。带着一帮孩子在村里安营扎寨，不至于跋山涉水但也得骑马走路，每天吃马帮饭喝山泉水，赶着牛群睡帐篷，还可看着日出感悟生命。这是国内所谓"逃离北上深"先驱夭爸一家五口的大理"趣玩"生活，而"一起趣玩"正是夭爸一家从北京搬到大理后为了解决生计并实践其教育理想而办起的一所带有"森林学校"意味的夏令营运营机构。当然这也是他们的日常生活。6年过去了，这位中国第一代雅皮社区的营造者和儿童自然教育探索者一家从南迁时的四口人变成了五口。虽然他的下一步会怎么走、夭爸家的未来又会怎样都是未知数，但夭爸的生活态度和实践，无疑已经大大拓展了我们的生活视野和想象空间。而他在物质生活书吧对着闻声而来的书吧街坊、学生家长的宣讲，或许也在不经意间撒下了引导他们走向大自然的种子。

作为社区"无形教室"的书吧，面向的不仅仅是孩子和家长。

一个寻常的周日下午，一场以"是私家历史也是时代印记"为主题的"《紫菜爸爸》新书分享会"向闻讯而来的听众传递了"普通人编年史"的理念和意义所在。

2018年暮春，正回老家探亲途中的我，在候机时突然收到晓昱的一条微信，说她的一位闺蜜想为早逝的父亲出一本传记，因第二年就是其父80周年诞辰，问我有没有合适的作家推荐。

这位闺蜜就是黄荔。黄父生前是位于舟山群岛的浙江省海洋水产研究所的一位普通科研工作者，毕生在海岛从事水产养殖科研工作，英年早逝。

当时正动身去杭州，脑子里突然冒出多年未见的一位作家老友，他早年以诗歌写作出道，后以短篇小说蜚声文坛。巧的是，他在舟山群岛当过兵，印象中他还曾写过当地海洋生物学家的长篇传记。

跟晓昱简单沟通后，决定约老友见面。在他家见面聊了半天，他对给普通人写传并不排斥，但我对传主情况了解就那么多，几个人之间传话又费事，于是决定建群。黄荔在微信上显示的并非真实姓名，于是我随手取了一个群名"紫菜爸爸"，不料后来被黄荔用作书名，竟也不违和，这是后话。

将老友拉入群后，这事对我来说就告一段落了。事实上，后来承担书的采访写作的并不是我的这位朋友，而是一位年轻得多的记者。

黄荔的执行力超群。再一次听到她的消息，已经是相隔一年、书出版后她要在舟山办一场新书分享会，可惜当时我人在曼谷参加一个跨文化交流工作营，只能简单沟通一些情况，无法深度介入。

第一次真正见面是在晓昱的东西小院餐厅，印象中是在这本书9月底厦门站的新书分享会之前，同席的还有出版社的朋友，大家一起聊了聊将要在厦门举办的分享会，感觉黄荔极为重视细节，浙人心细如发，做事往往缜密。

这一次才知道，原来她自上年5月初联系上从小在一个院子里长大的发小后，就以做项目的狠劲一步一步往前推进书的进展。十天后她收到发小发来的第一批档案扫描件，半个多月后建了之前我谈到的那个群。晓昱后来说："黄荔是一位成功的企业家，她把为父亲作传也当成项目来做，所以我们今天看到这样好的一本书。"信然。

7月上旬，她最终选定的写作者已经与她一起踏上"寻访父亲足迹"之路，开始了在舟山的第一轮采访。黄荔自己则将在档案资料基础上梳理完成的父亲年谱提供给写作者作为参考。

7月中旬，黄荔带着作者入闽，在福州、厦门等地采访父亲的同学故友；8月上旬赴深采访黄荔妈妈，以及一批在深圳的她父亲的老同事老同学。完成深圳站采访后，作者折回传主故里福建莆田延寿村、平潭等地采风，走访黄氏祠堂；8 月下旬二赴舟山，走访浙江省海洋研究所西轩岛基地……年底完成初稿，这时经晓昱牵线搭桥，向出版社报送了选题大纲和样章。接下来就是书稿的反复修改、补充采访，次年 4 月上旬最终向出版社交付成稿。5 月，邀请年轻的插画师施维娜根据重要章节完成九幅水彩插画作品。有意思的是，每幅图的结构、色彩，包括画中所绘的舟山海岛特色鸟类和植物，黄荔都一一进行了资料核实和研究。与此同时，她亲自撰写的全书序言也接近完稿……

终于，在父亲过世 30 年后，黄荔将耗时一年多完成的这一非虚构文本，作为一封家书、一份礼物，献给了父亲八十岁冥诞这个大日子。

当天回去翻了翻这本名为《紫菜爸爸》的家族口述史新作，觉得书的立意缘起、整个完成过程以及出版后的效果都非常符合书吧一向倡导的挖掘本土原创力量、推动个人 / 家族历史书写的宗旨，虽落笔在因长年累月待在偏僻、原始小岛，埋头研究紫菜等物种的人工养殖，以至于"单从外表看已完全不像读书人"的父亲黄广潢身上，但"从一个人身上看到一个时代"，该书可说不仅是致敬那一代知识分子特有精神特质和风貌的诚意之作，也是继《平如美棠》之后又一曲揭开大时代一角的常民生命颂歌。

深圳分享会的想法由此提出，这与黄荔的思路不谋而合。"新书分享会的第一、第二站分别在舟山、厦门举行，那里是父亲工作、学习的地方。而深圳是我研究生毕业后成长创业、建立家庭、养儿育女之所在。"

于是，在有了为父亲写一本小传的念想一年半后，黄荔以传主独生女儿、《紫菜爸爸》项目主催的身份，携《紫菜爸爸》一书作者、出版社编辑、家族口述史研究者、受访人，以及一众亲朋好友在她生活了 20 多年的深圳，举行了继舟山、厦门后的《紫菜爸爸》新书分享会第三站活动。在分享如何融化、钩沉那些在日常而平凡的琐碎生活之下沉默的记忆冰山的同时，也和现场读者交流留住鲜活生活细节和历史记忆，对于传承家族精神、回望时代印迹的意义和价值。

此时的黄荔，是两个孩子的妈妈，也是事业有成的创投圈顶级投资人。"我是在父亲过世很多年之后，才慢慢地感觉到他对科研的专注，对专业的信仰，但问耕耘不问收获的人生态度，这些对我的影响很大。"

回忆起父亲，黄荔的话就刹不住："1989年他离开我们的时候，我还是大一学生，当时是非常大的打击。时光荏苒，我终于可以平静地面对父亲英年早逝的冷酷现实，思念却从未停止。他在有生之年，既没有体会到含饴弄孙的天伦之乐，也没有看到当年那个叛逆不羁的女儿如今已承担起社会和家庭的责任，我很想为他做点什么。于是2018年，我发心写一本关于爸爸的小传，作为对他80周年诞辰的纪念，也希望孩子们对他们素未谋面的外公有更多了解，并从这样一个家族史的寻访、撰写过程中汲取个人成长所需的营养，使父亲留给我们的精神特质、精神遗产能够代代相传。"

在写这本书之前，黄荔对父亲的了解其实仅停留在生活的维度。"即使在那个物质匮乏的年代，爸爸仍然对美好事物充满向往。他种得一手好花，在我们家露台上建了一个花园。他在阳台上为花浇水的背影、夏夜全家在露台纳凉闻着花香看星星的场景……这么多年过去了，始终在我眼前。爸爸还养金鱼，又喜欢音乐、爱好舞蹈，曾经做过舞蹈队队长、音乐创作组组长。还热衷摄影，工作没多久应该也没什么钱，就去买了一架二手照相机，经常给我们拍照。"

有一年，黄爸爸精心种养的昙花开了。"昙花一般都是晚上开花，而且时间非常短暂，但是极其璀璨。"黄荔记得，"我们把它从二楼露台搬到一楼堂屋中央的桌子上，一家人围着，有如在欣赏稀世珍宝，等待着它从含苞欲放，到尽情绽放，最后，复收起它的灿烂，归于平静。"不过仅仅这些内容，并不能撑起一本有血有肉、为国家水产养殖事业奋斗终身的科研工作者的传记。

"当时真的是初生之犊不怕虎，后来才发现，爸爸生活中留给我的印象和他在学习、工作时的状态，差距还是挺大的。大家在书中看到的照片和资料，我之前从来没有看到过，后来在寻访的过程当中，我们一件一件地找到了各种各样关于父亲的历史资料，从中学到大学到工作单位的。同时，在差不多一年的时间里，采访到了很多和爸爸有很深感情的老同学、老同事、亲友……他们多数还能有比较清晰的记忆，这也让我庆幸比较早地下决心做这件事。这是我第一次，从这样的一个视角去了解爸爸、认识爸爸，可以说，展开在我面前的，是父亲全新的人生历程。"

那些经过千辛万苦爬梳出来的原始档案身上所隐藏的历史遗痕和时代信息，"给我的内心带来巨大冲击"，黄荔回忆说。重走父亲走过的路，黄荔恍然发现："他对我们的影响早已在潜移默化中刻入我们的脑海、心灵。在我的世界观、人生观、价值观形成过程中，一直有爸爸坚定的引领。对于专业的重视，甚至把它视为个人成长与发展的看家本领，更是爸爸留给我们的宝贵遗产。"

就像黄荔一直记得的全家人围观昙花绽放的那一幕，"虽然昙花一现，我们却永远记住了那一刻的美丽。生命的意义也许从来就不在于它的长度，更取决于它的浓度和密度"。

那天的分享会上，黄荔的南开大学校友，中国科学院深圳先进技术研究院院长、中国科学院深圳理工大学筹备办主任樊建平专程赶来参加这个"家庭聚会"。其时，他刚从柏林参加柏林墙倒塌 30 周年纪念活动归来，放下单位在高交会的展台，来到现场。对于这本记录了一代知识分子奋斗史的口述史，樊建平颇有感触："那一代人的奋斗事实上为中国今天的科技崛起奠定了基础，应该有记录那代人的文本出来。再过 40 年，也许中华民族在世界上完全是另一个样子了，他们的贡献应该会被大家重新认识。"

华大基因 CEO 尹烨博士坦言，在我们从事生命科学研究的人来看，基因只是血脉的传承，比基因更重要的传递是文脉的传递。"我想黄荔给大家带了一个很好的头，用一己之力做了一件相对血脉传承更能传递家族文脉的事情。就像《寻梦环游记》里说的，其实不管怎么样，只要有更多人记住这段历史，他就没有走，就还活在每一个人的心里，活在家族的文化传承中……也许有一天，我也会以我的方式把我父母的生命故事记录下来。生命确乎不仅仅是长度，就像书里讲的还有广度、深度，甚至风度。"

编有《爱与哀愁：说出你的家族故事》的家族口述史研究者、纪录片导演李宇宏则从专业角度谈了她对《紫菜爸爸》一书的看法："这本书超越了普通的家族史故事，作为非虚构文本，它有很强的实证意识。作者做了大量采访、挖掘，找到了很多第一手线索，然后去一一追寻、求证，这个过程特别了不起，这也使得这本家族口述史更可信、更有史料价值。虽然写的是个人的命运、家庭的故事，折射的却是一个大的时代。紫菜爸爸在不同的历史时期经历的种种遭遇，实际上呈现的是一个普通知识分子在不同的社会政治时期所做出的抉择，他怎么样为了生存跟历史妥协，同时又不放弃做一个好人、一个善良的人的原则。你可以感受到一个知识分子的尊严、努力和价值观，远远超出简单记录个人家长里短或表现父爱的范畴。"

在李宇宏看来，口述史特别是家族口述史的意义和价值，"你不去做是没有办法想象的"。她希望有更多像《紫菜爸爸》这样的作品出来，让那些被大历史所覆盖的"缺失的"个人史，那些虽然小，但更有温度、更生动、更有生命力的细节为更多人所知，只有这样我们才会对历史、对今天所处的时代有更深刻的认识，才会更加清楚我们希望拥有一个什么样的未来。

出版《紫菜爸爸》一书的广西师范大学出版社人文分社社长刘春荣介绍了为什么出版社会对这样一本家族口述文本感兴趣。他解释说，书中所描述的黄广潢和他的同事们，在当时政治生活、社会生活都极不正常的情况下，在舟山这么一个小地方埋头研发，经过十几年的不懈努力，终于实现了紫菜等水产的人工养殖，不但改变了普通中国人的饮食结构和习惯，还加快了国家海洋水产养殖事业的发展，"这段历史对很多人来说，是完全陌生的。可能之前除了专业书籍、论文有所记载，极少进入大众视野"。

"我们特别希望这本书所呈现的活生生的生命印记、时代印记，能够带来示范效应，为社会多留下一些家族记忆。因为，一个人的遭遇，也是一代人的共同记忆，不仅是家庭，也是我们这个社会或者民族的精神财富。"刘春荣说。

在分享会上，晓昱以主人和黄荔好友的双重身份担任了主持人，她说到自己与这本书的渊源："黄荔刚萌生出这本书的念头的时候就找到我商量，她当时问我发心写这本书对自己家庭以外有没有意义，这个话题本身就非常有意思。一个普通人的历史是不是值得书写和传诵？我觉得这件事非常有价值，当时听了以后就跟黄荔说当然要做，这不仅对你的家庭非常重要，对整个社会也非常重要。"

在晓昱看来，打捞家族的历史既是跟家庭建立对话的开始，也是让下一代感受和传承家族史的过程。"家族史对于一个社会的意义非常重大，每个人的历史其实都是社会的缩影，是社会历史的一部分。每个人的历史都是独一无二的，是大时代变迁下面的重要部分，梳理一个家庭乃至个人史也是对社会的一种贡献，每一个家庭、每一个个人的历史汇聚起来，就编织成了整个社会的变迁史、编年史。黄荔通过个人的努力进行了这样有价值的尝试，希望今天的分享和研讨能够给在座各位带来启发，也能开始对自己的家庭、家族历史进行了解、梳理和研究。也许不见得都能成书、都要成书，但它的意义在于找到认识自己、认识地方、认识社会、认识历史的一把钥匙。虽然我从来没有见过黄爸爸，但是感觉已经对他非常熟悉，刚才看到照片的时候，还是很感动。这样温馨的画面，让每个人都会联想到自己的成长岁月，自己的父母、爷爷奶奶、外公外婆。作为这本书的发起人，黄荔花了这么多的心血认真做这件事情，在完成个人心愿的同时也为社会留下了富有启发的样本。在她寻找家族历史和根系的过程中，所谓念念不忘，必有回响，黄荔的念力感动了每一个跟她打交道的人，每个人都真诚地面对这件事，最终大家的情感，无论是亲情友情……都因这本书呈现的社会价值而得到升华。"

分享会的最后，晓昱引用几年前参观过的伊斯坦布尔纯真博物馆里帕慕克撰写的前言中的一段话，作为当天的结语送给大家："我们不需要史诗，我们要小说；不要集体，要个人；不要大而昂贵，要小而平凡。因为'每每人与物相遇，总会产生故事'，今天我们和这本书在这里相遇，也会产生很多新的故事，所以我在此再次感谢黄荔和家人有这样的发心，感谢所有朋友的爱和支持，也希望我们一起把这样的精神传递到更久远的时光里。"

物质生活书吧创始人晓昱在为装修挑选地砖

物质生活书吧第一批员工在开日常工作会议

2000 年 8 月 28 日，物质生活书吧开业

2018 年 12 月 23 日，物质生活书吧十八岁成人礼及重装开业

物质生活书吧创始人晓昱——曾经

物质生活书吧创始人晓昱——现在

物质生活书吧股东与第一批员工（一周年）

物质生活书吧现任员工

2020 年 8 月 28 日，物质生活书吧 20 周年生日会

坐下来

呼吸

体会

和谐

附录

城市群星闪耀时

来自书吧朋友圈的祝福和忆述

扫一扫前往喜马拉雅
一起聆听我们的故事

百花深处 · 时光缓流

钟兵，建筑师、物质生活书吧首位设计师

　　上世纪末，初识晓昱者必"先闻其声，再见其人"。彼时网络和资讯没有今日之泛滥，深圳人夜晚的消遣，除了明珠台930的电影，便是深圳电台10点档的《心夜航班》。我作为画图匠，晚上加班，眼睛不能溜号，只能静等甜美温婉的女声"抚摸"耳朵，颇为受用。与晓昱首遇，是因为她与我大学同学兼甲方的某帅哥谈恋爱，发觉居然本人与声音毫无反差，甜美、知性、利落。后来还被拉去做了两回节目，满足了虚荣。觉出她的能量与笃定，然后是与帅哥的"分分合合"；毅然辞了职；写了本"畅销书""抚摸了一下深圳"。千禧年来临，忽一日电话打来，把我引至百花路的一个临街铺面，她和一群"文艺青年"围坐，眼里放着光，脸上满溢着憧憬。宣告要开个书吧，随手递过一本《书店地图》，全是欧美的独立书店，看着诱人。估计我是晓昱当时认识的唯一一个设计师，加之本人既爱泡吧也经常买点《小说月报》《花城》《大家》之类，算是"文学爱好者"，立马应下来，这个忙得帮！

　　这个店的位置"险要"，正对百花二路和百花五路，形成"Y"字街口，据说前几家都经营惨淡，似乎应了风水上所说"犯路冲"。由于场地不大，形状又不规则，琢磨了几天才有了轮廓。把正对路口的大门改成三个折面落地凸窗，每个折面顶上轻松地"斜切了一刀"，便成了一组"晶体"，以尖角化解"路冲"，体量感也有了。让一组三个透明的窗，以特别的姿态嵌入街角，把街景引入室内，把书店开放给城市。沿窗布置"看人"同时也"被看"的书桌，后来果然上座率与上镜率都很高。把书吧入口移到百花二路一侧，门边伫立一个通高的不锈钢灯箱，从室外贯穿进室内的样子，无论白天还是黑夜，都非常引人瞩目，让人想要一探究竟。进门左为书店，以巨大的椭圆书桌为核心，周边散落着各种形态的书架，隔着落地窗向树荫下的街道致意。右为酒吧，两处安静的交流空间与吧台前的散座交会，日后这里便成为各种讲座与活动的主场。两者之间为弧形的玻璃屏风，正反两面喷着"Book"和"Bar"的字样，让书店和酒吧"互望"和"借光"。里外间尽可能互相流动和开放，可弹性地转换各种活动场景，谓之"借势"和"渗透"，让书里有酒，酒里有诗。

知道晓昱及一票人也不富裕，就朴素着来：麦当劳式的"防滑砖"，宜家样的"塑料椅"，漆成白色的木格栅吊顶，发着蓝光的玻璃"吧台"，扁钢焊的隔断与书架……当然也有一些小手法，比如不锈钢镂空"Book"和"Bar"字样的门把手，穿孔铝板"半透"的活动推拉窗……这种建筑师风格的轻简设计，倒也和书吧的质朴本色很搭，在当时还挺"独树一帜"。甚至有知名的连锁火锅店和商场因此邀我去做室内设计，还差点转了行。

书吧里须有个艺术装置，当年我对艺术家徐冰的"活字印刷的天书"颇感兴趣，由此受启发做个"活字壁画"的设想。和晓昱几个人攒下内容，现在回望还颇有年代的印记。《生活在别处》和《永远有多远》是当时文艺青年必读。《黑客帝国》《泰坦尼克号》是当年的大电影。杜拉斯、福柯、梵高、村上春树都是那代人的偶像。晓昱的执行力颇强，没多久，这些字便被烧制出来，虽然没实现活字能随时抽插变化的设想，但挂在墙上，依然成了"镇店之宝"。

当初探讨店名时，"物质生活"这个名字的反讽意味，加上背后杜拉斯的加持，尤其法文拼写的"高级"，让它脱颖而出。LOGO 请韩家英操刀，黑红配色极有设计感，但当他坚持用巨大的黑色店招时，着实把我吓了一跳。但回头看来，这种视觉震撼是必须的。

与晓昱合作非常愉快，也许是因为不懂，也许是出于信任。她对我的设计全力支持，加之执行力强，几个月店就开张，大伙不免欢天喜地庆贺一番。因为当时蛰居在华新村，溜达着便到白沙岭，所以经常带着自豪徘徊光顾一下。在这经常碰上地产名人王石和一众文化学者，也与设计同仁在此小聚。记得曾陪着汤桦老师买了一堆书，更是围观了王小帅，看了《蓝宇》，听了《阴道独白》……一时间文化生活颇为丰满。关键是晓昱亲自筛选的书单，省却了"盲翻书海"的时间，总能找到引人入胜的好书！

本以为这个书店坚持个三年五载，大家尽了兴也便散去，随着住着的地儿越搬越远，光顾的频次渐少，恍惚间担心它已经不在，但每次经过，它都安静地站在街角，一副不屈不挠的样子。直到两年前，晓昱告知店要重新装修了，听了心里既欣喜又夹杂着些许酸楚。但当听说由琚宾操刀时，由于与之在一个项目合作上擦肩而过，也拜访过他的作品，心里顿时就很踏实。设计出来果然不凡，尤其是把当初两个"亮点"精准地保留下来，一是折面玻璃的凸窗，一是"活字壁画"。让这个18年的小店也有了传承的痕迹，也算是惺惺相惜吧。

建筑师，是一个城市飞速发展时代的深度介入者。20年来，上百个项目，几百万平方米的面积纷纷落成，却对这区区300平方米的小店念念不忘。盖因当初晓昱他们的真诚与信任，让我毫无约束且有代入感地设计，注入了更多的情感与初心，因而更加鲜活且平添了几分温度。而这个小空间，有了大能量，且持续地释放，却一定有好的经营者与守护者。在深圳这个40岁的年轻城市，人们经历了太多的速生与速朽。而"物质生活"的存在，让众人有了一处记忆的锚点；让社区有了一间包容的会客厅；让城市有了一个文化的路标。她朴素的坚持，验证了这个城市的温情与渴望。当我们穿过城市的街头巷尾，可以不经意地撞见这样静水深流的存在，嵌入你的日常、滋养你的生活之时，深圳便也从稚嫩走向了成熟。一间书吧，几番经历，数段故事，让时光在流逝中静止，在盘桓后向前……

2020 年 8 月 31 日

回忆

琚宾，设计师、物质生活书吧新店设计师

又是台风季，下午来了阵骤雨，刚好在海边，能更好地看见那种风起云涌。雨水、台风、蓝天、白云，异常明亮的夏天里，有种特别的湿漉漉但又很振奋的味道。旁边是新的工地，桩已经打好了，吊车在那立着。

总之，我需要很努力才能回想起深圳二十年前的模样，一切都太快。之前有个朋友，成立过一个叫做深南大道的乐队，专辑封面就是在深南大道上拍的，几个人将乐器在那摆着。那时确实能找到这么一截空旷的路，两旁有绿化，车和人都不多。

当年经常在园岭那片活动。从同心路到百花路，从政府食堂到实验小学，都经常走。经常见到背着乐器的艺术学校学生，还有实验学校那套甚至统一了书包和鞋子的校服。物质生活书吧就藏在那一片，当然，那时候我还不认识晓昱，她更不认识我。

此刻，我借着物质生活书吧，在尽力回想着我及我生活的二十年前。她就像是个引子，使我能够回忆起来那些以为已被忘却的东西。

我能想起来有个"大家乐舞台"的地方，就在红荔路的东边，每天都很热闹。还有荔枝公园幽静的后门，和里面每年春节前的花市。不远处还有个青少年活动中心，很大很开阔的一片地方，门口便是公交车站。都没有那么多人。旁边是家开了很多年的洗照片的地方，再对面是个邮局。路都是通的，可以从后面园岭小学那条路绕着走去百花路，也可以顺着上步路走过去再过马路。物质生活书吧，就在不远的地方。

深圳是个长条形，这些年我一步一步地从东往西移，如今堵着车跨个区总觉得远。随着年纪的增加，那种靠着脚步测量距离的场景只留在了对项目所在地的勘测考察中。即使如今住在南山，也不见得就走遍了小区周边的小巷道，认识那些店面。福田、园岭，那是属于青春时的记忆。

我一直觉得物质生活书吧就像是一个时光固化点，走近，甚至都不用进入，便能从那一刻穿越回当年那个情绪当中去。你可以看见周边的楼房还是以往的褶皱，虽然经过了几次刷新；旁边学校的声响和氛围，虽然从中毕业的学生都已成了父母……那是一种很特殊、有着参与感的亲切。

在这里，阳光会从同样时代积累而成，从各种岩浆岩、沉积岩、变质岩中，伴生着长石、云母矿而成的石英砂烧制的玻璃上透过来，虽然不是同一个出产地；会带来同样是穿过浩瀚宇宙大气折射反射地表蒸腾的温度，虽然明显是变热了些……二十年的岁月对万物、对整个人类来说，就是一眨眼，虽然在这一眨眼的工夫里，旁边的树长了，台风吹倒了又种了，有些人老了，有些人远去，有些人失联了，但都还有一个当年那个模样的备份存放在我心里，借着一个引子，在某一个时刻，通通冒出来。

我不想过多地讲物质生活书吧的意义和这二十年来的坚持，相信大家都知道那中间有多么不容易。但幸好，她就那么一直存在着，在那个记忆点、真实处守候着，只要你需要，她就在那。

很高兴参与了她的升级重建工程，那是一件极具文化向心力的事件。很高兴我前二十年的记忆里有她，以后的日子里也有。

2020 年 6 月 14 日

我们都曾是"物质病"患者

一

……那，今晚物质见吧？

好，物质，我就知道，又是物质……

2000 年或之后，你在深圳街上或某个其他地方，偶尔听见两人对话，说出的是上面两句，你知道什么意思吗？

二

百花二路上的物质生活书吧 2000 年开张之前，深圳有没有叫作"书吧"的地方？恕我孤陋，我不知道。

我之知道书吧，某段时间内我能养成泡书吧的习惯，却是自物质生活书吧始。之前买书去书店，吃饭去饭店，朋友聊天去家里或单位，参加活动去会堂或酒店的会议室。

之前的生活就是这样：匆匆忙忙，或懒懒洋洋，从一个地点赶往另一个地点，从一个钟点赶往另一个钟点。我们不在点与点之间停留。我们也找不到地方停留。也没有人鼓励我们停留。机器上每一颗螺丝钉都各就各位，或者假装各就各位，都不能去机器外游荡。

百花里的物质生活
2000—2020

256

20 世纪 80、90 年代闯深圳的人，是一颗颗不愿再做螺丝钉的"前螺丝钉"。他们来到深圳，不是为了寻找另一台机器。他们不是来做螺丝钉的。他们是来找路的，找通往高山和大海的路，找通向自己的路。找得到就和一帮人一起走，找不到就自己动手开出一条路来。

　　他们不仅找到了路，也找到了"闲"：闲钱，闲暇，闲情，闲事。

　　慢慢地，他们就觉得需要一个空间，走着走着就可以在那里停下来的空间，在点与点之间可以停顿的空间，或一个人闲待着，或两三个人闲聊天，或一群人张罗点闲事，或和一位未曾谋面或久未见面的人说几句闲话，乃至发生一点闲情。那里可能没人等你，你也不必在那里等谁。那里可能没有你认识的人，有认识你的人的可能性也不大。那是你想去就去的地方，不用预约，不用敲门，随时都能宾至如归，随时都可尽兴而归。在那里，可看书，可聊天，可饮酒，可品茶，可喝咖啡，可吃简餐，也可什么都不干。那里不是家庭客厅，不是城市广场，不是书店，不是图书馆，不是单位会议室，不是宽街深巷，不是楼堂馆所，不是公司密室。那应该是中国传统社会格局中从来没有过的公共空间，是现代都市生活专为"城中人"打开的一片自由天地。这个空间装得下满世界所有的话题，但就是没有主题；装得下你所有的梦想，包括白日梦。

　　上个世纪末，深圳的城市化生活，到了可以开创这种空间的时候。

　　于是，2000 年，晓昱和她的朋友们就缔造了这样一个地方，起名叫"物质生活书吧"。多少年之后，晓昱给别人推荐一本新书时说："看着一本杂志从十年前的难产到今天的蓬勃，人来了又去了，不知为何，我竟然想起的是自己十年前工作的电台，也是一帮人，在焦灼中等待，在开始时意气风发，充满想象，创班人马如今也都身在各方了，何其相似。"

　　那时候天下真大，可以由着你去闯。晓昱开始了她的书吧旅程，迄今已经二十年。

三

世上凡两个字以上的名号都有简称的必要。

我起初很接受不了把"物质生活书吧"简称为"物质"，我自己喜欢称之为"书吧"。可是有一帮人就是要喊"物质"，黑天白夜地"物质"来"物质"去。

他们是故意的。

他们通过叫喊"物质"来抵达一种精神。

他们通过热爱"物质"来鄙视某种东西。

他们通过标榜"物质"来区别不同队伍。

来物质啊。

去物质吧。

在物质了。

学物质好了。

给物质啦。

那物质呢？……

他们精神都很健康。他们没有"精神病"。

他们不过是得了"物质病"。

四

一个"物质病"患者的历程大概是这样的：

初期症状：把书吧当书店。犹犹豫豫，进得门来，直奔摆满新书的那个硕大台面。你熟悉这样的台面，它让你迅速和大学校园内外的书摊产生连接。

浏览书时，书吧深处的碰杯声、谈笑声、寒暄声、争辩声、告别声，声声入耳，但是你以为那不是你的场子。你认定你的场子是新书台。选书买单之际，你瞥了灯红酒绿一眼，觉得那仿佛是一堵墙，生硬地弹回了你的视线。收回视线，你匆匆买单，匆匆离去。

中期症状：站着挑书变成坐着看书，一人选书变成多人聊书。来书吧次数多了，胆子也渐渐大了，终于也敢拿着本新书，找个座位，点杯啤酒或茶，边喝边翻。有时候会碰见熟人，有时候有人看你手里的书会过来聊天。聚在一起的人越来越多，人书俱醉的时候也就越来越多。到这个境界，跨进书吧门的脚步变得匆匆，变得像是在赴一场约会。进得门来，人虽然还是直奔新书台，但一书在手，目光早已扫遍书吧各个角落，不过数秒间，旧雨新知，谁在谁不在，已然尽收眼底。此夜书吧之旅，立刻有了路线图。

晚期症状：坐着看书变成坐着争论，小声聊书变成大声宣讲。"病"到这个地步，"病友"相互之间很熟了。大家经常见面，甚至每晚必到。见面不必寒暄，直接进入状态。交谈越来越少，争辩越来越多。桌上的书越来越少，谈书的嗓门却越来越大。时事更容易成为辩论的线索，乃至成为争吵的导火索。到最后，有人高僧枯坐，有人持书长啸，有人面红耳赤，有人泣不成声，有人袖手观虎斗，有人无招胜有招，有人早早呼啸而去，有人迟迟踉跄而来。书吧已成江湖，众人纷纷"封神"。

五

说起"封神"，要提网络。那时候，崭新的互联网世界刚诞生不久，书吧里的酒友忽然又成了网友，或者网友纷纷变了酒友。我们这些"网络移民"时兴玩论坛，每人都装模作样给自己起个网名，仿佛"封神"一般。晓昱化作"一生之水"，Linda甘愿做"温柔的骨头"，姜威本色不改当仁不让自称"登徒子"。若迎面过来几位女子,"登徒子"必会高喊一声,"橙子",你和"小雨点"到这里来,还有你,"伊萨贝拉花",把"那么丹"和"青衣江"拉到我们桌,和"拔牙"有什么可聊的?某夜在物质生活书吧醉醺醺讨论我该以何为马甲,朋友说,你的网名十分现成,就叫"OK先生"。我问缘由,朋友说,你天天满嘴OK不停,接个电话,OK不断,喝个酒谁让你干一杯都OK,给你商量个事你也是边OK边点头,闹得收银台小妹虽不知你名字,但凡你一进门她就边笑边偷着告诉老板娘"那个OK先生来了!"这不就是现成的昵称吗?大家哄笑过后,我自己还没拿定主意,其他人已经开始"OKOK"乱叫了。二十年前,新千年开启,万象都争相更新,时代都新到了万事万物需要重新命名,于是每个人都在新世界有了新名字。

六

已知和未知都构成诱惑。"物质病"患者不仅天天期待和老友相聚,还期待着和什么人不期而遇。

关于不期而遇,我写过如下一段文字:

> 几个月前我看凤凰卫视的专题片《热火巴格达》,记住了巴格达市中心的一条小街。主持人陈晓楠在片中说,这条街叫作木塔那比街,是以一位著名诗人的名字命名的。她说,每到星期五清晨,这条小街就会熙熙攘攘起来;"特殊的生活催生了另一个市场的繁荣"——这里是巴格达的旧书市场。陈晓楠说,经过长达12年的制裁,这个旧书市场成了一处"独特的风景"。我因此对这条小街大感兴趣,无奈电视画面一闪而过,我当时看得清楚,事后却记不真切。过了一段时间,我和陈晓楠在物质生活书吧不期而遇。我对她说,我当然也关心伊拉

克人的悲惨处境，可是战火中书的命运也值得关注，那正是爱书人看世界喜欢瞄准的角度。关于那条小街，我说我想知道得更详细一点。陈晓楠说，我传一份资料给你吧。这些天来，与伊拉克战争有关的资讯铺天盖地，我起早贪黑地看电视读报纸，渐渐地有些厌倦了，于是又想起陈晓楠传过来的《热灰巴格达》文字版。解说词中有一段话，我当时听的时候就觉得古今往往形同天壤，今天读来更觉世事无常："伊拉克一定是神灵最宠爱的一方水土，万顷石油之上，又一下子赐予它两条大河。不少人坚持认为，这里是地球上最适合人类生存繁衍的地方。伊拉克人也一向被看作是阿拉伯人中最骄傲的一群。他们喜欢沉浸在对辉煌往昔的夸耀之中，喜欢沉浸在对卓越前辈的赞叹声里，但是前辈们恐怕很难理解后世子孙今天的窘境……"

每个"物质病"患者都可以列出一个长长的"物质生活书吧不期而遇名单"。我的名单上起码有张五常、薛兆丰、李欧梵、邱立本等。

七

都知道书吧有一面"陶字墙"，那是相当有创意的设计。所选字词皆是2000年的流行语。二十年间几番装修，这面字墙还在，显得不再生机勃勃，因为它们早已经不在我们嘴边了。不过，那仍是深圳城市文化史上的一份视觉创意文献。

前十年的书吧，文化氛围浓厚得像一家媒体。这里不仅接纳各种声音，也固执地发出声音。记得我主编《深圳商报·文化广场》期间，晓昱曾经在读书类版面上开辟专栏，推荐新书。如今我们读读晓昱选的那些新书的书名都很有趣：这何尝不是那个时代的流行语？又何尝不是"物质生活书吧"的另一面"字墙"？

《神祇·坟墓·学者：欧洲考古人的故事》《卡布其诺》《梅兰芳画传》《重返艳阳下》《范曾谈艺录》《城市漂流》《我们已经选择》《傅聪：望七了！》《留德十年》《中国独立纪录片档案》《中大往事》《可爱的骨头》《包围城市》《李叔同说佛》《新锐期刊势力》《中国女性主义》《艺术的故事》《苦涩的名声》《话经济学人》《混沌》《没有一条道路是重复的》《职场红楼》《门萨的娼妓》《百合·飞鸟·女演员》《大剧院的故事》《这本书要卖100万》《美国理想》《杜伊诺哀歌》《德国印象》《穿越仇恨的黑暗》《凡高的背德酒馆》《城堡的故事》《帝国政界往事》《红楼十二层》《痛经》《抓痒》《爱我就像没有明天》《妻子是什么》《书楼寻踪》《言言斋性学札记》《双子座对话中的王小慧》《内战结束的前夜》《切·格瓦拉画传》《观看之道》《有关品质》《遁词》《你的表情很南美》《拙匠随笔》《1405郑和下西洋六百年祭》《关键词》《失焦》《爱上葡萄酒》《毕加索时代的蒙马特高地》《正如你所看到的》《小人物日记》《安徒生剪影》《巴黎情人》《三联生活周刊十年》《没时间失恋》《你喜欢萨冈吗？》《尧臣壶传》《风流故居》《心事》《时间的玫瑰》《法国电影新浪潮》《我的哈佛岁月》。

八

后来我很少去"物质"了，甚至现在也很少泡这"吧"那"吧"了。手机给每个人提供了无边无际的崭新空间，我们纷纷把"泡吧"变成了"刷屏"。

不过，城市还是需要像"物质"这样的空间。这间书吧经过二十年，业已蝶变为一本书。书中的章节千奇百怪，因人而异，且难以数字化，无法批量上传。你在手机上找得到深圳所有的书吧地址，但是找不到当年"物质"中的你。

一个城市，需要很多这样的既老又新的空间。它是用来回忆的，是用来寻找你自己的。

前几天去华强北一家酒店赴约，乘观光电梯直上 36 楼。梯中仅我一人，异常安静。我似置身于摩登大厦的玻璃橱窗之中，孤悬楼外，缓缓上升。时正傍晚，夕阳西下，蓝天白云，忽然静止，一分钟左右时间内，四周阒寂，全城无声。向外望去，路边的栋栋高楼，渐次矮下去、矮下去；平日里躲在楼群之中的名不见经传的楼，倒一一浮了上来。城市似在折叠中伸展，又像倾斜着打开。待这个"玻璃盒子"稳稳停在最高层，我眼中的这座城市已变得一片陌生。

这是深圳？

在地面行走，我们很容易发现"消逝的深圳"：一座大楼忽然不见了，一间饭店突然关门了，街角的大树一夜间没了踪影……诸如此类。可是，在高处，在云端，铺排在你眼前的，是"速生的深圳"。速生速亡之际，我们在熟悉和陌生之间穿越，时时不知身在何处。我们是街上顺水漂流的影子，总希望有个"熟悉的岛屿"能够接引我们上岸；在那里，我们不用穿越，就已经回到了回忆中。

那一刻我看不见百花二路，但是我知道，"物质生活书吧"还在那里。

2020 年 10 月 14 日

物质生活书吧: 意外的赐福

物质生活书吧还叫物质生活书吧，还在百花二路那个正冲着公路的车辆分流之地。如果早期选址的时候征询风水先生的意见，他们可能会说，这个被疾驰而来的车辆造成的煞气所冲击的地方，不利经营，而分流的形状也无法聚财，所以……他们的建议可想而知。但是，物质生活书吧居然存在了20年，而且似乎还将继续存在下去。这让我想起前年在台北认识的一位的士司机，他粗通相面之术，及至后来在电视上看见了马云的样子，就把家里的相面之书付之一炬。或许，物质生活书吧的存在，告诉我们风水之术也一样不能尽信。

20年前，还在电台的《心夜航班》做谈话节目的晓昱女士用声音在夜空飞翔。那时，正是法国女作家玛格丽特·杜拉斯的散文集《物质生活》被深圳文青人手一册的日子。这本薄薄的小书出自王小波最为推崇的翻译家王道乾的译笔。那种摇曳多姿的叙事，暗合了当时还没有去过法国的深圳年轻人对巴黎的各种想象。记得当年我在《深圳商报·文化广场》上发表的一篇书评中说到杜拉斯的文章，说它类似日本人的插花艺术，句子与句子之间未必有什么关联，她觉得有必要在某个地方插入一句，就兴之所至插进一句，而整体看起来，那种错落有致中，往往还有意外的赐福。

物质生活书吧是晓昱的赐福，也是意外的。多多少少，它有一些异域的气息。一个女主人，是必要的。当然不能只卖书，没有酒。事实上书是氛围，

百花里的物质生活
2000—2020

聊天才是主题。来的人不是冲着书来的，尽管走的时候可能会在腋下夹一本书。在一度纸醉金迷的这个城市的早期出现一处这样的地方，还不意外吗？一些人，文青、小资、文化人、白领以及领不一定白的不知道来处也不详去处的人，出没在这个地方，有时候，他们会遇见他们想遇见的人。早期，有一些人，据说不是在物质生活书吧，就是在去物质生活书吧的路上。书吧的夜晚通常是高朋满座，白天则会显得寂寥。这像生活，这就是生活。我不是那"不是……就是……"中的一员，但我也见过大名鼎鼎的经济学家张五常在座上，喝了点酒的、还不算老的张先生眼睛跟着一位经过他面前、准备在他身边落座的女子说，这个靓、这个靓……有人说，现在的网红经济学家薛兆丰就是在这里跟张先生热络的。把这个故事流传下去吧，如果未来的读者对他们会感兴趣的话。早期，一代人的黄金时代，也是物质生活书吧的黄金时代，最具有文人气质的姜威是这里的常客，我见过他摔碎玻璃酒杯的样子。可惜他已经不在这个俗人出没的人间了。人在年轻的时候，在所谓的黄金时代，会有一种错觉，觉得衰老跟自己无缘，这是一种怎样可爱的自我欺瞒啊。我也在某个白天，也许不止一个白天，遇见一位先生独自坐在书吧，好像是在等什么人，总是在等什么人。那时不知道，只觉得书吧就应该有人在等另一个人出现。

物质生活书吧还是物质生活书吧。不过，也可以说物质生活书吧不是物质生活书吧了。2018 年底，重新装修的书吧新张，一群书吧的老熟人受邀出席活动仪式。那天，胡洪侠发表了很可能是他最精彩的一次演讲，当然是仅限我听过的。他在这个如此之熟的地方表达了他如此强烈的陌生感。他习惯落座的位置找不见了，他身边的人呢？他喝得有些陶醉的时候一起身就走对了去洗手间的方向，现在则是不可能了。他要换算一下空间关系，他也很可能不再需要换算空间关系，因为他不会像当年那样频繁出现在这个空间里了。物质生活书吧的 VI 是由深圳著名、应该也是全国知名的韩家英设计的。

旧的空间设计是建筑师钟兵，第二次软装是张达利。新空间由新锐设计师琚宾设计。新的书吧更具有成为网红店的潜质，事实上她确实很快就成了网红店，仍然有事件或者说故事在这里发生，不过，这些跟过去的那些"老人"无关了。胡洪侠诉说的，就是这种与我不再有关的沧桑感。有一年，我们到德国图宾根的一家书店，黑塞打过工的地方，还保留着一些黑塞的痕迹，很可能是生意经，但也可能真的是这样，改变空间结构跟改变历史差不多有一样的效果。当然，欧洲的一些老书店是家族传承的，陈旧这种被时间塑造的无形资产，他们知道，他们也能够做到，不做改变。空间就是如此，一旦改变，时间也无能为力。

不过，我们跟新空间也有了新记忆。疫前，恍如隔世的疫前，说起来不过是去年的10月，我们在这里纪念一本杂志——20世纪80年代风头一时无两的《青年论坛》，同时也分享一本书——平克的《当下的启蒙》。那天，李明华，我的老同学，从广州赶来，他已经白发苍苍了，仍然精神饱满。新空间的色调感性得甚至性感，满座都是愉悦的人。去年是五四运动100周年。100年前，那是第一次启蒙运动出现的年代。那时的《新青年》杂志是后来的《青年论坛》隔代传承的标本。《青年论坛》出现在20世纪的80年代。那么，《当下的启蒙》呢？我们用一个关键词，串联了100年来的风云烟雨。令人感慨，也有一点点不可思议。

事实上那天还有一个活动环节，为成立10周年的后院读书会过生日。2009年10月的一个周六，几个爱书人在华侨城那家已经不存在了的名叫"后院"的餐厅聚会，分享图书资讯，交流读书感想。慢慢地，一些人知道了城中居然有一个重要的读书会，并开始对这个城中不多的读书会在周末的活动有了期待。是在接受媒体采访的过程中，我们明确了我们大概是在开辟一种"闲暇空间"，倡导"第四种状态"——在工作、学习、娱乐之外，还有一种状态是"闲暇"。闲暇是一种运思状态，大脑高度活跃，身体极为放松，把自己的精神灌注到对这个世界的存在之奥妙的惊叹中去，当然也捎带着稀释弥漫在整个城市中的那种"工作上瘾"或者说"工作中毒"。逐渐地我们开始有了一定程度上的理念自觉，明确了这个民间的读书会的基本用意。我们用第一个五年倡导"闲暇"。在第二个五年，我们转入哲学的阅读，并强调我们要用一种"席明纳"的方式来学习哲学，这是一种去中心的方式，是一种注重聆听的方式，是"对话主义"——假设真理掌握在对方手上，我们通过对话去发现这些真理。不用说，这种态度是一个现代人应该具备的态度。第三个五年开始，我们再一次转型，我们发起了"十年共读"的活动，这个活动的旨趣是"通识教育"，也可以叫"博雅教育"，我们希望用漫长的阅读去克服体制内的"工具教育"的弊端，去发现每个人"内在的自我"，实现各自的"目的"。不用说，后院读书会的这些活动都在极其有限的范围内展开，影响到的人群也极为有限，但是，它毕竟是一种现象，是一种存在，是一种民间社会的带有某种"知其不可为而为之"的努力。显然，物质生活书吧的主人晓昱知道民间团体存在的不易，她更懂得珍视这些民间活动的意义，因为在她的那个标志性的文化空间持续时间更长的活动，也具有同样的意味。她给我们送来了一枚巨大的印上后院 LOGO 的生日蛋糕，表达她的认同和致意，正如她此前对后院读书会的一以贯之的支持和援助……

当然，那天，晓昱也来了。她的笑容还是像 20 年前的那个女主播，不过更多了一些岁月的积淀。这种笑容好像是说，没有什么意外，一切都在预料之中，无论是顺境的，或者是逆境的一切，果然如里尔克所说，"有何胜利可言，挺住意味着一切"……如果你知道这 20 年里有多少书吧、书店湮灭不存，就知道什么叫意外；如果你懂得这个空间发生的故事，你就知道什么叫赐福。"赐福"是黑格尔的一个概念。在黑格尔的《逻辑学》的序言里，黑格尔写道："对永恒的沉思默想，以及为此一行为服务的生命，其动机并非来自功利，而是来自赐福。"物质生活书吧，她是城中不多的一处可以对永恒沉思默想的空间，很多人的青春都跟这个空间有那么一些关系。当然，也有不少人是事后才能明白，物质生活书吧，她就是这样一处赐福之地。

2020 年 5 月 3 日

百花她属二

邓康延，作家，纪录片导演

忽的二十年。

物质生活书吧坐落于深圳百花二路三角带，开业时百花怒放。那是2000年的春天，与几位中大校友合股，俩靓女好友晓昱和Linda，各自在爱的路上跋山涉水之后，思想同时受孕，物质生活书吧诞生。

恰逢《凤凰周刊》创刊不久，我让摄影记者虹阳采写了一篇"深圳物质生活书吧"出生记，作一个市场案例的剖面。相机跟拍晓昱粉脸迎冷面，几个月穿梭于工商局、税务局、文化局、街道办，办证租房寻资，借法国小说之名而成"物质生活书吧"。

一店兴，众人涌。书吧新潮的字眼，凸凹在墙上，抒发着店的雄起和柔曼。文人雅士、红粉佳丽，青山之交，红颜知己，有了温软的据点、多元的聚会。书与红酒碰杯，移民与移民城行酒令，醉了多少夜。此间故事掺和着白酒红酒白兰地喜力金威爆米花鸭舌头花生米和当年畅销书《遗情书》《沙床》《借我一生》，以及经典影视和世界大赛。有一度江湖传说，某些人不在物质生活，就在去物质生活的路上。醉翁之意原是可以在酒上和书中的，OK？

书吧总难盈利，但解决了十多人的就业，繁荣了酒业书业，福田区多了一笔税，吉他歌手多了个展喉的空间，而最要紧的是年轻的、商业繁荣的城市多了一处文化聚所。那年末晓昱挑了本装帧考究的《明清鸽谱》送我，我也投桃报李地趁春节送她一副对联："读不醉饮不醉知己者醉，羊也来猴也来春风客来。"节后我带外地友人去书吧，见门框旁空空。晓昱道：找不到能写毛笔字的，生怕辱没了那对子。我想猴年过了还有鸡狗猪一帮子属相可邀，那就随她猴年马月地等书法家吧。

网站刚热时，她做了个"物质生活""坛子"，当了坛主。一时风生水起，云雨大作。"一生之水""温暖的骨头""暖玉生香""二傻子""OK先生"等主儿斜刺里杀进跌出，雄辩雌慧，亦正亦邪、亦乐亦悲、傻到家也聪明到顶。谁是谁，谁是谁非，谁变了谁？因了工具的利刃，割礼了传统的思维。随后她的新书《深圳不说爱——跟自己玩的游戏》的许多篇什，腌自那"坛子"，有酸有辣，自成一味。

再后来，晓昱就形而上了，做了文化官员也未必弄得好的事儿，硬是以一"吧"之力，圈来华人圈的众多名人讲座，啸聚城中知音粉丝。几年里在百多平方米的书吧里，大约月邀一人，让白先勇、李欧梵、沙叶新、邱立本、周国平、马家辉等一干人坐台讲座。且全是免费讲、免费听，她只陪着主持、陪着吃饭这"二陪"。一度书吧里，伸手凌空抓一把就能攥住先锋理念或古典精神的绕梁余音。各类公益、私谊、团体、民间活动，也是次第绽放。不知台面上铺开了多少大课题，角落里撮合了几对小情侣。虽说"新天地""798""兰桂坊"有名有势，可论单位面积、单位时间的人物开讲和百花暗香，深圳此间独步。

晓昱守着酒，能喝而不多喝；守着书，能写也不多写。可她还是给几家大报开了书评专栏，其文字清爽、感性，从书中能读出香也能读出商。深圳能挺过重重压力的书吧少之又少，"物质生活"二十年已活成城中标本和网红打卡地。

还生旁枝斜逸，这地儿还是"亚洲规模最大的帆船赛"中国杯的起锚港。有一天不知怎地一群人就从酒杯中引出了中国杯，几个汉子借着酒劲拍掌为定，先去法国买了船，再自个儿驾回来，驾成了中国杯国际帆船大赛事，至今已办 13 届，举国范围选出的各行业拔尖的蓝色骑士已有几十位。首届开赛前夕，我为他们写过一首歌词，其中有几句：

因为纵横四海 / 故乡成为一张巨大的帆

生命是一次爱的探险 / 过程比结果更让人眷恋

有谁在港口唱一首歌 / 肃然了所有的桅杆

海是一个大道理 / 一点点滋润我们的心田

海上没有重复的路——

天下但有水 / 水中自有天

中国文化微妙，风是风，物是物，合起来则是全新的另一景致，所谓风物。

胡适说，看人要看他吃饭喝酒打牌。说白了就是吃喝玩乐见性情。据我观察，这产自黔地、运势特区的小女子晓昱，吃饭不拘束，喝酒不扭捏，还常常埋单。（未见过她打牌，倒是曾一起看过深圳队踢球，厮杀紧处的大喊，雌雄不辨）其文字及其性情也似她看球，有动有静、时抑时扬、似鹿似狐、如雀如鹰，捉摸不透她是哪种动物，稀缺或旺盛？需受保护或雌霸一方？

物质生活 18 岁时，多位内地、香港诗人参与的"诗与诗学"六讲，正在店里做第五讲。听众不足百，气场可一城。坚持总是好的，何况是诗。当晚，在与众诗友的晚餐酒聚时，我乘闹在手机里写下两句：

夜渐晚诗亦暮 / 碰杯时通行证已是昨天

以诗作桨 / 看见彼岸

百花二路，这地名好。海上呢，没有重复的路。物质生活书吧走到亭亭玉立的二十岁，风月和风云尚且无边。

物质生活的桃李年华

胡野秋，文化学者，作家

物质生活书吧二十岁了，正好是深圳特区一半的年纪。

古人把男孩的二十岁叫"弱冠"，女孩的二十岁叫"桃李年华"。不知为什么，一想起物质生活书吧，我自然会将其归为女孩，是"她"而不是"他"。

理由很多。一是书吧的主人晓昱是个仪态万方的女子，而且也是一副拒绝长大的模样；二是书吧倒是一直在长大，不经意间成为深圳的文化地标，而且一不小心就出落得亭亭玉立；再则书吧的气质始终都很文艺、清新、浪漫，并没有随着窗外的浮躁流于俗气，像个大家闺秀面对满街的喧嚣而秋波冷凝。

所以我更愿意说，今年是物质生活书吧的"桃李年华"。古人用词真是妙，也正是只有二十岁年华的女孩，才敢不施粉黛，仅凭天生丽质，便自带一份桃李的缤纷美艳。所以黄庭坚才写出"桃李春风一杯酒，江湖夜雨十年灯"这样美妙的佳句。每每在物质生活里小坐的时候，便会无端地想起这句诗。那些年在这里觥筹交错过的朋友们，如今虽已各自在"江湖夜雨"中飘零，却不知是否还会想起十年、二十年前在物质生活里的那"一杯酒"？

物质生活书吧诞生于深圳，实在是既偶然又必然。偶然是指在一个以金元为轴心的城市，二十年前她的问世，确实有点突然甚至违和。身边是遍街流金的华强北，这个素颜无妆的小书店，有点像还没有成为还珠格格的小燕子愣生生闯进帝王家，大家不无惊讶地看着她，有些担心她该怎样立足。

奇怪的是，二十年过去，她身边那些多过米铺的金店，一家接一家地倒了，曾经门庭若市的电子商行也都换了一个又一个招牌，唯独这个起初有点柔弱的女孩倒是活得挺好，而且女大十八变，越变越好看，门脸成为很多文青的拍照背景。这一点，很多人都没想到，不但那些曾经强势的商铺们集体想不到，只怕晓昱自己可能都没想到。而物质生活书吧的出现又是必然的，原因在于跨入新世纪的深圳开始悄然滋长起一种新的渴求，当时的特区恰好也进入"桃李年华"，进入桃李年华的城市多了"以梦为马"的指向，日子过得好了，"仓廪实而知礼节，衣食足而知荣辱"，所以对"沙漠"那样的冷眼有点受不了，因此需要有体面一点的事物来调和，这个事物就是文化、精神以及与此相关的东西，书店成了这一切最合适的承载物。须知在2000年以前，深圳只有一家罗湖书城，中心书城、南山书城等都还闻所未闻，在物质生活书吧诞生六年后，中心书城才从天而降。至于既卖书又卖咖啡的书吧形式，除了日本、中国台湾以外，在大陆也较为罕见，我不敢说物质生活是第一家书吧，但至少也应该是第一批书吧。可以说，晓昱是第一个或第一批吃螃蟹的人。

这些年里，先是深圳人坐热了物质生活，然后外来的读书人都循着书香与咖啡香找到这里。人以味聚，人以群分，在没有微信的时代，物质生活成了一个读书人的朋友圈，晓昱是最早的群主。在我眼里，她不大像一个真正的书店老板，更像一个巴黎左岸的沙龙女主人，和来自世界各地的作家、诗人、艺术家们讨论文艺话题，论道岂可无酒，彼时觉得把酒和茶引入书店是恰到好处的安排，古代文人的开门七件事是琴棋书画诗酒茶，你看，琴棋书画诗离不开酒与茶。那一段时间，我们都有一个隐秘而温暖的去处，就在百花二路和五路的交叉点上，经常是掌灯之后乘兴即去，夜半时分微醺而归。

正因为物质生活书吧给过我那么多美好的记忆，所以我会常常带朋友去看看，尽管晓昱已经有更重要的事情要做，不能经常碰到，但店里的气息依然没变。

我在写作《深圳传》的时候，单独为物质生活书吧写了一篇，责任编辑当时委婉地问我，这个书店值得单列一章吗？我和她说，该书店对于深圳的读书人而言，意义可能比大书店还要重些。我很怕出版社认为在一本篇幅有限的城市传记中，为一家小书店用如许篇幅，会有软文之嫌。好在我问心无愧，编辑也最终认同了。

前不久园岭街道邀我为他们的一个活动写一首诗，我写了《园岭赋格》，第一段是这么写的：

> 园岭是一块巨大的磁铁
>
> 只要从它身边经过
>
> 就会莫名被它吸引
>
> 闹市的喧嚣逃得无影无踪
>
> 每条小巷都向我妩媚地展开
>
> 也有撑着伞的雨天
>
> 却逢不着丁香一样结着愁怨的姑娘
>
> 绿荫里的人面开满了桃花
>
> 百花二路注定要和百花五路交会
>
> 它们在物质生活书吧接头
>
> 里面挤满了寻找灵魂的青年
>
> 不管有没有他们想要的答案
>
> ……

"物质生活"就是这么固执地随时会挤进我的脑海和笔端。

二十岁走过来不容易，二十岁以后还有很长的路要走。六一儿童节那天，台北的诚品书店敦南店歇业了，亮了31年的灯光熄灭了，想起每去台北必到的地方已经不在，不禁心生感伤，转念一想，幸亏深圳还有一批像物质生活一样好的书店都在，心下稍安。

我觉得和二十年前相比，我们不用太担心"她"的未来了，因为文明的脚步一旦迈出，就应该不会轻易停下来。"千年万岁不凋落，还将桃李更相宜"，贺知章的诗句也许正是1200多年前预留给"她"的美好祝愿吧。

2020年6月18日

"扎堆"让我们快乐

孙振华，艺术史学者

很多时候，记忆就像一本很久没有翻过的书，静静地站在书架上，有一天突然打开，发现里面居然留下过那么多痕迹，一下就很难再放回去了。很长时间没有去"物质生活"了，晓昱说，今年是"物质生活"二十年的生日，我很诧异，才二十年吗？感觉它已经存在很久了。

人生中许多快乐的记忆，总是和"扎堆"联系在一起的。"物质生活"在我心里，就是一个朋友扎堆的地方。有人说，城市越大，就越感到孤独。扎堆呢，就是专治这种城市病的。扎堆需要场所，场所需要氛围，就是那些场所和氛围，让我们永远记住了曾经快乐的时光和永不磨灭的画面，即便它们是破碎的、片段的，但都是美好的。

刚来深圳的时候，常常有人问，杭州不是很好吗？在美院当个老师挺好的，为什么来深圳？真实的原因别人未必肯信，主要是美院变得不好玩了，具体地说，就是再也没有那种"扎堆"的气氛了。1989 年年初，我在浙江美院（现在叫中国美术学院）拿到博士学位，留校任教。过了两年，慢慢感觉味道不同了。美院的 90 年代和 80 年代，完全是两个世界。如果在 80 年代放弃杭州，特别是放弃美院，我自己也不会理解。南山路上的美院在周边居民口中，就叫"小美国"。也不知道为什么，杭州人对美院师生有一种特别的仰慕和宽容，尽管他们一点儿都没有少扰民。

学校住房紧张反而成就了师生的学术氛围。在 80 年代，美院的本科生、研究生、青年教师全部加起来，也就两三百人，相互没有不认识的。每天中午，一人捧一碗饭，围坐在阳光草地上，就是一个讨论会，什么都说，什么都议论，争得面红耳赤。晚上更热闹了，各种扎堆，在昏暗的路灯下，寝室里，楼梯的台阶上，喝酒聊天的，弹吉他唱歌的，随时有人插进来，也随时有人离开。一瓶啤酒、一包椒盐花生米，就可以把熟悉或不熟悉的西方哲学家、艺术家的名字倒腾大半宿。周末就不用说了，那时流行舞会，周末黄昏，华灯初上，杭州城时尚的姑娘们早早就聚集在学校大门口，巴望出来个学生把她们带进去跳舞。还有其他院校的女生则跟门卫软磨硬泡，央求借电话联系老乡、同学出来接她们。几乎每个教室都是舞场，桌子、凳子归置一下，音响弄好，派个人到门口请舞伴，舞会就开始了。

进入 90 年代，集体主义的扎堆模式戛然而止；一夜之间进入了个人主义、功利主义的小时代，过去扎堆的那些人大多数选择了在校外租房，画画、办班、过一对一的小日子。1991 年夏天，去了一趟雁荡山，回来一看，住房没了。那幢民国时期的小木楼，烧得只剩个架子，消防队员抢出来的书籍乱糟糟地堆在仓库里，散发着一股刺鼻的烟火味。学校把我们几个青年教师临时安置在西湖对岸，曲院风荷公园内省军区独立营营部，一排临湖的小平房里。小屋子风景一流，但生活极其不便。军营的气氛单调、压抑，在那里住了两年，没和军人说过一句话。想想以前那些扎堆的日子，不免有隔世之叹。从那时开始，渐渐萌生了去意。1993 年终于离开了曲院风荷的那间小屋子，搬到了深圳布心花园的一套过渡房里，成了一个深圳人。

到了深圳，自然又是各种扎堆，但这是和杭州完全不同的感觉。随着对深圳了解，越来越觉得，如果不来深圳一定是此生的遗憾。关键是你看中深圳的什么。我的理由很简单，它极大地满足了我的好奇心，尤其是在 90 年代，深圳应该是我们所能选择的中国城市中，最适合人待的地方，也是最丰富、最有活力、最有故事的地方。在这里，你可以看到一个新世界，感受到一种全新的生活，可以认识各种各样好玩的人，碰到很多在过去想不到的事情……

不了解深圳的人，常常会说它功利、无趣，其实只要稍稍深入，就会领略它的博大精深。这里最大密度地汇集了各路神仙、高人、能人、怪人，当然，也有各种骗子、掮客、无赖。还有一些神秘莫测的人物，动不动声称"国安""标榜黑社会"……平心而论，在深圳，只要没有买房买车的远大目标，没有日求三餐、夜求一宿的生存困扰，是可以生活得非常快乐的，快乐的重要指标仍然是"扎堆"。

深圳有太多太多的圈子，你想象不到的各种人群的组合。大家本能地领悟到"独乐乐不如众乐乐"的真谛，在一个移民城市抱团取暖。在深圳可以有很多理由构建自己的朋友圈：同乡（如果你有祖籍和出生地的区别，又分成了两拨，甚至更多）、同学（各个学习阶段的）、同事（包括自己所属的专业）这是三条主干。然后，还有兴趣爱好呢？还有主干派生的分支，朋友的朋友呢？绵延下去，多了去了。反观美院，它的圈子就太单调、太有限了。在美院的那些年，除去考察、下乡，所有的社会交往几乎都发生在校园内部，根本不知道学院以外的人是怎么生活的。如果一直继续下去，从老先生身上，可以早早地看到自己的晚景。

该说说"物质生活"了。来深圳的前十年，我的办公室都在园岭；从那里到"物质生活"，走走就十分钟。第一次是伍时雄和孔雁带我去的，在那里和上海来的张晴聊天，那天喝着酒，聊得很晚，也很尽兴，属于推心置腹、吐露隐私的那一种。张晴现在是中国美术馆的副馆长，他应该还记得那天晚上说过的话，不过，现在让他再这样说，恐怕是万万不能够了。"扎堆"就是这么怪，它是讲机缘的，遇到对的人，对的地方，对的氛围，隐秘的话匣子在不经意之间，突然就打开了，下次希望再重复，往往不可能。所以，每一次扎堆都是一次可遇不可求的过程，每一次扎堆都具有唯一性。

那天晚上，晓昱去得比较晚，也没人介绍，可是看她顾盼神飞、左右逢源的样子，心想，她应该就是著名的晓昱了。下次再去，有人跟我介绍，果然没错，就是她。

有一段时间，特别是和纸媒打得火热的时候，去"物质生活"比较密集。常见的人有胡洪侠、姜威，还有《南方都市报》的马凌、蔡蕾、周吟等人。"物质生活"应该是深圳才子姜威的第二办公室，平日里和他见面并不多，对他的印象基本都是在物质生活形成的。记忆最深的一次，是和姜威以及晚报总编室的一帮美女在一起喝酒。那晚的气氛到现在仍然历历在目，甚至姜威的语音语调都仍在耳边。扎堆是最能点燃一个人才情的时候，连珠妙语在那会不假思索地就蹦出来，拦都拦不住。

从2004年开始，我为《深圳商报·文化广场》写了11年的专栏，这些专栏文字后来结集出了三本书，《广场操练》《十年而已》《处处尘埃》。胡洪侠是我的专栏老师，我从最早不会写到后来文章被编辑认定为"免检产品"，主要是大侠的功劳。写专栏这事其实是王绍培先提出来的，他当时在《深圳特区报》当编辑，也是在一次扎堆活动中，绍培说：你可以考虑为我们报写专栏。一旁的大侠听到了，捷足先登，马上就给我来电话，大致说了字数、要求，让我先写一篇试试。我根据批判家贾方舟先生的亲身经历写了一个故事，大侠看了，电话跟我说，不行，这么写不行。我一下有点泄气了，稿子直接被毙，有点伤自尊。过了两天，大侠来电话了：专栏还是要写呀，我在"物质生活"，你过来，我们聊聊。

我去的时候，大侠已经喝得七七八八了，不过脑子还是清醒的。就是那一次，我认为大侠对专栏写作确实有研究，他讲了专栏的基本要素，如何选择切入的角度，如何跟一般文章区别开来，讲得头头是道，让我一下就明白了。正是得益于"物质生活"的那一次面授机宜，写的第二篇就直接用了，然后就一直写下去了。

在"物质生活"的时候，晓昱大多数时候都在。她天生具有一种调节气氛、左右逢源的控场能力，在我认识的女性朋友中，像她这么伶牙俐齿，兼具高情商和高智商的确实不多。晓昱最大特点是亦庄亦谐，能把玩笑和正事之间的分寸和尺度拿捏得恰到好处，由她主持的"扎堆"，气氛一定是轻松愉快的，又并非毫无意义。还有，不要看她表面上什么时候都轻轻松松，实际在不经意间，她都在察言观色，因此能够善解人意，照顾到每个人的情绪和感受。如果深圳要评选出一个"扎堆"的最佳主持，晓昱应该可以名列榜首吧！

　　"物质生活"属于一个比较平民化的场所，后来，晓昱又开辟了其他高大上的场地，所以，我们去"物质生活"就少了，更乐意待在奢侈的地方。可能是由于"物质生活"是晓昱早期的"革命根据地"，所以她个人对"物质生活"倒是念念不忘，或者说，"物质生活"就是她的初心。最近，她念念叨叨比较多的，就是实体书店的艰难和渺茫未知的前景，可以感觉到她内心的矛盾和挣扎。"真的不知道'物质生活'还能延续多久？"这个问题就像我们不知道未来是否依然会快乐一样。

　　尽管我们怀念在"物质生活""扎堆"的日子，回味那些快乐的记忆，但是，真心不希望大家对"物质生活"的褒奖成为一种道德绑架，逼着晓昱硬着头皮顶下去。"物质生活"如果不能快乐地延续，也可以选择快乐地结束。最后，用小说中的一句话作为对"物质生活"二十年的献词吧：

　　　　每一次都是那样短促，在感觉中留不下时间的长度。但这些短促的瞬间合在一起，便形成长时间的感觉，给她带来终生的欢乐。

　　　　　　　　　　　　　　　　　　——瓦西里·格罗斯曼《生活与命运》

2020 年 6 月 9 日

"物质生活"的灯光意味着什么

黄啸，作家

今年 5 月 31 日夜，台湾首个 24 小时书店诚品敦南店，倒计时闭店，永远熄灯。"城市众声喧哗，思潮开枝散叶。典藏敦南，夜以继日"的台北地标以及爱书人的据点，关闭了。因为阅读方式不可遏制地更迭，国内外一个个熟悉的书店名字都与不支挂钩，比如单向街书店众筹求救。"人们把书店当成文化地标，当成精神支柱，当成黄昏留下的一盏灯。很多书店老板谈及自己在做的事，也总是强调书店的精神意义，要温暖孤单的人们，要填满空虚的灵魂，一个个像殉道者般神圣而庄严。仿佛只有在这个时候，他们才想起来，原来他们开的是店铺，做的是买卖，不能用爱发电。"这是沈阳独立书店离河书店老板孙晓迪接受采访时说的一段话，她还谈到了开书店的快乐和身心不支。

在这样的背景之下，深圳的"物质生活"书吧 20 岁了，看书人的书店地图中，比较标志性的是去北京看"万圣"，去南京找"先锋"，去上海看"季风"，去杭州找"枫林晚"，去广州看"学而优"，去台北逛"诚品"。无论在不在这个一线版图中，深圳人自珍的是和他们相守了 20 年的"物质生活"的灯光。

欧洲街角咖啡馆特别多，物质生活的小门脸大窗户有点那个气质，除了咖啡芳香还有书香。每次回国，都会去物质生活坐坐，买几本书，时空隔膜就得到了化解。深圳年轻，因为快速生长，城市细节消失得特别快，物质生活一直还在，真好。

2018 年 12 月，金敏华兄发给我一张老照片，照片中是我跟昱站在一起，我们都正青春。我想不起来自己还那么摇滚范儿过——露头皮的寸头，黑色 Oversize 西装，黑色 T 恤，表情苍茫地对着话筒在说话。那天可能是 2000 年 8 月 28 日，物质生活书吧开业，也可能是其他活动，总之是很多很多年前在物质生活。我之所以这么说，是因为我关于 20 年前物质生活开业那天的记忆，见了谁、说了什么、听到什么，跟朋友都对不上。看起来 20 年来，关于物质生活的记忆，已经兀自生长，有了不同的宿主版本。在深圳，不夸张地说，人人心中都有一个物质生活。阅读的，购书的，约会的，写作业的，接写作业的孩子的……一到两代人。

我说说我关于那天的记忆。晓昱成为闻名遐迩的晓总前和后，我都叫她昱。昱曾经是电台 971 的金牌主持，"心夜航班"的"机长"，我去过几次客串嘉宾，做节目如同与闺蜜聊天，聊出了灵犀。随后昱离开电台，辗转北京回到深圳，生活波澜感情冷暖初心不改，和中大的同学合伙开了这间所有文艺青年心中都梦想过的书吧——物质生活。开业那天来了很多城中老友，昱还是信手拈来当主持，她的主持功底，在日后物质生活往来鸿儒雅致纷呈中，始终无隙逢源。我记得开业那天有个环节，每个人说一句跟物质生活有关的话。照片中的我正面冷心热地说"我爱物质生活"，这是所有深圳人的普世底色，物质挂帅，然后才有精神层面的"物质生活"。我记得当时绍培兄说的是"物质生活让我很烦恼"，我们大笑，好像烦恼很好笑的样子。那时候，我们是烦恼穿肠过，骚情心中留，过得张牙舞爪，云蒸霞蔚。

"一经长大，那一切就成为身外之物，不必让种种记忆永远和自己同在，就让它留在它形成的地方吧。"这句话出自杜拉斯的散文随笔集《物质生活》，物质生活书吧的店名来自这里。据说是我城中另外一个闺蜜陈溶冰的主意，无情中有情之杂糅的气质，物质聚合出书香来，用来做书吧的名字真是怒赞。

物质生活的街角灯光在深圳百花片区亮了 20 年，名正居功至伟，当然更因为昱和这座城市的坚持与成全。

后来我在物质生活听讲座、会朋友、等女儿、买书看书，也宣传过自己的书。有一度我把物质生活当成采访和约人的据点，包括邓康延兄拍的一个深圳人题材的纪录片，关于昱那一部分的脚本，我也是在物质生活采写的。

泡物质生活那些年，是我耳提面命名人名言听得最多的一个阶段，比较狠的是城中登山名人张梁的一句话，他说："我觉得最酷的死法就是攀登未归，干脆利落。"我说："如果你活到老登到老的话，这的确可以是一个漂亮选择，像老去的狮子一样转身离开，在远山消失。"

死亡的话题在物质生活也跟作家周国平聊过，关于他让人心痛的只在这个世界存活了一年半的女儿妞妞。妞妞满月查出来患癌，没有治愈希望。医生观点是做手术虽然可以延续生命，但是很有可能会失明和必定复发。他当初做了不做手术的决定，不想让女儿生命没有质量，仅仅是活着。做这样的决定注定是一生的负累，果然手术窗口一过，他就后悔了，自己凭什么替女儿决定生或者死。那么他不做决定，又该由谁做决定？周国平那本《妞妞，一个父亲的札记》，我在物质生活买了，请周国平签了字的，始终没勇气读。自己有过给 91 岁的父亲做生死决定的经历，那个瞬间唯一的心理支撑是，爸爸过了丰饶一生，让他平静离开，了无遗憾。好像 COVID-19 的肆虐，让无数人泪下的生死定格中，有个病危的比利时八旬老太太说，我不用呼吸机，把需要留给年轻人，因为我已经过了美丽丰富的一生。但无法想象周国平为还未开始就要结束的稚嫩生命做生死决定后的经年内心滔天叩问。这样永无宁日的心理历程，我读都没法读，作家的心是怎么安顿的？我至今记得兴冲冲去物质生活见毕飞宇的劲头。你想啊，明星帅但是脑袋里没料，作家有思想，一般长得抱歉。采访毕飞宇能得两全，他那么帅，言谈那么文艺，才华与颜值齐飞。他说人心里有光辉的东西，也有隐蔽、幽暗甚至龌龊的东西，写作者要正视、尊重这些，包括尊重自己，虽然从写作中一点点发现："原来你不是个东西。"我是从那儿开始，对自己"不是个东西"的那一部分宽容起来的。

物质生活虽然妥妥的是深圳网红打卡书吧，其实是名声大作后很多年才收支平衡。总之全世界的书吧都是文艺盛名之下不咋赚钱的营生，能打平就了不起了。20 年来，多少大佬想买这间百花片区黄金地段的街角门面店，昱稳稳地说物质生活当然不会卖，那是她出发的地方，无论她现在更大的事业——中国杯的事业乘风破浪走得多远。在常常听到熟悉的有腔调的书店危局、书吧再见的时候，深圳这座年轻的城市，物质生活街角的灯光不灭，走进书吧，就有邂逅新朋老友的机会，这是一个多么让人欣慰和温暖的事情。物质生活的房租，从每平方米一百块，涨到每平方米四五百块，再次说明书店名字就是能量棒，文化是要物质支撑的，物质成全了书香 20 年，这也很深圳。

我和物质生活的缘分，分明还有可能更深刻些。前两年我写了篇专栏文章《人人心中有一间店》，幻想了一下开咖啡馆的梦想，主要是想有个地方摆全世界淘来的小玩意儿。昱当时在报上看了我发的癔症，给我电话，说：不如你去物质生活店里坐台吧，你反正要来店里采访写稿，想怎么摆小玩意儿随你，你过下开咖啡馆瘾，我也放心，有你看店就大可撒手不管了。如果当时不是已经决定全面撤退，这真是一个绝好的圆梦 offer，就让它留在它形成的地方吧。

2020 年 6 月 2 日

一道城市文化生活坐标上的光芒

高海燕，城市与产业运营专家

物质生活书吧被称为"深圳的文化地标"，这和它作为一个非典型性的商业场所无关。它出场的时间和展开的方式决定了它在这座城市文化坐标上的位置。

20 年前，深圳正在经历快速工业化的发展周期。

与传统城市"藤蔓式"的生长方式不同的是，深圳更像是"布置"出来的。依靠战略规划、随着产业行动，一步一步催生，产业结构、社会结构、城市结构、时间结构都清晰可见。就像做好了一副战略的钢架，铺设了一条时间的轨道，其他一切都是岁月的填充物。

在深圳的 A 面，创造着工业化和城市化的奇迹。在深圳的 B 面，一切刚性而又功利。城市即产业，城市即财富，城市即生意。这个城市的社会关系即交易关系，这个城市的人群是"生意人 + 工程师 + 农民"。别说人文了，文科生要在这座城市讨生活抑或是生下根来，都是件不太容易的事。在城市生活中，人们只为了"业务"聚在一起，"谈心"是一件奢侈的事情，这座城市强调"时间就是金钱""你的生活与我无关"。除了生意，别的免谈。这几乎概括了从民间话语到公共议题的全部。深圳那时也是有书店的，并且生意火爆。即使在夜间，也挤满了拎着篮子像买菜一样买书的人群。这种现象还是当年反驳"深圳文化沙漠论"很重要的例证。但有意思的是，人们大多购买的是股票与投资、电脑与计算机、学历考试教辅等图书。实用主义已经渗透到这个城市从人际关系到观念意识到知识消费的每一个空间、每一个毛孔。回头看，去"物质化"才是物质生活书吧在 20 年前出场的"时代最强音"。

物质生活书吧出现在深圳文化资源相对贫乏的年代。它的名字本身就是一个特别的开场，首先就直接没有了传统文人思维的"风雅颂"。看上去仿佛是对时代刻意的迎合，却又更像一个巨大的反讽。据说取名的创意来自法国作家玛格丽特·杜拉斯的随笔集《物质生活》，但这又确实是实打实的深圳味道，一切都从物质开始，即使是精神生活。

物质生活书吧，从一开始就与当时的商业书店保持着距离，对人文、社科、艺术设计类书籍的品类定位体现了它的审美偏执（今天仍然如此）。在运营上也不太像一个典型的书店，它甚至有点类似 18 世纪的"巴黎沙龙"，不论社会地位的人们在"会客厅"中交流思想，碰撞观点，从社会问题到个人信仰，从世俗享乐到人文价值……既夹杂着思维的火花，也充溢着暧昧的气息。书是背景，书桌和讲台是舞台，咖啡与茶是道具，人才是主角。物质生活书吧也许就是充当了这样一个场所：在工厂、商场和殿堂之外，为人们搭建了一个既不脱离世俗生活，又能满足精神体验的另类场所。除了有白先勇、许鞍华、张五常、李欧梵等文化名人的主题讲座，也还有深圳本土文化人正式、非正式的谈天说地。

因为物质生活书吧的人气，小小的百花路都有了缕缕仙气。既有"山不在高，有仙则名"的"名山效应"，又有所谓"谈笑有鸿儒，往来无白丁"的精神幻象；既可以是一个热闹的"文化市井"，又能作为一个避世的所在。"深圳文化人不在物质生活书吧，就在去物质生活书吧的路上"是物质生活书吧相当长时间的"盛世光景"。这大概就是"深圳文化地标"的最初来由。

这在 20 年前的深圳确实弥足珍贵。人们为了改变生活蜂拥来到这座城市，但人们又因为这座城市落寞至极。在一个金钱混杂着荷尔蒙的异乡，人们既要满足身体的诚实，又要安顿不安分的灵魂。这个时候出现的物质生活书吧，是一个聊以自慰的地方，是一个抗拒或者平衡功利的地方，是一个既能歇脚也能思考的地方，是一个制造意识、产生启迪的地方……

物质生活书吧像极了一个理想主义者，在物质单边主义弥漫的四周，用商业为矛，以文化为盾，试图去构建一种新的场所秩序，用来抵御或者平衡传统商业对人们生活空间和意识空间的全面"侵占"。这种"家园感"十足的"乡愁思维"，更像是物质生活书吧创始人的自我叙事方式：本来指望有别人打造一个自己期待的世界，但因为实在等不到或者等不及，就只好自己来做。从这个角度延展开了来说，世上大多数创新者都是那些最初基于对世界产生了一种真切想法而最终又不得不自行投入热切行动的人。

可以说，物质生活书吧最早为深圳文化场所、文化供给方式、文化关系提供了一种范式。现在遍地的 LOFT、创意和生活的融合、知识和咖啡的联手、文化和消费的混搭、知识分子与世俗生活的结合……往前了说，都有着物质生活书吧的影子。在今天这个越来越丰富的文化商业时代，物质生活书吧稍显小众也并不占据主流地位，但这并不影响它曾经作为方向探索者的存在。20 年后回望过往，我们依然能感受到它在深圳文化生活发展坐标的源头发出的光芒。今天，这个城市仍然需要它以一个独立的姿态存在于非主场，行走在文化和商业的连接地带，总是会在一个人们不注意的时间和地方为我们开启一个新的空间、议题和关系。

未来，物质生活书吧依然无可替代。

2020 年 7 月 13 日

如约而至

"唔该，百花二路跟百花五路交界口停。"我嘱咐的哥。

在过去的 20年间，但凡置身这座城市——无论是之初供职于当地的几家媒体机构，还是此后北上工作生活，只能以出差或者春节期间与父母团聚的名义再次踏足。如同一种履约，我总会选择黄昏后的某个时刻，以这种精确到有些古怪和刻板的方式，把探访地的坐标告知那些湖南攸县或非攸县籍的深圳出租车司机。

除了坐在后排也必须绑上安全带的地方新规，就像与平行空间中的自己对上了暗号，剩下的似乎都不会改变，也不必担心什么。这一点，显然与海莲·汉芙（纽约剧作家，《查令十字街 84号》作者，该书后被改编成舞台剧、电视剧集以及同名电影）有很大不同。"听我奉劝，别相信出租车司机，明明三条街外的目的地，他会载你兜上五里路；还有，别白费力气读地图了，没有人可以找得到路，伦敦人也不例外。"1987版的电影中，安妮·班克罗夫特饰演的海莲，在其人生首次跨越大西洋的飞行中被机上邻座好意提醒。其实已是 1971年夏天的故事了。55岁潦倒半生的纽约自由剧作家，因意外获得成功的书信体小说受邀造访伦敦，更准确地说，是成就这本小说的所在——位于查令十字街 84号的马克思与科恩书店（Marks & Co.）。当然，心心念念卖给她近五十本老版书的弗兰克，早在之前两年过世。

遗憾，大概是构成经典的必要前奏之一。所以，就算自海莲·汉芙寄出首封信件已白驹过隙七十载，就算从一家二手书店，到酒吧，到唱片行，到麦当劳，84号物是人非，但与贝克街221B及国王十字街站第九站台一般，作为文化产品的重要衍生，在成为旅游者"到此一游"式的打卡胜地后，马克斯与科恩终究得以在伦敦城内永生。

一周一次；一月一次；一年一次。我所要造访的物质生活书吧，还远未到需要通过变身或问路才能令访客唏嘘缅怀的境地。至少，在百花路那块三角地带，它一直顽强地存在着，既未更替过东家，也与发轫之初的定位没有太多偏离。哪怕，两年前的门面装修和内部格局改造让其在愈发饱满明亮之余显得时尚感过于迫人；哪怕，想要在此邂逅晓昱、Linda几位沙龙女主人的机会，如同福利彩票中奖般稀有。但是，如果忽略掉这一切，从每次步入书吧大门的那刻起，普鲁斯特效应依旧会如约而至：有些人文气息的选书标准，虽不够时效却仍能惊喜地激起购买冲动；然后安逸地坐在那块迟早会被城市博物馆收藏、凹凸有致的活体字墙下，来瓶喜力啤酒或者一盏司黑方加冰；偶然扭头错愕间发现多年未见的朋友刚刚进门。

嗯，世事蜩螗，不能再贪心。记忆往往并不值得信任。20年后，我得承认已无法准确回忆起首次关照的哥那句话的时间以及当时的真实状态。甚至，当2000年物质生活书吧刚刚降临这个世界，这座包容它的城市又是何种模样？唯一印象中，那时的光线特别耀眼，每一缕阳光下都充斥着改变世界的荷尔蒙，每一条街道中都冲撞着"我就是这个时代"的宣言式面孔。而在这间由杜拉斯随笔缘起的书吧里，似乎永远不愁与名人们打交道，从王石到张五常，从彭浩翔到许鞍华，名单可以开出很长，话说到尽兴，酒饮至小酣，夹书几本，呼啸地各自隐入城市的各个角落。

在迎接深圳经济特区建立40周年之际，恰好20岁的物质生活书吧犹如一道二分之一斜杠，将岁月劈成两半。还好，总有一些数据可供我这个"资深财媒"去打捞。2000年时，深圳的地铁一号线尚未开工，深圳的职工平均年工资也才 23039元。这一年开盘的香蜜湖地区俊景豪园首付只需半成，每平方米4960元。而在2020年，我只知道深圳每平方公里的生产总值已达到9.76亿元，为20年前的9倍且两倍于上海，成为中国第一。深圳的金融从业人员已膨胀至123万人，相当于"纽约+伦敦+香港"的总和。为了取得购买资格，深圳人离婚需要排队一个月。原因很简单，2000年平均 5275元的全市商品房均价已被乘以了 12倍的系数。

这是一座追逐光速的城市，这也是一座速朽的城市。几年前，当我听说69层的深圳地王大厦入选第三批中国"20世纪建筑遗产名录"时，丝毫未感到惊讶。如果连京基 100 都垂垂老矣，如果平安金融中心才是时下的举目标高，那么到2000年时刚投入使用不足千天的"地王"，自然算得上"史前"了。

白居易说"大都好物不坚牢，彩云易散琉璃脆"。对于一个好书者，我见识过民营的上海季风书店数次搬迁以及汉源书店的魂飞魄散，也领教了国有的北京三联书店因为各种不足道的原因前后闭门了将近一年半，而名头极为响亮的诚品书店，更在 2020 年连续关闭不少门店，包括开张不足两年的深圳旗舰店。

缔造深圳的首席文化沙龙，我不知道物质生活书吧的创立者是否真有过成为德·朗布依埃侯爵夫人[1]的梦想，又或者像吴清友那样能将一家图书、文创企业最终送入股市，尽管只有相当于10亿元人民币的可怜市值。但至少，每一次来到深圳，总还有一处熟悉的亮灯的书吧可让我不用忧心迷路、绕路，买几本书，嘬一口酒，期待一位睽违的朋友出现，这已是莫大的幸福和造化。百花二路百花公寓一栋一楼 8号 A，下一次，可以和的哥换个说法了，虽然这是 20年后我第一次真正知晓它的确切地址。

2020 年 6 月

---

[1] 德·朗布依埃侯爵夫人 'M. de Rambouille'，1588 — 1655，开创了法国历史上第一个沙龙，定期在"蓝屋" 'Chambre bleue'，邀约名流，谈论文学、诗歌。

我和物质生活擦肩而过的生活

刘晓都，建筑师，深圳坪山美术馆馆长

　　物质生活书吧开业的时候，正好是我从国外回来到深圳创业的时候。现在回想起来，那个时刻还真的是一个转折点，经过20年深圳开始发力的节点，文化事业包括设计也随之带动起来。建筑师在大城市的混凝土森林里面可以说像是逐草而居的游牧者。那几年我先后生活工作在当时最具活力的区域，罗湖和华强北。"物质生活"选择了既经济活跃，又有文化人聚居的百花路，显然对我而言不足为怪。

　　知道物质生活书吧还是因为它是我的师弟钟兵设计的空间。我在初创设计公司的艰难状态下只是夜里下班偶尔去那里看一下，买两本书。去一个没曾认识什么人的独立书店，即使有特色也不足以让我成为常客。当时的很多活动信息不像现在这么容易获得，参加的活动少，传说中的深圳文化"四大才子"等文化人自然也无缘结识，自己就是无数默默而来、悄然而去的大多数中的一员。然而那几年的个人生活却是围绕着物质生活的区域发生的。我的脚步踏遍了华强北，各种商业摊贩电子商店，甚至光顾过多次旧天堂主人阿飞在华强北时代的音乐档位，那种日间的喧嚣和午晚书吧的静谧形成了一个我对那个年代颇有张力的图像记忆。因我的建筑专业关系，我对书吧最深刻的印象还是它的选址。一个在Y字街角上正对道路的位置，给我巴黎街角咖啡店的意象。然而当时的书吧并没有对着街道的开窗和外摆。初见时觉得是个遗憾。多年以后，我看到伍迪·艾伦的文艺片《午夜巴黎》，男主穿越时空的那个街角咖啡店，让我立刻想起了物质生活书吧。这个大概就是书吧主人晓昱理想中的感觉吧。我想补充说的是，想找一个这样的场景也是不容易的，熟悉百花的人都知道这个小区的路网是转了 45 度的正方形。人在里面很容易失去方向感。而这个有街区感的 Y 字街口难得一见。好多次我从路上回望，那隐隐的灯光都让我有种莫名的温暖感。那一定是一种城市的温度。

2006 年后，追随着深圳城市中心的西移，我的公司搬到了华侨城创意园，然而我却有了一段短暂的成为物质生活常客的时光。适应了深圳的生活，渐渐认识了书吧的晓昱、Linda，结识了一些深圳文化名人和朋友，唱歌的 Zoe 等，让我对书吧产生了亲近感。说到底书店还是一个思想流动碰撞的地方，人就是一切。再后来的若干年，生活工作空间彻底收缩到华侨城创意文化园，和晓昱的再次见面就转到了大鹏海滨的中国杯帆船赛的开幕式。我们都散开来了，深圳有了更多的拓展空间、更多的去处、更多的有意思的人。恍然间，我和物质生活都在深圳度过了 20 年。我们同时出现的时候，正是这个城市开始成型的时候。而今的深圳俨然已经成为一个成熟的大城市，我们都在这里画出了各自的轨迹。

尽管深圳人口密度超高，经济发达，但它还称不上是一个大都会城市，距离巴黎、伦敦、纽约那样的伟大的城市更远。40 年的年轻城市还有很长的路要走。它还缺乏文化丰富的厚度，还需要吸引到更多的文化名人在这里书写历史。只是有无数的高楼大厦、匆匆的人流、歌舞升平的娱乐场、丰盛美味的食肆，只拥有巨大的价值生产能力，只具备完善的医疗教育公共服务系统，都不足以成就一个伟大的城市。每一个伟大的城市都有一个属于自己的城市精神和包罗万象的丰富内涵。图书馆、美术馆、剧院、大学、咖啡馆和书店等文化机构和它们后面一大批从事文化事业的人们就是城市精神的创造者。同时，底层的亚文化也能成为滋润一个伟大城市精神的养料。我说过，有了城中村，深圳就不会流于平庸。而物质生活书吧这样的存在，则是城市摆脱平庸的必需品。

现如今独立书店已经成为一种理想的载体，在独立书店的生存环境越来越差的情况中欣喜地发现物质生活还在那里，非常难得地坚持了 20 年。祝愿物质生活这点城市中的微光一直亮下去！

2020 年 11 月 4 日

物质生活的思想奇缘

2000年，21世纪的开始，中国社会寻找新的气象。市场化与全球化进入新的阶段，逐渐告别教条与一元化的格局，追寻一个开放与多元化的世界。这也是探索与创新的时刻，各种不同的可能性都在社会上以不同的方式出现。位于深圳福田的"物质生活书吧"，在2000年8月开张，就展现了一种"国际文青"范儿，别树一帜。它取名"物质生活"，就是出自法国女作家杜拉斯（Marguerite Duras）的同名小说 *La Vie Materielle*，似乎暗藏"反讽"的机锋——在滔滔浊世耽于物质生活时，要追求思想世界的满足，避免在富裕物质生活中的精神贫穷。书吧设计前卫，具有一种独特风格，成为很多知识分子的最爱。

由于与几位深圳媒体人交往，因缘际会，我也认识了书吧的主人晓昱，有时候周末就在书吧和不同背景的文化人聊天，在咖啡与美酒的刺激下，思想激荡，探讨一些过去不敢想象的事情。如果说深圳就是全国创新的先锋，那么物质生活书吧就是深圳凝聚创意心灵的场所，群贤毕至，在众声喧哗中，大家都分享那种知无不言、言无不尽的气氛。

当然，书吧也和深圳这城市一样，汇聚了五湖四海的读者。"来了就是深圳人"，参与聊天的朋友都是大江南北的背景，大家口音不一样，成长的背景也迥异，但大家对于未来的探索，都一样热切。

这也许是新世纪的时代氛围。那还是诺基亚手机的时代，互联网的网速

城市群星闪耀时   295

还很慢，马云、马化腾、任正非还没成为名人，张小龙还没发明微信。中国的高铁还在争论，要用德国、法国还是日本的系统。大家都已经看到中国上升的潜力，但发展的路径、文化上的方向、国家的核心竞争力，都是大家不断在争辩的题目。

书吧也开始举办小型的讲座，围绕文学、历史、哲学的议题。我也自告奋勇，帮忙邀请在香港的几位知识分子来书吧的讲座发表演讲，与读者交流，包括李欧梵等，都极受欢迎。

我也在这讲座做了一次报告，记得题目是《匆忙的文学》，讲新闻与文学之间的秘密通道，说出在截稿时间的压力下，新闻人如何善用文学的修辞力量，展现那些吸引眼球，也可以有永恒意义的文字。

我也忘不了那些现场的演唱，各路的歌手演奏中西的曲子，其实都在奏出时代变革的音符，渴望自由与创新，不再被历史与旧世界的争论所纠缠，而是要有冲破牢笼的勇气与决心。

这是一段充满激情的日子。20 年来，这家书吧变成了深圳的签名，见证了这个创新城市与中国的突飞猛进。如果没有 2000 年的书吧创立，践行"没有禁区"的读书风气，如果没有当年的讲座与"头脑风暴"，深圳就不会种下创意的种子，收获今天丰硕的思想果实。

即使到了十年前的 2010 年，那时我们也无法预知 2020 年中国的迅猛发展，5G 技术领先全球，也不会预料到微信与移动支付在今天成为中国的"标配"。十年之前，我们也没有预测到，中国的高铁系统、高速公路、桥梁与隧道建设，都在今天成为世界冠军。

在 20 年前的 8 月，那些在深圳百花二路飘出的咖啡香味，就像从亚马孙热带雨林所产生的"蝴蝶效应"，意外地改变了很多命运的轨迹。

2020 年 6 月 18 日

百花深处书香久

王小帅，导演、编剧

　　深圳市福田区百花二路，在这个百花二路三岔路口的拐角，有一个去处，不同于周边的喧闹，这个去处远远看去就莫名地显出一片静谧，似乎气到这里就沉了下来，能沉得住气的这个地方就是今天的主角——物质生活书吧。初次听到这个名字感觉新鲜，需要自己去理解和定义。平日里说到读书，似乎必然引到精神层面，自然和物质无关了，但读书又不能说不是生活，读久了也饿、也渴，放下书，还得去过生活。并且读书也是一种生活本身，由物质生活引向精神生活的必由路径。当然，如果没有"书吧"二字垫底，"物质生活"便不知指向何处了。显然主人为这个地方取名字花了不少心思，叫书店不免太土气，估计也不想只是开个卖书小店，而是想让这深圳城里有趣的人，有个不一样的去处，就如同人们去泡个酒吧、茶馆、咖啡馆，所以发明了一个泡"书吧"的概念。而一旦和"泡吧"扯上关系，又担心世俗化了一点，似乎把读书这个事情物质化了。于是主人索性反其道而行之，来一个负负得正：我们既读书，也生活，就叫"物质生活书吧"。这样意思全有了：我这里是一个有书香的去处，字面意思已经告诉你，来我这儿，你可以边看看有什么新书，边泡一泡，点个咖啡饮料什么的，别把读书太神圣化，就像平时生活一样。也别像其他的书店，买完书就走，可以待一待、坐一坐，这样就两全其美了。城里有趣的人就多了一个别样的去处和选项。当然也可以与书无关，只是为去喝一杯咖啡，顺便看看有没有熟人朋友已经在了，正好聊聊天，走时一本书也不买，但浑身上下似乎已经有了一阵书香气，喝杯咖啡就已经喝出些许文化的气息了，岂不妙哉？

臆测文人取名的思路应该大抵如此吧。难为了书吧的主人，要在人们对深圳的误解里突出一片文化的天空，又不显得突兀和矫情，所以"物质生活书吧"实在是太适合不过。多年过去了，每次到深圳，或者想到深圳，最先想到的就是这个物质生活书吧。

为了这篇小文，书吧的女主人晓昱发来微信，希望一些认识书吧、"泡过书吧"的朋友写一些文字，纪念一下即将到来的书吧二十岁生日。刚一听心里炸了一下毛，都二十年了？一直觉得那是一个新鲜的存在呢，但仔细一想，有许多的记忆确实又模糊了，二十年的时间灰尘一层一层地把它覆盖了；虽然去过多次，但印象最深的还是 2005 年《青红》宣传时去的那一次。这么推算，那时的书吧开业也只有四五年？之前也是去过的，但接头的不是书吧的女主人晓昱本人，而是她身边的一些朋友，主要是几个湖北的"老乡"。他们闯深圳，做生意，开出一片"疆土"。然后我们相识，再然后，在我做电影最困难之时，出手相救，其中最重要的就是《青红》。而晓昱的存在很像是他们一群人的"压寨夫人"，这个寨，就是书吧了。于是，每到深圳，物质生活书吧就是大家相聚的大本营了。那一年《青红》大规模城市巡演，到了深圳，书吧便是必去而且最重要的一站了。晓昱特别为此组织了一个座谈会，说是座谈，实则就是把我扔在上面自说自话，连同去宣传的高圆圆和王雪洋都只坐在下面听我乱说。寨子的众湖北兄弟悉数到场，听众挤爆了不算很大的书吧，我竟不知天高地厚地乱讲了一个多小时。讲的什么，现在已经回忆不起多少了，好在应该只讲了一些《青红》诞生的艰辛和中国电影当时的现状和自己的态度，大部分是围绕着自己的专业和感受，就算露怯，也不至于太大吧。最后也收获了一些掌声和大家的祝福。印象中那一年，《青红》在深圳的票房成绩在全国排位都是靠前的。感谢晓昱和一众湖北大佬兄弟的抬爱。以后每每再去，行李都没放下，车就停在了书吧门前，以此为基点，再延伸到深圳的其他角落。许多年过来了，从电话改成了微信，人去得少了，但联系从未断过。经常看到书吧持续在做着类似的活动，确实成了深圳文化的一个去处，一番风景。

我想，这二十年，对晓昱来说，谈不上坚持，只是在过着和书吧一起的物质生活罢了。在一个许许多多实体书店越来越难以坚守的现在，相信晓昱的书吧依然会有下一个十年二十年，因为这个聪明的"压寨夫人"，从开始的当初，就把读书和生活联到了一起。读书和生活，又如何分开呢？又想起开头写下的地址，百花二路，这是"物质生活书吧"坐落的地方。正好顺口送上一句祝福吧，祝物质生活书吧"百花深处书香久"。

2020 年 6 月 1 日

深圳有一个可爱的书吧

周国平，作家，学者，坪山图书馆馆长

　　物质生活书吧 20 周年，晓昱约稿，我这才意识到自己去书吧太少了。记忆中只去过两次，一次是 2002 年夏天，另一次是 2004 年秋天，都是康延带我去的，印象皆美好。

　　书吧是和 21 世纪一同诞生的，这颇有象征意味。新世纪开始，深圳的文化生活活跃起来，我有时会被请去参加活动，那两次到书吧，都是去参加活动的时候。白天在深圳读书月的会场做讲座，听众爆满，气氛热烈，我感受到的是深圳文化的活力。晚上去书吧做客，朋友相聚，小酌欢谈，我品味的是深圳文化的魅力。在书吧里，我结识了深圳最可爱的文化人，一个个只为喜欢而读书和写书、买书和卖书。是的，还有卖书，这就是书吧美丽的女主人晓昱。

　　初识晓昱，我的印象是，这个女孩待人接物落落大方，明朗自然。这个印象至今未变。当时她告诉我，为爱情辞掉了电台主持人的工作，结果却是失恋，就到深圳开了这个书酒吧。她开玩笑说，那时候周老师在哪儿呀，现在家庭这么美满，我只好每天一个人回家了。我心中感佩她的坚强和洒脱，而以她的洒脱，我相信她不会责怪我是在泄露她的隐私吧。

　　书吧取名物质生活，曾使我略感惊讶，书籍不是属于精神生活的吗？于是我给自己解读。其一，物质是前提，吃不饱肚子，还读什么书？深圳不是因为首先进行改革开放，物质极大丰富，才成为全国人均购书最多、阅读氛围最浓的城市的吗？其二，阅读要具有物质的坚硬性和质感，成为生活中的必需。其三，对于女性，身体和心灵、物质和精神是浑然一体的，分不开也分不清，所以，美女开书店，精神生活就是物质生活。不管是正解还是歪解，请晓昱笑纳。无论如何，以物质生活为书吧的名称，是一个貌似平凡的奇想，我佩服。

我始终记着，深圳有一个可爱的书吧。下次到深圳，我一定要再去那里喝一杯红酒。

2020 年 6 月 2 日

深圳之子——晓昱

王天兵，作家，编剧

　　物质生活书吧创立二十周年了，晓昱约我写篇文章以志纪念，我欣然应允，但提笔沉思，却顿感对她和书吧都所知甚少。从我们第一次结识至今，整整十二年了，每次与她碰面，她都有所变化，但我从没听她聊起过去，也很少听她谈论自己，却总是看到她尝试新事物、结识新朋友和开拓新领域。她五花八门的兴趣令人惊叹，从主持文化活动到举办帆船比赛，从经营书店到收藏艺术品，从锤炼美食到辟谷修行，如此天差地别的行当和事务，她都能做到专业水准，而且还要和各领域的高手一起做到极致。

　　这十余年间，我也找到了安身立命的职业，还在深圳娶妻生子，用晓昱的话说是：终于成家立业了。所幸的是，这期间，我的所作所为都得到她的瞩目和扶持，而这一切，都是从书吧开始的。

　　为了还原这次奇遇，我找到十余年前出版的一本文集，其中收录了当年在书吧举行、由晓昱主持的一场发布会的发言记录。展卷重读，闪回到从前——当时，我正痴迷于苏俄文学天才巴别尔的研究和推广，也对西方现代艺术的研究情有独钟。从 2004 年到 2007 年，我先后在大陆和台湾编订出版了四部巴别尔的作品，其中，《骑兵军》还成为全国畅销书。接着，我又撰写了巴别尔研究专著《哥萨克的末日》，讲述的是鲜为人知的 1920 年的苏波战争和世界革命，但成稿后，先后遭多家出版社拒绝。

　　2007 年 5 月 22 日，我和友人一起来深圳参加一个画展的开幕活动。那时，我仍处在不断修改、不断投稿又不断被拒的状态中，此书一天不出版，我就一天不善罢甘休，我的生活也处于一种疯魔和停滞的状态。出席活动的还有成都女作家洁尘，在她介绍下，我第一次见到了晓昱，第一次来到了物质生活书吧。只见店门口摆放着她的两本著作：《深圳不说爱——跟自己玩的游戏》和《用声音抚摸深圳》。当晚，她穿着质地精良的白色修身旗袍，身材愈发显得娇巧而丰润。她谈笑风生、酬酢自如，让每个到访者都宾至如归。在书吧后面幽深的空间中，她用滚圆硕大的勃艮第高脚杯请大家品尝红酒。她轻摇酒杯，从漾起酒液缓缓落下的速度和形态判断酒的品质。在她小巧玲珑的身躯中，蕴藏着呼风唤雨的巨大能量，此时此刻，却都化为杯中之物的波澜不兴——作为一个女作家、一个书店老板，她的生活怎会如此安闲和优雅？她给我留下坦诚而多变，从不故弄玄虚，却又不失神秘的第一印象。

2008 年 3 月，在历经二十多家出版社拒绝，又经无数次修改之后，拙著《哥萨克末日》终于出版了，我在北京和上海举办发布活动后，当地各大媒体都予以报道。我想到了深圳，就抱着试试看的态度给晓昱发信息，希望能在物质生活书吧也举办一场发布活动。我们虽是萍水相逢、一面之缘，却得到她及时的热情回复。很快，我就领略了她做事的专业性和执行力。

3 月 29 日，当我抵达书吧时，一切都井井有条地布置好了，店内张挂着宣传新书的海报招贴，嘉宾虽然不多，但都是各路精英，除了来自深圳的各大媒体外，还有专程从广州赶来的记者，还配有专职速记。发布会由她亲自主持，起承转合衔接流畅自不必说，现场发言和问答长达两万字，整理成文后全文在《社会科学论坛》杂志发表并收入由我编撰的文集《和巴别尔发生爱情》中。发布会后，深广各大媒体反响热烈，几乎都对拙著进行了大篇幅甚至是整版的报道。出版一个月内，拙著荣登京沪深各大书店和《新京报》的畅销书榜。

现在，没必要再重复所讲内容了，记忆犹新的是她的几句评语。当时，她手持话筒，坐在一旁，频频点头。从她专注的神态中，我看到了她学生时代的样子，她不再是那个成熟优雅的书吧女主人，而只是一个对文学充满热爱和向往的文艺青年。当我举例讲解巴别尔的文风，并请到场的嘉宾和媒体回答让他们想起什么媒介时，现场瞬间陷入一片沉寂。见无人能答，晓昱脱口说道："像电影！"苏联电影之父、蒙太奇理论的创始人爱森斯坦曾说：我所需要的电影技法的百分之七十能从巴别尔的小说中找到。晓昱不但对五花八门的东西感兴趣，而且还能迅速抵达事物的本质，无论对红酒、人、书籍还是艺术品，都是如此。那天，晓昱还提及我会成为电影编剧和导演。

在完成巴别尔研究和推广后，我又投入巨大精力和时间考察民间手工艺，走访艺人，整理口述史。有段时间，我几乎随时随地将新发现传递给她，无论是徽派漆器，还是宜兴紫砂，都能得到她及时的回应和积极的反馈。

2015年底，在她主持下，由我策划，又在位于深圳体育馆的中国杯帆船赛"御风者CLUB"举办了一场名为"材质之美、生活之用"的当代工艺精品展，当代漆器大师甘而可、紫砂奇人吴小兔、龙泉青瓷大师王传斌和福州漆器艺人梁峰的作品同台亮相。精美绝伦的器物和会所内部的环境、家具融为一体，仿佛是设计师预先布置的室内陈设，给人耳目一新的观感，很多作品当场被嘉宾收藏。这场展览可谓别出心裁，是我们信手拈来的一次奇妙合作。那几年，我马不停蹄地在全国各地看各种展览。2014年，我第一次参观香港巴塞尔艺术展，虽是走马观花，却大呼过瘾，不但领略了一部活生生的艺术史，还得以与艺术家幕后的收藏家和经纪人相识交流。在大饱眼福之后，我将观展感受告之晓昱。其实，她曾到访巴塞尔艺术展的前身——香港国际艺术展，早就开始关注现当代艺术了。得知我对巴塞尔的兴趣，在第三届香港巴塞尔艺术展开幕前，她特意给我准备好了一张瑞银贵宾卡，还让我带着她儿子去长长见识。我先睹为快，将展会上所见所闻拍照，并附文字说明从现场发送给她，引发她更深入地追问和探寻。那几年，晓昱对艺术收藏爆发出惊人的能量，她如饥似渴地学习东西方艺术史，广泛地接触各种艺术品，后来还到中央美院学习了艺术管理。

2016年夏，我曾携未婚妻关抒专程前往晓昱在深圳的家中登门拜访。那时，她的家已经俨然成为一座艺术博物馆了，来自世界各地风格各异的作品琳琅满目，从工艺品到装饰摆设，从绘画到雕塑，都与室内环境相得益彰，艺术与生活水乳交融，她已经形成了自己的收藏理念。

这一年，我在深圳安了家，并正式转型为电影编剧。2017年9月，我的儿子在深圳降生了，他是上天赐予我的最神奇的礼物，他的孕育和诞生几乎和我的电影事业同步。我随即在深圳建起编剧工作室。不可思议的是，晓昱在不经意间又给我送上了一个重大电影编剧项目。2018年5月下旬，晓昱在深圳组织了一场名为"东西·何乐宴"的聚会活动，特邀十六名深港台嘉宾参加。我有幸受邀出席。这是她历年活动的集大成之作，所有的场景、服装、音乐、演出、菜品、物料、礼品，都经精心设计，所有来宾也是演出的一部分，每个环节都精雕细琢，首尾呼应，一气呵成，堪称一件行为艺术神品。这是我第一次以电影编剧的身份对外介绍自己。席间，我结识了来自香港的钢琴和琵琶双演奏家孙颖女士，她性情爽朗、处事果断，是钢琴大师刘诗昆的夫人和灵魂伴侣，她一直梦想将丈夫传奇而坎坷的一生写成回忆录并改编成史诗电影。我们洽谈甚欢，一拍即合。2018年10月，我和刘诗昆、孙颖夫妇在深圳工作室举行了一个简短而庄重的签约仪式。随后，由我对刘诗昆进行面对面访谈近二十次，并据此整理出一部三十万字的口述史，再由我和著名编剧芦苇联合改编为电影剧本，这种合作方式对我们三方都是一种全新的尝试。

2019年春，晓昱又邀请我和芦苇到修葺一新的书吧举办讲座。这是我作为编剧在书吧举行的第一次活动。最值得欣慰的是，我活蹦乱跳的儿子也是听众之一，愿他在这座充满可能的城市里健康快乐地长大成人。

2016 年 11 月，我在深圳婚礼上致答谢辞时，曾特意对晓昱表示感谢，当时我说："无论我的想法多么离奇和非理性，都能得到晓昱的理解、包容和支持，她都尽最大可能满足我的愿望。"现在我想补充：这种禀赋和艺术品位同时出现在一个人身上，非常罕见，也许注定了她未来的使命。

2020 年是一个魔幻之年，我们目睹了东方的安然无恙和西方的进退失措。从 16 世纪至 20 世纪，西方主宰世界，从全球各地不择手段、不惜代价地搜刮了大量文物和艺术品，将伦敦、巴黎、纽约打造成世界文化中心。但早有西方学者预言：在 21 世纪，东方未必崛起，但西方必然衰落，同时，财富将不可逆转地从西方流向东方。而艺术，才是财富的终极归宿。也许，2020 年是一个分水岭。我们已经看到了中国的历史机遇。我希望，晓昱的文化艺术活动是深圳这座中国高科技之都转型为世界文化艺术中心的先兆和发端。闪进到 2060 年，在物质生活书吧创立六十周年纪念会上，中国电影新浪潮的引领者、国际著名电影导演奥斯卡先生主持发言，他说："腾讯已被遗忘，只有考古学家才知道富士康，但物质生活书吧还在，还是这座国际大都会的地标。我们之所以有今天，或多或少，都要感谢书吧的创始人、慈善家、收藏家、艺术的护法、永远的文艺青年——晓昱女士，让我们请她上台。"

在热烈掌声中，满头银丝、风韵犹存的晓昱起身离座，她不用家人搀扶，步履稳健地走上讲台，说："奥斯卡啊，半个世纪前，你父亲就是在书吧和我认识的，那时他对文学和电影充满热爱，后来在深圳遇上了你母亲……我们都是深圳之子。"

构思于深圳，完成于西安

起笔于六一儿童节，定稿于

2020 年 6 月 6 日

物质生活书吧流水纪事

洁尘，作家

到过深圳物质生活书吧多少次？我一下子真算不出来了。想了一下，有一个办法，那就是去翻照片。我每到一次物质生活书吧，都会和老板晓昱合影。翻照片就清楚了。

第一次和晓昱见面不是在深圳，是在成都。晓昱和女友来成都旅行。我们一起喝了茶泡了吧。泡吧是在玉林西路的老白夜，这我记得清楚，因为儿子在家，我先走了，走之前告诉晓昱，待会儿判断何小竹是否喝高了有一个标准，那就是看他是否跟你讲党史。到了夜里差不多一点左右，晓昱发来短信，说小竹开始谈论王明了。成都一晤，和晓昱十分投缘，从此成了朋友。很喜欢这个明眸皓齿娇小美丽爽快迷人的女人，进而对作为深圳文化地标的物质生活书吧十分向往。

到了 2007 年 5 月，我受邀去参加朋友冷冰川在深圳的画展，同时在物质生活书吧做了一个讲座。这是物质生活书吧的常规沙龙活动之一，我的讲座是第二十八讲："读！女人书——女性阅读和心灵成长"。那天来了好多读者，场面相当热烈。晓昱恭维说是因为我的读者多，其实，我想，主要是因为物质生活书吧的活动影响大、口碑好。

2007 年我去深圳参加活动比较密集，除了 5 月那一趟，7 月和 12 月又去了。每次到深圳，一定要去拜一下晓老板的码头，一定会到物质生活书吧，一定会和晓昱留几张"臭美"照，一定在一起吃饭、喝茶、品酒、聊天，一定会在书吧里买几本书带回家（书吧好书太多，要不是因为是在旅途，我一定买得更多）。在我，物质生活书吧已经成为深圳的一个据点，老窝子的感觉。

除了晓昱，在物质生活书吧，我能见到很多老朋友，认识很多新朋友，杨端端、黄啸、胡洪侠、金敏华、祝勇、刘海岚、洪海、胡续冬、王惠平、张明俊……翻开几次到深圳的照片，我特别感伤的是，那里面的姜威笑得多嗨啊！姜威跟我在见面之前，我们有过书信来往，当时我还在《成都晚报》读书版当编辑，发过他新书的书评，还约过他的稿子，很欣赏这个妙趣横生的才子。第一次见姜威是在成都，他来成都玩，我们一起吃火锅。再见又见反复见就是在物质生活书吧。姜威的文有趣、人好玩。我跟他很投脾气，喜欢他豪爽幽默的性格，也喜欢他颓废香艳的趣味，我叫他老哥，他叫我老妹，在物质生活书吧听他聊天实在是太欢乐了，笑得抽筋，一晚上下来，脸都笑麻了。算起来，老哥已经走了有一段日子了，真的是很想念他。我想，所有的朋友都想念他。

最近一次到物质生活书吧的记忆很清晰，因为有文字记录。那是2010年6月6日。那天中午一点过，我和扫舍、阿潘在深圳物质生活书吧，我们在临窗的桌前喝着一壶普洱。过一会儿，两点半，在这里，我有一个读者见面会。我们早到了，活动主持人晓昱还没到。陆续有书友到了书吧，有几位书友看到了我，过来打招呼。一个还在上大学的姑娘过来聊天，她叫翩翩，送我一本连夜制作的相册，是她镜头里的关于深圳的点滴。我很喜欢这份特别的礼物。翩翩又抱了一摞我的书让我签名，她从初中开始买我的书、读我的书，她告诉我，我的很多书她都是在物质生活书吧买的。

我一本一本地签，边签边和她闲聊，说话间，不经意地瞄到一堆书中间一本厚厚的绿色封面的书，我说："哈哈，这本不是我的呀。"翩翩说："是您的呀。刚才在柜台那边才买的。"嗯？我定睛一看。

是我的！《流年》。

这书终于出来啦？

物质生活书吧的掌柜说：巧了，这书是中午刚刚到的。

很有趣。可以想象一下，我出门在外，编辑没能及时联络我。我的这本新书追在我的后面，从北京发至深圳，在我到达的前一刻，摆放在物质生活书吧里。在深圳当场买了几本《流年》（没买多，因为旅途上拎不动）。自己留了一本拿回家，其他几本送给朋友。我在送给一个朋友的签名上说"流年似水"。流年似水，这四个字，现在想起来很让我出神。美丽能干的女主人，让人一见倾心的书吧，一个个让人流连忘返的夜晚，一张张让人心生暖意的友人面孔。这就是物质生活书吧在我生命中的一次次定格。

最近一次见晓昱，又是在成都。2019 年，晓昱到成都，和友人到轻安·洁尘书房来参观。她依然美丽爽朗笑语盈盈。她告诉我，物质生活书吧已经重新改装了，还做了衍生的餐厅。我看了餐厅的照片，环境和菜品都相当考究相当诱人。

转眼间，物质生活书吧 20 周年了。十分期待再一次去到这个让我流连忘返的空间。下一次，什么时候去呢，晓昱？

2020 年 10 月 15 日

一间书店及其主张的世界

贾葭，作家

　　我原来住在香港时，炮台山有家森记书局，离我住的公寓不远，里面有好多只猫。那时我家两位猫主子还住在北京，所以我经常去这家书店撸别人的猫。当然，我在北京也经常去撸万圣书店的猫，好几只猫我都叫得出来名字。这些猫或坐或卧于书架之上，根本不在乎书店里这些急于摆脱愚蠢的人类。

　　猫和书真是绝妙的搭配，因为都能满足与抚慰人的精神需求。东京大学附近竹久梦二的纪念馆里，有一幅竹久梦二的画，一本摊开的书和一只猫，一静一动，饶有趣味，我买了复刻版挂在家里。纪念馆边上也有家书店，一只懒洋洋的肥猫躺在门口，于是进去买了一堆书。要说猫招财，也不是完全没有道理吧。

　　在不同的城市寻访书店，一直是旅行的巨大乐趣，如果店里再有几只猫，那大概是要流连一阵的。我刚来深圳的时候，问本地文化界朋友，深圳有什么书店可以逛？一位朋友极力推荐物质生活书吧，说是本地文化地标，但又补了一句：这家没有猫，估计你不太会喜欢。

　　这话聊完就忘了。有天我在红荔路一个馆子跟朋友吃饭，饭后时间还早，就想着说随便走走。结果在拐角处赫然发现一间书店，隔着玻璃评估了一下，应该值得进去看看——讵料待了两个小时，拎着一堆书回去了。

　　生活中有些关系真是靠缘分的，有些事物注定会和你发生关系，那就一定会发生，就像所有的河流都将汇入大海。而深圳的知识人，一定会来到物质生活书吧。此后不久，我的新书《摩登中华》在深圳第一场签售活动就在这里。再后来，我还在这里主持了几场读书活动，和深圳的朋友们坐而论道。

我大概是第一次对一家没有猫的书店有如此大的兴趣。后来，时不时来物质生活，就成了在深圳的一种生活和阅读习惯。一家靠谱的书店就应该是这样的，架上的书以及新书台的书都是经过精心挑选的，你随手抽出来一本都不会差。这不仅是书店帮读者节省时间，背后有更为重要的原因。

一家书店选书精准，让读者不必费力费时，那会在很大程度上缓解一位知识人的孤独感。你会透过这些精准的选择，感受到一种价值观念上的共通感，进而会有一种找到同类的欣喜：原来这世间还有如你一样的人。读书人这个范围很大，读什么样的书，范围就小一点，再进一步，读某些作家、学者的书，范围就更小。

这就是我在物质生活书吧获得的安全感和舒适感的来源。比如，经常在这里遇到一些熟人（我就不提名字了），验证了我的判断。我们在这里相聚或者偶遇，不是没有理由的。书是什么？书就是读书人彼此确认同类的信号。分享和交流，不全是为了知识或者观点，更多的时候是为了获得一种群体精神归属的确认——我们是谁，我们为了什么，我们要什么。

读书又是一件很私密的事。我有时候会幻想，假如有机会，我想去做书店的收银员。因为看读者买什么书，就大致会猜到他是一个什么样的人，过着什么样的生活，脑子里在想些什么。这样的窥私癖，也有一种当算命先生的快感。人与人的差别，脖子以下都差不多。一个人在芸芸众生之中被区别出来，唯一的因素就是他在想什么，他能够想什么。

人类的文明在个体身上是重复累积的，读书与思考就是最重要的累积行为。书店的神圣性也在于此，像古老的祭坛，是一个用于精神交流的、脑波流转的神奇空间。书店就应该是为了普世，让世界更好才存在的。缓解读者的孤独感，是其中的空间功用之一。当然还有很多更容易被发觉的空间功能，比如下午茶、文化讲座、发布会等。

不是所有的书店都是这样，一个书店能够被称为当地的文化地标，取决于很多因素。而且文化地标只能有一个，太多了那就是快餐店。我以为，首先就是选书的标准很高，符合知识分子的口味，又能引导大众的阅读风向。书店不应该取悦读者，而是应该用书店的方式告诉读者，什么才是这个世界上最重要的问题。

其次，书店要有聚集作家、学者的交际能力，这样的书店才有生命力与活力。新版的好书能请到作家来书店，能给读者群体带来阅读之外的附加值，能够让自己的读者见到大活人。重要的社会议题，能够请来合适的学者做讲座，提供知识分子的公共意见。书店要做作家和读者之间的信息中介，作家才能有进步。

再次，书店要有超出凡俗的审美能力。不论是店面装潢、桌椅杯盘，还是书架摆放、海报设计，又或是周边文化产品，乃至包装纸袋，都一定是在审美上让读者追慕和赞赏的。因为，如果要让世界美好起来，自己先要美好起来。审美是人类的天性，并且与人的自由密切相关。深圳是一个移民城市，也就是在最近几年里，才有基于本地的身份认同主张。那些 80 年代、90 年代诞生于深圳的二代，如今已经是这个城市的主力人群。深圳迫切需要建立自身的文化认同，建立自己独特的文化空间，吸引和容纳本地以及来自全国乃至全球的不同凡响的大脑。

在地文化的建构当中，书店又是非常重要的一环。全球化的大都市中，不论是纽约、伦敦还是东京、香港，具备地标性质的书店，往往是游人争相慕名打卡的地方。这样的书店，往往也决定了一个城市的精神高度（另一个精神指标是大学）。身处大湾区的核心地带，深港之间、中西之间的文化交流前沿，深圳需要一间可以代表深圳的书店。在文化认同的意义上不断确认，深圳是什么？深圳要做什么？深圳可以成为什么？

物质生活书吧很显然就是这样的文化地标。说起来也令人难以置信，在一个仅有四十年历史的城市，居然有一间二十岁的书店。正是物质生活书吧这样的书店，才使得深圳的文化价值更有彰显的可能，从在地文化认同的建构与传播来看，深圳拥有物质生活书吧这样一间书店，是非常幸运的。

这是一间书店，更是一间深圳的书店。

2020 年 6 月 15 日

深圳采样

郭熙志，纪录片导演

去书店，常有与情人约会的感觉，有许多聪明人、许多风景在等你，这是你活着的意义。

20 世纪的深圳是罗湖的深圳。人间烟火活色生香，尤以城中村灿烂，诸如水贝、水库、黄贝、湖贝等，夜如昼。我第一次到向西村仿佛到了另外一个国度，感觉里面的人种都是另外一个国度的。黄发年轻人横行，摩托载着年轻女郎川流不息。一般，香港仔沿街选"花"，所谓"一夜看遍长安花"，而中老年港客坐于店里吃饭，身边也少不了二三个"北妹"。物质生活书吧离沸腾的城中村不远，但进入，便是个宁静的世界，不用挑，你就能购得你有兴趣的书。吸引力莫名，于我——"你不在物质生活，便在去物质生活的路上"。

在深圳，能去的书店几乎只有"物质生活"了。书店是读书人的庙宇。在那个空间里，"游于艺"，你能体会其中的从容，尽管大家平时都狼狈不堪地被生活追赶着。另一方面，像"物质生活"这样的书店，又是气味相投的人聚会之地，2000 年前后，蒋志夫妇就和晓昱老师做过一系列的独立电影活动。

蒋志与娃娃成立了"联合力量"，要放中国独立电影，自然要先放深圳的。马永峰、曾凡以及我，弄了一个《深圳采样》。那天，在物质生活书吧放的时候，很受欢迎。杨延康、彭希希都来了。我的纪录片《典型》似乎颇受欢迎，于是第二年，蒋志、娃娃又给我弄了个个展——"负像之瞳"。那天是我生日，我刚从中山小榄接我二哥来，放了《渡口》《迁镇》《回到原处》三部。交流中，我发现老乡尹昌龙、电台胡晓梅唐浩夫妇都来了，当时尹昌龙还问了问题，如今记不住了。最后，蛋糕上来了，音乐起来了，我的泪水下来了。

真没想到，他们用心这么细，相比之下，我太自私，只顾着自己拍片，从来没有想过替朋友办个展览，那个时候，觉得娃娃、蒋志以及晓昱老板都是圣人。深圳给了我资源，2002 年我终于可以自费从香港购得 PD150 摄影机，这是我在安徽老家不可想象的，此后十年，一直用它，直到拍烂了。那时候，我准备在持续长时间拍《渡口编年》的同时，拍一些短片与长度合适的中长片，包括电视台的一些报道体纪录片。除了养家糊口，我其实是边玩边拍，一个游荡的过程，不需要团队，因此不用对别人负责，一个人的电影。当然，最愉快的，还是去物质生活。

在我的个展"负像之瞳"展出十年后，一天深夜，蒋志给我电话，说娃娃走了，令我不敢相信。于是，在物质生活，娃娃的追思会由我主持，蒋志的同学杨福东布置现场，满满的，物质生活坐了一屋的人。人们纷纷发言，我不喜欢的邓康延也上来了，小汪的小姨也发了言。我还读了吴文光的唁电："娃娃，草场地帮我们翻译的娃娃，我们的娃娃，她走了。"晚餐在附近，我陪着蒋志。失去爱人的蒋志，恍惚，送走了宾客，依然恍惚，失妻之痛，痛莫大矣。高鸣和我携扶他下楼。如今过了十年，高鸣的《回南天》在物质生活交流，来了无数的爱电影的青年，所有能来的深圳导演都来了。冯宇主持，名字叫"我在深圳搞电影"。我上去发言时，很惭愧——我大部分的电影都不是在深圳"搞"的。

2020 年 8 月 2 日于侨香

A day or a lifetime 一天或一辈子

高鸣，独立电影人

　　前段时间，我的电影《回南天》在全州电影节获奖。物质生活书吧的女主人晓昱老师立马和我联系，她希望我去书吧做一个关于《回南天》台前幕后的分享。物质生活书吧，深圳文化地标。二十年来，有不少世界各地顶尖的文化名人到过这里开讲座和分享。能得到她的邀请，当然非常开心。但因为《回南天》还没进入发行环节，所以暂时没有办法让大家看到这部电影。对一群没看过你电影的朋友分享电影的创作，总感觉不大对。后来我建议由冯宇来统筹，把这样一次难得的机会改成"深圳电影人座谈会"。邀请了十几个在深圳默默做电影的朋友，一起来聊聊自己的创作，自己和这个城市的关系。那天晚上，大家状态不错，每个人都有不同的面向。对于平时都低头做电影的深圳同行来说，这是一次难得的共同亮相的机会。我当晚也回忆了一下我是怎么走上导演之路的，其间提到过物质生活书吧以前做过的一些导演讲座、电影放映活动对我的影响。分享结束后，晓昱老师希望我能为物质生活书吧二十周年写一些东西。

　　说到物质生活书吧已经二十周年，我心里第一反应是"咯噔"了一下，想不到时间能过得这么快。二十周年，那是个什么概念？相当于大部分人一辈子的四分之一。从物质生活开业那天起，如果当时是中年人，现在已经进入老年了；如果当时是青年人，现在妥妥成了大叔；如果那个时候刚出生，现在也有20岁了，已进入人生开花、灿烂的时节。有些东西，容不得你去细想，细想就会让自己变得矫情起来，甚至会让你觉得丝丝的后怕。对于无法改变的流逝，坦然接受并做好自己的每一天，我想这才是最适当的状态吧。

说起物质生活，其次我脑子里面立马会浮现出《巴顿·芬克》电影里出现的那句话：A day or a lifetime（一天或一辈子）。这句话来自科恩兄弟导演的电影《巴顿·芬克》，影片获得 1991 年第 44 届戛纳电影节金棕榈奖，主要讲述了一名事业小有所成的编剧巴顿·芬克在好莱坞自我抗争的故事。巴顿是纽约的一名优秀编剧，他的剧本刚刚在百老汇得到认可，好事便接踵而来——好莱坞的一间电影公司邀请他创作一部电影剧本。于是，巴顿便来到了好莱坞，租住在一间旅馆开始了他的创作。当巴顿·芬克一进那个旅馆放下打字机，就看到桌上一个台卡上写着："A day or a lifetime（一天或一辈子）。"这个片子是我十几年前看的，实话说，自从看过后，这句话就好像种植在我的脑子里，再也没有消失过。

我特别喜欢"A day or a lifetime"这样一句简单的话，这话饱含生命偶遇的欣喜与告别的洒脱，也有一种风雨无阻、雷打不动的执着与坚持，还有一种彼此的成就和互相的信任。如果再往里面想想，还会有一种莫名的无奈与伤感。这是一句不可定义、有着无边无际语境的话语，我觉得它特别适合成为酒店、餐厅、咖啡厅的推广语。我前几年自己开餐厅，很想借用这句话来作为餐厅推广语，但终究没敢用，因为我觉得我们餐厅做得不够好，我怕弄脏了它。在电影里，通常能看到这样的情节：一个老人，垂垂暮年，一辈子，同一时间，同一家餐厅，坐同一个位置，点同一样东西，做同一件事。这样的情景，是多么动人的一刻。成就这样的时刻，最重要的，我觉得需要这个人和容纳这个人的空间，有着共同的价值观和彼此相互吸引的情怀。在如今这个现实的时代，"情怀"是那种会让人羞于表达的一个词。但我觉得，不管是对个体还是社会，"情怀"又是一个很重要的词，它是你内心最不可描述与柔软的地方。在这样一个物质至上的社会里，很多人冲着物质的方向，让原来我们人性中值得坚守的那一部分慢慢流失了——专注、付出、执着、坚持、信任、成就。物质生活书吧，正是用她看似无欲无求的境界，以这样的精神，默默浸透了这个物欲的城市 20 年。所以物质生活书吧是能合格用上我最爱的那句话的地方，"A day or a lifetime，一天或一辈子——物质生活书吧"，想想都觉得温暖。

20 年，物质生活书吧以不变的目光注视着前面的路口，坚定从没游离过，这是一块干净的地方。我脑海中出现这样的一个场景：早上起来，梳洗完成，带上电脑，来到物质生活那个靠窗的位置，点上一杯咖啡，或看书、或写作、或会友，你被包裹在整个书吧里面，你和书吧一起变成这个城市的风景，同时你也坐拥书吧观察着这个城市，用你的理解，书写你的世界，一步一步，直到"打烊"。我都开始羡慕起住在物质生活书吧旁边的那些人了，就在你身旁，有这么一个地方，在缤纷嘈杂的现实前，默默坚守人性中靠近内心的那块地方。

想来开始惭愧了，前十年，我经常会去物质生活书吧，那个时候，只要自己有什么想不明白的事，就习惯去那里看看书，静一静。我通常会默默找一个角落，那种最不起眼、最不被人打扰的地方，默默注视眼前的一切。后十年，因为居住地的改变，我离她远了，自然选择了离自己近的咖啡厅或书店，慢慢地，也把物质生活书吧完全忘记了。我甚至从来也没有想过忘记她意味着什么，因为其他地方的更替，忘记会变得非常彻底和心安理得。直到去讲座的那天，当我从路口由远及近地慢慢接近物质生活书吧时，时间更替，书店虽然容颜已变，但气质一点都没变，还是那么熟悉，还是那么亲切。那一刻，我突然为我前面对她的冷落愧疚起来。

回到家，我在几百个素材磁带中，翻出当年我在物质生活书吧听彭浩翔导演讲座的录像。找出磁带，拿出我许久未用的摄影机，一开机，居然还有电，一切按部就班地播放。彭浩翔用粤语说："今天我讲座的主题是'我是怎么走上导演之路的'。"随着彭浩翔粤语讲，晓昱普通话翻译，我突然像拥抱了一个许久未见的老友，那种熟悉的气味，让我有点泪目，时间好像从来就没有前进过。就是那个时候的某一刻，才有了我现在这样的一辈子追求。也许现在的某一天，在默默影响着其他人的未来。"A day or a lifetime 一天或一辈子"，多好啊！

我是怎么走上导演之路的？随着旧磁带里过去的时光转动，听着彭浩翔慢慢地诉说，我记忆的藤蔓也开始疯长，向四面八方伸展开去，连接起生命中许多被遗忘的时刻。

那是 1996 年，我大学刚毕业，香港的明珠 930 就好像给刚到深圳的我送的一个礼物，极大地缓解了设计工作带给我的疲累，陪我度过一个又一个无聊的单身夜晚。那个年代刚好是好莱坞黄金年代的末期，让我赶上了。还记得我第一次看完《肖申克的救赎》后的惊喜，它颠覆了我以前对电影的全部认知，它是一部和以前完全不同的电影。《肖申克的救赎》打开了我的电影之窗，随后《阿甘正传》《低俗小说》《美丽人生》《美国丽人》《教父》《女人香》《现代启示录》《发条橙》《毕业生》《出租车司机》《雨人》《辛德勒名单》《美国往事》，这些好莱坞七十、八十、九十年代留下的经典，以及浩瀚的奥斯卡星空中闪烁的阿尔·帕西诺、达斯汀·霍夫曼、蒂姆·罗宾斯、汤姆·汉克斯、科波拉、马丁·斯科塞斯、斯皮尔伯格，等等，这些名字，无论什么时间，都熠熠生辉。

当然，这仅仅是我成为影迷的开始。电影作为工业产品，是群体的活动。作为单独的个体，从来也没有想过，自己还能和电影发生关系。直到 2000 年，还记得那是一个夏日的午后，阳光和往常一样火辣辣的不留半点情面，我全副武装穿着"龙之风球迷会"啦啦队的衣服，站在楼下的马路上，不知道要去哪边。那天下午有两个活动，两个我都喜欢，不知道怎么选择。作为当时深圳平安足球队铁粉的我，那些年狂迷看球，那些年深圳平安队也是争气，从 1995 年获得甲 B 联赛的冠军晋升甲 A 行列开始，到 2002 年甲 A 夺冠，创造中国足坛一支俱乐部球队从成立到进入顶级联赛的最快纪录。车范根、塔瓦雷斯、朱广沪，在这些名教头的带领下，一群巴西留学归来的小青年，一路凯旋。那天是一场特别重要的比赛，要是往常，我毫不犹豫就会去看的。但当天下午还有另外一个重要活动，当年欧宁在深圳搞了一个缘影会，每逢周末就会放一些电影，那天是放贾樟柯的《小武》。我在《新潮》杂志上看过关于《小武》的介绍，也特别想看。要知道，那个时候，在远离北京这个中国文化中心的深圳，想要看到一部这样的作者电影不是一件容易的事。

我站在楼下的马路上，踌躇犹豫，一时不知道怎么选择。后来我就想，把选择交给上天吧。两场活动刚好在深圳这个"长条城市"的东、西两个相反的方向，足球比赛在东边的体育场，电影放映在西边的何香凝美术馆。我想，哪边的公交车先来，我就去哪边。当然，我心里还是期待去体育场的车先来，足球比赛那种现场的释放和狂热，真的会让人上瘾。但事与愿违，去西边何香凝美术馆的公交车先来了，我虽然心有不甘，但觉得这好像就是天意，也不好违背刚刚与自己的约定，带着不是很情愿的感觉上车，去到何香凝美术馆，看到大名鼎鼎的《小武》。看完《小武》，我呆住了，我突然特别想感谢那辆公共汽车，感谢上天的冥冥安排，也许，这就是最好的安排。这又是与我之前完全不同的观影体验。如果说《肖申克的救赎》打开了我的电影之窗，那么《小武》就好像让我坐进了电影的房间，我感觉电影离自己是那么的近。

后来，我去买了台 DV 机，并且经常把 DV 机带在包里，美其名曰"触摸生活"。也正是这个"触摸"，就在那段时间，我拍完了我的第一部剧情短片《阿松》和纪录电影《排骨》。是《阿松》和《排骨》带着我到世界各地参加各种电影节，是它们让我了解更多的不同的电影：意大利新现实主义、法国新浪潮、Dogme 95、日本新电影、中国独立电影。从意大利新现实主义开始，不管哪一种流派，是导演们让电影从一种纯粹的工业产品上升为艺术作品，同时，正是这些优秀的艺术电影导演，让电影变成通向人类心灵最好的桥梁，留存永远，并抵达一代又一代人的内心。

我是个唯心主义者。每当我一蹶不振的时候，总能感到自己冥冥之中被另一个我牵引着，我想知道冥冥之中的另一个我是什么样子，电影变成我和看不见的自己对话的一种方式。电影对我的改变无疑是巨大的，它让我开始观察身边的人，开始留意身边的事，开始忘记时间的流逝，开始对人遭遇困境后的情绪变化产生新的思考。当然这个思考很多时候没有答案，摄影机的介入，就是这种把陌生变得清晰的过程，也是寻找出口的过程。镜头好像一把手电筒，我拿着它，在情感里，在未知中，肆意游走，不停找寻。整个过程，不管遗憾还是惊喜，都在慢慢构建那个不同的我。

2009年到2018年这将近十年，是我遭遇人生重大变化的一个阶段，它让我困惑，也让我思索。一段时间里，我情感极度下沉，恍惚自己是那困在鱼缸里面的鱼，四周通透八达，但找不到出去的路。我把那段时间的感受写成了《回南天》，那段时间，还是感恩电影拉我。在做完《回南天》后，很多看过的朋友对我表达人遭遇困境后的模糊性表示极大的认同。其实大家都知道，在多姿多彩的生命中，很多东西是说不清楚的，每个人都有最隐秘的部分，每个人都有欲言又止的东西。在这种不可言语的背后，只有电影能给我开放出无限的空间。也正是这个模糊背后的多义感受，才能激起我那份写作和探究的欲望。

做完《回南天》后我写了一个导演后记，是这么说的："这是一个关于人的困境与出口的电影，不同的是，我关心的不是怎样遭遇困境的过程，而是人在困境之中或历经困境之后的状态，随着时间发酵，人性也跟着这种情绪的变化慢慢显影出来，不急不躁，非常'南方'。情绪有很多种，在我看来，情绪是一种很私人的感受，电影是一种让这些个体的情绪具有作者性的最好方式。它为我们打开一扇门，感知不同的情感，不同的人性，不同的生命。导演也有很多种。在现实里，有人喜欢破坏，看废墟的感觉；有人喜欢粉饰，装作什么都没发生。我的电影观不是毁灭，也不是矫饰，我觉得拍电影就像修自己的房子，把生命中那些看似疑问的东西，好好地收集在一起，一点点修葺起来，直到闪耀出不同的光芒。我的创作也是在触摸这种感觉。不管是谁，不论生命贵贱，都应该有它的光芒。"

的确，这种不同质感的生命光芒，让我感受到人性的可贵，让我感受到生命的真诚，让我能保持谦卑的心态，好好面对自己每一个新起点。这一切，都是源于 N 年前那份简单、纯粹的爱。今天的物质生活书吧，她好像一个开关，让我打开了从前那个简单的自己。我突然明白我丢失了什么，就是 N 年前那种纯粹的感觉，那种没带任何杂质的爱。那种爱甚至可以让我坦然地和别人说，我也是个有情怀的人，而且，一直会为自己的情怀活下去。从一天直到一辈子，我想，我和书吧在这一点上，绝对是相通的。

想到这里，心头不禁一热，我知道，我又插上电了。

2020 年 7 月 16 日

物质生活书吧和我的二十年

钟二毛，作家，导演

要谈论深圳物质生活书吧，首先得谈论自己。

我 1999 年 7 月 21 日大学毕业，从北京来到深圳，在深圳当一名警察，在一个名叫坪山田头的地方上班。印象中那一年夏天，深圳迎接我的是一场特别大的台风，还有头顶烈日、无休无止的各种队列训练。两个月后，我用自己的工资买了第一部手机——爱立信掌中宝，一个深蓝色的小方盒子。那个时候，才发现自己上班的地方，手机信号常常是漫游状态。信号来自惠州。

当时住在单位里，有统一的宿舍。同一批来的几十个大学生住在一起，到了饭点去食堂吃饭，吃完饭有时候无聊，还要打一圈篮球，跟大学生活几乎没有什么区别。但每个人都意识到自己毕竟已经不是大学生了，是社会人了，渴望外面的世界。这个"外面的世界"就是深圳市中心。1999 年的深圳，在全国人心中还是一个比较神秘的地方。我常讲一个故事：那年，我决定去深圳工作的时候，我的父亲很担心地说了一句："那是搞资本主义的地方啊。"

除了神秘，那时候的深圳，还是名副其实"深圳速度"的一座城市，是一个充满着各种新生事物——用文艺的词说就是"先锋"的城市。那时候，常听说闯深圳的人，都是在内地怀才不遇、有各种欲望的人。欲望其实是个好东西，它会让一个人，也让一座城市充满着生气、朝气，以及不可预测的各种可能性。那时候走在深圳的街头，尤其是宝安、龙岗"关外"的一些工业区，你会发现，每个人的脸上都写满了兴奋，似乎都可以一夜之间改变自己的命运。后来我当了记者，我就特别愿意去宝安、龙岗的一些街道——当时叫镇——比如龙华，比如福永。不知道为什么，走在街道上，总能感觉到一种热血在沸腾。这是我现在回忆起来，对深圳的一个非常感性但又非常真实的认识。

我再把话题拉回来，谈论自己当时的生活。我的单位在深圳和惠州交界的地方，但每到周末，确切地说，每到周五下午的时候，一帮年轻人就会坐着单位的班车，一路晃晃荡荡，经过当时的深惠公路——现在改名叫龙岗大道，经过布吉关，进入罗湖，进入深圳经济特区。那个时候，深圳的市中心，在罗湖，在地王大厦，在人民南路，在华强北，在八卦岭。过了上海宾馆往西，那就算有点偏了。我们坐的班车大部分站点都集中在两处：笋岗路的深圳体育馆正门口和红岭路的"深圳大家乐"，也就是现在的深圳青年广场或深圳青少年活动中心。我也在体育馆下车，下车后穿过百花片区，来到中国电子第一街——著名的华强北。我在华强北主要干三件事：在一个名字叫"久美艺术"的书店里买杂志，那里有非常丰富的各种杂志。这个书店对面是一家音像店，很大，如果没记错的话，名字应该叫"博恩凯"，我会在那里买一些CD。之后沿着振华路往东走，去一个神秘的小楼里淘碟。各种盗版碟，包括各种最新上映的和小众影片，十块钱三张还是十块钱一张，不记得了。买完书淘完碟，会和朋友们一起吃大排档、喝三块钱一瓶的老金威啤酒。然后会在朋友或同事租的小房间里，睡一个晚上。第二天再逛一逛，然后自己坐着365路公共汽车，一摇一晃至少得两个半小时，回到单位。现在想一想，那当然是一种快乐无比的、单身的、属于青春的时光。

好了，终于该轮到著名的深圳物质生活书吧出场了。我没法确定，我是如何知道物质生活书吧的。尽管写到这，我一再绞尽脑汁回忆。也许是当年不停地从笋岗路的体育馆下车，然后穿过百花片区无意中看到的，也许是通过报纸或者当时的网络论坛知道的，也许是某一位朋友带我去的。——以上三个"也许"都有可能。不管哪一个"也许"，当第一次看到物质生活书吧的招牌时，心里是震了一下的。这个"震了一下"的感觉，现在回忆起来，清晰依旧。

"物质生活"这个名字取得好大胆！书店啊，多神圣，多有文化的一个场所，居然冠以"物质生活"！这对于一个饱受传统教育的70后来说，当时感受到的是一种冲突。这种冲突，不单是和书店这一类文化场所的冲突，也是和传统文化、传统教育的一种冲突。现在回过头来看，这四个字和深圳这座城市真的是太融合了、太默契了、太水乳交融了。不得不佩服书吧的创始人晓昱对书店、对这件事、对书店和城市之间的关系的准确把握，不得不佩服这个秘密的表达。

我大概是2000年年底或2001年年初，第一次进入物质生活书吧。毫无疑问，我一见钟情，非常喜欢这个地方，并且从此以后，和很多喜欢它的人一样，只要外地的朋友来了深圳，都会带到书吧里坐一坐。当时还没有"文化地标"这个说法，但它在我的心中已经是一个文化地标或者文化殿堂了。书吧给人美好的体验与感受，不展开讲。很多很多人、很多很多文章都会讲道：无数个下午或者无数个晚上进入书吧，感受读书的宁静与美好。我大多是一个人，在夜色中溜进书吧，找一两本书，努力找一个靠窗的位置（一般都是徒劳），读读书、看看人。有时候会参加一些讲座，听一听。2012年，我出版了长篇小说《我们的怕与爱》，也开始了我在书吧里做活动的时光。

后来随着成家、孩子出生，去书吧的次数相对少了。有时候路过，会刻意地拐进去，摇下车窗，瞄一眼，这种感觉也很满足。然后，然后……然后，就这样，一晃20年过去了。

不得不承认，这20年，很多东西都在变。大到国际关系、我们的国家、居住的深圳，也大到网络和科技对人、对社会、对阅读的改变，小到家庭、个人以及身体上的器官都在改变，当然，物质生活书吧也在改变，但这里面有没有什么不变的呢？这是一个很难回答的问题。非得要给一个结论的话，我想，那可能就是我们对流逝的美好时光的眷念，不变。或者简单点说，美不变，对美的渴望不变。

2020 年 6 月 14 日 13:00

深圳前海

盛会不再 薪火流传

张曼菱，作家，导演，独立制片人

2007 年有一个不寻常的日子。年底将近，西南联大北京校友会在清华会堂纪念 70 周年校庆。那一次，很多老学长是最后露面了。在这些熙来攘往的欢乐的老校友中间，我凝视着他们那有如落日余晖般的笑容。任继愈先生对贺麟的女儿贺美英说："盛会不再。"这是哲人的预见，微笑不惊之下的悲凉。

在礼堂的一角，有人递给我一只信封，上面有任先生的签署。打开一看，是一纸小函：

> 西南联大七十年是称为办学的奇迹，这奇迹无非是五四科学与民主精神的继续，这种精神是永远前进的方向。
>
> ——任继愈 2007 年

我明白，这是他的叮嘱。就在前一天，我造访三里河，任先生把他视若生命之重的这两枚校徽郑重地放在我的手心里，说"送给你"。他说："从知道你要来京，我就找出来了，我决定送给你。这是最合适的，因为你对西南联大的感情。"

任先生从长沙到昆明，八年里与西南联大一直在一起，先是学生，后来是研究生，是教员，度过抗战岁月。这两枚校徽，一枚是他学生时代的，一枚是他当老师时用的。后面都有编号,编号在档案里都对应着他的名字。每一枚校徽都是唯一的,这是名校的学历证明。没有这个对应编号,你不能算是西南联大的学生。可以说,这是任继愈生命的一部分。

任先生告诉我,这个教师校徽,上面的铁杆可以穿在当时的大褂的纽襻上面,如果穿西服则用后面的这个别针。这样的设计完全是中西合璧的,体现了西南联大当时的风气,很有意思。任先生送校徽的事,惊动了北大。那晚,很多人跑到我住的北大招待所来看校徽。

就在北京的时候,我接到深圳物质生活书吧的一个电话,请我去作西南联大的讲座。我即飞往东南。

记得那晚,物质生活书吧,灯火下人们热情洋溢。回看我当时的讲演,也是热力四射,还带着北京盛会的火气。那时就有一个感觉,老人们用余热支撑的这堆薪火,将散为星火,分向四方。

北京盛会,有庙堂之高雅肃穆。物质生活书吧,则充满夜咖啡的热气腾腾和赶来的各类人气。在北京盛会,我是一个后生晚辈,聆听着学长们的谆谆教诲。来深圳书吧,我却是一个播火者,传递着从历史和老人们那儿得到的星星之火。

这些年,到处和大家讲西南联大,是以我的几个作品为基础的。它们是我发掘的史料,是我的创作依据,也是我走过的道路。自 1998 年 9 月开始,我动身北上寻访西南联大学人。当时,昆明只有一个"一二·一纪念馆",西南联大依然锁在禁区。校长们早就逝世了。当年的教师只剩下少数,如陈省身,如吴征镒。而著名的学生还健在,他们可以追忆出当年大师们的丰采。2003 年"非典"期间央视十频道《探索·发现》栏目播出我的纪录片《西南联大启示录》,里面有他们的音容。当时社会上有石破天惊的感觉。2008 年台海形势缓和,我抓紧时机办理手续。2009 年 9 月,我赴台湾去采访在台的西南联大校友。现在看,机不可失,时不再来。

这些珍贵的隔岸采访，进入了三联书店出版的《西南联大行思录》。这个书名是任继愈先生为我题写的，有"读万卷书，行万里路"的意思。这本书至今已经是 22 印了。2018 年 5 月 4 日，中华书局推出了我的"西南联大访谈数据库"。中华书局是我国做典籍的最权威的出版机构。它做了《十三经》的数据化，推向国际。这个西南联大访谈数据库是它做的第一个现代史的线上产品。今年末，我有一部重磅著述《聆听：西南联大人物访谈录》将在商务印书馆出版。

鲁迅说，石在，火种是不会灭的。

2020 年 8 月 29 日

絮叨的往事，故事和我

Linda，物质生活书吧创始股东

今年的夏天来得特别早，因为新冠疫情，我飞跃式地过完了前 5 个月。

从武汉回到深圳，我才慢慢地活了过来，许多下午我会像以往的夏天一样去泳池消磨。而今天下午，跳进泳池的瞬间我突然被池底的深蓝打动了。我想起了 2000 年物质生活书吧装修设计的 6 月或 7 月，我和晓昱专门跑去广州的一个大型建材市场看材料。记忆中因为喜欢的都太贵，最后我们好像只订了深蓝色的台布和明黄色的餐巾。当时自以为是文艺青年，选个凡·高的配色挺高级，实则掩盖用少量的钱营造不凡氛围的痴心妄想。

除此之外，我们还专门跑去了香港的宜家。在那个还没啥眼界的时候，买了一车小情小调的物资，找了朋友的两地车拖回深圳。那一天，似乎还是在一场大雨之中完成了这个运输任务。内心洋溢着买到了有设计感物品的自豪感。还有书吧中间那张巨大的展示台，我俩也费尽心机，加了各种戏，和广东老板好一阵还价才买了回来。

多亏了北大才女陈溶冰给书吧起了"物质生活"这么响当当的名字，当时文艺的我们都被杜拉斯迷得神魂颠倒。总之我和晓昱各显神通，绞尽脑汁，有时单独作战，有时合伙作案为书吧寻找可用之材。我们请了韩家英这位当时已经封神的大师义务做了书吧 LOGO，开业时的主背景玻璃墙都是借用了韩大师的作品海报来增加设计感。我还去找有才艺的校友建筑师邱峰给我们设计了书签。甚至装修工程都是我前男友连人带钱执行的，他修改设计的冲着大马路的菱形橱窗迅速被振华路上的某知名餐厅模仿。其他的股东也都尽可能利用自己的资源和人脉，物质生活书吧就这样顺利地开幕了。当年的店员们也都特别淳朴可爱，毕竟在那个时候，书店咖啡馆还是个新鲜玩意儿，许多次股东开会都只能在名典那样的台式咖啡馆。

开幕的那天非常热闹，中新社的老朋友陈文拍摄了许多难忘的照片。那个现场、那些美丽闪光的脸庞，现在回忆起来也毫无陈旧的感觉，如果当成此刻的照片也不出奇吧？只是20年过去，多少单身的青年早已为人父母了，不知他们会不会也如我们一般能回想起2000年8月的一天呢？为我们起名字的阿冰，在她搬到大房子以后，我们还挤在她的大床上一起看过《欲望都市》。后来她也开过一家著名的法式餐厅酒吧"圆筒"，放映过不少小众电影及纪录片。这样的朋友，显然都是物质生活一个战壕里的友军。那个年代，民谣还是咖啡馆的另一个灵魂。物质生活一开幕，便有了那种"很民谣"的吉他歌手，都是白天有正经工作（比如银行职员、公务员），冲着热爱而来的歌者，也有过陈楚生这样后来知名的音乐人驻场。曾经有位声音特别浑厚的男中音阚先生，唱李宗盛的歌尤其传神，人却很拽，最讨厌现场点歌，但听得入迷的听众有时就那么"情难自禁"，结果自讨没趣。当然如果你曾流连物质生活，你一定会记得最有仙气的墨菲姑娘，她的歌声使物质生活充满了一种难以忘怀的味道。她就是那种你第一眼见了就会钟情，会想跟着，但跟着跟着就跟丢了的姑娘。偶尔也有歌手断档的时候，我们就请音乐家们过来弹奏古典吉他，有次还来了一个以前在东京常混六本木的日本吉他手。也会在一些特别的日子请实验学校学琴的孩子们拉大提琴。我不知道那些常来或偶尔步入的人们，这样的夜晚，这样的音乐的物质生活，对他们意味着什么，或这些意义只是我们一厢情愿地奉上呢？但我想，这样的物质生活，她曾经给予了我喜悦与满足。

再后来，我们爱上了酒。书吧也聚集了越来越多的朋友。晓昱在书吧翻新后专门做了一间玻璃房方便朋友们聚会以及举办小型沙龙。除了她邀请的名家之外还有不少江湖传奇的人物也曾出没其间。比如北大才子王怜花,公号"孤独大脑"的老喻……那些年,我们喝着各种酒,朋友间侃侃笑谈,推心置腹,互相贬损,酒后妖娆,断片和第二天的悔悟(大醉过后的生不如死)就像重复倒带。圣诞、新年或重要节日,我都曾想着法子琢磨些主题party,让大家尽兴而归。还冒昧地举着酒杯"打扰"过独坐书吧一隅的慕容雪村,邀请他喝一杯。他正是在那段时间写作了《天堂向左,深圳往右》。

有一天晚上,大约2006年吧,金敏华带来了凤凰卫视的陈晓楠。在这么多名人当中,她的知性与大方给我留下了深刻的印象,我想这是她的书卷气所带来的特有气质。她的节目做得特别亲切自然,充满人性的关怀。即使面对面聊天,也使我如沐春风,这便是一种难忘的美感。许多年后,我依然能想起她明亮的双眸和坦诚的笑容,这样的女性,一直是我的榜样。2007年,金敏华策划了一共四期的西南联大70周年纪念讲座。知名建筑师,如今的坪山美术馆馆长刘晓都帮助和介绍了清华大学所属设计公司清华苑的李念中总经理给予了资金的赞助,让我们得以完成书吧史上唯一一个严肃的系列讲座。其中一位嘉宾著名作家张曼菱,她是北大才女,红学研究的专家,《西南联大行思录》作者及西南联大历史文献片《西南联大启示录》制片人。讲座结束之后我陪她回到酒店房间,畅谈了几个小时,却都是关于情感的话题。最后她总结出我一直单身的原因是"走路太直板,毫不性感"。她甚至还示范了该如何"摇曳生姿"。唉,她完全不知道我的"交际花本色"。这次讲座中,谢泳的严谨、余世存的诗情、闻黎明的家学渊源,以及张曼菱的犀利使每一讲都座无虚席,而听众的交流互动更让人感到深圳人对人文历史的关注与思考。

物质生活从创办开始,就做过很多有影响的城市文化沙龙。白先勇、许鞍华等名家讲座时,连站的位置都很拥挤;外国学者或作家讲座时,也有听众用流利的英文提问和交流。所以我们当时认为深圳人特别有文化，而深圳不是大家印象中的"文化沙漠"。所以就确定了物质生活是这样一个城市文化的客厅。虽然在早期艺术家杨勇也策划过一些艺术活动，但艺术的痕迹并不特别深，主要也仅局限于一些艺术文本及诠释的方式而非展览。2007年之后，我思考：是否能让物质生活变成一个不确定的空间呢？更活跃，更有弹性，也更有意思。于是在大艺术家应天齐的支持下，我们在书吧开办了一系列的当代艺术展，除了聚会的玻璃房是一个专门的展示空间外，我们在书籍和咖啡座附近也悬挂了一些作品，意指生活的也是艺术的，艺术的也是生活的。每一位参展的艺术家会责无旁贷地推荐下一位艺术家，保持了展览作品的艺术及学术水准。艺术家开展当日的现场交流都以文字的方式记录下来，同时在展览结束时也给物质生活留下了宝贵的作品。应老师的首展是他早期带有"文革"气息的版画作品，火车站候车室，河边扬帆或大炼钢铁那种火热的革命气氛和深圳的现代性，结合得别有一种时代的撞击感。而在香港为国内许多知名艺术家出版过画册的沈平老师，他的水彩画展的主题是"原乡"，作品是他眼中的老香港。如今已面目全非的美丽海港也许只能是多数人的异乡了。从那时候开始，我渐渐关注起当代艺术。去不同的国家旅行，大部分的时间会徜徉于博物馆和各大美术馆及画廊。同时期，当代水墨的领军人物刘子建老师在书吧做展时，带来了他的学生艺术家郑孟梅。在一见如故的畅聊之后，孟梅回家用几天时间创作了一幅我的油画肖像作品。作为国内实物与画同框的首创艺术家，她现在主要生活居住于北京和加拿大。今年6月，她在深圳美术馆又做了个展"物相"，我有幸收藏了她的其中一幅作品。遗憾的是在我们失联的前几年她把她画的我托管给现已跑路的某艺术机构，虽然在网上看到过他们挂牌这幅肖像，作品却不知所踪。

除了博物馆、美术馆，每到达一座城市，当然还有一个"书店必去"。这或许就是人们常常说的烙印吧，简称"落下病根了"。世界上最美丽的书店，我虽然才到访过两间，但都深爱于心。2016年，为了学阿根廷探戈，我在布宜诺斯艾利斯旅居月余。当我站在由古典剧院改造的雅典人书店一楼，仰望美丽的穹顶，忍不住发出了由衷的赞叹。也许这就是世界上最华丽的书店了。在一楼中庭的尽头原来舞台的地方，已是书店的咖啡小馆，感觉不知何时就会出现一对探戈男女。咖啡区的入口是原舞台的深红色丝绒幕帷。楼上包厢的地方也陈列着书或CD，有人自由地半躺在红色地毯上。我在最上层找到了我钟爱的歌剧女神卡拉斯的珍贵录音版本，在一楼则买了不少阿根廷探戈的音乐专辑。而去年阿姆斯特丹电音节的疯狂之后，我去了荷兰小城马斯特里赫特的天堂书店，书店前身是拥有800年历史的多米尼加教堂。荷兰建筑师莫克斯与基洛德将现代元素与哥特风格完美结合，造就了庄严肃穆与书的高贵气氛。我去的时候适逢一个作家在做活动与读者交流，不远处的咖啡区悬挂着大幅黑白照片，充满了艺术感。

　　一想到自物质生活开业，眨眼就过去了20年，我就感觉我是一个多么不善回忆的人。好像应该有无限的感慨，但能写下的只是寥寥数语。这中间有很想感恩的朋友，因物质生活而交集，获得了他们的支持与关心，有幸让他们成为我的良师益友。2007年到2008年，旅日设计师张辰投入热情，免费为书吧做了一系列精彩的海报，使得每一次的沙龙活动都有了完整的视觉宣传。而张冠生大哥不仅在我到北京时带我去拜访久仰的三味书屋男女主人，还带我去了广西师大出版社理想国的刘总办公室，让我得以在2013年，在福田CBD公司楼下的咖啡馆里举办了一个小型的理想国精品书籍展，给许多的朋友和陌生人推荐了木心作品。但更多的是惭愧，因为贪玩读书读少了，连遣词造句都无法一一讲究。物质生活拓展了我的视野，而我的生活多少也因此眼花缭乱而误入迷途。一晃这么多年过去了，不着调的本性反而更不着调了。不知道该不该怪这个物质生活书吧呢？

　　2000年的某天，我正躺在黄木岗一家小美容院的按摩床上。我的脸被铺上一张面膜的时候，电话响了，一个陌生的女声问道："你说的那家书吧，是不是就是上了电影的那个？"我说是的。原来她就是几天前我偶然去笋岗路的小酒吧"淘到"的歌手。（书吧刚开业就接了一单租场地拍电影的活，女主角是珠影厂的名角）于是这个原本对我的热情很冷淡，对外称自己墨菲的女青年拿着吉他走进了物质生活。这个白天在法国公司上班，晚上来弹唱的姑娘，许多年后考上了哥伦比亚大学，然后华丽转身为华尔街精英。在纽约，她也会和我讲一下她和后院蚂蚁的对谈。2015 年 9 月，我从巴黎转机那不勒斯，再经过一小时的车程到达意大利的南部小岛，那座岛屿以一个古老家族在海边悬崖上的美丽花园而闻名。而我的女友墨菲就在这里嫁给了她的法国爱人。直到今日，每当我听到她于金色夕阳中，从花园的那一头缓缓走到等待她的爱人及证婚人身边的那段音乐时，我都会想起，会突然止不住地泪水汹涌澎湃。那一刻的情绪，也许就是这样的 20 年万事万物交织在一起的不可名状。物质生活更像一座站台，经过这里的每个人，最后都登上了属于自己的未来号机车。

　　2000 年的 8 月，那时的我还很天真，但和现在的我重合在一起，特别丰满。

2020 年 8 月

独自吟唱

胡宜，律师，物质生活书吧创始股东

几乎每一个文艺青年，都会梦想拥有一间咖啡屋，在每一个阳光明媚的日子，坐在自己的咖啡屋窗边，看来来往往的路人，然后浮想联翩。不过大部分人的梦想都只能浮想联翩，注定无疾而终。幸运的是 20 年前晓昱突发奇想要开一间书吧，顺道帮我圆了这个梦。

不用做商业计划书，不用测算现金流，四个中大校友外加一个晓昱的朋友就这么凑到一起，一拍脑袋说每个人出多少钱，然后就开干了。"物质生活"书吧的名字是晓昱定的（至今我还认为这是晓昱她们最有价值的知识产权），大部分的筹备工作也是由大股东晓昱负责，我们几个小股东只是随时听候差遣。例如，我利用在银行当信贷员刚刚积累起来的一点点社会关系去和业主谈租金，磕磕碰碰地开着那辆方向盘老沉老沉的老款富康和晓昱一块儿去东门市场买布料，发挥法律专长起草公司章程和投资协议等。

书吧在 2000 年 8 月 28 日顺利开张了，从此我们每个股东都像推销员一样自发为书吧做宣传打广告招揽生意，闺蜜私聊、同学聚会、校友联谊、业务洽谈，甚至谈情说爱，书吧都是不二的选择。同时，书吧开展的一些活动也满足了我这个文艺青年的爱好。最清晰的记忆是毕飞宇在书吧做的文化讲座，他说"一个城市越大你就越小，一个城市越小你就越大"，至今回响耳边。在书吧买的（我们财务制度严谨，股东也必须掏钱买东西，当然有股东折扣）一套连卡佛的咖啡杯壶以及一套上海文艺出版社出版的"艺术与生活"丛书，如今都还在我的橱柜上摆着。书吧的小物件和书籍都是晓昱亲自挑选的，可见二十年前晓昱的眼光就有多么不俗、不凡，引领时尚。

不过在风风火火的表面之下，难以掩饰的是维持经营、实现收支平衡的艰难与焦虑。晓昱一开始就对标北大南门外的风入松书店，把书吧定位在高雅、精致的档次上，并且以营造高品位的文化风格、浓郁的文化气氛为己任。虽然她每天晚上也会看着收入账单暗暗着急，也会在月初采购、月底发工资的时候暗自伤神，但是一旦股东们做出的经营策略改变触及书吧经营主旨的时候，她还是选择坚持捍卫自己的初心。在为了维持书吧的继续经营而进行第一次增资之后，股东之间开始有了不同的想法。晓昱明白我们大部分人当初都是为了支持她开书吧而参与投资的，并不是把书吧当成自己未来的事业，所以她也理解我们的心情，在一个合适机会出现的时候，我们几个小股东的股权被收购了，算是正式退出物质生活书吧，留下晓昱独自吟唱。这个过程正好三年。俏皮一点地说，我们此举的最大意义是以撤离的方式反衬了晓昱的坚守。

在书吧装修后重新开业的 18 周年纪念酒会上，我们之中的一位股东胡总曾经开玩笑说我们几个人是书吧的天使投资者，想想颇有几分道理。当年 10 万元的投资已经占了我 20% 的现金比例，还未考虑当时背负的房贷和车贷，所以如果没有不一样的交情，没有对自己未来盈利能力的自信，一下子拿出这么些钱还真是不可能。换成今天的我，就再也不会拿出 20% 的资产去做一项投资了。年轻，代表着无所顾虑，代表着无所畏惧，也代表着无所不能。到今天，曾经投资过物质生活书吧仍然是我一生当中最为浓墨重彩的一笔。无论什么时候，无论遇到什么人，只要有人提起物质生活书吧，我都会迫不及待、满怀自豪地告诉他们，我是书吧的创始股东。

虽然只做了书吧三年短暂的股东，但是，在筹备和经营书吧的过程中，我们已经感受到打工和自己做老板完全不一样的心态。我们会想方设法地尽可能省每一分钱，还会利用自己的无形资产——人际关系为书吧办事。书吧让我们这些大学毕业来深都有"原生单位"的人，在体会了下海的酸甜苦辣的同时，也激发了我们创业的雄心和欲望。不知道是巧合还是真的拜创设书吧经历所赐，我们几个小股东在书吧开业后的一两年内全部离开了原来的单位。我是最早的一个，在书吧开业的那年年底即放弃了当年被视为"铁饭碗"的银行工作，成为一名金融律师，并且和物质生活书吧一样，风雨无阻，至今已经坚持了二十年。由于司法体系的不成熟以及法治实践的不到位，律师在中国是一个难以界定的职业，说是自负盈亏自担风险的个体户嘛，又贴着专业人士的标签，而且司法执业资格考试还不是一般人能搞定的。说是打高尔夫球的里边除了大老板多就是律师多嘛，温饱尚未妥妥解决的律师也满大街都是。说是精英人士嘛，也没见几个律师能打通任督二脉直通政坛叱咤风云的。但是，在深圳，只要你脑子够用，踏踏实实够勤奋，为人处世符合朴实价值标准，怎么也能实现自己的"深圳梦"。平安集团马明哲曾经说过，"小胜靠自己，中胜靠人才，大胜靠平台"。在律师这个行业里我的经历就印证了这样的规律，从自己小打小闹独立执业到加盟一个国内红圈所，再到在金融法律服务领域打出自己的一片天地，我觉得自己很幸运。金融法律在深圳其实是一个小众的业务领域，金融不仅仅是银行揽储放贷，还包括了信托、基金、保险、资产管理、财富管理、资产证券化……服务于深圳金融市场的大部分律师都是来自北京、上海，深圳金融律师的水准远远与深圳作为金融城市的地位不匹配。我用了二十年来努力学习、持续进步、精心打磨，终于在深圳金融法律服务领域奠定了自己可以与北上律师 PK 的地位。有时我觉得自己的律师生涯其实是物质生活书吧的另一个翻版，另一种诠释，那就是"精准定位、坚持坚守"。

在离开书吧的十七年里，我一直默默地关注着书吧。我知道晓昱一人饰两角分身经营中国杯和书吧的不易，也知道在如今自媒体发达、纸质媒介没落的当下，继续坚持以文化导向经营一个独立书店有多么艰难。我听说了书吧那个出自名家设计师之手的 LOGO 标志曾经在大运会期间遭遇强拆，也听说了经营场地的租金与日俱涨。我曾经想帮忙为书吧争取一点来自政府的文化补贴，却感觉举步维艰，一个天天挖路返修的城市似乎从未想过要呵护这么一个承载了深圳二十年文化底蕴的书吧。很多国内外文化名人在书吧来来往往做公益讲座，这里举行的文化盛宴的品位绝对拉高了深圳的文化颜值。书吧也支持很多的公益活动在这里免费举行。前不久我还听一个正在读大学的师弟说，他从小学开始就在书吧里度过很多下午时光，书吧陪伴着他走过实验小学、实验中学，一直走到康乐园。物质生活书吧不仅是白沙岭社区居民的一个文化港湾，更是深圳这个移民城市里的一片绿洲。

深圳这个城市有自己的特点，四面八方的人汇聚到这个城市后互相影响、互相同化，最后沉淀出大家最认可的一些特质，比如实干、进取、包容、分享。但是，一部分深圳人也由于太注重实际、太注重物质而无暇关注看似无用的艺术、文化、精神。曾经有上海的朋友说，五年前来到深圳后参加的第一个酒会的"土气"把她惊诧到简直要怀疑人生、怀疑走错城市。所以，物质生活书吧在白沙岭地标式傲娇二十年才更加难能可贵，值得每一个深圳人用心呵护、用心聆听。这几年，但凡我组织的、我能够做主的活动，我都尽量把活动场地放在物质生活书吧，我也会购买一些和书吧有关的纪念品，我不单是支持老朋友，还是支持物质生活书吧，是向深圳的文化守护者致敬。毋庸置疑，晓昱是物质生活书吧的灵魂，而她不断地丰富自己、提升自己、拓宽自己，可能是书吧在曲高和寡的环境下得以坚持下来的主要原因，主心骨够硬核。每隔一段时间跟晓昱见面，她都会带给我一些扑面而来的清新感，在她那里听到的新鲜事儿真真每次不同，去港大读商业课程了，成了雅昌艺术中心的第一批会员了，去央美学习艺术管理了，接着我们一起成了"深渡艺术"收藏班的同学。然后是御风者俱乐部、东西小院，还有一个筹建中的会所，现在听说马上又要在 G&G 创意园开一家物质生活新店……她像个百变女王，斜杠在深圳的文化圈、艺术圈、娱乐圈、美食圈、时尚圈甚至商界，使书吧在坚守文化当道的同时也增加了多种多样的可能性，增强了抗风险的能力。我真心服了这个能折腾、会折腾的老友！不过当晓昱的朋友是有"压力"的，我也必须不断扩容自己的脑内存，不断刷新自己的知识库，才能追得上风一样的晓昱。

在物欲横流、高速运转的深圳，当所有的喧嚣烟消云散，你会听见只有"物质生活"在独自吟唱。因为晓昱不随波逐流，因为她不忘初心，心甘情愿地经营着一个不挣钱甚至要倒贴的文化实体，这需要的不仅仅是实力，更是像海一样深的情怀，像天一样高的格局。

晓昱独自吟唱时，我们能做的是轻轻和。物质生活书吧独自吟唱时，这个年轻的城市能做的，也是轻轻和。

2020 年夏至夜

回首向来萧瑟处

丁雅仑，物质生活书吧前选书师

　　我向来写不来纪念文章，也不太爱觥筹交错的社交应酬，但物质生活行将二十周年之际，还是想要写一写与她的这段缘分。纵然六年前放弃体制内的工作孑然一身来到深圳，也全然不为当初的选择后悔。两年前我从物质生活裸辞之时，便有很多人对此表示不解，诸多旁人佩服我的勇气，亲人表示不理解，朋友们不明白为何做得好好的还是毅然决然选择离开，同时也有见不得我好的人在嘲笑我的愚蠢。回头看离开物质生活的两年时光，这两年是我成长蜕变更快的两年，它让我又一次感恩于自己的选择。来到深圳六年时间，有四年时间是在物质生活度过的，有太多人笑我怎会如此执着深耕在这样一个不赚钱的行业里四年之久，对于无数质疑与嘲讽，我从来都是一笑置之，就像唐伯虎所写的那样，"世人笑我太疯癫，我笑他人看不穿"。因为我也时常告诫自己"管住嘴巴，谨言慎行。未经人事，莫劝人善"。而这六年里，行走于各个行业工作——从最初最熟悉的书业深耕，转而又去做了几月地产中介及影视行工作，再到如今的金融。来到深圳这么久，若是问我收获最大的是什么，毫无疑问便是"恩义"二字。

　　从"恩"字开始说起。自幼生于湖广、长于巴蜀的我虽从未在道上混过，然而川渝地区的袍哥文化、江湖习气耳濡目染自然是有的。即便再往前推到行伍行走时的那两年，去到任何一处，我都始终坚信人品才是行走江湖最硬的底牌。来深六载，自觉尚对得起"人品"二字。闲人从旁晒笑，会觉得我天真幼稚，如今到处都是刀光剑影，有的人过着刀口舔血的日子，在商业化的深圳能保全自己尚且不易，光凭人品谁会认识你？其实这样的目光在深圳早已见怪不怪，你背后若无交换价值，自然是不会有人高看一眼。让我深知若立事，必先立人。情面之饭固然难吃，但人情世故少了，便也失去了烟火气，使人变得不再立体。于是看破一些江湖道义，也就少了获得他人认同的成就感。但其实成就感是自己给的，别人给不了你。

来深之前行伍间的两年，"恩"是部队里指战员给的。彼时的我还只是个不善言谈的愣头青。山东的寒冬对于南方的新兵蛋子来说简直就是一种折磨，却也因此磨练出更多坚韧意志。因为不习惯军营里的生活，每天按部就班、雷打不动，于是两年服役期满便及早退出。

从行伍里退役不到两个月我便独自来到深圳打拼。彼时从老家坐了足足48个小时的绿皮火车到了深圳，深圳的繁华于我一个稚气未脱的毛头小子足够新鲜，甫一下火车便被四周林立的高楼所吸引，我对周围一切都感到陌生而好奇。怀里揣着两千多块，当时的我根本没办法思考能不能找到工作，而是要先顾及温饱与生存。凭我的学历，投简历自然是不太可能的一件事。留学海归、名校毕业的天之骄子多如牛毛，大街上随便抓一个都是背景实力雄厚的精英。于是只能另辟蹊径。彼时来深还有一个因素原是想投奔在某国企中担任要职的舅舅，希冀他能帮忙安排工作。但自幼熟读《红楼梦》的我总会想到"刘姥姥进大观园"的场景，便还是选择依靠自己。

我沿着马路一路进店询问是否需要新人，都被拒绝了。就这样沿途到了百花路，走进了物质生活。彼时的店长见我背着行军包，猜想我是行伍出身，便告知店内尚缺一职位，不知我能否胜任。听他说完职位需求后我便了然于胸，如今想来昔日画面真是十足傻气。两年前我离职不到半年后店长亦离任，当时若没有他的恻隐之心，也自然不会有我的留任，此番恩情自是不敢忘却。

最初的岁月可谓异常勤奋，拼了命想要证明自己的价值，但往往总是雷声大，雨点小。好在当时并未有所气馁，总是怀揣着对美好生活的愿景工作。彼时的我依然血气方刚，除了每天做好图书陈列与上架外，也总是会引导客人购买相对应的图书。每当有人笑我这个小小的图书管理员还做得有声有色的时候，我也会调侃打趣地说道："可别小瞧这个职位，全国各类图书管理员都各有神通，有些完全就是活地图，而我所熟知的顾廷龙先生，于书法上也甚多造诣。"当时年轻气盛，总会援引一些典故，如今想来，还是一个稚气未脱，对社会规则毫无了解的"掉书袋"书生。当时一度将毛主席作为精神领袖，恰巧毛主席在青年时期也做过图书管理员，从此便有了各种从业的由头与虚辞。

年轻时的自己像极了少年时期的苏东坡，实在是太爱露锋芒。苏轼年少时因一纸《刑赏忠厚之至论》获得了赏识，而我也不例外，在当时仅供糊口的微薄工资下，邂逅了物质生活的老板。

迄今令我难以忘怀的便是田艺苗老师的那场分享会，于我可谓占尽风头。从小爱提问的我自然不会放过每一次机会。那场分享会之后，晓总也给我涨了工资，彼时的飘飘然让我一度找不到北。但事实却是——人要清醒地剖析自己。锋芒毕露的结果自然少不了猜忌，也自然会令你在某些地方狠狠地摔跟头。不经一事，不长一智。也正是在物质生活这四年的成长中，我才慢慢修正自己的各项缺点，即便是离职之初，老板仍然把我叫到身边，苦口婆心地悉心教导我，多学人之长，多看己之短。在物质生活的四年，就像步入了一所大学，虽然日常跟老板打交道的机会少之甚少，但能从任何细枝末节的地方学到很多东西，这些东西一旦学到了就会是你成为更好自己的垫脚石。无论是为人还是做事，物质生活的老板对我的帮助都尤为重要，四年的工作经历足以抵得上前二十年在课堂上的学习，物质生活提供"有字之书"，这是每个人获得知识的门径，没有"有字之书"的学习，很多人根本不知道何为知识，也就更不会将书本上的知识通过思考与实践转变为"智识"。而这也仅仅只是其中的一部分，因为生活中与社会里的"无字之书"更像是一部字典，其渊博浩瀚超乎我们的想象。

两年前，我选择离开物质生活，是因为我在这里的"学业"到此为止。人生便是这样，天下亦没有不散之筵席，离开并不意味着我们彼此都在失去，相反却是彼此都在成长。我变得比以前更加成熟稳重，甚至脱离了那种书生傻气的状态。不再因为偏见与人发生无意义的争论，也不再因为犯错而自卑。我变得不再迟疑，有担当，也不急于对任何事物给出结论。而她则"旧貌换新颜"，有了新的开始，也依然会成为深圳生活美学的打卡胜地。当然，我更希望到这里来的读书人更多，而非拍照者。

来深圳已是六年有余，人还是需要一些书生气的，但绝不可是"书生傻气"。我有幸看到了物质生活这二十载岁月的其中四年，细算来，我跟随她走过了五分之一的光阴。在如今这个"媚俗"的时代里，我们已然忘却了生活为何物，我希望未来成长起来的"物质生活"能告诉你答案，至少，也能让我们静下心来，经营生活。"回首向来萧瑟处"，苏轼于黄州所表现的从容乐观，便是我于物质生活的态度。

接下来说"义"。于工作经验而言，所接触的每一个人都对我有"义"。虽然"义"在这里显得太宽泛，反而给人一种虚空的感觉，然而苏东坡即使遭遇万千磨难，在其眼里也是"天下无一不是好人"。赵武平曾经写过一本书，叫《阅人应似阅书》，而物质生活最能让人成长之处便是在此并不只是阅书，更多在于阅人。每天来往的读者、旅客、周边学校的学生以及来店分享的嘉宾，你能从这些人身上看见种种人性，这正是一面令人反思己身问题的镜子。

除了以上所言及之外，物质生活也随处蕴藏惊喜。我便曾在夏日的夜晚邂逅过慕容雪村，雪村老师和蔼的笑容迄今难忘。我也曾在这里主持了多场名家的分享会与讲座：赵波、骆以军、陈雪以及舒国治……想起一件颇为有趣的事，我曾给一位顾客介绍肖全那本厚如砖头的摄影集《我们这一代》，顾客打算考考我的营销能力，让我用这本书中最吸引人眼球的一个点来说服他买下这本书。我二话不说便打开扉页，那上面有肖全的签名。顾客一看，立马买单结账，并夸我营销厉害。其实他并不知道：那本是爱书如命的我买给自己的书，因遇到了同好便主动介绍，未曾想买卖既已做成，木已成舟，不卖也得卖，只得忍痛割爱。

韩寒的《杯中窥人》写的是中国人的劣根性，他由一团纸被揉乱丢进水杯而即兴发挥，文字老辣颇有鲁迅的味道。而在物质生活同样也是在"窥人"，但用"窥"字显得不恰当，仿佛间有种偷看的感觉。应该一如上文所言，就是"阅人"，你能看到形形色色的顾客到店后的状态。你问我是否有遇到过"偷书"的顾客，回想四年间于我而言自是没有，但我相信有这样的群体存在。物质生活给我的最佳印象来自老板的包容，敞开门做生意，有些人会选择顾客，这里除了一些醉酒之人不便入内外，其他人都有到店阅读的权利，我想这也是这家店的可敬之处。

物质生活的读者大致分为三类。一类是买书不眨眼的，几乎对所选所卖皆认同，到店后便直入主题，架上之书简单翻两下就随手拿着，这种情况逛一圈下来，几乎已经囊尽彼时在店的所有新书。虽说这个群体属于极少数，但人物群像特点分明，给人一种买书如买菜的感觉。第二类是偏好嘉宾分享活动的，对于店内时常举办的活动几乎场场必到，可谓忠实粉丝。第三类多数是周边读书的孩子，喜爱物质生活氛围的，家长往往会在这里消费，目的是让孩子在此有个安静环境可以静心学习。因此，从某些层面上说，物质生活更像是百花社区的自习室，无论是附近上学的孩子，还是周边上班的白领，都爱到此处"充电"。也正是在这样的环境下，我看到了诸多人向上改变自己的愿望，从他们身上也看到了学习的重要性。

言至此，"恩义"二字，数年来皆难忘于心。于我，物质生活是一种工作经历，也是一种人生思考。究其本，但愿在未来回首往昔时，能看到她依然在深圳，成为人们生活方式的一种可能。

2020 年 6 月 18 日

我和书吧的距离

沈浪，物质生活书吧朋友，现居芝加哥

一

书吧开业的那一年，我刚到深圳工作，住在八卦岭的公寓楼。八卦岭那时候还是工业区，一栋栋厂房从笋岗路向北齐整排列到泥岗路，时常有机器设备轰鸣。公寓楼前是著名的八卦一路食街，每到傍晚，餐馆的饭桌摆满人行道和停车场，食客们从四方涌来，热闹与喧嚣会持续到后半夜，直至凌晨才逐渐沉寂。公寓楼后的笋岗路连接着罗湖和福田，日夜车流不息，路边行道树高大葱茏，遮掩住人行道上数十米宽的灌木丛和绿地，是情侣们歇脚聊天的好去处，也是劫案多发的危险地带。那时候关内的治安还不算太好，我的同事和他女朋友在这绿地幽会时，曾被打劫；有一两次，半夜窗外传来被抢劫的女生凄厉的求救声。后来，这条人行道上设立了两个昼夜值班岗亭，就再没有听说过类似的劫案发生。

八卦岭隔着笋岗路是园岭，隔着上步路是深圳体育场，斜对面就是书吧坐落的百花社区。第一次去书吧是周刊主编阿飙带我一路走去的，他和书吧主人晓昱是校友，在学校就相识，书吧刚刚开业不久，他便成为第一批常客，我也借此结识了晓昱和骨头。"书"为学识，"吧"以交友，从那之后，我经常从公寓步行去书吧，渐渐习惯了每三五天去那里坐一坐。

那时书吧还未扩建，数桌客人挤在一个空间里，一来二去很容易相熟。

有时候书吧主人也会相互介绍，几桌人就凑到一桌，聊着聊着就认识了。也许因为晓昱曾在电台任职，在我印象里，开始的一两年，往来书吧的媒体人非常多。媒体人见多识广，如果是记者出身，通常还很健谈，有酒助兴，更是文采斐然，金句频出。我那时初见世界，好奇社会万象，喜欢听他们聊天。在那里，我第一次听他们自嘲大部分媒体人精神分裂，因为知道的太多，能说的太少，白天体制内高压工作，夜晚杯盏中自在放纵，书吧是个可以一吐为快的地方。媒体人老姜做文章花团锦簇，一杯酒下肚，能把《分家在十月》的台词倒背如流。用现在的话说，是典型的"反差萌"。某总编自制了一本"禁令集"，将所有不能刊发的新闻汇集成册，数年后，我还有幸在他的书房里见到了这本册子。当时在座的还有胡洪侠，多年后他担任了《晶报》总编辑。

有时到了书吧打烊时间，酒还没喝够，话还没聊完，于是换到食街一边宵夜，一边继续喝酒谈天。书吧女主人有时也会跟我们转场，离开主场后，瞬间酒量大涨，印象里就没见她喝醉过。那时经常去的食街都是城中村或工业区，比如梅林、岗厦、华强北或者八卦岭。印象比较深的一次，是一大群人从书吧转场到八卦一路胜记，一直喝酒聊天到天亮，其间还和隔壁桌不认识的人凑到一桌，酒逢知己千杯不醉。

那两年 BBS 兴起，《万科周刊》论坛因其高质量的内容渐渐火爆网络。周刊主编阿飙邀请书吧主人以书吧之名开了"物质生活"版块，于是书吧中多了慕名而来的网友。经济人俱乐部的博士们大多在北京，雕刻时光以广州网友居多，十一郎是登山版的版主，山友们以深圳人为主，还有杭州、上海和成都的很多朋友活跃在各个版块。网友们来深圳，大多会探访书吧，我也由此认识了不少新朋友。生平第一次参加网友聚会，就是在书吧。那次是广州的网友们集体来访，深圳本地的网友们纷纷到场，巴博、鹿野从香港匆匆赶到，网友们推杯换盏，相谈甚欢。我也第一次见到才华横溢的拔牙，特立独行的酱子，还有细腻敏锐的圈圈。那时的书吧是各地网友来深圳的根据地之一，也让五湖四海的网友在现实中有了交集。某年的圣诞夜，才子王怜花从北京专程赶来书吧，他在北大读书时就以才名著称，书吧主人热情款待，不少吧友闻名而来，一场通宵酒喝下来，酒量令人叹服。经济人俱乐部的薛兆丰，请书吧主人为张五常办生日聚会，后来连续办了好几年。类似的网友聚会在后来还经常举办，每次都要热闹到后半夜才兴尽而回。

小海和阿飙曾经梦想把周刊办成中国最好的财经杂志，但几年后周刊论坛最终关停，周刊也逐渐变成了企业内刊。梦想渐行渐远，网友们在论坛中的交往却因为书吧和书吧主人存延至今。

二

工作两年后辞职，我从喧嚣的工业园搬到莲花山东侧的住宅区。走路去书吧过于遥远，要乘车一路向东。中心公园还没有整体开发，栅栏围墙内果木郁郁葱葱，花卉市场偏居一隅；黄木岗老旧的住宅区承载着媒体人在深圳最早的居所记忆，靠近大路一侧的墙体还没有因为大运会涂上丑怪的黄漆；华强北还没有那么多高楼大厦，在加入 WTO 之前，世界山寨之都的名声也还没有那么响亮。

与网络相比，现实中的交往更容易沉淀友谊。书吧熟客中不少人时间比较自由，见面的机会多，小圈子的聚会也就多。有那么一两年的时间，这群人三天一小聚，五天一大聚，几人到十数人不等，书吧主人也许会迟到，但从不缺席。每次聚会由晚饭饭局开始，喝酒是永恒的主题。总有人是不喝酒的，在某人提议下，喝酒时计每个人的杯数，最后看谁酒量最好。喝酒一旦较上劲，到最后一定有人喝醉，没喝倒的人，又从饭局转移到书吧，继续下半场。几个月下来，每个人的酒量和酒品人人心中有数。那是单纯喝酒的一段日子，填补了时代大潮来临前众人短暂的空闲与迷惘。他们中有资本大佬借书吧蛰伏，潜心学习和研究投资的新机会；有证券人刚刚结束一段职业旅程，准备创建新的财务顾问公司；有广告人不再经营公司，考虑是否全力投入登山行业；有装修商不再承揽工程，打算以创作油画为生；有建筑行业的金牌销售经理化兴趣为事业，做户外旅行的生意；有媒体人下岗，准备北上首都重新就业；有 IT 职业经理人辞职，准备网络创业……而书吧主人也在筹划书吧的扩建和重新装修。

时代大潮裹挟着每个人前行，多数人随波逐流，少数人浪头弄潮。在书吧扩建前后，书吧主人推出了精心策划的文艺沙龙，不定期举办，邀请著名文艺界人士来书吧讲座。每次开讲，书吧座无虚席，晚来的吧友只能在外围站几个小时，即便如此，也是里三圈外三圈水泄不通。讲座不限主题，文学、艺术、建筑、音乐……书吧主人为设定每期主题和邀请主讲人下了很多功夫，请来的都是各自领域的知名人物。我印象中第一期请来的是作家毕飞宇，后来陆续有白先勇、王小帅、洁尘……小小的文艺沙龙，连接了华人文艺世界，主讲人来自海内外，港台、北美。那时世人对深圳的普遍偏见是"文化沙漠"，但 90 年代末《深圳商报》的《文化广场》专版，21 世纪初物质生活书吧的文艺沙龙，大大扭转了这种印象。而当年《文化广场》的主编胡洪侠，也是书吧的资深吧友。

我记得最初几期文艺沙龙的海报大多由东庆设计。他当过宣传兵，设计出的海报个人风格浓郁，每一张都透着烈酒和油彩混搭的味道，张贴在书吧门口，引路人侧目。

书吧的文艺沙龙至今还在举办，已持续近二十年。

三

书吧有文艺沙龙，也有体育狂欢。体育是众人在书吧相聚的另一个重要理由。每逢重大赛事，书吧里挤满喝酒观赛的人。世界杯、奥运会、欧洲杯、美洲杯这些大型赛事期间，热爱体育的吧友每天都聚在书吧。平常大部分周末时间，欧洲五大联赛的赛事直播，也是书吧固定节目。

2002年的足球世界杯前夕，书吧主人出远门去韩国现场看球，临行前组织了一场欢送会，在场的有香蕉球俱乐部的主席和职业运动员出身的清风，两人横跨体育界和商界，是后来看球的固定班底成员。和他们一起看球，相当于旁边坐着专业解说，相比我这种看热闹的球盲，他们内行懂门道，点评到位。看球的固定班底还有万 Sir，据说他对赌球颇有研究，对球员的熟悉程度令人叹服。当时，大律师简直从北京远道而来，和我们一起在书吧连看了几天世界杯，也被万 Sir 的精彩分析折服。简直言语犀利，诙谐幽默，他形容万 Sir，"屏幕上伸出一根腿毛，就知道这是哪个球员"。热闹的书吧有时会吸引体育界人士到访，我记得深圳足球队的李玮峰、广东卫视的体育主播陈岗都偶有出现。体育毕竟要身体力行。深圳是国内户外运动的兴起中心，资深登山界人士十一郎和老才是书吧刚开业时就经常登门的熟客，他们不时带着登山圈的朋友到书吧聚会。那段时间健康养生风潮第一次爆发，市面上到处是各类养生书籍。受户外圈和健康潮的影响，一些吧友相约每天爬莲花山。一群人通常是下午到山脚，爬山出一身汗，然后到书吧小聚。持续了一段时间后，运动升级，十一郎和老才组织几十位吧友去东西涌穿越。与20分钟爬一次山路平缓的莲花山不同，东西涌全程都是乱石险滩，只能徒步行进，完成穿越至少要三四个小时。那次出发后不久，队伍中的林妹妹崴了脚，十一郎二话不说，背起她继续前行。中途有自告奋勇想帮忙的，但毕竟不像他是专业户外人士，担心帮忙不成反添乱，最终他几乎背着林妹妹走完了全程。那次穿越的另一位组织者老才，后来创立了自己的户外运动企业，把徒步穿越的路线开拓到了世界各地。

东西涌海滩穿越不是书吧与大海第一次结缘，在那之前，就有吧友组织书吧的数十位朋友去大甲岛露营，我也在被邀之列。那段时间，我已经搬到了莲花山西侧，和书吧的距离又远了一座莲花山，但去书吧的频次反而更高，和书吧朋友们的交情也与日俱增。彼时梧桐山的深盐二通道尚未开通，贯穿盐田海岸线的沿海高速也才启用了第一段，从书吧去大鹏湾的大甲岛单程要三个小时以上。如今已是历史遗物的二线关那时还没有撤销，从小梅沙出关后必须凭特区居住证明才能进关返程，出发之前，组织者反复提醒大家，一定要带着证件，以免出得去进不来。去大甲岛露营，要先到南澳的浪骑游艇会，然后乘船渡海抵达目的岛。那次是许多朋友生平第一次海岛露营，全无经验，状况百出。大家围着篝火，通宵畅饮，直到凌晨才在沙滩上倒头酣睡，好几人都被清早的日头晒脱一层皮。

这次渡海露营，使书吧主人和几位有心的吧友对海上运动产生了浓厚的兴趣，他们开始频繁出海。一开始只是换着花样玩，坐游艇、乘帆船、开摩托艇，后来越玩越专业，兴趣全部投入到自驾帆船。他们敏锐地意识到，对于深圳这样一个海滨城市来说，帆船一定会成为未来的大众生活方式之一，投入到海洋体育产业，创建海上运动品牌，成了他们经常谈论的话题。那是我第一次深刻意识到深圳人的实干精神，一旦有想法就大胆实践。他们很快就从法国订购了一艘双体帆船，并决定自己从法国开回来，称之为"纵横四海"，同时给这艘帆船起了一个颇有寓意的名字——"骑士号"。从法国驾驶"骑士号"回到深圳，需要环绕地球半周，全程一万八千海里。书吧的朋友们毕竟还是新手，为了这场盛举，他们做了充分的准备，并坚持在南澳海上练习帆船驾驶整整半年。最终，由非著名海报设计师东庆船长带领着由吧友们组成的船员，成功完成了这次壮举。"骑士号"回航的那天，是一场盛大的庆典，由此开启了书吧主人的另一份壮丽事业——中国杯帆船赛。

四

当书吧主人开启事业另一片天地的时候，我的工作重心转移到了北京，和书吧有了半个国家的距离，再不能像过去几年那样频繁地出入。然而，在北京的那几年，往来最多的，还是曾经通过书吧认识的那些朋友。

那时十一郎已早我一步移居北京，投入了慈善公益事业，清风也在北京拓展了新的生意，我们像以前在深圳一样经常小聚。原本就在北京的华年、王怜花、未然、巴博、简直等吧友，也时常见面。书吧主人的好友丹丹在安定门外经营着一家四合院私房菜，我们戏称那里是"书吧驻京办"，因为经常会在那儿碰到书吧故友。有一次，我们在那里聊天到半夜，旁边还有一桌陌生人也在，当他们听到我们频繁提到书吧主人的名字，忍不住过来跟我们打招呼，说也是晓昱的朋友。惊喜之下，两桌变一桌，新朋旧友又是一场好酒。

转眼又是 2006 年世界杯，北京吧友们延续了聚众看球的习惯。记忆中是王怜花在鼓楼外大街找到一家酒吧，说服主人把屋顶留给我们看球，但没有电视，性情中人十一郎便把自家的大屏幕电视搬到那里。

广州吧友拔牙也经常到北京出差，每次来都会和北京的吧友们聚一聚。他性情温和，幽默风趣，和嗓门洪亮的清风一静一动，经常是聚会的焦点。华年的酒量深不见底，堪与书吧主人匹敌。我第一次和她喝酒，是王怜花带我们去的一个叫"树吧"的啤酒吧。我一听就喜欢上了这个地方，因为听上去跟"书吧"一样。那次我俩每人喝了七大杯黑啤，她也就是微醺。她还带我去过单向街书店，和物质生活书吧一样，单向街书店也经常举办文化沙龙，我在那里听过诗人臧棣和清平的讲座，他们都是王怜花的好友。

书吧主人的中国杯帆船赛事如火如荼，不时要来北京出差。每次到来，吧友们总要倾巢而出，欢聚一场。我因为家在深圳，也经常回去，每次回到深圳，第一时间总要去书吧坐一坐。书吧主人和吧友们对我优待有加，让我常有一种游子归家的感觉。我回深圳领结婚证，书吧还为我举办了一个结婚party，几十位吧友齐聚，热闹了整晚。

有一次半夜，吧友们齐聚在书吧收看世界大学生运动会的申办现场直播，当宣布深圳申办成功的那一刻，在座有人流下了热泪，因为这意味着中国杯帆船赛准确地驶入了深圳城市未来发展的轨道，书吧主人和吧友们又一次把握住了时代的脉搏。

那时北京奥运会正紧锣密鼓地筹备中，有吧友开玩笑说，到2008年，我这个书吧驻北京代表应该请他们一起去北京现场看奥运。遗憾的是，我没能帮吧友们实现这个愿望。

新千年的头一个十年，我的生活和书吧有太多的交集，我和吧友们见证了深圳的日新月异，目睹了这座矗立在时代浪尖的城市高速发展，而物质生活书吧也成为这座城市最醒目的文化标志之一。

五

新千年的第二个十年刚开始，我移居到美国。临行前一天，书吧主人和吧友们为我送行，百感交集的我，和朋友们一一道别，挥手自兹去。

我以为很难再与书吧有更多交集，然而惊喜总是不经意会出现。我到美国的第二年，搬到了科罗拉多州的一座小城。

科罗拉多的华人不多，经常有华人在聚会。有一次，我结识了一位律师朋友。和她聊了几次，才发现我们居然有一位共同的朋友王怜花，而她和王怜花已经二十多年没有见过面了。这又是一个大大的惊喜，我立刻告诉了王怜花这个消息，他也非常兴奋，居然通过我又和失联已久的老友神奇地重逢。其实，即便是在异国他乡，书吧的朋友们也从未相忘。清风去旧金山旅游，特地邀请我去一起游玩几日，后来我搬到南加州，他每年都去看我。拔牙、未然、书吧主人晓昱途经加州时，都曾专门约我小聚。华年来美国，我们两家人还一起在西部游玩了几日。

古龙说，"距离"这两个字并不是绝对的名词，有时万丈有如咫尺，有时咫尺却如天涯。二十年前刚到深圳时，我和书吧的距离可用步履丈量，后来是半座城市的距离，再后来是半个国家的距离，如今是一个太平洋的距离。然而和书吧的过往已是我生命中不可抹去的一部分，和书吧友人的情谊也不会因为距离的遥远和时间的流逝而消逝，就像我会举杯遥祝每一届中国杯帆船赛顺利举办一样，我相信书吧的朋友们也在祝福遥远的我喜乐平安。

2020 年 6 月 19 日

墨菲的奇妙之旅

墨菲，金融从业者，物质生活书吧前驻唱歌手，现居纽约

2000 年来到深圳，与物质生活书吧结下不解之缘，曾在书吧弹唱，与导师蒙代尔教授结识，考上哥伦比亚大学，后在华尔街工作，现定居纽约。

"以后就在这了。"这是我刚到深圳的那一刻的感慨，印象特别深刻。记得我站在深南大道的人行天桥上望着天，第一次发现天原来可以这么蓝。那是 2000 年，深圳和我一般年纪。

在深圳的第一份工作在大国企，大家都叫我小刘。去那主要是能解决户口问题，加上本科学历直接是干部级别，还在深圳当时最好的电子科技大厦上班，这些加起来对于一个湘西妹子来说可以对得起父老乡亲的想象了。

一个人在深圳，好事可以告诉家人，坏事可就自己扛着，郁闷了就把自己放人人群里。一天我路过一个叫"44 平方米"的小酒吧，叫了杯东西喝，独自写点日记消化一下最近的烦恼。忽然进来七八个人把卷闸门一关，拿枪对着酒吧里的人，把我们挨个手脚捆起来，嘴还用胶带封上，总之和电影里的情节一样……居然碰上打劫了！我记得当时还想着反正心情不好，如果有人要劫色我就跟他拼了，好在人家真的就是劫财而已。最后他们连我的一副墨镜都没放过，看得出来也是刚来深圳的，还没混出名堂。最经典的是过后警察也来了，大家都松了绑，我问隔壁的小卖部店主能不能免费打一个店里的出租电话。大妈很坚定地说："没钱，不能打电话！"原来这就是传说中的"人情冷漠"！后来一想，大妈在深圳大概也是见打劫见多了，当时

的深圳有几个人没被偷或被抢过手机钱包的？再说能来深圳闯的人又岂是能被打劫吓倒的！

不到一年我跳槽到外企工作，白天朝九晚五做外贸热火朝天地给世界工厂添砖加瓦，晚上在物质生活弹吉他唱歌偶尔感动下别人偶尔感动下自己；白天公司同事叫我 Zoe，晚上我叫自己墨菲，国企的那个被打劫的湘西妹子小刘从此在深圳过上了幸福的生活。

与物质生活书吧的缘分从去那里弹唱开始，与深圳很多人的缘分也是从那里开始。书吧的女主人晓昱和Linda是深圳小有名气的文艺女青年，她们能神通地请来各地的大伽给大家讲座，有作家，有艺术家，有建筑家，还有经济学家，就这样书吧成了当时深圳"文化沙漠"里的一片绿洲，为这个城市提供着各种有趣的营养。晓昱知识广博，经常能招招见血地把一群大男人说到哑口无言，却也能毫不留情地把自己彻底自嘲一番，所以大家都没脾气，有硝烟也立刻化作一杯酒干了。Linda善解人意，如带春风的她踩着高跟鞋就能把任何角落变得优雅，还能不经意就写出最惊艳的诗句，等在石榴裙下的人们纷纷还没拜就倒下了。来往书吧的人们大多有文艺范也有生活范，甚至还有理想和情怀。我混在女主人们的一群老友中"打酱油"，听着大伙高谈阔论，跟着笑到人仰马翻。我们会一群人去东澳的无人岛扎营喂蚊子，我们会把自拍的镜头剪成黑白小电影配上蔡琴的歌把自己看哭，我们还会一群人飞去法国拉罗谢尔去给朋友启航从欧洲驾帆船回深圳加油……那些日子的我，白天有奋斗，晚上有书吧的诗和远方，转眼六七年下来，我在台上唱歌，台下听歌的都成了朋友。我一直暗暗感激他们忍我这么多年唱同样的歌。

在深圳白天工作的外企是一个活力四射的地方。从爱尔兰来的创始人带领着由外国小伙组成的工程师们和中国妹子组成的项目经理们创造了一个不小的 Made in China 神话。我们的理想是只要客户能想出来的，我们就能设计、出图、做模、打样、组织批量生产并且包装送到最终客户手里。苹果、亚马逊、微软和很多硅谷的科技公司都是我们的客户。以前身在其中不知不觉，现在想起来我们可是车轮滚滚地顺着中国加入WTO的历史洪流前行着，亲身经历着世界上最强大的制造产业链。后来在国外我和投资人讲解中国经济奇迹的时候经常会很自豪地说我曾是深圳百万打工大军中的一员，虽然没有正儿八经上过生产线，却也去过了上百家周边的工厂，催过单赶过工熬过夜，全然有那种虽然没扛过枪，却也以挖过战壕为荣的感情。毫无疑问，某种程度上，真正用双手创造了深圳乃至中国奇迹的确实是那些曾经年轻的打工仔和打工妹。

说到奇迹，其实要说物质生活书吧改变了我的命运一点都不夸张，因为就是在那儿我神奇地遇上了自己的人生导师蒙代尔教授。从认识到成为他的学生、助手再到朋友，我的人生轨迹从此因为有教授的鼓励和帮助而截然不同。十几年下来蒙代尔教授和他的夫人已经成了我在国外的家人，结婚的时候就是教授穿着他领诺贝尔奖穿的白色燕尾服替我已去世的父亲陪我走上红地毯，把我交到了未来丈夫的手中。谁能想到这一切都可以追溯回深圳的物质生活呢？那天向松祚博士带蒙代尔教授来书吧和大家一起聊天的时候，谁能想到那个在台上唱老歌的墨菲从此开始梦想考哥伦比亚大学了呢？谁能想到两年后她真考上了呢！就连经常光顾书吧的张五常教授也不禁感叹："墨菲也能考上，看来哥伦比亚大学是堕落了啊！"哈哈！换成我，我也会这么想，可是人生就可以这么奇妙！后来回深圳的时候我去拜访张五常教授，并把他那本精彩独到的《中国的经济制度》带去华尔街分享给同行，读过的人都能对中国的经济制度有更接地气的了解。

去纽约是2007年的夏天，我从深圳带着两个超大行李箱和对《欲望都市》的憧憬去到那儿，发现并没有太多的陌生感。纽约和深圳很相似，都是移民之都，都是造梦之城，两个城市流着不同的血液却跳着相同的脉搏，就连纽约时代广场的气质都像极了深圳的罗湖东门。在深圳听到的是各种外地口音的普通话，在纽约听到的是各种外地口音的英文；纽约人和深圳人一样痛并快乐地互相追赶着，忙碌得没有时间寂寞；纽约的印度的士司机们和深圳的攸县司机们一样喜欢在驾驶室叽里呱啦地和老乡电话聊天；纽约过感恩节和深圳过春节一样空荡……当然相比之下纽约比深圳更多元化，更开放，历史沉淀可以让我们找到很多值得去看的地方。不过话说回来，400 年的纽约有更细腻的城市质感，但 40 岁的深圳更具张力，所以如果二者选一的话，我会更好奇深圳一百年以后将会是什么样子。

在哥大读书的日子比高考还苦，毕业后奋战华尔街就更不用提，从此再没看过一本闲书，也再没有了物质生活书吧那样无边的夜晚。朋友微信问我在干吗，我的标准答案就是："在受资本主义盘剥呢！"这一晃十几年下来也就回了几次深圳，每次回来，感觉我长大了，深圳更是如此。

以前跟老外介绍深圳一定要把香港拉进来，"就是香港隔壁的那个城市"，现在全世界都知道深圳是华为和腾讯的家了。以前装打火机、鞋垫的集装箱现在装着 iPhone 和无人机了。我到了国外才真的感受到这种变化速度是挺吓人的，但深圳人从来就很习惯这样的变化，因为每个来这里打拼的人都是为了有一天可以破茧而出，深圳的变化就是深圳人的变化。在书吧认识的朋友们现在基本都已经是"非同日而语"了，打工的大多有了自己的事业，有事业的大多已经做得很大，做得很大的已经有人在做慈善。

转眼间，永远美丽优雅穿着高跟鞋的 Linda，现在穿着自家的潮牌服装过着周游世界的自由生活；晓昱已经从书吧的女主人变成了圈里的大腕，事业上集文化艺术饮食甚至是国际帆船赛事于一身，成为深圳文化的一面旗帜；就连滨海大道旁的那些东倒西歪的小树苗都已经长成一片茂密的绿荫，在华侨城的老工业园里居然还可以听得到热带雨林的鸟叫声。现在的深圳不仅可以容纳梦想，还能容纳生活。

二十岁的物质生活书吧，我见到了她的很多挣扎和不易。虽然赚钱不是目的，要扛下来却也要大费心力，若不是女主人的坚持，恐怕她早已消失在百花二路的那个三岔路口。所以每次回来我都庆幸她还在那儿，陪伴着深圳的成长，接纳和留存着深圳的夜色温柔。《小王子》的作者曾经写过一段让我印象深刻的话，大意是：我们看到的树不仅仅只是一棵生根、发芽、长叶、抽枝、茂盛、参天，然后逐渐老去消亡的树，而是一种力量，一种永远在往上伸展向天空的力量。我们在物质生活看到的便是这种安静而坚定的力量。所以前行不是选择，而是与生俱来，所以我们注定还会共同见证她以后的每一个二十年。Bon anniversaire, La Vie Matérielle !

2020 年 6 月于纽约

我在羌塘荒原回望这里

十一郎（周行康），登山家，公益人

　　1983 年我随父母调动来到深圳特区，他们是开创特区的"孺子牛"那一代人，而我则成了比较少见的"特二代"——既非世代生活于此，也非在改革开放大潮中自己闯荡到特区。

　　高中、大学、工作的前 12 年，深圳既是滋养了我的第二故乡，也是我起步的第一个人生舞台。

　　读书期间，除了喜欢一个人背着那个时代国人罕见的帐篷到深圳周边山野中游走，就是喜欢阅读各种书籍、接触各类新鲜知识。在思想活跃、经济火热的八九十年代，从"五角丛书"到《熵：一种新的世界观》到加西亚·马尔克斯到哈耶克，站在过往对经典文学和传统思想认知的基础上，一个更加广阔的世界通过各种渠道展现在年轻的我眼前——其中最重要的，当然还是读书。

　　1996 年，一个偶然的机会，我看到了一本新刊物《三联生活周刊》，并立刻产生了极强的好感。于是赶去北京，摸上三联杂志社，争取到了刊物在华南三省的广告和发行代理。考虑到深圳是华南三省刊物发行和产生影响力的中心城市，我开动脑筋决定找深圳电台的一档都市生活类热播栏目合作，开设了每两周一期的"三联生活之旅"节目。由此，我与当时深圳著名的电台主持人、集美丽与知性于一身的晓昱愉快合作了一段时间。

　　我被《深圳特区报》评为"特区二十年二十人"的 2000 年，各自在人生道路上别有进境的我们再次相遇。晓昱告诉我，她要开一个卖书、读书、交流思想、传播知识的书吧，名字取自玛格丽特·杜拉斯的名著，就叫"物质生活"。于是，我理所当然成了"物质生活"书吧最早的忠实拥趸。

那些年，也正好是国内互联网论坛风起云涌的时代，我和晓昱等朋友分别在一个偏小众精英的论坛群上担任不同版面的版主。那个论坛的版主和活跃网友，在当时以及后来，都是国内各个领域的风流人物，比如巴曙松、刘雪枫、赵晓、钟伟、缥缈、登徒子、黄茵、王怜花、简直、胡洪侠、金敏华……后来曾经红透互联网半边天的某位颇有争议的女性作家，当时在这群人中间，也仅仅是个刚刚出道的小妹子。

彼时虽然也流行网友见面，但不同之处在于，见面的场景往往是思想和观点的交锋互动，而罕见激素或欲望的挑逗勾兑。深圳作为这个论坛的总舵，"物质生活"书吧自然而然成了大家见面聚会的首选场所，晓昱也没少热情款待我们这些五湖四海、天马行空的朋友。当然，以上仅仅是书吧给我留下的群像化记忆之一。除了在书吧会见朋友，我曾经常在那里读书、写作、发呆。

我的一生有两大爱好，登山行走和阅读思考。2003 年离开深圳前往北京工作之前，"物质生活"书吧是我第二项爱好的重要实施场所。后来我每次回深圳省亲，也都要去书吧坐坐，那段烟雾缭绕、青春激荡的韶华会不时重现于我的脑海。

我的另一个爱好登山行走，使我在 2003 年深度参与了攀登珠峰的重大活动。此后，我的人生再次出发，从特区来到首都，从首都走向高原——不是为了登山，而是为了公益。

2004 年开始，我参与创办了北京苹果基金会，并作为首任秘书长带领团队以"世界屋脊的屋脊"西藏阿里为重点，以青藏高原为舞台，用了整整十年，上下高原超百次，进出阿里 44 次，根植于基层开展教育、医疗、环境、文化、灾害救助五大方向的公益项目。2008 年，我们的机构和项目荣获民政部授予的"年度十大"和"年度最具影响力项目"奖。

那十年里，我每年要在高原待半年，致力于藏地基层公益项目的开展和执行。干肉、糌粑、酥油茶、牛粪炉子、搓板路、爆胎、陷车、暴风雪、赶夜路，是我的羌塘下乡日常生活……即使如此，我也随身带着电子书，不论走到哪里，总要争取在睡前读几页。躺在睡袋里，被牛粪炉子"香气"包围着看电子书的时候，我不时会想起"物质生活"书吧的明亮灯光……从一线公益工作退下来之后，我仍然不断重返高原，带着思考，深入荒原，求解问号。去年，我们策划的《大横断 寻找川滇藏》一书，经过 60 多位探险家作者三年多的实地考察终于出版。我也有幸把这本国内有史以来第一次全景展现 100 万平方公里大横断区域的 600 页"巨作"，带到"物质生活"书吧，与深圳的朋友们共同分享。记得当时晓昱问我最近在干吗，我跟她半开玩笑地说，我在准备人生下半场。在中国传统观念里，圣人一辈子要完成三个阶段的事情：立功、立言、立德。我倒是没有当圣人的打算——能做个纯粹的"人"，就足矣——只是用这个标准照射了一下自我：也许人生上半场立功的指标我已经完成得不错了，那么下半场就应该做一些更有历史价值、能够留给未来的事情吧……

由此，我给自己定了一个座右铭：自由、创造、分享。在人生下半场的路径上，研读与行走、思考与创造，将是主要的模式。而高原依然是我继续重返的地方。这些年，我也经常回到"物质生活"，看着晓昱和书吧的变化。就我的期望而言，书吧可以成为一个更加注重思想交流、推动文明发展的平台，从而为将来留下我们这个时代许多宝贵的精神财富。

不论在什么时代，只要有方向、有方法，未来总是可期的。而我，也将在远方不断回望书吧这束明亮的光……

我在物质生活书吧的奇遇

向松祚，经济学家

　　和今天一样，30多年前，深圳也是年轻人非常热爱、渴望的城市。深圳给人最深刻的感受，就是永远充满激情、催人奋进，永远会激励年轻人去做一些事情。这也就是为什么深圳已经成为中国乃至世界最具创新活力的城市之一的原因。

　　1993年，我20多岁，从中国人民大学获得博士学位后，就来到深圳工作，也感受到这个城市非常火热。我人生最大的收获就是认识了很多朋友，他们大多有理想、有激情、有爱心、有事业心，当然也包括我们物质生活书吧的女主人晓昱。

　　后来，1998年底我去了英国剑桥大学读书，再后来又去了美国哥伦比亚大学，就离开了深圳。其实我当时选择出国留学，也与在深圳工作和生活的经历有很大关系。当时我在深圳已经有了很好的工作，在中国人民银行深圳分行已是一个处级干部，工资待遇和住房各方面待遇都不错，但是深圳那种充满激情的氛围，让人始终"坐"不下来。特别是1997年亚洲金融危机之后，我当时非常渴望了解全球金融体系到底是怎么运作的，因为我在大学期间特别是博士期间，研究的课题其实是产权经济学，并没有研究国际金融。

　　我认为深圳作为这么火热的、充满创新氛围的一座城市，对于激励我放弃人民银行的工作到海外去留学，潜意识里也是一个非常重要的影响力量。所以我从情感、精神方面，对深圳一直都有着非常深厚的感情。我在深圳也有很多非常好的朋友，所以我 2001 年回到北京后，也经常往返深圳。

2001 年，我在深圳主要的落脚点，也是主要的兴奋点，就是晓昱创办的物质生活书吧。

其实我已不太记得第一次去书吧是什么时候，因为当时有很多朋友都会经常聚在一起喝酒、吃饭、瞎聊天。我记得当时有杨明以及其他好多朋友经常会在书吧见面、神侃，有时候谈生意、谈历史、谈经济学的学术，当然更多是谈风花雪月，等等。有一次我还特别邀请了我国非常有名的经济学者胜宏博士，专门到深圳来谈产权制度改革。所以当年物质生活书吧就成了朋友们一个非常重要的据点，也是大家最喜欢的一个据点。

当然，在物质生活书吧，最让我难忘的一个奇遇，也是令人非常开心的一次奇遇，就是认识了张五常教授和他的太太苏老师。

其实我跟张五常教授神交已久。1985 年我还在读大学的时候，就读过张五常教授的《卖桔者言》。当时他的《卖桔者言》是四川人民出版社出的"走向未来"丛书的简体中文版，有很多删减。但即使是删减的《卖桔者言》，对于刚刚接触经济学的人或者希望了解经济学的大学本科生来讲，那简直是完全开辟了一个崭新的天地，按照现在的说法叫"脑洞大开"——从未知道这个世界上还有这样的经济学，人们对经济制度、对经济发展、对人类社会还会有这样的认识。所以它当时对我来说完全是一本奇书，深深地吸引了我这个当时根本就没有任何经济学背景的人。

就像北京大学的周其仁教授多次讲的，你可以不认识张五常这个人，但是当你读到他的《卖桔者言》就放不下来，总想把它读下去。所以，我当时读到《卖桔者言》，虽然还不太懂，但是读了很多遍，也正是从这本书里学到一些新名词，才知道了科斯定律等。当时张五常教授在香港大学经济金融学院当院长，我就冒昧地给他写了一封信，表达对他的仰慕和敬佩之情。

没有想到，张五常教授不仅给我回了信，而且把他当时在香港出版的中文著作，全部亲自签名寄给我。当时我大喜过望，这真的是我一生难忘的特大惊喜，是后来我到中国人民大学去念经济学，而且念产权经济学的一个重要的契机，也是引导我进入经济学这个领域非常重要的一件事情。虽然有这么一个非常美妙的插曲，但我一直没见过张五常教授本人。

2003年底，当时我已经回国，而且我翻译了蒙代尔教授全部重要的经济学著作共六卷本。翻译出来后，物质生活书吧就有了这么一套。有一天，我正好在物质生活书吧和朋友们喝酒聊天，突然晓昱就过来找我，说张五常教授和他的夫人过来了。他看到蒙代尔的六卷本经济学译丛，就问是谁翻译的。晓昱就说，这位译者今天也在物质生活书吧，所以马上就过来叫我，我就出去见到了张五常教授和他的太太。

当时我确实非常惊喜，因为我对张教授的学问和人品一直非常仰慕。当天晚上我们聊得特别开心，聊到了蒙代尔，聊到了芝加哥大学，聊到了经济学的发展。然后张五常教授当场就说，希望圣诞节如果我有空就到深圳，他要把最好的酒拿来请我喝。我当时受宠若惊，因为张教授是世界有名的经济学家，而我当时只不过是一个经济学学生。

后来我就一直和张教授保持非常密切的交往，也写了《张五常经济学》纪念他的七十大寿，他的70岁、75岁、80岁生日，也都是我帮助一起给他筹办的。所以后来写书的时候，我经常会提到在现在的经济学家里面，我最喜欢和最敬佩的是张五常教授和蒙代尔教授。

正是因为有了物质生活书吧的这个机遇，后来我还促成了蒙代尔教授和张五常教授两个人见面。他们两个人以前在芝加哥大学的时候是同事，但后来天各一方，几十年没有见面。后来在我的安排下，他们在中国多次见面，相谈甚欢。张五常教授对蒙代尔教授也非常尊重，他们是英雄惜英雄，相互仰慕、彼此尊重。

从这个小故事里面就可以看出，晓昱创办的物质生活书吧，是经常给朋友们带来惊喜的地方，带来很多的不期而遇和邂逅。在这里可以结识很多新朋友，老朋友之间也能擦出新火花……这就是物质生活书吧成为深圳一道非常温馨的风景线的最主要原因。

后来，应该是 2007 年之后，我在大学做教授，又到农业银行做首席经济学家，所以工作比较忙，去物质生活书吧的次数就渐渐少了。

今年是物质生活书吧开业 20 年，让我特别吃惊的是，晓昱能够坚持这么多年，一个书吧竟能存活 20 年！

当然首先因为晓昱本身是一位非常有品位、有情调、有文化而且很喜欢交朋友的漂亮女性，她作为物质生活书吧的主人，吸引了很多人，更主要的是她的坚持。

深圳这么一座城市应该需要更多像物质生活书吧这样的文化场所，能够让忙忙碌碌的人们拥有一个聊天倾谈的安静场所。我想物质生活书吧有几个很重要的特点：她很温馨、很自由，她也很感性，她还有很多新书。

其实晓昱很有心，她精心选择很多书籍分享、推荐给大家，所以物质生活书吧是一个非常重要的文化场所，她能够把最新、最前沿的书籍介绍给朋友们。

书吧里有很多好书，这是吸引我的一个非常重要的方面。阅读对我来讲，可能是人生最重要的事情之一。阅读成了我每天生活必需的一个部分，如果某一天我没有阅读，就好像这一天白过了，所以阅读占据了我生活中大部分时间。当然主要因为我自身的定位就是一个学者，所以我的阅读范围非常广泛，从经济学到哲学，到历史，到文学，到科学，反正感兴趣的书我都会去读。我认为，阅读是最有价值的投资，投资最少而且收获最大。并且，读书是每一个人都能够做到的事情，它没有任何的门槛，所以我想，人类最宝贵的财富就是书籍，就是文化。

流浪之城

老喻，未来春藤家长学院 CEO，微信公众号"孤独大脑"作者

1999 年·火车

老喻：

你好吗？让我们来做一个游戏。

你告诉我一个"早知道就好了"的道理；我给你讲一个你忘掉了的故事。

我是在去深圳的火车上给你写这封信。这是最早的一班，路上要两三个小时，但票价只有快车的一半。从石牌村出发去广州东站时，天还没亮。火车还是绿皮的，音乐是《春天的故事》，我一切都好。手上在做的事情正要发芽，尽管眼前仍无迹象，我心底早已看见。倒不是因为远见，而是别无选择。可别人看不到。为了躲避房东，我去中山图书馆混了一天，不过不是看书，而是看了两场记不住名字的录像。再后来，搬去城中村。农民的房子，以不能更低的租金，成为这个城市最后的收留之地。楼和楼之间近得可以握手，一道狭窄的阳光射入暗黑的房间。虽然光线只有两厘米宽，却有 100% 的亮度；虽然某刻只照到某个角落，却能扫过 100% 的桌面。现实有一点点让人绝望，但我从未对其失望。

小喻 1999 年

2020 年·花园

小喻:

我很好。

此刻是温哥华最好的季节，初夏阳光炽热，空气却是清凉的。怕热的你居然在湿热的广州停留了 15 年，一个人关于时空的命运是多么不可思议。人们钟爱久远到与世隔绝的记忆。然而我仍然在你的岁月余波之中。就像我远在万里之外，也没能间断对大洋彼岸的牵挂。其实你并不需要我的道理，我也未必忘记了你讲给我的故事。我在怀疑你我之间的连贯性。如爱因斯坦所说，时间的先后也许只是一个持久而顽固的幻觉。在围棋的世界观里，现实是一个棋盘，过去、现在、未来都平铺在上面。一道神秘的光线，正如你那间黑暗小屋里的狭窄光线，轻轻扫过我们的一生。时光是矗立还是平铺？倘若两周后的某个时刻，将有某件事令你不爽，那么，对于"时光矗立者"来说，即使该事并不影响未来两周，但那事已潜入时光的空中楼阁，提前压在你头顶 14 楼之上。而且，即使这件事过去了，它依然在你脚下的楼层泛出异味。对于"时光平铺者"而言，则是安然行进于时空的苍茫大地之上。就像我昨天驱车于加拿大西部的菲莎河谷，壮阔的崖壁之间，远处的暴雨仿佛是云朵下的淋浴，只打湿了一小片大地。晴朗和阴郁同时发生，那大约就是过去和未来的样子。我们只是穿行其间。

所以，就生活而言，时光也如房子般，容积率越低越舒服，平铺、延展、可串起，而不必彼此压迫。你与我无关，亦无需对我负责。我们彼此之间是完全陌生的。

老喻 2020 年

2000 年·书吧

老喻：

我从未想过你将成为一个什么样的人。

我有限的努力，也不是为了你，而是为了让此刻的我更安宁一些。出租车绕行在高架桥上时，朋友们望着四处的高楼和塔吊说，深圳哪里有这么多人来买房子啊？

我也不知道。我只知道自己的那本起初无人看好的地产书卖得很好，公司的生意像草原上的野火，隔不久就要换个办公室。

最会做生意的地产公司在广州，最会做产品的地产公司在深圳，我往返于两地，并混迹于《万科周刊》论坛。我认识了挺多有趣的人。一切像是春季的初芽，微不足道，势不可挡。

快到年底的时候，我们总在一个新开张的书吧聚会。那里有酒，有弹唱的歌手，有书，有年轻的男男女女，有种种可能。

在一个流浪的城市，到处都是流浪的青年。这间书吧在一个剧场般的三岔路口，像是影视城里的布景，真假难辨。它原本是一个底商，可是在某种奇妙的聚光灯的作用下，一切与剧情无关的元素都被拿掉了，像是西部片里初始小镇的独立小木楼。进门时，你既能感受到某种庄重的仪式感，又如步入童话世界般无需为结局担忧。书吧的名字叫"物质生活"。

小喻 2000 年

2019 年·无关

小喻：

当我们相约，从各自的时间节点，向中间汇合，心底竟有点儿不该有的好奇。

该忐忑的不是你吗？因为，我们的交汇之处，对你而言是未来，对我来说是过去。你并非我的因，我也不是你的果。我们是交织在一起的时间变量。作为未来的我，像树干向上展开的枝丫，但我只是其中的一枝，并不比小树苗般的你更广阔，因为无限的其他可能性要么消失，要么潜入地下变成前途未卜的种子。被打开的人生的黑盒子是不可逆的。你奔向我，是过去将来时；我奔向你，是将来过去时。时间并非整齐而连续，现实不是记忆的原料。无论我们多么努力，都无法摆脱世俗的庸常。唯有记忆能够消除迷雾，以叠加另外一层迷雾的形式。

我们所感知的世界，正是多重加工的产物。今年我做了很多事。在时光的长河中，我仍旧是随波逐流的。你还记得 1995 年你在大学毕业留言册上的那句话吗？

关于工作的理想，你写道：有钱去做与钱无关的事情。前半截我不确认自己做到了，但我现在开始做后半截的事情了。

老喻 2019 年

2001 年·BBS

老喻：

你我的汇合，也许就像"时光之网"的网友见面。

今年照例有很多大事，例如"9·11"事件。中国加入了世贸组织，但世界似乎离我们还很远。我花了很多时间混在万科论坛，有三个人格分裂的ID。"物质生活"也搬上来了，我和两位美女一起担任版主。论坛上有各种怪人，其中有位女生号称要睡遍所有男版主。但包括我在内的所有男版主都声称自己是唯一被遗漏的那个。在那里，人们总是可以快速嗅出自己的同类。并且经常嗅错。论坛的主编有天去考察了一家叫腾讯的小公司，午饭后他发帖说，这家公司如果不能转型 ToB 的业务，将来毫无出路。新世纪乱哄哄地开始了。我还是那么心不在焉。我和这个世界上发生的事情总是有种疏离感，甚至无法确认那些正在发生的事情是真的在发生。

小喻 2001 年

2018 年·空

小喻：

也许你说得对，我应该拿一个"早知道就好了"的道理，换一个我忘掉了的故事。

请记住以下的话：

时光并不随我们向前，她留在原地招待年轻人。

人的一生由那些他人根本不在乎，也未曾关注过的片段构成。

人生没有目的和意义，但在不同的阶段，会有不同的"没有目的"和不一样的"无意义"。我理解你说的虚无感。但是请相信我，你将永远不会再有你此刻的那种"虚无"。时空的建筑师盖出来的房子，和我们居住的房子一样，仅有的意义就是墙壁里的"空"。

空间的价值常以"空间浪费"来呈现。时光价值之评判，或决定于时间如何被虚度而非其怎样被追逐。我们所暂时拥有的一切，都不过是用于构建这类比宇宙间所有的原子还要多的"空"。

老喻 2018 年

2002 年·喝酒

老喻：

真希望我们有一天可以在一起喝酒。有趣的是，只要我或者你在独自喝酒，其实大概率就是我俩在一起喝酒。

花间一壶酒，独酌无相亲。举杯邀明月，对影成三人。最近，我常去"物质生活"喝酒。年轻人似乎可以永远年轻下去，喝醉的人总是可以醒来，女生的漂亮容颜将比时光更长久，前途不必疑虑，青春的肉欲和才华一样无辜，大家井然有序地聚众茫然。在这个特区，稚嫩的野心仿佛有流浪的特权。今年有篇很热闹的文章，叫《深圳，你被谁抛弃》。太好笑了，深圳本来就是流浪之城，还能如何被抛弃呢？

我觉得自己仍然像大学宿舍的男生，丝毫不去考虑未来。论坛上他人的回帖，书吧酒桌上的话语，比世俗间的一切名利更浓郁，更安全。

然而，年轻的酒桌上，我依然有些孤单。也许每个人都是。大家都假装在守护一片逃避的篝火，以令世界不至于太过残忍。我们未必是一类人。只是，我们对情绪强度的偏爱，胜过对情绪种类的偏爱。

小喻 2002 年

2017 年 · 孤独

小喻：

别为你的跌跌撞撞忧心。

不存在所谓完美而适宜的境地——如在宁静的花园阅读，在渺渺的湖畔发呆，在完全放下的时光里去做理想的事情，在彻底黑暗的某刻为所欲为。人总是在勉强乃至不适宜的状况下去完成适宜的事情，无论是美好或罪恶，伟大或猥琐，良善或贪婪。人世最大的浪费，是去等候某个无可挑剔的时刻以完成某事。假如跌跌撞撞是年轻人的一部分，那么，我一直保持着年轻状态，尤其是蠢的那部分。少年时代没什么好怀念，彼时我们大多无所事事。那些无所事事多么值得怀念啊。

老喻 2017 年

2003 年 · 奔忙

老喻：

不管我如何与现实剥离，都无法阻挡公司的生意。

我像早上赖床的家伙，说：妈妈，今天我不想去学校。妈妈说：你必须去，你是校长啊。即使是在"非典"时期，我也在飞来飞去。从广州飞沈阳，所有的人都戴着口罩，只有我一个坐在最后一排吃盒饭。

几乎所有的城市，都在地产的巨潮之下涌动起来，我目睹旧城的消亡，新城的崛起。摩拳擦掌的塔吊，布满了整个天际线。在看似毫无希望的郊野，无数个新城市中心如野蘑菇般冒出来。在所有的商业领域，人们都惴惴不安，但又对这股向上的力量坚信不疑，跌倒的再爬起来，下滑的再涨回来，死掉的被遗忘。

仿佛这是一场永不休止的狂欢。我有点儿商业的天赋，但毫无商业的野心。我无法理解自己的命运。我想要被那么一点点确定性包裹，然后在一个有点儿不确定的大海中遨游。时光之流淌是确定性的，时光之度过是不确定性的。确定性令我们安宁，不确定性赋我们人生。可我们总是弄反，追求"确定性"地度过，陷入"不确定"地流淌。我有时怀疑自己的叙述性倾向让自己错过些什么。这些叙述原本是属于你的工作。也许我们时空混乱般交错在一起，看起来却像是个分裂的人。一个人的分裂，未必是同一个时间下基于人格的分裂，也可能是同一个人格基于不同时间的分裂。这算是我对自己的恍惚和心不在焉的自我安慰吧。今年，我剪掉了自己的长发。

小喻 2003 年

2016 年 · 照片

小喻：

我几乎想不起来你长发的样子。那时的手机大多还没摄像头，人们还没开始热衷合影，社交媒体也没现在这样虚假浮华。你可能想象不到今天人们的面孔有多么精致而刻薄，看不出一点儿悲伤或俏皮。

现在我只有一张你长发样子的照片。还有一张在我的脑海里，那是在维多利亚港，头发被风吹起，刚刚好是一个忧伤的年轻人不合时宜的长发该有的样子。我喜欢那张照片，于是应允它的自由和流浪，并因为它的隐藏而维护其完美。

当你只记得细节而忘记情节，又或者忘却了情节的温度（没有了温度的情节其实只剩下细节，就像化掉的冰棍，虽然糖分和奶油都在），记忆便开始趁机征服你——你也乐于沉溺于由此而生的幻觉中。人生就是一连串的够不着和留不住。多年以后，你将无法想象，自己曾经身处一个如何魔幻的浪潮之中。你会感慨自己何以能够撞上这场父辈们数个世纪都无法触及的超级运气，又和绝大多数人一样不敢当真，难以投入。

然而，一旦将时光拉至更大的尺度，你就会意识到整个人类何尝不是处在一个超级大运气里？我们刚从树上爬下没多久，我们的文明不过数千年，以宇宙时光对照来看，我们假如早生几秒钟，可能就是一个在原始森林里躲避野兽的猿人。反过来想，我们可能又是极其不幸的，也许按照宇宙时光尺度晚出生几秒钟，我们就可以遨游宇宙、意识上传、长生不老了。再早一点儿，再晚一点儿，又会怎样呢？即使我们把寿命延长至 1000 年，不过是将我们命运的尺码放大了一号而已。青春不会因为拉长而被强化，死亡反而可能用拖长的阴影来放大人类的惶恐。

老喻 2016 年

2004 年 · 依赖

老喻：

今年我告别了一些人，也认识了一些人。

我发现了自己的一个秘密，思考时我是偏向于叙述的，但生活时却刻意逃离叙述。我无法克服对现实的仪式、名义、场景等一本正经的东西的荒诞感，可又不得不参与其中。有时好想对自己的躯体说：要不你自己去参加那个酒会吧。但我知道自己必须和躯体绑缚在一起。这并非肉体对灵魂的奴役，而是自我意识的前提。公司人越来越多，我们搬进了一整层办公室，玻璃混凝土风格的装修野心勃勃，入口是拼成一整面墙的原始岩石。很多时候，我都沉浸在自己的世界里，试图自给自足。假如一场对话没让我点燃自言自语的火焰，我就巴不得早点儿结束对话。我不喜欢见客户，所以尝试在公司内部用系统来替代自己。结果，找上门的客户更多了。

我到底是在追求自由还是在逃避现实？还是二者是一回事？又或是，我试图在"现实"和"感知"的撕扯中，维持着一种张力？比"现实"更真实的真相隐匿其中。

对于这个世界的底层，我有一点点怀疑；可对于这个世界的表层，我毫无自理能力。

我对躯体的操控并不那么高明。我依赖于自己的家人，我需要被收留。老喻，我赞成你此前的话，我们彼此并不互相依赖，去除这种依赖性，并不会消解时空中虚妄的因果。这些经由人类的想象力加工出来的因果，串起了我们的岁月，令过去不被遗失，让未来不太恐怖。

去除依赖性，会让你我互不相欠。你不必感恩我所做的好事，也不要责怪我挥霍的时光。一切都是挂在时光枝丫上的叶子。

小喻 2004 年

2015 年·起伏

小喻：

"最接近把一个人的生活重新过一遍的事情是回忆那种生活，并用文字记录下来，让这种回忆尽可能地长久。"本杰明·富兰克林如是说。问题在于，你的生活值得重新过一遍吗？又，假如上帝允许你再过一遍，尽管这很难，因为要组织一堆爱恨情仇人士陪你练，但谁让他是上帝呢？他在 n 个平行宇宙里满足不同人的"重来一次"，唯有一个条件：重过的时候，你不能知道你自己究竟是第一次过还是重过。你要被抹去记忆，否则过得多没悬念啊。可是，如果不知道自己是在重过，那么重过又有啥意义呢？例如，你怎么知道现在不是重来一次的结果呢？我们是如此需要未知，需要随机性，需要不可逆的时光。我们需要在恐惧和希望的张力中生存，我们需要被重力那粗暴的臂膀拥抱于地表。

卷笔刀是铅笔的断头台，又令铅笔的生命以被绞杀的方式得以延续。类似的关系，还有时光与人。成为时间和重力的囚徒，令我们不至于成为无尽宇宙间的孤魂野鬼。那些在"物质生活"和你一起喝酒的小伙，是你的"狱友"。桃李春风一杯酒，江湖夜雨十年灯。两个人之间的彼此依赖，也许不需要建立在"依赖性"基础之上。

哪怕在上下游之间并无依赖性的时光长河里，一段时光，仍是另一段时光的庇护所。

老喻 2015 年

2005 年·收留

老喻：

深圳取消了边防证。

我领了结婚证。我被收留啦。

我曾经被时光收留，曾经被城市收留，但我必须被某个人收留之后，才算得上不再流浪。

我需要一些可以被自己无条件讨好的人。你不会留意到那些与你朝夕相处的人的岁月痕迹，因为你们处于相对静止的时光流淌中。幸好，这一点时间不像光，没有光速那冷漠的"不变性"。因为在狭义相对论之中，无论在何种惯性参照系中观察，光在真空中的传播速度相对于该观测者都是一个常数，不随光源和观测者所在参考系的相对运动而改变。而时光呢？你我和我们朝夕相处的人，彼此观测对方每分每秒的变化，岁月流逝的痛楚，会被每分每秒的观察磨成无法觉察的粉末，就像我们从来感受不到地球以十万公里的时速围绕太阳旋转。

小喻 2005 年

2014 年·隧道

小喻：

祝福你。我比你更幸运。收留我的还有两个孩子。我小心翼翼地看着女儿和儿子，他们似乎不会长大似的。我睁大眼睛，我知道他们会在一夜之间长大。有些时光是为当时服务的，有些时光是为回忆服务的。

对于前者，拍照和 DV 是个好办法；

对于后者，回忆有两面镜子间重复成像般的魔力。

就像你我之间的镜像式的自我通信。时光为何只是单向流动？时光为何如此匀速？又为何不以另外一种速度流淌？前天，我开车穿过一片森林，像通过时光隧道。禁不住想此地四季的不同模样，然后串起来播放。现实不也是时光隧道？只是我们爱将制造与现实不同时光流动速度感的空间（通常还得是个"道"）称为时光隧道。真实的时光隧道，也许是由弯曲的光柱构成的一棵树，再向上不断分权为大大小小的光柱。

尽管对于每个人来说只串起了其中的一条，但是无限个光柱分枝组合的无限种可能，并没有因为唯一的"此刻"的来临而坍缩。作为未来，这些无限的可能充满挑逗，像是物质生活书吧午夜的年轻男女；作为过去，记忆并不沿着唯一的现实回溯，那些并未发生的可能，和已经发生的不可能，被解除了时光的铁链，任由记忆的蒙太奇编排为多重宇宙。进而，那些年轻的流浪之城的男男女女，分别被命运抛离至诸多光柱的随机组合之一，各得其所，仿佛绽放的烟花。尽管我早已知晓他们"此刻"的结局，但青春本身从来都不必为结局负责。在并不久远的过去，你和他们一样，将拥有时空的无限自由。

老喻 2014 年

2006 年·幻觉

老喻：

在加速逼近的现实中，我正在试图避免陷入太深。我需要为自己构建一些世俗的冗余，这些冗余是我为守护"所依赖的人"而建筑的堡垒。这冗余又不宜太多，犹如我们不多不少的肉身。

简单来说，我不想做太大的生意，赚太多的钱，拥有太多的物质。并非我不贪婪，恰恰相反，我想同时拥有安宁和轻盈。我赞成你的"时光平铺论"。倘若如此，对于时光的评价，就不该用"此刻"之果实的大小，而是由"过去、现在、未来"所构建的形状。所以，比例比绝对值重要，火焰比木材重要，温差比温度重要，得失比占有重要。温和的得失比剧烈的得失重要。好吧，也许这些都是借口。我仍然在频繁出差，每周飞三四次。因为表面的繁忙，所以我也像马戏团的驯兽师，给自己喂一些香蕉和小鱼。我在机场买一大堆乱七八糟的杂志，财经、数码、汽车、摄影、家装、时尚、玩具、文艺、科技等，以及源源不断的创刊号。四处生机勃勃。我们的地产项目每年面积都会翻一番。我不明白到这到底是时代的生机，还是我这个年纪的生机？杂志制造了廉价的生活幻觉，却也提供了浅尝辄止的线索。我埋下了一些种子，不知何时会发芽。也许是因为自己被收留后的笃定，也许仅仅是因为时代的运气，我的收获远远大于付出。

我对世界心怀愧意，却又想得到更多。这尘世的幻觉啊！

小喻 2006 年

2013 年·张力

小喻：

永远不要纵容自己的愧意，这丝毫不会削弱你的贪婪。

何止是你，每个人都应该为自己那不可思议的、小到不可能的存在概率，来感激巨大的宇宙。我们此生只付出了那么一点点，却可以体验到整个世界。更加不可思议的是，这个世界上几乎所有人，所拥有的基本生存条件，99.999% 都是类似的，地球、太阳、空气、水、牛顿定律、相对论，看见、听到、想象、爱、憎恨、失望、睡眠、做梦。但我们整日纠结于那一点点差异。可人类就是基于差异的动物。时间和空间的剪刀差，裁剪出了意识起伏的花纹。你幻想未来的我，我回忆过去的你。理想无法实现，愿望不能达成，这并非命运的戏弄。恰恰相反，我们需要落差，需要张力，需要摩擦。

我们的大多数人生乐趣来自摩擦，牵手是一种握压下的摩擦，还有另外那种……我们消磨时光，我们希望生活有存在感，都是借助于与时光的摩擦。那些让我们难受、难忘的环节，亦是与存在感的摩擦，且比许多欢快更强烈。就像你我之间的通信，它依赖于你我之间的时空张力，依赖于你我之间的陌生，依赖于某种永恒的不可能。为你的本性与这个世界之间的摩擦而羞愧，既愚蠢又无用。更蠢的是，你因此而屈服于道德，并为之牺牲真相。

说回你的时代，你的未来……不，我不能说，未知是你的权利，是你的生命之礼。小喻，时间并不是匀速的。你那时会觉得一年很长，两三年就仿佛已经是 20 世纪的过往。那是因为，在某些时候，我们真的可以获得某种静止，像被无限拉长的慢镜头，你被包裹在一个肥皂泡里，感知不到时间的方向。外加一种类似于海水浮力般的反重力，让你实现了没有时间和重力的短暂自由。

老喻 2013 年

2007 年 · 火焰

老喻：

你终究还是亏欠我，因为我们（你和我）做父亲了。

我们两年就搬一次家，我喜欢闻新房子装修好的味道。但又总想要一个永远不再搬的家。于是，继续搬家。

甘心于居住某地的人，和因不甘心而流浪的人，谁更相信"终极居所"？

我和家人周末总是去郊外的房子。我种了很多树，有两棵很大的芒果树，挂满了青色的果实，我们摘下来，看它们慢慢变黄。我们在鱼塘里养鱼，围墙上的三角梅在南方的雨天飞一般生长，热烈地隔开院子外面的山野。

我用一个种荷花的盆为家人们煲汤，捡柴，点燃，我从小就爱烧火。因为火焰更接近这个世界的真相，一切的一切都在燃烧。有些看得出来，有些看不出来。有些悄无声息地烧光，有些竭尽全力地想加热些什么。一边如童年般漫无目的地玩火，一边为这个世界上我最亲近的人加热鸡汤或者羊肉汤，有时候柴火里还会煨上几个红薯。岁月完美得让人想按下暂停键。也许时间的流动原本就是个错觉，。那么，我该如何理解此刻？火焰又如何暂停？老喻，你的意识之火，和我的意识之火，是同一个火焰吗？

小喻 2007 年

2012 年·氧化

小喻：

如你所知，火是一种强烈的氧化反应。

我不确认你我的意识延续是否真实，抑或只是大脑里的某些反应加工之后的幻觉。的确，现实中更多的是看不见的燃烧，那些缓慢的氧化反应，例如我们肠胃里的消化；例如腐烂；例如生锈，生锈的钉子，和生锈的门把手，生锈的记忆和灵魂。

生命必定是热烈的燃烧，如点燃后飞行的箭，又或如挥舞的划开黑夜的火剑。可是，为了让一生不至于太短暂，为了不灼伤自己，时间用一种不知是谁设定的速度，让我们的氧化不快不慢，比植物快，比行星慢。时光之崖，正是燃烧的剑。我们行走于边缘，随着剑锋劈向茫茫宇宙。

即使这大爆炸之后的时空不为任何人所设计，我们点燃自己去叩问黑暗，却发现答案就是自己。

老喻 2012 年

2008 年·离开

老喻：

一个人可以不断拥有更多，却很难提升其中"幸运"和"不幸"之比例。我的父亲去世了。他比我更鄙视这个世界的虚妄，但也更渴望哪怕是虚假的他人的情感，并且从来不看标价。他看到新闻说加拿大的科学家可能在两年后发明出特效药物，孩子般笑着说要坚持两年，然后去加拿大。

他再次用自己的双肩扛走了我人生中被设定了比例的那部分不幸，在幻想中静悄悄地熄灭了。他是黏稠现实里的骑士，一辈子都在将就，他将最强大的一面，全部用在我身上，关键时刻总是挺身而出。生命的悲剧是，你试图寻找史诗般的广阔画面时，那段人生已经结束。你所说的那个仿佛让时间静止的肥皂泡，绽碎了。

我卖掉了公司。

我们登陆了太平洋彼岸的陌生国度。我无法去更遥远的地方。有家人在一起，我早已不是 10 年前那个流浪的青年。可是在时光之河里，有谁不是流浪者？有谁不曾迷失？有谁不为自己的无能为力而伤感？时光的推进毫不依赖于我们的勇气或者选择，我们无论做出什么聪明或者愚蠢的努力，都像是圣诞树上挂满的鲜艳而无用的彩球。老喻，你是与我有时间距离的我自己。我俩之间的距离，何尝不就是我（或者你）和时间之间的距离。在平淡而恢宏的人生当中，我突然意识到，光速不变原理，对时光而言同样是成立的。

我奔向你，你返向我，时光并不理会你我之间的相对运动，在你我的眼中，它是一列相同速度的列车。

即使是在意识世界里，爱因斯坦也是对的。老喻，我幻想未来的你，你追忆过去的我。我们彼此观测，互为光源。时光与命运之间，永远保持着恒定的速度，无论我们如何编排，如何混合，如何搅拌。

小喻 2008 年

2011 年·生命

小喻：

假如这个世界存在你我之间的这种对话，假如真实的时间并没有流淌，假如我们大脑里的想象可以超越光速，父亲并没有被时空抛离，他只是被搁置于荒原之间，并且不再老去。

我们无法理解存在，无法洞察死亡。

我们理解世界的速度，永远小于世界抛离我们的速度。时间之箭为何只向前射出？在平铺的时光中，在那个唯一有时间指向的物理定律——热力学第二定律的作用下，我们命中注定燃烧至尽。

小喻，你我作为父亲，永远会感恩于这种宇宙间最奇妙的设计。不是因为我们尚有未来，而是孩子们由此而诞生。每个父亲都愿意为自己的孩子去维护这看似残忍的时间秩序。小喻，你我是想象中的、不可能的相向而行，可是在现实世界里，我和我家的两个小小喻，因为这匀速飞行的时间之箭，彼此保持恒定地向前。时间的连续性，与意识之火的连续性同样不可思议。意识之火不能被合并，也无法像你曾经幻想的那样，为虚弱的父亲分去一些火焰。可是，一个永不熄灭的火焰是否无法自我觉察？点燃和熄灭，是否是自由意志的设计机制之一？我们是宇宙间迄今为止唯一的灵性，即使造物主并不存在，这巨大的偶然性也实现了最好的可能性。坚硬的行星因柔软的生命而被确认，存在的故事为离去的人诞生，此起彼伏，岁月延绵，生生不息。

老喻 2011 年

2009 年 · 相逢

老喻：

你好吗？

小喻 2009 年

2010 年 · 相触

小喻：

我很好。

我们擦肩而过时，会触碰彼此吗？

会的，即使在穿越黑洞之际，时空飞船上的我们如此孤寂。

老喻 2010 年

夏季的一场大雨

罗雷，艺术人文地产开创者

世界是物质的也是精神的，归根结底是生活的。

我有一段不怎么看书的日子。完全不看小说，更没有耐心看烧脑的书。我被各种应酬和忙碌所包围，享受着深圳世俗的人间烟火。我像得了厌食症的病人，突然对书丧失了兴趣。最后一次买书一直要追溯到 80 年代末在香港工作的那段时间。那时香港的二楼书店（香港的租金贵，大部分书店只能开在地下或二楼）里有很多我这种"表叔"心仪已久又未曾谋面的"禁书"，我常常会一个人去光顾，也认识几个这种不起眼的小书店的老板。当我跨过罗湖桥回到深圳，香港的一切自然消失。一只看不见的手恶作剧地按下了删除键，删除了我读书、买书和逛书店的习惯。

我在这种精神缺氧的状态下生活了好多年，浑然不觉。直到某个夏季，一场大雨倾盆而下。那天，雨来得突然而凶猛。乌云像一个翻脸的孩子拉黑了天空。雷声滚滚，闪电像头顶飞舞的皮鞭把天空抽得皮开肉绽。路上的人，四处奔逃。短短的几分钟，我已经浑身湿透，慌不择路地冲进了一家路边的商店，狼狈不堪。待我缓过神来才发现这是一家书店。

外面的雨一直没有消停的迹象，我只好在书店里漫无目的地东张西望。我对深圳书店的印象一直停留在内地新华书店的阶段，自然不抱太大的希望。一阵咖啡的香味从书店的某个角落幽幽而来，我被雨水淋得有点发冷的身体感到一阵暖意。我扫了一眼，发现书店里的人安安静静，全然没有理会外面的大雨，其中有不少穿着校服的中学生。这种安静混合着咖啡的香味突然有一种力量让我原本焦躁不安的心渐渐平息下来，修正了我对深圳书店原本刻板的印象，有了想仔细看看这家书店的念头。

我在书架上发现了波德莱尔的诗集《恶之花》和威廉·曼彻斯特的 1932—1972 年美国实录《光荣与梦想》，这让我欣喜若狂。这是我大学三年级曾经疯狂喜欢过的。在每月只有不到 20 元生活费的大学时代，我从嘴里省下口粮，硬是咬牙买下了这两本书。"在天国的阳台上，身着古装，/ 从水底映现出微笑的遗憾，夕阳在拱桥进入梦乡 / 一条长长的裹尸布拖向东方，良宵正缓步走来。"当我再一次读到这久违的诗句，犹如窗外的闪电，撕裂我尘封已久的记忆，在大雨洗刷后的天空中，我看到蓬头垢面的自己。

不知什么时候外面的雨停了。身上的衣服虽然还未干透，体温已不再冰冷。我生平第一次买了两本同样的书，中间整整相隔超过十年。记忆中这也是我第一次在深圳的书店买书。我离开书店的时候，阳光穿过还未散尽的云层，直射在书店的门上，"物质生活书吧"几个字被照得很耀眼。这一场大雨就像一次昏睡后的苏醒，让我恢复了沉睡已久的记忆。书和书店重新回到了我的生活中。我后来和物质生活书吧有了很多的交集，最近的一次是去年我邀请"漂流中国"的文大川来深圳演讲。大川是一个地地道道的美国青年，因为中学时随父母来到中国，在长江上游进行了一次漂流，疯狂地爱上了中国的河流。大学毕业后他开始在中国开展漂流运动，一心要让中国人领略自己山河的壮美。他的事业虽然获得了不少好评，但商业上一直并不轻松，我很想帮他在深圳招到更多志同道合的人一起出发。在正式演讲前，我和书吧的主人晓昱商量，希望能让他在书吧进行一次预热，与有兴趣的家长和孩子们做一个交流。

不巧得很，那天中午下起了大雨，来的人并不算多。大川毕竟是见惯风浪的人，他仍然激情满满地和孩子们讲述了他十来年在中国漂流的故事。

几年不见，他的中文说得更溜了，深邃的眼睛、浓密的络腮胡在书吧已经焕然一新的店里显得沧桑但又不失力量。交流结束后我陪他在书吧聊了一会儿天，他显然并没有受到大雨的影响，对第二天的演讲充满信心。末了他对我说他很享受和孩子们交流的感觉，在这种空间和氛围里人的距离变得单纯而自然，就像他回到了长江的源头在河道上面对流淌了一万年的河流。分手的时候他很认真地说：一个好的城市需要有这样的书店！

在中国高速的城市化进程中，实体书店的生存状况一直堪忧，尤其是一些不以销售心灵鸡汤和成功学教材为主的特色书店，他们似乎正在与这个时代的物质生活渐行渐远，就像茫茫大海里那些古老的灯塔，似乎不再是人类的刚需。然而，在苍茫的大海上，尽管人类已经可以用 GPS 或者北斗系统来指引航行的方向，但当我们在长久的黑暗中见到灯塔遥远的光芒，我们仍然会感到内心的温暖并激发出驶向光明的力量。人类的生活永远都是物质和精神的结合，是快和慢的变奏，是科学和传统的融合、理性和感性的碰撞。理性做正常的判断，感性做伟大的决定。

我们应该庆幸深圳不止有腾讯，还有物质生活书吧！

2020 年 6 月 13 日

并不物质的"物质生活"书吧

冷炳冰，少儿IP"老墨家族"创始人

在深圳的"百花深处"——百花路，有一处小书店，兀自安静矗立了20年。

女主人是我曾经的电台老同事晓昱——和我同为飞扬971创台主持人的名主播。当年她的节目在晚上10点，我的节目在晚上8点；她的节目叫《心夜航班》，我的节目叫《边走边听中文歌》；她和月嵘住电台楼顶临时搭建的铁皮房第一间，我和倪兵、冯宇住最后一间……

后来，那一批主持人风流云散，各自有了各自精彩的人生，而我是为数不多留守电台的人。晓昱在深圳的"百花深处"，创办了物质生活书吧——这个名字是我们共同的另一位同事、北大才女陈溶冰取的，是《情人》的作者，法国女作家杜拉斯的一部散文随笔集的名字，一办就是20年。还记得晓昱离开电台的最后一期节目，是我和倪兵、月嵘一起做的嘉宾。那时没有伤感，只有喜悦，觉得能干的晓昱一定会有一个美好的未来。那个未来就是充满乌托邦意味的"物质生活"——那时的深圳还真是很"物质"，人们已经开始从日日谈论股票，逐渐转向谈论房子。书嘛，还在基本免谈之列。

记得刚开业时，晓昱写的《用声音抚摸深圳》一书陈列在显眼处，无声地宣告着女老板星光璀璨的过去。后来，当这本书逐渐淡出时，晓昱已经以深圳头号文化名媛的身份刷新自己的过去。在我眼里，她还是那个中山大学刚毕业的小姑娘，一起的还有戴着草帽的北大才女陈溶冰、南开毕业的林卫春等。那时电台女主持人、女记者的"才值""颜值"高企，后来再无人能及。

当然，才子也不少，比如晓昱的同学朱克奇。克奇跟我曾同居一室，有天夜里他坐在老电台门前的草地上，望着对面刚刚耸立起来的峰景台，说过一句"名言"：哪一天我才能有属于自己的一扇窗？当时我就坐在他身边。那时的971充满了不确定性，名称也从深圳商业电台更名为深圳经济电台。这群刚毕业的名牌大学毕业生拿着"货不对板"的微薄薪水，居然在电台草地上苦中作乐地玩老鹰抓小鸡的游戏——在那时的深圳，这就是一群没有老母鸡保护的无助小鸡！而南下之前，每个人都曾怀揣着一个多么美好的南下之梦。

多年后，诗人田地的一句诗击中了我："也曾千里万里回到故乡，但再也回不到出发前的那个晚上。"因为那个晚上，有一个特别美好的梦。虽然那个梦破灭了，但深圳几乎每一个梦想破灭的人，最终都被命运磨砺成了造梦人，为这座梦之都制造一个又一个美梦，并把美梦变成现实。晓昱和我都是其中一个。

某种意义上，我们这群无人保护的"小鸡"，野蛮生长为一只只展翅翱翔的鹰，是鹰，则长空为家。而深圳，也从曾经那么物质的城市，蜕变为更加注重精神的城市。而"物质生活"，这间充满嘲讽意味的书吧，20年来，就这么静静立在深圳的"百花深处"。若在黄昏去这间书吧，我会从正面走到侧面，先与这座城市的过去正面相遇，然后看它在夕阳里，拖得越来越长的影子……

2020年8月17日

时间的岛屿

罗峥，服装设计师

　　是晓昱发来的一条信息提醒了我：那间开在百花二路和百花五路三岔路口的"物质生活"到今年8月份就整整二十年了。二十年前的我，家就住在"物质生活"的隔壁，这里承载着我太多青春的记忆，当年每每从国外旅行归来，车子经过红荔路口，透过车窗看见物质生活书吧昏黄的灯光，就会真切地感觉，自己的身心都已归来。

　　当年的"物质生活"对于我来说，无疑就是"诗与远方"，它是关于一个无所事事、思想驰骋放空的下午，关于一杯散发着香气的黑咖啡，一段来自宗白华的美学总结，还有与三五好友意气风发谈天论地时为之心悸、喜悦、惺惺相惜的情谊。虽然在以后的岁月里这种情感看似松散，却因"物质生活"又紧密勾连。让这在"物质生活"的每一时、每一种、每一章、每一次停留都弥足珍贵，不可复制。

　　当年的我们都不像今天这样忙碌，自从发现了这个好去处，便在心里落了根。我常常会溜溜达达地晃进去喝杯咖啡、翻翻喜欢的书，任耳边的老式情歌漫不经心一遍遍地循环播放，捧着《邓肯传》消磨掉那些漫不经心的好时光。"物质生活"与庞大繁杂、发展迅速的高度物质化的深圳相比太过小门小户，甚至有大隐隐于世之感，门口立着一大一小错开的两个黑地间红的招牌，店名源于法国著名作家玛格丽特·杜拉斯的随笔集《物质生活》。某天，当手边的咖啡渐渐冷去，书吧里一盏盏灯次第亮起，书页快翻到结尾，抬眼看到落地窗外的行人三三两两步履匆匆而过，他们的视线偶尔好奇地与你对视又迅速移开，内里的人在书架的簇拥下，或坐着，或谈论着，或沉默着，他们有时也会走进来找本书坐下，有时兜兜转转四下张望后又离开。"物质生活"的门一天就这样不断地开合，迎来送往，进来是一个"物质生活"包裹着的"精神世界"，出去四海八荒扑面而来，只有迎头接住。

我认识的晓昱用这份可爱的"野心"，在这个物化的城市里深情地活出自己想活的样子。她的"物质生活"文化气息总是安静不着痕迹地藏着，矮墙里放着木雕像，书台上摆放着小提琴和鱼缸，酒水单都是书和电影名字。《东邪西毒》里有句台词说："每个人都会为一些东西而坚持，其他人会觉得是浪费时间。但对这个人来讲，却很重要。"可不是嘛，"物质生活"层层叠叠的书影，一室静谧的阳光隔出的方寸之地，恰成了现实中的庇护之所，成为指引无数人穿过《小径分岔的花园》，寻找人生迷宫出路的北斗星。

二十年可以建一座既熟悉又陌生的城市，因为你的根脉跟她紧密联系在一起，你爱她；二十年黑发也可以染上白雪，开始接受生命的逝去，感叹世事的无常；二十年，"物质生活"静静地在我的心里建了一座时间的岛屿，每当我抵达时，青春、阳光、书卷、午后、咖啡的香气、友人的笑声……都会跳出来迎接我，让我找到故事中那个真正的自己。

放学路过"武陵源"

佘悦杭，14岁，学生，物质生活书吧读者、街坊

我已经记不清是什么吸引了我的注意，让骑车飞驰的我狠狠地压下刹车，停在物质生活书吧的门前。我只记得那是一年多以前，我好奇地朝书吧里面望了望，有些犹豫，而后郑重地摘下歪戴着的棒球帽，第一次走进这家书吧。

物质生活书吧不是很大，但也绝对不小，在街道的转角处把守着我由家去学校的重要关隘。很值得疑惑的是，在这样寸土寸金的地方，物质生活书吧连一本教辅的影子都没有，柔黄的灯光，即使在深圳夏日热烈得过了头的午后也给人静谧的感觉。书吧里的书很多，很杂，也很"闲"，能够找到几乎所有想看的书。只要爸妈不在家，我连午休时赶作业都更愿意去物质生活。那里，是我的"世外桃源"。

每天放学的时候，为了能够"恰巧路过"物质生活书吧，我都会骑着单车多绕十分钟的路。为了弥补这宝贵的十分钟，我总是把踏板踏得飞快，如驾玉骢一般飞驰，整个身子低低地伏在龙头上。午休后的阳光重重地压在人行道上，那炎热几乎可以触碰得到。过了第一个红绿灯，我总是远远地就能看到转角处那个橙色标志——物质生活。很高大的莲雾树和高山榕就像玻璃刀一样把阳光切成一棱一棱，光点落在我身上。我骑着车，总是想象着自己"偏坐金鞍调白羽，纷纷射杀五单于"，每一看到那小小的橙色的"物质生活"，我便高兴得像班师凯旋的将军一样，得意地踏进这方我十二分熟悉的天地。

物质生活书吧像另一个天地。在书吧里的某一本书上，我记得莫奈说过类似这样的话：我希望自己先是坠入无边的黑暗之中，然后像一个初生的孩童一样睁开双眼，仿佛第一次看到这个世界，再画下映入眼中的光和影。对于我来说，物质生活书吧就是那个最先映入眼帘的世界。在物质生活书吧里，我几乎是胡乱翻书来看，从张爱玲到余华，从塞尚、毕加索到"长亭外古道边"，我真的仿佛第一次开始认识这个世界。我不会画，但是那一套《芥子园画传》可以让我昼思夜想；也是自从读了《南国梦》，我开始不可救药地喜欢南唐二主的词。我最喜欢进门后三步开外右手边的架子上，一本蓝色封皮的《秾芳诗帖》。我对这本字帖爱不释手，每天来，我都会细细玩味这难以捉摸的瘦金体。我的手指在纸页上划过，每一个横竖撇捺、点折勾提都是那么的灵动而不失风骨。我痴迷于长横收笔时的那一顿，不停地用手指描着那一个个字，仿佛真的研墨铺纸，在"毫端蕴秀临霜写，口角嗡香对月吟"。看书时总是故意忘记时间，总是等写作业写到十二点才知道后悔。我真庆幸物质生活不是在早上六点就开业，让我上学路上只能留恋而不甘地望它几眼——要不然，我一定是要天天迟到写检讨的。

语文课上老师讲《桃花源记》，那真是一个理想又完美的世界。我想，物质生活就可以称之为"放学路上的桃花源"了。这里只是一个书吧，但是那么的宁静，那么的自然，很有点"万物与我并生，而天地与我为一"的感觉。这里是我的国度，每一册书的位置我都清清楚楚。记不得在哪里看到李白的两句诗："桃花流水窅然去，别有天地非人间。"物质生活书吧的确是"非人间"啊，深圳是我的故乡，而物质生活能够容留我的灵魂，让我触碰我曾经看不见的世界。

老师曾跟我们说，读书是拼搏，不是拼命！正是因为物质生活书吧的存在，在那些蝉声聒噪的午后，在那些考完了一天试昏昏沉沉的下午，我才能拥有一个独属于自己的"武陵源"。即使是上了高中之后，如果我的上学路上不再有那个让我魂牵梦绕的书吧，我也会"曾记，曾记，人在武陵微醉"。

我相信，我不会忘记那些关于物质生活书吧的一切一切。

2020 年 7 月

谈谈我物质生活中的书吧

乃乃，艺术工作者

书店是吹空调的地方

我不再记得我对书的第一印象。这个印象本该来源于我尚不识字时浏览过的带着一两行字的童话或图册。现在想来很荒谬。童话里的一切绝不是以简笔勾勒或高明度色块拼贴成的幻想世界，童话由历经现实提纯而出：相爱的快乐王子与燕子本是王尔德矛盾的自我一分为二，既自恋又自怜；而东方虽有"朱门酒肉臭，路有冻死骨"巧与卖火柴的小女孩"对仗"，女孩儿却是安徒生的火柴，他让女孩燃着，点亮社会的良知。但我记得我对书店的印象。空调足，灯光亮，驱散夏夜的黑暗与燥热昏沉。后来，当我逐渐成长。那些黑黢黢的符号，在我脑海里随之逐步成为文字，到语言，复而成为思想，方才明白，霎亮的光源来自纸页上，而使人骤然清醒的冷意，便是字里行间透出的思想。我意识到，儿时对书店的印象，分毫不改，成了我对书的印象。

书店是躲雨的地方

我常在那儿躲雨，离开时，身上衣物干燥，内心却下起一场雨。书店是躲雨的地方，书却是社会，由饱含热忱或遗憾的泪水汇成。

书店是妈妈在的地方

放学后，背着书包，作别伙伴，出了校门，向左再向右，百花五路的尽头，妈妈便在那里。回家路上，车水马龙编织成我下课前约分不了的方程式，绿树红花却替妈妈方才读过的哲学思辨作下注解。我在孩子的角色里，任性地讨厌在校园里做的算术题，虽隐隐明白，那每一题皆是我与自由在未来终相见的约定。她是妈妈，因我而等待于百花路，却总有办法在书店里，在她热爱的事物中找到母亲这一角色外的自由。数学往深里算，到术，到悟，由道及理。哲学，美学，回归到生活的柴米油盐，由理及道。我在道上走，她在理中游。后来的我俩成了挚友，成了知己。我们一直走在同一条路上。

书店是站着看书的地方

当我离开我的故乡，往东走，往东，再往东。隔着太平洋的那一头，文化被编码成了另一种文字，而当我渐渐有能力将那一种文字再解码，却发现背后的文化已不是生养我的那个文化。那时起，我正式接受了自己在他乡文化里旁观者的身份。地铁里的白领，靠在内侧的门上，小说中已经发生过的故事被他向后一卷握在手里，正在发生的与他们自己的故事汇于一处。

图书馆里的学生，坐在书桌前，课本里，已经发生的历史略去细节，以现世真理的形式存在，因费解而反复抄写在纸上的部分指导着他们的前路。

那儿的书店里，不让坐地上，于是人们站着看书。人来人往，行色匆匆，从站立者中穿梭而过。那儿的书店教会那儿的人，如何从这个缜密复杂的文化系统里，快速而准确地找到他们所需要的细枝末节，积累补充他们藏在住处的那套文化系统。

书店是妈妈

在我那双旁观的眼里，各自的生活散落各处，他们的精神却因书店维系在了一起。书店是妈妈，离家的孩子常常回来，将母爱打包带走。

血脉如此维系。这儿不是我的妈妈，虽然我有时也来。从她给予她自己孩子们的温暖里，感受母爱。这儿让我爱上读书，让我弄明白我对妈妈的爱。而我的妈妈在远方。

书店是个安全屋

大三结束后的暑假，我游览于意大利，巧遇跟踪狂。光天化日下，该男士开一辆红色敞篷车，在我后旁侧的街道上缓慢行驶，不断用蹩脚的中文跟我打招呼：你好，你好，你好……惧怕中，我毫无回应，直视前方疾走。中午到饭点，街边餐厅座无虚席。人们转过头，一脸困惑地看着我们，复而转回去。他乡人的恐惧与窘迫他们读不懂，化作一味陌生而奇特的香料，被颇有创意地装点在他们面前的番茄牛肉末意大利面里。所幸走过几个街区后遇上一家书店，我松了半口气，一头扎进去。我没再回头看那人是否还在，他应该很快便离开了。开车的人哪里等得及？车上的世界与书店里的世界又哪里是同一个呢？车在路上，不游荡，为目的地，为到达而生；而每本书里，都有一条路，道路交错处，道路的起点，便是书店。瓦尔登湖里，梭罗迷路了，先找路，找不到便不找了。"任凭两只脚走，走回了家。"

书店是朋友打工的地方

又是几年后，当我拿到一纸文凭，迅速从在校生沦为失业者。在异乡，我和朋友们不约而同选择了门槛低而劳动力需求大的零售业——当店员。艺术系毕业的我卖包卖鞋，将绘画中的点线面体尽数用在衣着妆容上，艺术就此与民间智慧接轨。

社会学毕业的 Reina 去了书店。指引，收银。那儿没有业绩压力，顾客和善。我在休息日常常去找她，不像书店里必须站立，买单或走人，在那儿我可以瘫坐在仓库里，翻看那些被顾客退回暂未被归类放回书架的书。偶尔 Reina 从我身旁抱着一摞书匆匆走过。她抱着书，书却未回以拥抱。她在书店里工作，却也不在书店里。底层特权，也是种特权吧？我随她走后门，试图进入那儿。进入的也不是我预期的那个地方。我们都不在这儿。

深圳的书店是个浓缩瓶

再度回到深圳以后，我时常比照我在多伦多的生活。在多伦多的每周我会留出一个下午，去西南边儿的皇家美术馆看个展，取道皇后街，沿路逛逛买手店，买杯咖啡，再回到正南边伊顿中心的连锁书店里挑上两本书。而在深圳，书店里有书，有咖啡香气。独立设计师的作品，从堆叠的书中小心翼翼地探出头，如其人，上进，略带害羞拘谨，充满渴望。偶尔来上一场展览，书讲累了，低头喝咖啡的间隙，画便接上——文字与图像，皆是语言。深圳的书店，就这样，把美好的事物浓缩在一块儿。

那深圳是什么呢？

上一次谈论起这个话题的时候，我正和一位朋友坐在万象城室外的台阶上。大学毕业后他来到这儿，此时决定回老家。"你说，深圳有啥好玩儿的地方吗？"我回以一笑。答案我们早就有。这儿很好，四季温暖，基础设施完善，充满机遇。于是人们带着大同小异的梦来到这儿：拼搏几年，带着钱回到家乡。但我们在谈论的是我曾离开、如今已回来的家。我想起中学时期看过的一本书《芒果街上的小屋》，一个墨西哥裔的小女孩儿埃斯佩朗莎，在芝加哥墨裔移民聚居的贫民区芒果街的一套小房子里逐渐成长。逢人便说，某天，她会离开这儿，在城里买套大房子。我身在城市里，对大房子了无概念，却只想出去看看，看看在这个拥有很多的城市里看不到的——路边的读书人，入侵了街边店铺的艺术，慵懒的早午饭……

于是高考后我去了多伦多。那个坐落于另一种文化、另一个国度里的城市，教会了我一门新的语言。我用它去听课、写论文，在老师同学面前为我的作品辩护，或是读书、观展、看电影、买咖啡、挣点零钱，却自始至终在局外。曾经尝试过，拿着作品集走进一家家画廊、餐厅推销。他们礼貌地回绝，微笑，等待我自己离开。我从未停止表达，一遍遍，从磕磕碰碰，到流利，以他们的语言，向多伦多表达我的诉求，表达我的愿景与渴望。它却从未听懂。当我回到深圳，我意识到，我没有真正学会那门语言，而是依靠那门语言的比照，搞懂了自己的母语。英文虽直白，转译成中文时，许多东西也流失掉了。《芒果街上的小屋》的质朴趋向流水账，主人公埃斯佩朗莎在结尾的一句话我却至今难忘："他们不会知道，我离开是为了回来。为了那些我留在身后的人，为了那些无法出去的人。"

如今我回来了，回到了属于我的芒果街。而我回来，是为了让更多的人留下来。

2020 年 6 月 13 日

愿你一身浑胆，走遍万水千山

玛小吉，教师，曾就读于物质生活书吧附近学校

几日前，朋友找到我：哎，物质生活书吧在征稿耶，你要不要写一篇试试看？我在表情包里揪出一个白眼：你怎么不写？你可曾在那片区读书后来又到店里打工哎！朋友讪笑：离开深圳一段时间，现在的生活节奏快到飞起，即便只是一年以前的事，在记忆中已然依稀、隐约，恍如隔世。我漫不经心地回复：那我就更记不得了，虽如今在书吧附近工作，下班也只是兴冲冲赶着去学琴、跳舞，过自己的浪荡生活，书吧那种慢调调，实在不适合我。

那一头，没了声响。半晌，对话框默默送上几个字：写写吧，我想看你的文字。霎时就泄掉了继续打趣的淘气。这位朋友，原是我小学时代最要好的闺蜜，没有之一。千禧交替那几年，我们一同在木头龙上学。课间打着暗号手挽手去上洗手间，补习完的夏夜钻入街角同吃一块蛋糕。只可惜初中开始我们不在一个学校，见面、联系日益减少。后来得知彼此动向，也就是最近的这几年，感谢深大马叔叔搭建的社交网络，才发现我们竟前后脚共历了相似的人生轨迹，其中，就包括同物质生活书吧的缘分……

说来好笑，初中租住在长城花园的我，直到入学快一年才第一次走进书吧。每天上学、放学经过，从不敢鼓起勇气贸然进入打扰，只因"Bar"这个词，在单纯小女生的字典里，只是代表"酒吧"。后来明白这是一个独立书店，还是因为参加了一场英语演讲比赛。老师把学长学姐往年的稿件找出来给我们参考，在那篇题为"我与书吧的故事"的作品中，我终于接触独立书店的

概念。于是，放了学，大着胆子推门进去。那时的书吧还没有今日这般洋气，简单的装潢，排列齐整的方桌，满满当当的书架和各式各样的书籍，纸张独特的香气迎面扑来。黄金地段不可小觑的占地，完全不囿于学生所需的教参资料，在那时的我看来，实在新鲜。

初中毕业后又过七八年，我回到了百花片区，以半学生半白领的身份。重返旧地的我，看着纹丝未动的物质生活书吧，撸紧了特别想做自由落体运动的下巴。难以置信，表面云淡风轻没什么盈利的书吧，竟在熙熙攘攘的路口，风雨无阻地敞门迎客这许多日夜。彼时的我，白天上班，晚上过关读研。每回踩着口岸十二点关闭的尾巴折返办公室补齐日间的工作，路口总有书吧的灯温柔指引，仿佛在说：别着急，慢慢来。

再次进入书吧，是秋冬交际的午后。都说一场秋雨一场寒，午憩起床才反应过来衣服穿少了，连续不断擤着鼻子，都有点担心扛不到下班。旁边工位也都是"难兄难弟"，此起彼伏的喷嚏，简直"人间惨剧"。正当惆怅，回国休假的男闺蜜飞来微信：你今天不用加班吧，我在书吧等你。慢慢来，不着急……

在男闺蜜国内休假的那个月里，我们一起吃了许多顿饭，走了许多路，看了很多展览，说了很多悄悄话。在他飞回美国的前夕，我们还仔细讨论过关系是否需要变更，最后得出的结论是目前的状态恰如其分。刚刚好，不多也不少，正是大家都感到舒服自在的距离，暂时没有必要去调整，就算我们两个人早已心知肚明彼此无可替代的感觉和位置。这段时光让我明白，喜欢、爱跟合适是三件不同的事情。分辨理想同现实，平衡生活与野心，是每个人不同人生故事中相同的终极目的地。

我想，兴许物质生活书吧也一直在做这样的修行。

直面独立书店举步维艰的真实环境，畅想维护升级后破局的巧合契机，守护最初开办书吧的信念宗旨，不轻易放弃、不松口坚持，陪伴这座年轻的城市不断开拓，陪伴无数年轻的人不断经历。在这样一个充满各种可能性的前卫地域，最可怕的从来就不是"尚未成功"，而是"没有成长"。

疫情当下，担心男闺蜜的我擅作主张，向他美国的家中寄去了些许防疫物品。虽然没有提前告知，物件也没有署名，但我们仿佛心有灵犀，他在收到之后，微信简短道谢。生死之外，都是小事。既安生死，无可再求。真挚希望所有人都能保持平和的心境，接受那些不能改变的结局；还希望我们都拥有无上的勇气，大胆改变可以改变的事情；更希望大家拥有无与伦比的智慧，分清这两者的区别，看清这个光怪陆离的世界，尔后继续保持热爱。或许会有人反驳——知道得越多，恐惧不会越大吗？但反向考量，不知者诚然无忧无虑、无怖无惧，高知者亦可飒飒生风、心宽胆肥。

生命不息，折腾不止。就愿你一身浑胆，走遍万水千山。

2020 年 5 月 23 日

独立书店

Sunny yau 邱阳，餐厅老板，兼任乐队、服装品牌主理人，曾就读于书吧附近学校

总感觉我应该是这辑写给物质生活 20 周年文稿的作者里，跟物质生活交集最少的一个。我甚至到今天为止都还没在物质生活买过一本书。上周好朋友和晓昱姐来我店里吃饭，到了喝酒时我们聊了会儿，才得知她是物质生活的主人。

我上高三的时候，基本上每天都会经过物质生活。由于我从小到大都没进过这类独立书店，我记得第一次进这家书店的时候，环视完全场就我一个学生，我立马紧张起来，脚都在抖，生怕哪个举动让书店的人觉得我这个高中生没文化。随后，我连装都装不太像地拿起几本当时认为封面好看的书翻了翻，又很快地放了回去。这一连串动作，我觉得连敷衍都算不上。当时并没有阅读习惯的我，在放下了几本书后，尝试冷静，最后还是决定把原本用来让自己装文化人的钱拿去 7-11 买饮料和熟食了。又过了大概三两个月，我第二次走进物质生活，不过这次，身旁还有我那时候喜欢的女生，为了在补习前拉她进书店，我又趁机牵起了她的手，虽然也只有那么一两秒。进物质生活的第二次，其实跟第一次一样单调，我又是拿起几本封面好看的书，随便翻了翻，又放回了原位，然后便又跟她去了百花的 7-11 吃熟食档。写到这里，我都怀疑我写这些是在写给百花 7-11 便利店二十周年的，哈哈。虽然现在我已经不太记得那个女生具体长什么样了，但学生时代第一次暗恋一个人的感觉，也许我这辈子都忘不掉吧。为了写这些文字，我两三天前再

去物质生活，又再次想起了这种感觉，挺好的。

这次再去物质生活，已经跟当初经常经过的样子不太一样了。可能是我提前知道了它装修过一次，但是我实在说不出具体有哪些不一样。我留意到门口的门牌号，从之前不怎么好看的传统蓝底白字换成了一个连丑都算不上的二维码了，虽然不太适合书店这么独立的角落，但出奇地适合深圳。

一家深圳的独立书店，能办二十周年的纪念活动，感觉不像是今年会发生的事情。我总以为这种事要在三十年之后才能看到。这个城市也许对人十分包容，但是对一家小店却总是十分残忍。我前几天才跟朋友讲起很多年前在东门南塘的后面有一家真假混卖的小店，从 bape MMJ 到一些 A 货奢侈品，从眼镜到鞋子，基本就是我在潮流上的启蒙。但是它也早就不在了，如果能开到现在，也许老街不会变得那么土。深圳人对于一家老餐厅的标准，已经从二十年，降到十年，到现在开业两三年都能算是一家"老字号"了。我的小破店今年迈入开业的第三个年头，在很多客人眼里，它已经是一家"老字号"了。对他们来说，能开三年的餐厅，已经算是一个信心的保障了。实在是让人哭笑不得。

物质生活的二十周年让我这个二十二岁的年轻人十分感动，虽然它有着不少支持它的人，但我十分清楚，一家独立书店在深圳是很难盈利的，这份坚持已经跟很多人口中用来卖惨的"坚持"很不一样了。这就是十分纯粹的、单纯的热爱。

在所有茶餐厅都要拿小熊模具冻冰的今天，独立书店的存在有着更不一样的意义。在独立的背后，我认为是一份包容，这份包容既是提供给学生们周末用来假装写作业实则放空的桌子，也是用来策划本地文化展览的空间。这份包容一定能给这个年轻人趋向同质化的城市温柔而又有力的一击。

2020 年 8 月 22 日

百花的物质生活

Jessy Liu 刘璟玲，物质生活书吧读者、街坊，与后文作者胡卓尔为母女关系

一、夜书吧

夜晚的小区很宁静，路灯兀自照着，行人和车辆都少了很多，两旁树木散发着雨后的清凉气息。虽然在市中心，抬脚可到华强北，而这一片小区却仍能闹中取静，难能可贵。夜幕降临，喧闹褪去，小路两旁树影婆娑，三三两两的人走动。拐角到了三岔路口，对着路口的是书吧宽大的凹凸玻璃窗，里面是书室，办活动时把桌椅搬开便是活动厅。灰蓝的主色调是我喜欢的，玻璃窗下一排藏蓝色的靠墙椅，更显静谧，整个书室如同夜幕下的海洋，宁静安详。这也是我的书房，选了一个靠窗的座位，拿出书，一页一页翻看。

这是女儿创作的第一本绘本，刚刚印出来。本来年后就可以付印的，因为疫情的原因，推迟了近半年。原稿我都看过，时过将近一年拿到新书，重读一遍，仍然很是感动。清楚地看到她 11~12 年级那年的心路历程，面临大学申请，各种考试和论文，学校的选择、专业的选择、对前途的思考，对各种不确定的担心和挣扎，对追逐梦想的热情和执着……

虽然我与女儿关系很好，女儿在美国读高中期间我们每天都有通电话，但她的很多感受我当时并没有及时觉察。当时她一边忙于大学申请一边创作这部作品，而我更关注跟大学申请有关的事情。记得她把原稿发到她的 QQ空间后，让我去看。我平时并不看漫画，偶尔在女儿手上看一眼，各种分镜

看得眼花缭乱。但女儿画的当然要认真看。那是一个周日的晚上，打开她的QQ空间，有四个章节，100页。原本想着快点看完就去休息，没想到一页一页读下来，泪流满面。这是以她自己的心路历程为原型创作的，原来她的内心曾有这么多迷茫和挣扎，每天与她通话我却没有觉察，也没有更多地帮到她。看完我独自坐了很久才平息下来。如今拿着新书重读一遍，仍然被这炽烈的情感所打动。这就是破茧成蝶吧，只有经历了这些迷茫、挣扎与思考，最终挣脱出来，才有自己的一番新天地。女儿最终考上她心仪的大学，开启了人生的一段新旅程。

二、红椅子

转眼搬到百花片区已经 14 年了。搬到百花基本上都是同一个原因，为了孩子上学。这个片区集中了深圳最优质的中小学资源。既然是学区，当然少不了书店，这里原有三家书店。物质生活书吧是我喜欢的，女儿小时候很喜欢五车书坊，另一家叮当达主营教辅书。一个生活小区有三家书店应该并不多见，这很难得，有书对孩子潜移默化的影响也很好。五车书坊二楼很大，书的种类挺多，还有很多艺术类的书和画材。女儿原本就喜欢看书，那里便是她儿时的乐园。每当我找不到她时就直奔五车，一排一排地找，总能在书架的某个角落找到。她扎着小辫坐在地上，捧着书看得津津有味。晚上出来散步时，女儿也常常会拉着我去五车逛逛。

而我更喜欢物质生活书吧，这里有我喜爱的书。在冬日里，阳光透过玻璃窗照进来，洒在窗边的木色小圆桌和红色的绒面转椅上。挑一本书坐在窗边，点一杯咖啡，沐着暖暖的阳光看书，便觉世界静下来了，时光慢下来了。女儿小时候还画了一幅画，就是书吧的窗边红椅子，有个穿粉色连衣裙的女子坐在红椅上喝咖啡。这是她路过书吧时看到的吧。这幅画还一直挂在家中。

有朋友来则约在右侧的休闲区，要一壶茶，边喝边聊。我常常会点桂圆红枣茶，小蜡烛在底下燃着，带一小碟小冰糖，丝丝甘甜。很多个午后或夜晚都在这微弱的烛光和舒缓的音乐中流淌。凡来过这里的朋友都会对这里的书品大加赞许，的确，这里书单是很不错的。唯一不满意的就是椅子，大约是因为比较老旧了，很不舒服，为此还提过意见，也没得到改善。书吧常常不定期举办一些活动，人文的、公益的都有。每有活动会提前在外面贴一幅海报，那时还没微信，不像现在这么方便。路过书吧时便会留意墙上有没有贴什么海报，有喜欢的便会去参加。下楼便是，实在方便得很。外面来的便要烦恼停车的问题了，这里停车位超紧张。我也常常带孩子来书吧。有一次活动印象深刻，至今还记得，讲的是豢养黑熊活体取胆汁。拍摄者冒着风险深入黑熊豢养基地，真实拍摄到黑熊被囚禁在铁笼中，身上常年插着导管，每天被抽取胆汁。场面十分惨烈，惨不忍睹。女儿从小就喜欢动物，早就明令家里不许买皮衣，看到黑熊如此悲惨的遭遇，她更是十分难过，安抚了好久才平静下来。此后家里再也没有买过熊胆明目滴眼液。这件事已经过去很多年了，回想起来仍然记忆犹新。

三、变迁

十几年风雨变迁，书吧这条街上的店铺也多有变迁。先是书吧隔壁的心意轩搬走了。那是一家有着各种小玩意的礼品店，各种精致的小礼品，各种头绳、笔、贴纸、卡片等，还有一些小零食，琳琅满目。要找一样东西可不容易，需得问店员小姐姐，她们可真厉害，马上就能指出东西所在的位置。这里几乎可以找到你想要的任何小东西。对于这里女儿要比我熟悉得多，这里也是她和一众小女生放学后常常流连的地方。有一天在楼下走过，看到五车也被拆了，心里很是不舍。那时女儿已去美国上学，犹豫了很久还是决定告诉她。果然她听到后很难过，难过了许久。房价上涨、租金上涨，这条小街上很多店都易主了，越来越多的是各种培训机构。五车只是其中一家，下一个又会是谁呢？心里暗暗祈祷物质生活书吧可不能倒啊！女儿已经不需要学位了，原本可以搬走，而这里离我上班的地方也挺远，可是迟迟没有搬，物质生活书吧是原因之一。搬到别处很难有这么心仪的书吧吧，而搬走后再来这里就没那么方便了。前年的某一天，从上海出差回来，看到物质生活书吧正在拆，心中大惊。赶紧跑过去问，怎么拆？怎么回事？回答说要装修。要装修成什么？还是书吧啊。得到这个答复才算安下心，原来是要重新装修。又有些期待，那些不舒服的椅子终于可以换掉了，窃喜。于是便期盼着重新开业的那天。这一装修竟然装修了几个月，年底时才重新开业。

装修后的书吧焕然一新，宽大的凹凸飘窗仍然保留着，那里是宽敞的蓝色调的书室，从窗外看似一幅画。重新开业后活动更多了，这里常常高朋满座，去晚了连站的地方都找不到。上次在胡洪侠老师的《夜书房》新书分享会上听他们一众文化人分享了书背后的故事，很多都与物质生活书吧有关。他们常常在这里聚会、聊天、策划活动等，笑曰"不是在物质生活书吧，就是去物质生活书吧的路上"。大约深圳的很多文化活动都是从这里开始的吧。签售时胡洪侠老师在我买的书上写"我们都有一段与物质生活有关的记忆"。蓝色书室的两侧各有一个小隔间，更安静更私密。右边的小隔间是粉色调的，还放了一些绘本，也很舒服，只是没窗户，总觉得差了点什么。我更喜欢左边深绿色的小隔间，有大玻璃窗，窗下是深绿色木桌。墙上挂着那块"活字板"，这是之前的老物件，保留下来了。

此刻我便坐在这里写这篇稿子，外面刚下过雨，玻璃窗上还挂着细密的小雨珠，透过细密的雨珠看外面的街景别有一番情趣。夜已深，街道很空旷，路灯透过高大的树木照下来，路上行人寥寥，拖着长长的影子，偶尔开过一辆车。这宁静的夜……

四、书房 & 工作室

　　书吧是我的书房也是女儿的工作室。去年暑假女儿回来，便经常泡在这里，她很喜欢书吧的大桌子，还贴心地备有台灯。暑假她忙于这本书的修图排版等后期工作，她说在书吧工作效率高，便常常在书吧泡着，蹭网、蹭空调。我下班后便去书吧找她，总见大桌子边满满地围坐着人，有赶作业的学生，有忙工作的成人，有接孩子的家长……大家各忙各的，一派繁忙景象。

　　女儿还参加了假期的几次活动，博物馆之夜、咖啡品鉴等。女儿喜爱艺术，去过不少各地博物馆，对于博物馆颇有自己的见解。她与主持人多有互动，我去接她时他们还聊得意犹未尽。她用漫画的形式记录了咖啡品鉴活动的全过程，而其中人物全都以各种动物来比拟，非常生动有趣。后来有一天与一书吧小姐姐聊天时，书吧小姐姐对这些画很感兴趣，并且神奇的是她还能通过这些小动物认出对应的人来。我们正聊着，一位小哥送饮品过来，小姐姐立即指着画中的大鹅说他就是这个，大家开心地大笑。

　　有一天我们聊到书吧时，女儿对于书吧的食物有意见，颇有吐槽。我觉得这无伤大雅，毕竟这是书吧，不是餐厅。于是两人理论起来，争到最后我们和解了。女儿对于 MICA 也有诸多吐槽，虽然这是她心仪的大学。当然只能她自己骂，别人骂可不行。对于书吧，我也一样。

　　成立 20 年的书吧与女儿同岁，因而对书吧又多了一份情愫。这路口的灯光对于很多在这里生活的人来说，其意义不仅仅是一间书吧，更是一个精神的所在。无论进不进来，书吧都得好好地在那儿。即使不进来，路过时看到那灯光，便觉心里有一种满足感。

　　期待书吧的下一个 20 年……

2020 年 8 月

家的路标

胡卓尔，马里兰艺术学院学生，物质生活书吧读者、街坊

从我六岁搬到百花起，物质生活书吧就一直在百花1栋后面的拐角不动如山地存在着。每天，或者每两三天，总要从书吧门口路过一次。白天的书吧大部分时间冷冷清清的，站在明亮的大窗户外向里看好像一个堆满书的褐色洞穴。晚上则不同，冷清的洞穴被温暖的橘色灯光照亮，站在窗外看像一个璀璨的宝窟。书吧在我的小学时代仅仅担任着一个地标的角色，从百花以外的地方回来，只要见到书吧明亮的窗户我就知道到家了。

直到上中学后我才正式踏足这个宁静的洞穴。初一时有一段时间被同学拉来一起写作业，说是一起写作业，实际上总是在说话，直到天黑了作业都没动两笔，效率不比在家里写更高。因为囊中羞涩又不好意思白蹭书吧的位置，写了两次后也就作罢。

在五车书坊搬走前我大部分时间都在那里看书和买书。在我离家上学前只在书吧买过一本书——玛格丽特·杜拉斯女士的《情人》，虽然当时并不能看出什么所以然，但文字间洋溢的压抑氛围还是深深吸引了我。后来听老妈说起物质生活书吧的名字也来源于杜拉斯女士的书时，觉得真是不可思议。虽然并没有成为杜拉斯女士的书迷，我却十分喜欢《情人》，到现在还时不时拿出来翻阅。2019年的暑假，因为老妈没法参加书吧的咖啡之夜活动，我被指派作为代理参加。虽然我对品鉴咖啡兴趣缺缺，但制作咖啡的过程实在是有趣。能和友善的人们一起用各式各样新奇（对我而言）的仪器制作咖

啡，闻不同的豆子磨碎后醇香的味道，我觉得十分满足。我虽然还是不常去书吧看书或买书，但自咖啡活动后经常去书吧参加活动，直到 8 月我赴美读大学为止。离家前我还兴致勃勃地和老妈说：明年回来我也去书吧打工吧，一定能积累很多好玩的素材。可惜人算不如天算，被疫情困在了美国，只好把书吧写进我胡编的故事里聊以自慰。假如明年能回家，到时候再去书吧帮忙吧。

我六岁随家人搬到百花，十五岁赴美读书，十五岁后的一切好像按了加速键，过去熟悉的一切正在快速地剥落，露出陌生的、新时代的东西。新的围栏建起来了，熟悉的店铺又搬走了几家，楼下种着木棉树，但花坛被填平了……正如我缓慢而坚定地从儿童成长为成熟、自立的成年人一样，百花也在缓慢而坚定地成长成新的模样。一切与我童年、少年时期有关的印记都在褪去，所幸物质生活书吧像坚实的礁石一般驻守在百花，无论周围如何改变，它总是在 1 栋的拐角安静地伫立着，好像连时光都在这一角停滞了。年复一年，我乘着夏日的和风，带着长途飞行后的疲倦窝在老爸车子的后座。车子开过红荔路，右拐进幽静的林荫大道。路的尽头是书吧敞亮的大窗户，好像指挥船只进港的灯塔，一闪一闪地对我说：欢迎回家，我永远在这里迎接你。

2020 年 8 月

这就是物质生活

董丹青，G&G 创意社区梦想发起人，LA VIE 物质生活新空间合伙人

一座孤独的岛屿到一个温暖的港湾

物质生活，千禧年悄悄诞生于白沙岭百花二路与五路的交会处，眺望着繁华喧嚣的华强北，守护着沿途名校、艺校交织而成的百花路居住区，正似城市汪洋里的一座美丽小岛，却又拥有着平凡的生活气息、校园气息、书香气息。

物质生活的名字如同文艺青年间的密码，不懂的人会一直纳闷，懂的人会对这番自嘲和调侃会心一笑，接受一家有态度有主张的独立书店用一个书名对这座城市的反讽，因为一个媒体人和独立作者身份的书吧女主人晓昱而记住杜拉斯——法国这位特立独行女子的名字。

五年后，一艘帆船从法国拉罗谢尔启航，到深圳靠港，开启中国帆船航海的全新篇章。十多年后，坐落在体育馆一隅的东西小院，在芝加哥酒吧旧址上的御风者俱乐部，席间各路航海豪杰，多少文艺风流，都是从这座小小的人文岛屿出发，20 年间绘就一个个城市人文传奇。

物质生活初创的前后数年间，恰恰是邓小平南方谈话后，深圳 90 年代末下海创业的高峰期，整座城市如同喧嚣的海湾，暗潮涌动，百舸争流。在那个年代，与百花路一路之隔的华强北，因为赛格电子配套市场的产业激发效应，以及上步工业区的许多老厂房老产业外迁后的产业空间，从个人电

脑时代开始一直到互联网和移动互联网时代，都是无数初创科技公司、电脑公司、互联网公司梦开始的地方。很多理工男纷纷在此攒几台电脑就开始创业，小马哥也以自己的名字"化腾"的"腾"、加上当年如日中天的传呼机大鳄"润讯"的"讯"取名，在华强北一栋厂房大楼里成立了腾讯。

华强北另一侧的上步路，因为靠近市政府，周边机关事业单位云集，很多媒体人文化人下海后，为开展业务方便，公司都会选择在上步路一带。百花路一带闹中取静、比较适合居住和生活的区域，便成了深圳文艺青年暂居和聚集的主要场所。1997年我离开《深圳特区报》后和来自深圳广播电台的晓坤共同创立风火广告。艰难创业年间，从国企大厦，到长乐花园，到海鹰大厦，再到福景花园之间辗转，都离白沙岭不远。20年间，我都住在这一带，学习、生活和工作都在百花路周边，便也不时出现在城中文艺青年最常出没的据点——在嘉年华排骨暗店里淘DVD，在旧天堂淘CD黑胶，在万商淘光碟，在物质生活淘书。这些都是深圳青年们奋斗之余每周必不可缺的生活方式。本色酒吧、根据地酒吧、芝加哥酒吧也在那段时间伴随着文青、码农创业大潮在上步路周边红火起来，而物质生活渐渐成了这些商海浮沉的知识青年的一座心灵的港湾，白天书香浓，晚上酒香溢，一时间多少孤独落寞的心灵在此得到了抚慰。在百花路上的"物质生活"如同一座美丽但孤独的岛屿，因为城市中疏离漂泊的人们在这里停靠、聚集、彼此温暖，所以随时间累积渐渐成为一座充满回忆故事的城市港湾。它见证了其中多少人间悲欢离合，多少事物的兴衰浮沉。

最深挚的情感是共同成长与经历的陪伴

一家深深扎根城市社区土壤的独立书店，陪伴很多人走过了20年。物质生活对这座城市、对曾经与她有过交集的人们有一种深深的爱意，更意味着一种新的成长、肩负与责任。

我想一个人与一个空间，最深的情感缔结应该就是共同成长吧。物质生活18周年那年，老店空间由设计师琚宾重新设计后以全新面貌再次点亮城市的时候，作为物质生活的回归，以18年特别展"壹拾捌"献给每一位和她共同成长、走过成人礼的读者。采用"探访"的策展方式，以城市观察者视角，寻找时间的痕迹和情感的温度。晓昱、黑一烊、琚宾、金敏华四个展览召集人向朋友们发出邀请，穿越过去与现在的时间维度，透过笔迹和物品，分享不同的感受与经历，寻找在一个巨变的时代下，依然留存在每一个人内心深处那个柔软角落的温情和梦想。

展览从书吧开始，不止于书吧。它更像是一位老友，唤醒每个人的记忆。它是一个"活"的展览，持续向大众征集有时间印记的物品和故事；它是一个在不断"成长"的展览，这里不仅会有你的物品，也会有他的故事，其中有很多很多因为物质生活而改变个人命运的动人故事——墨菲，物质生活的晚间驻唱歌手，在物质生活遇见了蒙代尔教授，后来师从蒙代尔并考取了哥伦比亚大学，蒙代尔成了她一生最重要的恩师；以《回南天》拿了韩国电影大奖的深圳导演高鸣，他当年就是在这里听了彭浩翔的分享"我是怎么走上了导演之路的"，找到了自己"命运角色定义的时刻"；还有两代经济学家张五常和向松祚在物质生活相遇，忘年相交、终生相惜的故事。这些在老照片中看来，在晓昱的话语中道来，都是物质生活故事里最令人动情的瞬间，也是恒久的深刻记忆。物质生活的小小空间里唯一不变的是人与人、人与城市间的温度与记忆。

记忆这个东西很神奇，除了需要曾经熟悉的气味场景，往往也需要人证物证去唤醒。我记得有一套最珍贵的展品是物质生活18年来保存的留言本，上面留存着每一位物质生活交集者最真挚动人的文字表达。读过字里行间，就会回到记忆中某个下午时分，我走进物质生活，会看到书吧里一个区域内挤满附近学校的学生，他们伏在桌面写着作业；僻静的角落，也有一两对高年级的学生情侣戴着耳机亲密依偎在一起；寻常周末的日子，书吧里则坐着家长们，他们在等待补课的孩子放学之余，静静读一本书。物质生活书吧就这样陪伴他们度过春秋冬夏，慢慢长大，缓缓变老。记得晓昱说过最动人的瞬间是有个妈妈拉着她的手说：我跟孩子讲，如果你有什么事，就往物质生活跑，那里是最安全的地方。我想那些曾经在物质生活所在的社区居住过的人，或许也早已搬离这里，但每隔一段时间总会像我一样回到这个地方，看到街角书吧的灯依然还亮着，有一种瞬间心安的感觉。

我至今依然深深记得在伊斯坦布尔走进纯真博物馆时的那一份充满了震撼的心灵感动，那些细节与一座城市的沧桑巨变有关，与一个时代的共同记忆有关。物质生活对于那个逐梦青春年代的深圳青年，就是一座留存最美记忆的纯真博物馆。有人曾经问我为什么台北的诚品在深圳只开了两年就不无遗憾地离开，我想这个问题的答案一定就在百花二路 20 年的物质生活里。

点亮一座湾区人文灯塔，为了扬帆去远方

对一家独立书店之于城市人文价值塑造的全新认知，来自我 2013 年的一次美国旧金山之旅。到访过的 City Lights "城市之光"书店，可以说是"垮掉的一代"的"活的遗迹"，不仅仅是一家出版发行"披头诗集"的书店，它本身就是"垮掉的一代"文化的一部分。它由诗人劳伦斯·费林盖蒂 1953 年在旧金山北滩创立，凯鲁亚克和金斯佛格等人经常聚集在此讨论和朗诵诗歌。60 年的老书店至今仍遵循传统，在二楼为诗人保留了一处空间，不定期举办诗歌发表与读书沙龙。小小的两层楼是整座城市文艺气息最浓郁的地方。

"垮掉的一代"不仅在旧金山城市文化史上占据极重要的一席之地，亦

对战后美国的一代人影响深远，其源起于凯鲁亚克和卡萨迪的一次公路旅行。凯鲁亚克的小说《在路上》被 20 世纪 50 年代的美国文艺青年奉为圣经般的著作，为"垮掉的一代"奠定存在的基础。其核心人物还有《嚎叫》的作者艾伦·金斯佛格、《裸体午餐》的作者威廉·巴勒斯等。当时冷战阴云密布，麦卡锡主义当道，这些人如同 20 世纪 50 年代美国的"竹林七贤"，凭卓越的才华和狂诞的行径在现代文学、哲学、社会学等领域的创造和颠覆，对美国当代文化产生了巨大的影响，其从旧金山源起，一直扩散至整个美国西部大湾区再到全世界。文化根深茁壮的"垮掉的一代"，到了 60 年代将这种叛逆的精神持续附着在美国年轻一代的身上，造就了嬉皮士运动的汹涌浪潮，极大地影响了整个六七十年代西方世界的意识形态、艺术、音乐、电影以及时尚的走向，也成为美国当代文化艺术创新、当代科技产业创新的精神源头。我们学习硅谷的高科技和产业发展模式，也要看到她背后的文化精神的孕育。

一座城市，不能只有强大的 GDP 数字，更要有反映一座城市当代精神风貌的文化。深圳城市精神源起于蛇口，并在华强北与电子科技潮流融合纠缠后发轫生长，继而往深圳大学所在的高新技术产业园区茁壮发展，形成中国的科技创新高地"硅谷"。深圳精神源自蛇口，始于上步、华强北，成于大沙河，正如城市之光书店见证旧金山大湾区的"嬉皮士"青年成长为一代的硅谷精英。物质生活正是这个科技黄金时代的城市文化发展的重要见证，也是城市精英的精神伊甸园，很多新奇梦想都在此孕育培植，失败了她是疗愈，成功了她是赐福，正因为她和这座城市有着最深与最浪漫的爱情。

物质生活将在 2021 年初迎来她的新生儿——从 2018 年就在筹划酝酿的物质生活新店。选择深圳城市精神的再度回归，把根扎进蛇口 40 年国际化的人文土壤里，选择开在蛇口最具国际范儿、最有美学生活气息的 G&G 创意社区，这在冥冥中有它的必然性。生命就是一个轮回，于我而言，参与物质生活的新事业，就像一偿此生夙愿，就像漂泊许久回到了温暖的家中，在物质生活 20 周年的生日派对上，我们官宣了由晓昱、冯敏、琚宾、晓坤和我共同发起的 LA VIE 乐唯新文创事业体，2021 年初在 G&G 将会有一个全新的近 6000 平方米的物质生活新店作为向深圳经济特区 40 岁生日的献礼。而在深圳这座城市朝向全球海洋中心城市的雄心之下，中国杯帆船赛在创立 13 年后也将在大湾区奏响国际海洋文化节的全新乐章，全面开启中国海洋生活方式和海洋文化艺术的先锋引领。而"物质生活 + 东西 + 御风者俱乐部"通过凝聚深圳城市文化艺术精英共同发起的东西学院，也将是一个给城市精英们成长与创造的美好花园，也是参与者人生最宝贵的、极具价值和意义的礼物。我们活在宇宙中这颗孤独的蓝色星球上，有辽阔的孕育生命的蓝色海洋，更有一片浩瀚的孕育人类文明的思想海洋，而物质生活是一艘帆船，我们都是水手，在持续寻觅停靠的港湾，结伴，是为了再次扬帆远航。

2020 年 10 月

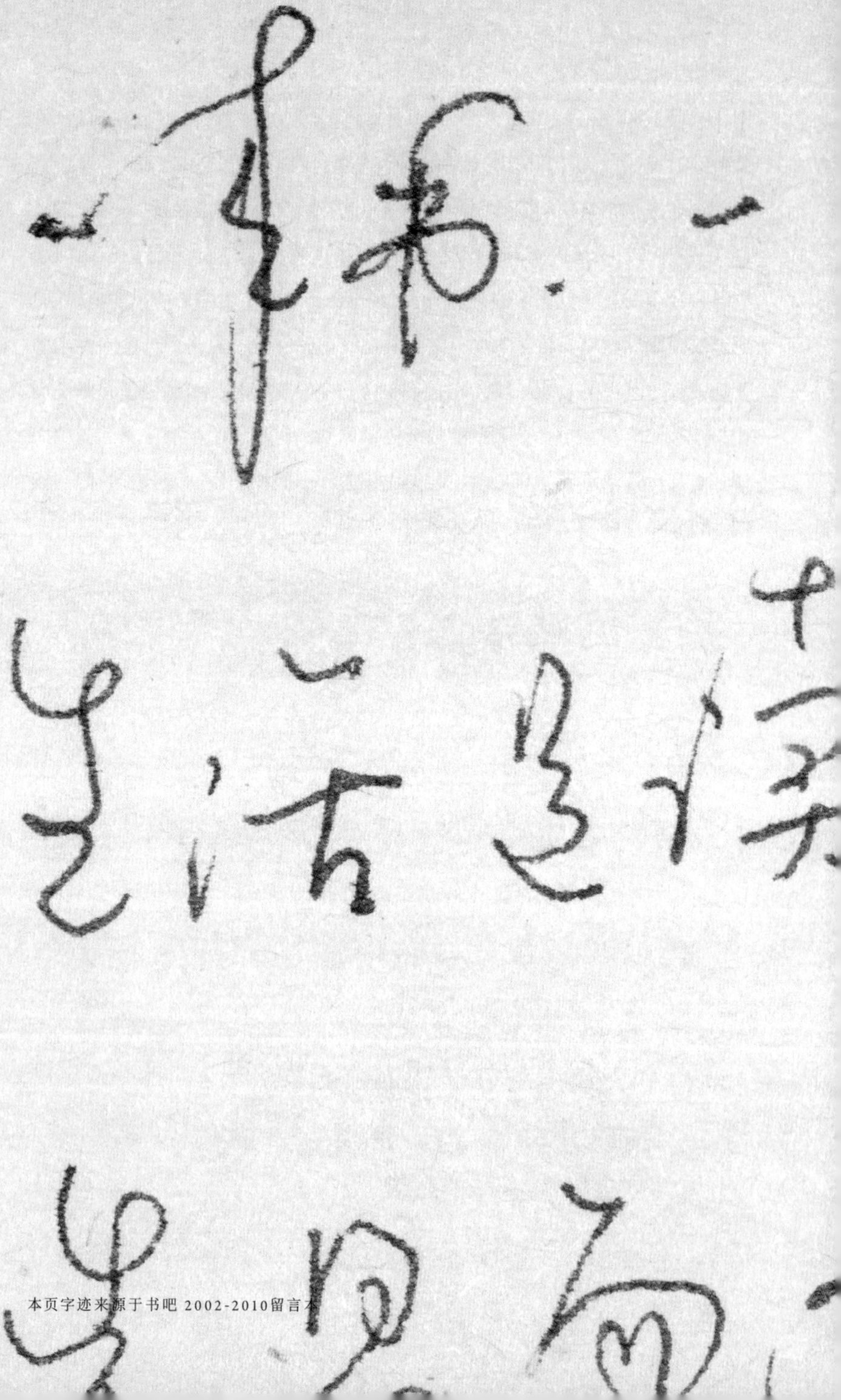
生活是

附 录

物质生活书吧二十年大事记

因资料缺失，故图文对应有部分空缺。

2005年
——

5月28日　　　　　　　　　(42)
英国作家加文·孟席斯《1421:中国发现世界》新书沙龙，"文化沙龙"系列迎来首位外国学者

6月5日　　　　　　　　　(43)
王小帅携《青红》剧组高圆圆、秦昊来书吧举办"王小帅的电影之旅"分享会

10月26日　　　　　　　　(44)
毕飞宇以"家在哪里——兼谈中国文学的现状"为题讲座

12月24日　　　　　　　　(45)
"中国特色"法中友协会长帕特里斯·瓦雷先生和副会长乔虹女士以"中国文化在法国"为题讲座

12月29日　　　　　　　　(46)
白先勇以"一座现代城市的昆曲情结"为题讲座

2006年
——

7月29日　　　　　　　　　(47)
应齐天在物质生活书吧开办版画展

10月14日　　　　　　　　(48)
实验水墨画家刘子健开展"小的更小的"主题讲座和作品展

11月4日　　　　　　　　　(49)
郑渊洁以"郑氏家庭教育"为题讲座

2007年
——

3月4日　　　　　　　　　(50)
法国电子音乐人Laurent Jeeanneau以"穿过泥土的旋律——聆听东南亚原生态音乐"为题讲座

5月24日　　　　　　　　　(51)
洁尘以"读! 女人书"为题讲座

7月26日　　　　　　　　　(52)
祝勇以"行走与停留"为题讲座

9月2日　　　　　　　　　(53)
葡萄酒品鉴专家吴乔仙举办新书发布及葡萄酒品鉴会

9月22日　　　　　　　　　(54)
陈士修举办"水与生活"水彩画展

11月24日　　　　　　　　(55)
"西南联大70周年系列讲座"其一, 谢泳主讲"西南联大给我们留下了什么——从陈寅恪、钱锺书、杨振宁等说起"

12月1日　　　　　　　　　(56)
"西南联大70周年系列讲座"其二, 张曼菱主讲"寻觅西南联大魂"

12月8日　　　　　　　　　(57)
"西南联大70周年系列讲座"其三, 余世存主讲"战火中的诗世界"

12月15日　　　　　　　　(58)
"西南联大70周年系列讲座"其四, 闻黎明主讲"日军空袭下的西南联大战时生活"

2008年
——

1月19日　　　　　　　　　(59)
著名水彩画家沈平水彩画展

3月29日　　　　　　　　　(60)
王天兵以"从《骑兵军》到《哥萨克的末日》"为题讲座

9月29日　　　　　　　　　(61)
沈昌文以"知道分子说知道"为题讲座

2009年
——

3月　　　　　　　　　　　(62)
演员刘烨做客物质生活书吧

4月26日　　　　　　　　　(63)
史建以"空间'双城故事'——中国城中村模式"为题讲座

2010年
——

6月6日　　　　　　　　　(64)
洁尘《知性女人系列·洁尘精选集》新书沙龙

7月11日　　　　　　　　　(65)
林奕华、王耀庆以"前程, 未来和追求幸福"为题讲座

8月15日　　　　　　　　　(66)
蒋一谈《鲁迅的胡子》新书沙龙

8月21日　　　　　　　　　(67)
王犀《爱上国学, 变动时代的诗意生活》新书沙龙

　　　　　　　　　　　　　(68)
物质生活书吧在"2010全国民营书业评选"中获得"阅读推广奖"、在"2010南方阅读盛典"获"华语世界最具影响力人文书店"称号

2011年
——

3月12日－3月20日　　　　(69)
香港著名女作家西西《缝熊志》新书沙龙, 同期举办系列毛熊展

4月10日　　　　　　　　　(70)
欧宁以"亚细亚故乡:文学在行动"为题讲座

4月17日　　　　　　　　　(71)
水沉(胡晓)《人上人》新书沙龙

4月24日　　　　　　　　　(72)
SZ-TALK双周沙龙大运会, 以"深圳要展现给现世界怎样一种城市形象?"为题举办沙龙

6月25日　　　　　　　　　(73)
翟墨《一个人的环球航海》新书沙龙

11月25日　　　　　　　　(74)
高海韵在书吧举办"行动亚洲2011冬季－2012春季拒绝皮草系列活动"新闻发布会

2012年
——

1月7日　　　　　　　　　(75)
黄啸、黄佟佟、刘利以"三个女人一台戏"为题讲座

2月11日　　　　　　　　　(76)
《南方都市报》主办"遗产与现实——小平南方谈话20年纪念"文化沙龙

2月19日　　　　　　　　　(77)
杨天石《廓清历史的迷雾》新书沙龙

3月6日　　　　　　　　　(78)
涂俏、熊君慧、陈远忠举办纪录片《月亮熊》分享会

4月8日　　　　　　　　　(79)
钟二毛以"当我在谈论理想时, 你在谈什么"为题举办新书《我们的怕与爱》沙龙

4月15日　　　　　　　　　(80)
王犀以"中国龙·蝴蝶梦"为题举办《化蝶·庄子的密码》新书沙龙

4月21日　　　　　　　　　(81)
叶二娘以"一个人的辞职西游记"为题讲座

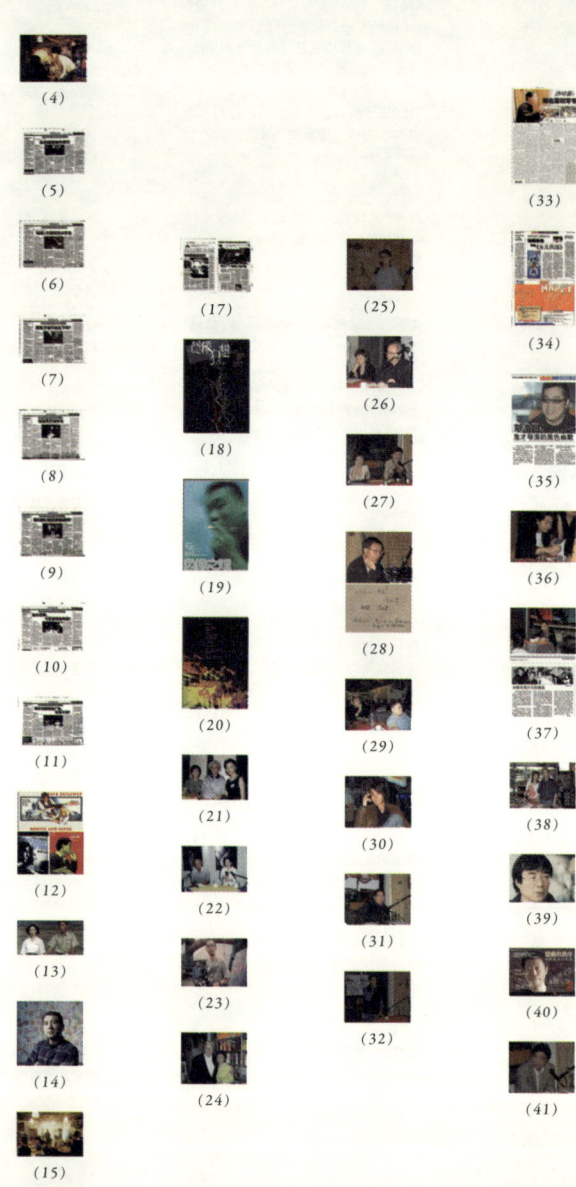

(4)

(5)

(6)

(7)

(8)

(9)

(10)

(11)

(12)

(13)

(14)

(15)

(16)

(1)

(2)

(3)

(17)

(18)

(19)

(20)

(21)

(22)

(23)

(24)

(25)

(26)

(27)

(28)

(29)

(30)

(31)

(32)

(33)

(34)

(35)

(36)

(37)

(38)

(39)

(40)

(41)

(42)

(43)

(44)

(45)

(46)

2000   2001   2002   2003   2004   2005

（50）

（51）

（52）

（47）

（53）

（48）

（54）

（49）

（55）

（59）

（56）

（60）

（62）

（57）

（61）

（63）

（58）

（64）

（69）

（65）

（70）

（66）

（71）

（67）

（72）

（73）

（68）

（74）

(75)

(76)

(77)

(78)

(79)

(80)

(81)

(82)

(83)

(84)

(85)

(86)

(87)

(88)

(89)

(90)

(91)

(92)

(93)

(94)

(95)

(96)

(97)

(98)

(99)

(100)

(101)

(102)

(103)

(104)

(105)

(106)

(107)

2012   2013   2014   2015   2016

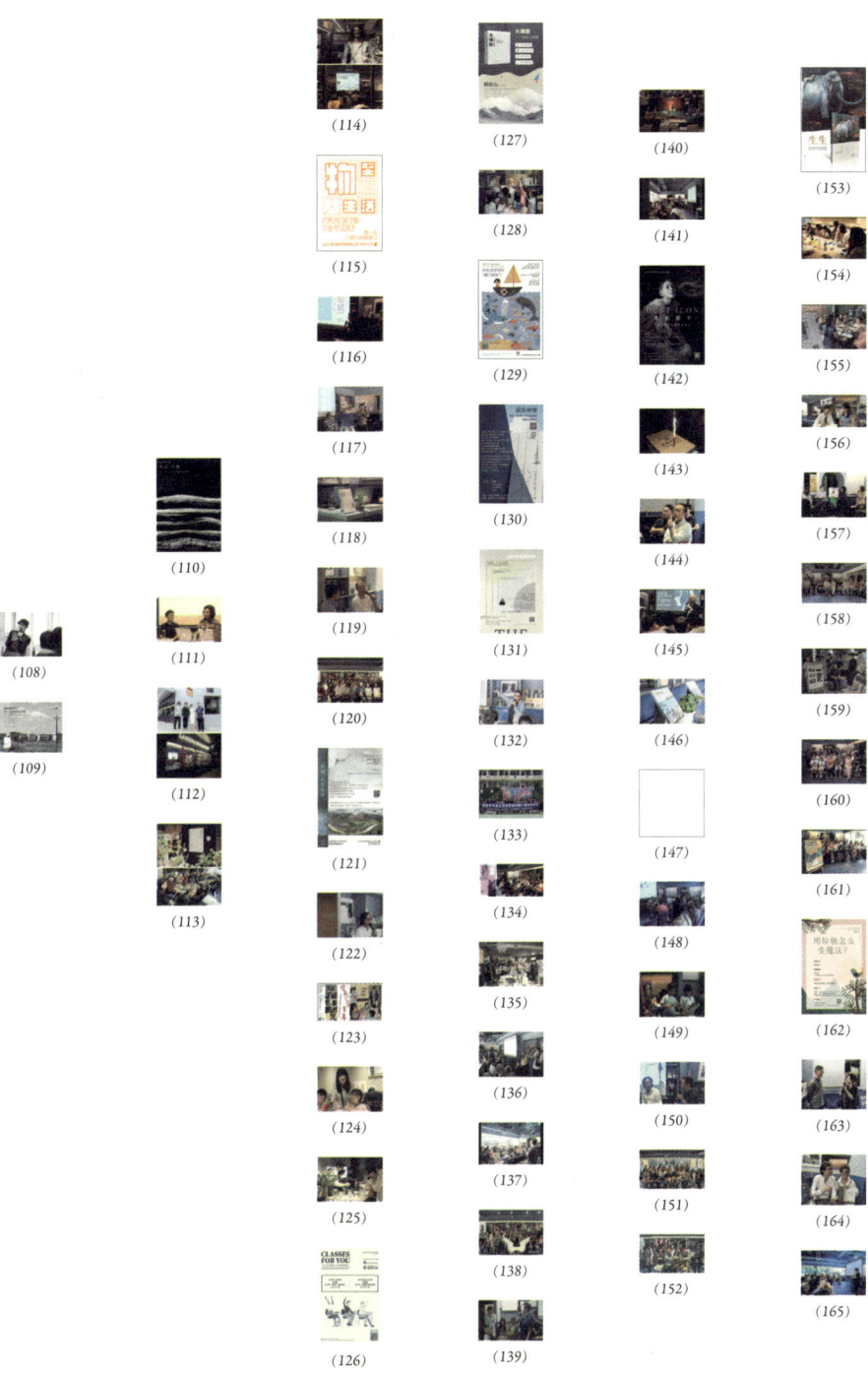

(114)

(115)

(116)

(117)

(118)

(110)

(111)

(108)

(109)

(112)

(113)

(127)

(128)

(129)

(130)

(131)

(132)

(133)

(134)

(135)

(136)

(137)

(138)

(139)

(119)

(120)

(121)

(122)

(123)

(124)

(125)

(126)

(140)

(141)

(142)

(143)

(144)

(145)

(146)

(147)

(148)

(149)

(150)

(151)

(152)

(153)

(154)

(155)

(156)

(157)

(158)

(159)

(160)

(161)

(162)

(163)

(164)

(165)

2017   2018   2019   2020

物质生活餐廊 LA VIE LOUNGE

好物士多 GOODS STORE+ 潮玩研究所 TOYZ LAB

LA VIE 物质生活书院

灵感 T 台 ING STAGE

LA VIE 物质生活，精神展演空间
以伴随深圳 21 年成长的独立书店物质生活书吧为精神原点，从根植蛇口的社区
人文土壤的 G&G 创意社区再出发。一本用实体空间"出版"的立体生活杂志，
通过阅读、展演、沙龙、零售、美食、集市，为你定制生活的另一种可能。

作者简介

　　金敏华，供职媒体 30 年，现为自由撰稿人。曾居深 21 年，多年来致力从设计思维、帆船文化等视角探究深圳城市特质。《百花里的物质生活》是其从点线面展开对深圳阅读文化背后脉络、理据、故事寻访的开始。

　　晓昱，毕业于中山大学，物质生活书吧女主人，中国杯帆船赛联合创始人，东西小院主理人，深圳电台前资深 DJ，《心夜航班》主持人。著有《用声音抚摸深圳》《深圳不说爱——跟自己玩的游戏》。

关注物质生活公众号

书吧女主人晓昱　拍摄于
蛇口 G&G—LA VIE 物质生活新空间

20 年前我坐在百花路的物质生活窗前望穿秋水，
20 年后我在 G&G—LA VIE 物质生活的窗前期待美好，
时间的力量可以穿破庸常穿透黯淡，除却光芒与温暖，还带来想象。